孤独时，让我们来跳舞

王琪森散文、随笔精选

王琪森 著

文汇出版社

目 录

1 自序 心曲行吟

1 第一辑 孤独时,让我们来跳舞
   孤独时,让我们来跳舞 / 2
   生怕情多累美人 / 5
   所谓伊人 / 7
   湖畔 / 9
   情殇梅里雪山 / 11
   元宵节·情人节 / 13
   我学会爱你了,就在我心里 / 15
   让我伴你,慢慢老去 / 18
   一期一会 / 20
   生活着是美丽的 / 22
   西饼屋的守望者 / 25
   尚湖烟雨钱柳情 / 28
   梅雨时节过苏堤 / 31

33 第二辑 初恋时,我们不懂爱情
   初恋时,我们不懂爱情 / 34
   每个人的城 / 36

青春的日子 / 38
春节，走向远方 / 41
少年弟子江湖老 / 43
再说少年弟子江湖老 / 45
毛毛雨级的幸福感 / 47
法兰西情事 / 49
前童村的理发师 / 51
"相约星期六"的诱惑 / 54
青春的阳朔西街 / 56
窈窕淑女，君子好逑 / 58

61　第三辑　满城处处说梅郎

满城处处说梅郎 / 62
《面纱》的救赎意义 / 64
看《长生殿》感怀 / 67
"三毛"之父 / 69
灵魂的呼唤 / 71
想起了梅兰芳卖画 / 73
西餐馆里吃快餐 / 76
卡内基·苏东坡·老禅师 / 78
"浜北""浜南"印象 / 80
感恩书法 / 82
篆刻开运 / 84
奥运人生 / 86
年之味 / 88
听周杰伦歌所想起的 / 90
"猿啸青萝"赋 / 93

97　第四辑　京都的脸

京都的脸 / 98

清水寺的年度汉字 / 101

"三国一"的乌龙面 / 103

大阪天守阁散记 / 105

东京地下铁 / 108

东京浅草寺风情 / 110

横滨中华街 / 113

京都清水寺素描 / 116

明治神宫的婚礼 / 119

奈良古都鹿公园 / 121

千年沧桑东大寺 / 124

居酒屋之恋 / 126

天妇罗 / 128

银座之夜 / 131

樱花酒 / 133

樱花雨 / 135

东京老店的荞麦面 / 137

竹下通的少男少女 / 139

雪国之忆 / 141

大村湾的中秋夜 / 144

长崎孔庙散记 / 146

梅雨时节忆长崎 / 149

原爆中心的钟声 / 151

思索之苑锦绣地 / 153

将军岩边的《大长今》 / 155

济州岛上的爱情乐园 / 158

海的女儿 / 160

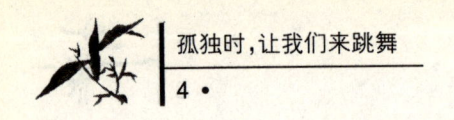

天下无贼济州岛 / 162

165　第五辑　海宁，有一座情殇的小楼

海宁，有一座情殇的小楼 / 166

诗画小莲庄 / 169

杏坛春意早 / 172

秋访杜甫草堂 / 174

云间二陆小昆山 / 177

重游兰亭记 / 180

走进宁海潘天寿故居 / 183

梅兰芳纪念馆抒怀 / 185

青藤书屋解读 / 187

乡野中的"瓶隐庐" / 190

郭沫若故居漫笔 / 193

寻访厦大鲁迅纪念馆 / 195

巷城深处 / 198

岳麓书院行 / 200

李叔同纪念馆禅意 / 202

诗吟丹青黄歇浦 / 204

春祭吴昌硕 / 207

昌硕故里鄣吴村 / 209

程十发壶上书画 / 211

兰亭一夜忆陆翁 / 213

君匋先生赠书漫忆 / 217

雅兴清玩大石斋 / 220

223　第六辑　魂牵梦绕香巴拉

魂牵梦绕香巴拉 / 224

寻访在茶马古道 / 227

九寨沟的小扎西 / 230

阿坝的碉楼之忆 / 232

生命的敬礼 / 234

乌镇情思 / 236

忆江南 / 238

诗画清明 / 240

五月映山红 / 242

端午的记忆 / 245

灵岩寺揽胜 / 247

无上清凉 / 249

周庄之夜 / 251

泛舟尚湖行 / 253

汉高祖原庙走笔 / 255

千古歌风台 / 257

前童古村行 / 259

诗情江心屿 / 261

浣纱江畔西施殿 / 263

冰原雪国亚布力 / 265

《潜伏》在横店 / 267

浦江之首巡礼 / 269

接天莲叶无穷碧 / 271

南宁德天大瀑布 / 274

澳门博物馆印象 / 276

精彩缤纷的"威尼斯人" / 280

相约在冬季 / 283

城市足迹馆巡礼 / 285

291 第七辑　吃茶去之茶禅一味

吃茶去之茶禅一味 / 292

吃茶去之行脚天下 / 294

吃茶去之心灵澡雪 / 296

吃茶去之感悟人生 / 298

吃茶去之延年益寿 / 300

吃茶去之赏心乐事 / 302

吃茶去之以茗会友 / 304

吃茶去之味之无极 / 306

春茶茗韵 / 308

狮城茶渊说紫砂 / 311

紫壶一把泛春华 / 313

319 第八辑　一张琴处伴红裙

一张琴处伴红裙 / 320

画家谢之光之谜 / 325

自序　心曲行吟

"孤独时,让我们来跳舞。"作为一种人生形态和消遣方式,似乎是一种象征、一种隐喻、一种释放。

作为一个当代人,随着社会竞争的加剧、生存压力的增强、人际关系的淡漠、价值取向的迷惘等,内心时常会有孤独之感,而且那是一种难以言叙的困惑,甚至是莫名无奈的纠结。孤独,也许是属于当代人的一个符号。这个时候,让我们来跳舞,可以舞之来遣兴抒怀,可以蹈之来倾诉宣泄。

记得我的第一本散文集《人生从此不寂寞》是在2007年10月由上海三联书店出版的,当时也没作什么宣传推介,然而在很短的时间内,三千本就销售完了,而且一度在一些读者群中颇受关注。从中使我感到,尽管当代社会颇为开放时尚,甚至是充满了炫动与诱惑,但人的内心还是需要寻觅一座可以波澜安闲的港湾和一块可以恬静温馨的绿洲。由此来看我的第二本散文集取名为《孤独时,让我们来跳舞》,似乎与第一本散文集《人生从此不寂寞》有着某种内在的呼应和文脉的延续。这可能是一个悖论或二律背反式的存在:人是需要守住一些寂寞与孤独的,但人又是要排遣一些寂寞与孤独的。

尽管近十年来,我主要致力于海派文化的研究著述和老上海题材的长篇小说创作,但对于散文、随笔,我一直是情有独钟。因为我感到这可能是一个作家自我倾诉和内心独白的需要。唯其如此，我下笔时是相当认真而严谨的，这不仅是对自己的负责，也是对读者的负责。令我感到欣慰的是，我的这种努力并没有白费，在几次签名售书仪式上，有些读者拿着一大本我发表在报刊杂志上的文章剪报来请我签名，对于这些知音，我是心存感激的。

对于散文、随笔的写作，每个作家都有自己的创作方法和审美理念。但我推崇的是诗情哲理的内蕴和真情实感的抒发，要体现出一种境界与格调，隽永与意象，这就需作家自己要有诗心文胆。因此，我在布局谋篇及遣词用字上，力求自出新意而不落旧套，具有精神的内核和指向，文词的雅致和洗练，给人以阅读的愉悦。所以，我觉得散文、随笔应是一种诗意的润泽，一种禅境的涵养。

近年来，有关散文、随笔的评论颇多，各抒己见，未尝不可。而我始终觉得散文、随笔的文本样式应当是最自由、也最多元的，不必过多地强调什么而排斥什么，问题的关键不是"写什么"，而是"怎么写"。但有一点是应当共同遵循的，即是应以生活的感悟、人文的修养、知识的积淀和精神的向度为综合要素，高蹈清真而吐纳英华。诚如刘勰《文心雕龙·知音》中所说："缀文者情动而辞发，观文者披文以入情。"

在我的书斋中，挂有一副自书的对联：行吟春风时，禅悟秋梦后。也许就是我的一幅生活自画像。

是为序。

二○一○年十月十六日重阳节于海上禅风堂

第一辑　孤独时，让我们来跳舞

孤独时，让我们来跳舞

每个人的内心，都难免有孤独的时候。不管是得意时，还是落魄时；不管是顺畅时，还是坎坷时。孤独，都会悄然走来，只是程度不同而已。既然孤独是一种人生的状态，是一种生命的存在，那么，孤独时，让我们来跳舞。

那是十年前的一个岁序更新的正月时节，我在新加坡的河畔艺术中心办展。为期五天的展览结束后，好望角画廊的赵老板热情地对我说："眼见春节还有一个多星期，你还是留下来在我们这里过吧，也好看看我们南洋华人是怎样过大年的。"尔后，我便住在宾馆内等待着佳节的来临。由于我已数次来过狮城，这里的景点如圣陶沙、虎豹别墅、牛车水等已很熟悉，因此也不想外出。两三天过后，一丝孤独袭上我的心头。善解人意的赵老板似乎也觉察到了，晚上便拉着我到宾馆的舞厅内跳舞。颇有艺术修养的赵老板对我说了一句很文艺的话："孤独时，让我们来跳舞。"那一晚，我们跳得很尽兴，情绪得到了彻底的挥洒，感觉得到了完全的松弛。狮城正月的舞步，似乎如吉兆瑞祥，从此成为我的一种生活常态，消遣着时光，温馨着岁月。

我的舞技本来就很一般，再说也没有练过什么"童子功"，因而各种舞蹈比赛我是敬而远之的。"孤独时，让我们来跳舞"，就是为了一种情趣、

意味，其最高境界，也许就是为了一种自我释放。如你忧郁时，那就不妨从三步踌躇开始，来一曲飘逸的华尔兹，那旋转轻盈的舞步，富于变化中有我心飞扬的滑翔感，从此把忧郁扔到九霄云外。如一曲华尔兹后意犹未尽，那就再跳上一段悠扬的狐步舞也不错。此舞并不复杂，源于美国的社交舞蹈，但舞姿却悠扬轻松，舒缓抒情，就在这不经意间，将烦恼抖落。而狐步作为一种社交性的舞蹈，可以让你在群体性的欢快舞步中，感到人与人其实是相互支撑、同乐共欢的。

有时成功或是辉煌，也会使人产生一种孤独。"又恐琼楼玉宇，高处不胜寒。"于是，热闹的聚会中，拉上你的友人，来一段欢快的恰恰。随着跳跃的舞步、明快的节奏、活泼的摇摆，顿时会使全场荡漾出强烈的欢庆情绪和酣畅的开心氛围。如果彼此还有激情，那么此时来段桑巴也不错。高亢炽烈的舞曲点燃舞者的激情，于是大家扭腰摆腿、浑身晃动，在如痴如醉、如疯如颠中尽情发挥。那飘动的舞步、变幻的舞姿、狂放的舞形，有时会使人进入一种醉舞的天人合一、心我相忘的境界，颇有"人生得意须尽欢，莫使金樽空对月"的体验。

孤独时，让我们来跳舞，也颇有心理按摩或是情绪调节功能。人生不如意事常八九，凡事岂能尽如人意。当你遭受挫折或是坎坷时，可以到迪斯科舞厅去"蹦迪"，蹦得天旋地转，蹦得大汗淋漓。如果再要技术性一些的，可以去跳粗犷的牛仔舞。踢踏的舞步、奔放的旋律、恣肆的摇摆，极有空旷的时空意识和野性的生命跃动。什么瞬间的失败、无奈的落魄、惆怅的失意，统统会在这刚健而不屈的舞动中忘却和远离。觉得粗犷中还要有狂放的，不妨来一段探戈，光踢腿、跳跃、交叉步，其动作幅度之大，就使人激情奔放、热烈如火，看得人眼花缭乱、欲罢不能。探戈源于阿根廷情人间的秘密舞蹈，带有极大的随意性和尽情性，而宣泄也就成为一种随意。

舞蹈，对年轻的朋友来讲自然与爱情有关，无论你是正享受爱情，企盼爱情，还是正失去爱情，我建议都可以去跳浪漫的伦巴，这个正宗的古巴爱情之舞，舞步以扭胯、捻步为主，加以抖肩，性感迷人而舞姿曼妙，若即若离,缠绵婀娜,象征着爱情说不清,道不明。而那稳中摆、柔中韧、快中慢,似时时凸显着爱情的感觉就是如此。当然,如另有选择的话,欢腾明快的吉特巴也挺悦情的。为此我在今年的贺卡上写着:孤独时,让我们来跳舞。

(《新民晚报》2009年1月23日)

生怕情多累美人

　　月明星稀,夜阑人静。看完了上海昆剧团所演的《长生殿》,余音萦绕、味之无极。虽不像当年孔夫子闻韶乐而三月不知肉味,但亦如闻蕙兰、如品佳茗。于是,三五艺友到一小馆论艺宵夜,谈及所观全本《长生殿》,从《钗盒定情》、《霓裳羽衣》、《马嵬惊变》到《月宫重圆》,将唐明皇与杨贵妃的李杨之恋演得真是动人心魄,儿女情长而生死不渝。可见我国古代言情是如此地雍容高逸,说爱是如此地雅致隽丽。

　　回家后已过子夜,灯下漫笔,其中引用了现代文学名家郁达夫的情联:"曾因酒醉鞭名马,生怕情多累美人"。见报后,不少友人或打来电话,或发伊妹儿对郁达夫之情联颇感兴趣,称其情致雅趣而情真意切、形象鲜活而对仗工稳,大有天下第一情联之叹。原本旧时的一副情联,为何会在当下引起强烈的反响?尽管岁月的包浆早将故事浸润得如此幽远,但爱情无论是皇殿还是草根,都是永恒的春花秋月,永久的佳期如梦,永远的雪泥鸿踪,永存的鹊桥归路。在三十年代的作家群中,郁达夫与徐志摩都是情种,不同的是徐志摩更洋派些,从"最是那一低头的温柔"到"波光里的艳影,在我心头荡漾",而郁达夫则更古典些,以传统而古典的楹联写爱抒情。

　　据传,当文坛才子郁达夫见了明眸皓齿、风情盎然的王映霞后,便顿生爱意，颇有相见恨晚之感。相思缠绵之际吟咏出了这副精绝佳妙的对联，更不同寻常的可贵之处是在这倾诉衷情的同时，郁才子保留了一种理性与自控。由此想起现在的爱情小说或是言情影视，少的是"生怕情多累美人"的理智与真情，多的是矫情、煽情与滥情。

尽管现实生活中的爱情似乎有时并不需要理由或是逻辑，况且现在是到了网络时代，闪恋、闪情乃至闪婚、闪离都是寻常之事，连浪漫一把的闲情逸致都没有，既不需要什么"月上柳梢头，人约黄昏后"的诗意过程，也没有什么"相看两不厌，只有敬亭山"的忠诚，更不需要什么"只把青梅嗅"的羞涩及"私订终身后花园"的隐秘。而当下文学作品或荧屏银幕对爱情的反映更是比生活走得更远，不是"无厘头"，就是"不靠谱"及"戏说型"。

有一句不会过时的老话叫：爱情，是文艺创作永恒的题材。但如今要翻造一下：爱情，是文艺创作永恒的遗憾。现在的爱情作品、言情书籍可谓是铺天盖地，可以讲是无爱不成书，无恋不成片，但能将爱情、言情写好的，可以讲是踏破铁鞋难寻觅，不是编造就是虚假，不是雷同就是概念，不是乱弹就是瞎吹，有时则单纯追求肉欲的刺激和感官的宣泄，常常是书里爱得死去活来，读者觉得莫名其妙，影视里恋得惊天动地，观众看得无动于衷。现在还记得在那部砸钱大片《夜宴》中，那个极度迷恋、疯狂追求权欲、情欲而弑兄夺嫂、篡位称帝的君王，最后仅仅因为皇后不爱他而毫不犹豫地喝下毒酒，自我了断，成了"殉情圣人"。如此的矫情、煽情与滥情的综合征，真不知何时能出现转机。看来郁达夫的言情，对我们还是颇有启迪作用的。

（《青年报》2007年6月28日）

所谓伊人

"逆流而上,道阻且长,所谓伊人。"想不到冯氏挺时尚的贺岁影片《非诚勿扰》竟以此首古风为广告语,确是颇为传统、典雅而有意蕴的。尽管对于此片褒贬不一,但影片中的调侃幽默及喜剧成分,还是让面对金融风暴来袭的我们开心了一番,娱乐了一把。

伊人,是很有诗意与情致的称谓,专指女性,犹言此人。如追根溯源,此广告语直接取自《诗经·秦风·蒹葭》:"蒹葭苍苍,白露为霜。所谓伊人,在水一方。溯洄从之,道阻且长。"意谓在一个晨雾迷漫的秋天清晨,芦苇上的晶莹露珠结成了白霜。来寻找心上的伊人,而那伊人却在水的另一方。逆流而上去寻找,道路阻碍且漫长。也就那么短短的几句,那么朴实真诚的吟唱,却营造了极有视觉形象的镜头感和想象空间的语境感。早在2 500多年前的情诗就写得如此优美婉约、动人心魄,可见我们的先民中多的是情种。本来嘛,《诗经》里的民歌中,最多的就是情诗,其开篇就是:"关关雎鸠,在河之洲。窈窕淑女,君子好逑。"难怪那个颇为正统的朱熹在《诗集传序》中也说:"凡诗之所谓风者,多出于里巷歌谣之作,所谓男女相与咏歌,各言其情也。"

随着秋暮春晓,岁月轮回,"所谓伊人,在水一方"穿越了秦汉隋唐,宋元明清,至今风韵依然、姿态绰约,成为爱情的经典表白、永恒象征和倾情演绎。即是最时尚、最时髦的贺岁片,也缠绵悱恻、眷恋多情地叩问并追随"所谓伊人",并借用这首古老的《秦风·蒹葭》来作开场白式的广告语。看来"所谓伊人"具有地老天荒般的魄力和生死相许的定力。唯其如此,需要"非诚勿扰"为底线和规则。这个主题的凸显,犹如爱情的宣言,感动着人们的情怀。

"所谓伊人,在水一方。"其语言结构、文字表述是多么妙哉。"所谓"是设问、疑问,具有不确定性。而伊人,却是专指女性、心上人,具有确定性。也就是说每个人的所爱都因人而异,因情而定。即民谚:萝卜青菜各有所爱。而你所爱的人,又不是那么轻易地能比翼双飞,而是"在水一方",需逆流而上,"道阻且长"。由此从古到今,上演了多少爱情的悲喜剧,从《孔雀东南飞》到《钗头凤》,从罗密欧朱丽叶到梁山伯祝英台,上穷碧落,前仆后继。哪怕是"衣带渐宽终不悔,为伊消得人憔悴",哪怕是"曾因酒醉鞭名马,生怕情多累美人"。《非诚勿扰》中"剩男"秦奋的征婚之旅,也就是寻找"伊人"的心路之程。形形色色的应婚者如约而至,令人啼笑皆非。然而功夫不负有心人,"所谓伊人"还是出现了,这就是空姐梁笑笑,而且麻烦的是心中另有所爱。但笑笑对爱情的执著、真诚及在"硬件"上的美貌出众,使秦奋为之倾心倾情,伊人不再是镜中月、佳人也不再是水中花。看来是"柔情似水",但实质是"佳期如梦"。

秦奋的征婚证明了一条颠扑不灭的真理,找个女人不难,找个爱人特别是伊人难上难。梁笑笑即使在宣布可以和秦奋结婚时,也明确表示心中要保留另一个人的位置。于是这对情侣间充满了悲欣交集、纠葛冲突,直至奔赴北海道作最后的爱情PK,这就是秦奋所说的"孽缘"。但在"非诚勿扰"的感召下,有情人还是终成眷属。这个永远的"所谓伊人",当代的爱情依然为你而精彩。

(《解放日报》2009年3月12日)

湖畔

湖畔,是一种诗意的涵润,是一种禅境的涵养。

由于要研讨当代散文的创作走向,上海作家协会在杭州湾畔的南北湖组织了一次笔会,下榻的宾馆正面对着南北湖。满目群山叠翠拥绿,一泓湖水凝碧泛波。临湖的距离之近,那轻轻拍岸的浪花,似能溅湿你的衣衫。

晚饭后回房,伫立窗前,湖上的夜景月色是如此的宁静幽逸。那浩渺的水面已波澜不惊,在朦胧的月光下荡漾出梦幻般的柔和光泽,似沉浸在前尘往事的漫长缅怀中。靠湖的南岸堤边,泊着三两只小舟,船头跳跃闪烁的渔火,温馨着岁月的情怀,让很多年前老祖母的叮咛,依稀陪伴着漂泊者的无眠。湖中的长堤叫鲍堤,一个多么富贵的名称,逶迤起伏而横贯东西,将湖悄然地分为南北两半,宛若两位绝世的佳人:南湖嫣然妩媚,北湖水灵俏丽,同时还能演绎"日月并升"的天文奇观,从而将湖、山、海的景观融为一体。

在水一方的白鹭洲上的拱形小桥,展现着凹凸有致的婀娜纤影,那一个连着一个的圆形桥洞,在波影水光中把天上的明月连成一串。而三面环水的蝴蝶岛上,古朴简易的木屋外,还有茶幡不知疲倦地渲染着夜色,也许是归乡的游子还在品茗赏湖,从此不管羁旅行脚在何方,都挟带着江南一缕清醇的茶香,化作难舍的乡韵。看那湖畔的倒影,疏影横斜地勾勒出山巅千年古刹"云岫庵"的飞檐翘角。此刻已是鸟宿林泉树,也无僧敲月下门,唯有晚课悠扬的钟磬之乐和朗逸的诵经之声,将沧桑悲欣化作一湖烟云。

依偎在湖畔的渔村农舍,大多已隐没在无边的夜幕中,倘尔有几家的窗口还透出和煦的灯光,和天上的星光、湖中的月光、船中的烛光互为辉映,交织成一片超越尘世的清寂安谧,空灵得似能把俗世的功名利禄过滤得纤尘不染,清澈得似能把今生的愿望诉求解脱得五蕴皆空,使心灵得到澡雪和抚慰。这湖畔的夜色,竟有如此的禅境佛意,使人得到纯真的非诚勿扰的修炼。难怪当代园林大师陈从周曾说南北湖:"比瘦西湖逸秀,比西子湖玲珑,能兼两者之长。"

湖畔,是人生不可多得的一个驿站,那乃是有缘相约,有幸相逢。无垠的夜色拥入你的眼帘,尽管它是那么地淳朴飘逸,一如秦汉遗风、唐宋雅韵、明清丹青般的古典丰约,但这毕竟是其千百年来积淀的底色和隐藏的景脉,可谓是集山水之精华,聚人文之荟萃。犹如那湖畔月下的垂柳,至今依然走不出往昔的追忆。那个撰写出《人间词话》的一代大学者王国维,当年也许在湖畔寻觅过阑珊的灯火,故乡的云楼水月,终于使他悟出了人生的三种境界。那个多情的才子徐志摩,当年也许珍藏过湖畔的云彩,尔后连异国康桥的云彩也不再留恋,仅是潇洒地挥一挥手。还有那个抗日的斗士金九,当年常乘一叶扁舟,隐没在芦苇深处,与白鹭为友。而当代作家黄源先生也把他的万卷书籍,藏进这湖畔的青山绿谷,为的是为这锦绣之地增添绵延不绝的书香。还有那个藏品丰富的陈从周艺术馆,也与这风姿绰约的湖畔为邻,守候着梓翁一生的遐想。

湖畔,好似一卷舒展的诗画……

(《青年报》2009年5月3日)

情殇梅里雪山

少女时代起她就喜欢古典辞章，从"两情若是久长时，又岂在朝朝暮暮"到流行歌曲"只要真心拥有，何必天长地久"，不知是佛偈禅机？还是因缘相会？她的爱情似乎就演绎了如此语境和悲欢历程。

在梅里雪山下有个小小的酒吧，该酒吧二楼的阳台紧挨着白雪皑皑的山峦，天地间似被映衬得晶莹无瑕，恍若置身于远离尘世的琼楼玉宇。就是在这样一个枫叶初红的秋日午后，她和他邂逅在此。世间的事仿佛就是应验了一句大俗话："戏如人生，人生如戏。"有的人与人长期共处，却激不起一丝心灵的涟漪，好似平行的两条线，永远不会交汇，而有的人与人哪怕是偶然的短暂相逢，却会碰撞出真挚情感的火花，好似同一轨道的两颗行星，早晚总会相聚。

她出生在黄浦江畔，父母都是医生，自己是一所大学中文系的讲师，由于生性喜好旅行及运动，因而体形健美而丰满，富有现代女性的时尚气息。他的老家在峨眉山下的天府之国，父辈都是脸朝黄土背朝天的农民，而他从大学毕业后，成了一家旅游杂志的摄影记者，四季行走，浪迹天涯。他长得不算英俊潇洒，但气质阳刚，颇有男性魅力。她与他的话题从旅游开始，然后是谈景观、谈风情、谈人生，谈到峰衔明月，小酒吧的老板抱歉地打招呼说：明日请早。

好像前世今生、大千之中就这样期待相逢,只是时间、地点的选择而已,他们从各自的身上发现了各自的一半。尽管双方的父母对他们的人品都无意见,但凭人生的经验,都觉得他们还是成为朋友乃至兄妹为好。然而,爱情不需要给一个理由或是反复论证,心有灵犀的拥有就是一切。于是,他们再赴云之南的梅里雪山,在海拔四千多米的山顶上,伴着千年纯洁的白雪,举行了两个人的婚礼。婚后的生活自然是聚少离多,但夜夜守候在电脑旁,依然是音容笑貌鲜活,倾心交谈甚欢,可谓是"天涯共此时","梦里不知身是客"。

在这对被人称作"驴友夫妇"或是"漂泊拍档"的爱巢里,每年至少都要推出一本图文并茂的旅游专集,他把光圈中美妙旖旎的景色化作永恒的瞬间,她把图像中隽永瑰丽的内蕴化作丰赡的诗意。此种天作之合却未能天长地久,就在那年梅里雪山举行登山节,他在抢拍一个镜头时,突遇雪崩,从此魂归梅里雪山。当他的同事把他的遗物——一架相机交给她时,她紧紧地把这架相机拥在自己的胸前,久久、久久,迸出一句话:"这是他最好,也是最后的归宿。"她曾记得他多次地讲过:一个真正的旅行家、探险者,最好的归宿就是倒在旅行途中。此是天人合一的造化。她当时忙捂住他的嘴,连说:"呸、呸、乌鸦嘴。你不能把我一人留下。"

她随之乘飞机来到了他的殉难之地,梅里雪山在阳光的映照下,还是那么静寂、高洁,甚至有些怜悯、羞涩。雪山千仞,面对她的失声痛哭,匍伏低泣,却显得那么不动声色、无动于衷。她一下子顿悟了,他是雪山的儿子,归去来今,他是回到了母亲的圣洁怀抱。于是,她把当年结婚时他赠的金鸡心打开,里面有一张小小的他们合影的照片,她深情地最后吻了一下他,然后用手挖了一个小小的雪洞,把金鸡心埋入。是呵,此处安顿是我心。于是,她就成了梅里雪山的儿媳。这个雪地仪式有些悲怆、有些孤单,但却是一种爱情的图腾。她在不久就辞去了教席,拿起了他留下的相机。

从此,每逢她和他相识的那一天,她都会一个人来到这个小酒吧的阳台上,要两杯红酒,先把一杯酒向雪山,然后一个人慢慢地小酌,千言万语尽在这雪山心祭之中。

(《青年报》2008年1月3日)

元宵节·情人节

按照千百年来的习俗,过了元宵节才算是过大年的谢幕。因此,元宵节是过年的压轴戏,可谓是精彩多姿而诗意弥漫。其物化的凸显和民俗的展示就是甜甜蜜蜜、团团圆圆吃汤圆,红红火火、热热闹闹赏花灯,也就赋予一个动词:正月里来"闹"元宵。

元宵的节日符号化和仪式程序化又掀起了过年的最后一个高潮,天地人齐欢乐,众乡亲共参与。白天是家家户户吃汤圆、年糕、饺子,晚上则观灯、舞龙、放焰火。其实,元宵节也是正月里的爱情季节。宋代著名的女诗人朱淑真就在那首《生查子·元夕》中细腻委婉而动人心魄地写道:"去年元夜时,花市灯如昼。月上柳梢头,人约黄昏后。今年元夜时,花与灯依旧。不见去年人,泪湿春衫袖。"宋时的元宵节就这样见证了一段刻骨铭心、忠贞不渝的爱情,至今依然打动情侣们的心弦,从此便演绎成了经典的爱情场景。而到了秋天七月七日的"七夕会",牛郎织女的鹊桥相会,已是爱情的第二季,他们是夫妻相会探亲。因此,秦观在《鹊桥仙》中写道:"柔情似水,佳期如梦,忍顾鹊桥归路。"也正是从这个意义上,我才觉得元宵节不仅是"灯节",亦是真正意义上的中国情人节。而"七夕会"应是中国的夫妻节。也许元宵节表现得太古典雅致,太含蓄诗化,因而其情人节的意蕴却被淡化、忽略了。

对我们这代人来说，元宵节留存在我们记忆中的片断大多是吃圆子、玩彩灯、逛庙会。元宵节似乎太多地蕴含了老年情怀和少儿乐趣，老年人捏圆子、扎彩灯、制灯谜。少儿们吃元宵、拖彩灯、猜灯谜，而青春气息却被疏远了、游离了。其实，元宵节是有了青年人的积极参与，才走向成熟，变得丰满，日趋美丽。偶翻史书，才知此节始于西汉汉文帝（前180~前140）登基于戡平诸吕之乱后，这一天正是农历正月十五日，于是文帝此夜出宫与民同乐，并定为元宵节。至宋代，由于宋人的生活精致化，开始有了吃元宵的习俗，并创意地在灯上写谜，从而使宫廷与民间共度良宵，张抡曾在《烛影摇红·上元有怀》中记录了当时的盛况："去年元夜奉宸游，曾待瑶池宴。玉殿珠帘尽卷，拥群仙，蓬壶阆苑。五云深处，万烛光中，揭天丝管。"而不少青年男女正是通过制谜、猜谜、观灯、赏灯等来传递心曲，在这元宵的狂欢中浑水摸鱼地谈情说爱。孟元老的《东京梦华录·元宵》对此有生动的记录，元宵灯夜，汴京不仅华灯火树，争奇斗艳，而且"城跶不禁，别有深坊小巷，巧制新妆，竞夸华丽，春情荡飚，酒兴融怡，雅会幽欢，寸阴可惜，景色浩闹，不觉更阑"。正是在人们欢欢喜喜、兴高采烈地观灯浏览时，情侣们却春兴雅会，倾诉幽情。

曾见民俗学家呼吁要打造中国的情人节。其实元宵节倒是首选。因为元宵节蕴含丰裕，有团圆、甜蜜、红火之意，而这都与爱情有关。特别是元宵节的程式亦可化作爱情的仪式，如情侣间互制情诗灯谜，以交流情感，互赠彩灯，以照亮爱情之旅，共同游园，以结同心之好。因有事或地分两头的恋人，亦可互发手机短信猜谜传情等。只要善于借用传统而别出心裁，咱们中国的情人节应当比西方更有声有色，从而使元宵节也洋溢出青春的激情与诗意。

（《青年报》2007年3月3日）

我学会爱你了，就在我心里

元宵节的早晨，小区内三三两两的鞭炮声似乎和新年作着恋恋不舍的道别，长廊中高挂的大红灯笼在风中摇曳，把这个上元日辉染得温馨而亮丽。女儿涵咏提着行李进入了停在楼前的小车，隔着车窗向我挥手。寒假就这样匆忙而爽捷地过去了，女儿又将飞赴北京清华园，在学海中泛舟。

送走涵咏后，我感到心里有些空落落的。回到书房，打开音响，聆听女儿向我推荐的班得瑞CD，那悠扬舒缓而空灵优雅的音乐润泽着我的心灵，情绪变得十分松弛。记得前天晚上的饭后，我照例要到楼下的小区园林中散步，平时只管自己忙里忙外的涵咏难得地说："老爸，我陪你下去一起散步。"

由于今年老天的恋春情结特别强烈，因而小区内的园林已是春光竞发、绿意弥漫。金灿灿的迎春花在淡然的暮色中显得有些辉煌，格高韵清的梅花已形成一片小小的香雪海，清香袭人而风姿绰约。山茶花在青枝绿叶间开得红红火火，把临风绽放的白玉兰映衬着越发俊丽俏美。碎石铺的小径格外静谧，我和女儿漫步而行。"老爸，我向你推荐几首歌，不仅好听，而且文学性挺强的。"涵咏说罢便将MP3的一个耳机塞进我的耳窝。就这样，一根线上的两个耳机把父女连在一起，使我们变得心心相印而息息相通了。

哦，是林俊杰唱的《曹操》："不是英雄不读三国，若是英雄怎么能不懂寂寞，独自走下长坂坡，月光太温柔。"第二首是周传雄唱的《寂寞沙洲冷》："等你走后心憔悴，白色油桐风中纷飞，落花随人幽情这个季节……寂寞沙洲我该思念谁。"接下来是近年来很火爆的周杰伦唱的《东风破》："谁再有琵琶弹奏一曲东风破，枫叶将故事染色结局我看透。篱笆外的古道我牵着你走过。""嗯，这几首新歌的确不错，很有诗情哲理，文学含量很高。""老爸真是'巴'，这已是老歌了，但我知道你会喜欢的。"女儿又借机发挥道："别整天忙着工作、写作，也该调剂一下，听听音乐，听听歌，知道吧。"涵咏的话就像一股拂面的和煦春风，滋润着我的心田。是呵，女儿自北京归来后，我明显感到比以前更能体贴家长了。

优美的音韵在耳畔回荡着，女儿挽着我的手臂正摇头晃脑地听着歌。倏忽间，我才注意到女儿已差不多和我一样高了。真是岁月倥偬，女儿就这样毫不犹豫地长大了。记得涵咏10岁生日时，我在赠她的贺诗中写道："难得有缘作父女，牛角挂书共勉之。"是呵，在茫茫人海、滚滚红尘中，能结为父女，也是前世今生的缘分。我曾对她说：在血缘上我们是父女，但在生活中我们是朋友。当涵咏以优异的成绩被清华大学录取后，不少亲朋好友在向我表示祝贺的同时，纷纷提问："请问你是如何培养贵千金的？"好像我有秘密武器似的。我却实话实说了四个字："无为而治。"我从来不对女儿有苛刻的要求和过分的压力，而是让她对学习保持一种兴趣性，对读书产生一种快乐感。我还鼓励她在学好功课的前提下，参加市、区的各类竞赛，让自己开拓眼界，和各路高手过招，让自己具有高层次的学习方法和高质量的思维能力。如她在上海中学时，有一年市里举办国际工程师大会，学校挑出两名志愿者参加大会服务，女儿一口流利的美式英语使老外十分佩服，主持大会的专家还以为她刚从美国归来。在这成功的背后，涵咏有一大沓参加国内外英语竞赛的奖状垫底。

女儿为我举办的这场MP3散步音乐会还在继续，说实话我很珍惜这共度的美好时光。《东风破》中有两句歌词令我遐思无限："你走之后酒暖回忆思念瘦……岁月在墙上剥落看见小时候。"女儿从小学三年级起就住宿在上海世界外国语小学,每个周末下午我接她回家时,她都缠着我讲故事。于是,路上故事会,开过春花秋月,开过岁序更新。也许是心有灵犀吧,女儿此刻拉我在园中的长椅上坐下小憩,笑着问我:"老爸,从小到大,我老缠着你讲故事,你知道哪两个故事使我印象最深吗?""那么大一箩筐的故事,我哪知道?"我有些茫然地答道。"告诉你吧,一个是佛祖释迦牟尼金手指的故事,教会了我学习中要掌握点石成金的方法。另一个就是苏东坡和一位和尚关于粪与花打比的故事,教会我要以美好宽容的心灵来对人处世。"生活的哲理仿佛就是如此,当年父女间漫不经意的戏嬉,亦成为女儿精神家园中的一眼甘泉。

  我们这代人中有许多人未圆大学梦,因而当儿女们实现父母辈的梦想时,其快乐和满足是不言而喻的。因此,父母之爱是超量的。孩子们中有不少是学习上的强者,然而却未必是生活中的强者。在去年夏末秋初的清华园,晚上11点当我离开时,女儿眼中溢出了泪花。下楼后我经过大操场,看到有些家长已露宿了,我颇为震撼。归沪后,我写了一篇散文《露宿清华园》,在《新民晚报》发表的当天晚上,我家的电话几乎被打爆,不少亲朋好友告诉我说:"你的这篇东西真实地写出了我们这代人渴望儿女成才的艰难与辛酸,我们是流着泪读完的。"那时,涵咏刚参加完学校十分练筋骨的军训,老师希望每个家长能写一封家书慰问孩子,我便把这篇文章附在家书后一起寄给了她。不久,涵咏给我回信,其中写道:"有位诗人曾说过,'为了太阳,我才来到这世界',而我感到'有了父母,我才认知这世界'。真的,我学会爱你们了,就在我心里。"我看了后,感动了好半天。时至今晚,我才知道这最后一句话就是《寂寞沙洲冷》中的歌词。

(《新民晚报》2007年3月19日)

让我伴你，慢慢老去

嫩寒春晓，乍暖还冷的农历乙丑年正月初七（2月1日），正是人日，为万物之灵长设立节日，可以讲是人的自我关怀和关爱。

此日清晨，太太起床后对镜梳妆，鬓边的青丝中又出现了白发，于是平添了几分叹息："老啦，岁月不饶人。"我的头发早已成了"条形码"，这倒印证了一句民谚"脱发的人不白发"，于是我蒙上了"不白之冤"。但我依然安慰她说："让我伴你，慢慢老去。"

滚滚红尘、芸芸众生。能成为夫妻者，那真是一种"缘"。而男女间能同结连理的，也必须是有"分"的。为此民间认为凡做夫妻者，都是应有夫妻"相"的。从"缘"到"分"再到"相"，是前世今生的约定，还是山盟海誓的相守？是地老天荒的契约，还是相濡以沫的呵护？似乎是说不清，道不明。但有句经典式的婚姻格言：百年修得同船渡，千载修得同床眠。可见在古人的心目中，夫妻间的姻缘是值得珍重珍视的。多么漫长的岁月修炼，多么悠久的时空穿越，才能换来同枕共眠。其情其景，可与大学者王国维先生所说的人生三种境界相参照："昨夜西风凋碧树，独上高楼，望尽天涯路。""衣带渐宽终不悔，为伊消得人憔悴。""众里寻他千百度，蓦然回首，那人却在灯火阑珊处。"承载或经历此三种境界者，亦是一种爱情的享受和婚姻的福祉，才会在"让我伴你，慢慢老去"的人生旅程中，携手同行。执子之手,与子偕老。

　　让我伴你,慢慢老去。应当讲是一种承诺、一种守望、一种境界、一种愿景。从"恨不相逢未嫁时"的"月上柳梢头,人约黄昏后"的相恋,到"愿作鸳鸯不羡仙"的"愿得一心人,白头不相离"的结合,再到"让我伴你,慢慢老去"的时段,已从当年的灿烂归于平淡,从往昔的绚丽趋于朴实,是真正地到了:我愿是一枝常春藤,悄然地爬上你的额,为你遮挡人生的风雨。我愿是一滴甘泉水,默然地流进你的心,为你滋润生命的绿叶。已记不清在哪部电视剧中,有人以调侃戏说的方式说一个男人一生应该结三次婚,第一次是20岁时,应和一个40岁的富婆结婚,使你能享受人生;第二次是40岁时,应和一个20岁的姑娘结婚,使你能享受爱情;第三次是60岁时,应和一个60岁的老太结婚,使你能让她伴你老去。我没有这种奢望,但想享受这第三种效应。期盼着"还有小园桃李在,留花不发待郎归"。相守相约相望相知,为的就是"莫道桑榆晚,为霞尚满天"。由此构成一道温馨而有情致的晚晴风景。

　　初恋时,我们不懂爱情。到我们懂爱情时,已是"半生落魄已成翁"。在那物质和精神同样贫乏苍白的年代,我们所寻找的另一半不能有、也不会有什么更多的附加值。而如今,让我伴你,慢慢老去,却是在承受了岁月的陶冶和人生的风雨后,达到了归璞返真、大彻大悟的人生境界。

　　由此想到现在年轻人的做派,从闪恋、闪婚到闪离,"挥一挥手,不带走天边的一丝云彩",是何等松弛、洒脱、豁达。是呵,"不羡神仙羡少年",你们有青春的资本,有婚姻的时段,而且每一代人都有每一代人的人生观念和价值取向,但毕竟令人担心的是这样闪来闪去,会有让我伴你慢慢老去的镜头定格在初春的晴窗吗?

　　让我伴你,慢慢老去。犹如一壶越久越醇的陈酒,就让我和你悠悠品尝在莺飞草长的时节,从此"秋月春风等闲度"。

(《青年报》2009年2月15日)

一期一会

"一期一会",是我在日本办书法篆刻展期间写得最多的条幅之一,它传导了一种真诚的情缘和美好的愿望。

记得那是在春光明媚的四月,我随友人小川君来到大阪城踏青,在古朴巍峨、飞檐翘角的天守阁下,数里樱花开得如火如荼,把天地间熏染得一片绯红。不少日本人正邀三五知己,相聚在花期正盛的樱花树下,或是品茶或是饮酒,一阵暖风吹过,纷纷扬扬地飘起了绚丽的樱花雨,人们用茶杯或酒盅去接樱花瓣,然后一饮而尽。樱花的花期很短暂,一般仅有一星期左右,而在这样的时节相逢相会在一起品茶饮酒,真是人生之缘,十分难得。此景此情,一生也许就这么一次。今后相逢,也许会是另一种情景,由此构成了"一期一会"的境界。

"一期一会"是一种人生状态和意味形式。"一期"是个时间概念,而"一会"是种体验感悟。特别是现代人,随着工作节奏的加快,就业压力的增大和竞争挑战的严峻,常常感到有一种莫名的惶恐和无奈的叹息。有时难免心浮气躁或怨天尤人。如今又遇到金融海啸,股市萎缩,收入减少等,真是人生不如意事常八九。在这样的时候如能与知己好友一期一会,清茶一杯或是清酒一盅,互相倾诉衷肠,各自倾吐真言,遣愁排怨,消解心结,使精神得到抚慰,情绪得以释放,亦是人生一大乐事。因此,在日本各地，无论是繁华富丽的东京银座，还是幽静古典的长崎小巷，都有居酒屋的旗幡在迎风飞扬，都有茶道的清香在悄然弥漫，人们正是在此"一期一会"，品茶饮酒，展示了一种人文的情怀和生存的方式。

一期一会也是一种心灵交流和精神境界。"一期"是个约定俗成，"一会"是种精神对应。作为一种诗化的语境和现实的效应，一期一会追求的是一种永恒的瞬间，瞬间的永恒。芸芸众生，茫茫人海，滚滚红尘，知己难求，知音难觅。因此，古人云："人生得一知己便可足矣。"能有三五知己，已是人生之幸事，能这样一期一会，更是一种情感的释放和生活的享受。在我国魏晋时期，就很流行这种期会，诚如王羲之在《兰亭集序》中所云："当其欣于所遇，暂得于己，快然自足。"唯其如此，在现代都市里，茶室、茶吧、茶馆到处都有。这类茶馆有别于老式茶馆的是装修或古典或豪华，但都十分精致，注重私密性和静谧性，环境清幽雅逸，不像老式茶馆那样烟雾弥漫乱哄哄的。此类现代都市里的茶馆，在某种意义上就是为了提供"一期一会"的场地与平台。现在有不少年轻的白领一族也喜欢孵茶馆，会友人，正成为新都市的时尚。"一期一会"已成为一种心灵的驿站。记得在遥远的云南边城丽江的梅里雪山下，有一个小小的酒吧，在这个小酒吧内有一本子，上面写满来此游览或旅行者的留言。当他们把自己的心曲倾泻在纸上后，然后抖落一身风尘走向雪山或远方。后来者在翻看这些动人的留言后，再写上自己的感言，由此也形成了一种"一期一会"，这是人在旅途，相聚在异乡的"一期一会"，更有一种命运感、亲切感和缘分感。

当然，一期一会的形式是多样的，境界也是不同的。有时候的"一期一会"未必要有事或有目的，它仅是一种形式和意味，诚如一副很出名的对联所云："不见忽忆君，相会亦无事。"

(《青年报》2008年11月8日)

生活着是美丽的

"桃红复含宿雨，柳绿更带朝烟"的时节，收到同学寄来的通信名录。在明媚的阳光里、在绚丽的春光中，但觉满纸云烟、如梦如幻。整整三十八个年头了，如今再见那一个个鲜活的名字，多少往事、多少回忆似并没有走远。春花秋月，雪泥鸿踪，人生何处不相逢，而一旦相逢了，却是人生驿站中的又一个叙事剧。

也不知从什么时候起，同学相聚成了一种当代时尚，从这个看似寻常的人际现象中，却折射出了社会和谐的温馨和人文怀旧的情趣。生活悠然了，才有回忆的空间。前不久，我们已经分别了三十八年的中学同学相会，着实使已不太容易激动的我激动了一把。以往看到别人同学相聚，总不免有羡慕之感，同时也引起惆怅之意。我系70届，当时就读的安源中学是在"文革"后期根据一所工厂改建的，仅毕业了三、四届学生就散伙了。而我们当时居住的地段乃上海新客站，由于大规模动迁，同学们都分散各处，就像被抹去了的地名一样大家一下子消失了、蒸发了。正是由于这些原因，我们同学的相聚就显得有些困难，像寻找失踪者那样颇费周折。好在同学刘克成、姚德华、陈必能、包有娣、陆际鸿以"锲而不舍，金石可镂"的精神尽力寻觅，他们分头寻找线索，然后采取"滚雪球"的办法层层推进，总算促成了这次期待了很久、终又相会的盛举，还请来了当年的班主任谢芳成老师。当大家围坐在谢老师身边时，遗憾的是金色的学生时代已成记忆，感叹的是永恒的真情岁月已是相守。

三十八年前，我们还都是十七、十八岁的青春少年。而今相聚，已是五十多岁的小老头、小老太，真是"多情应笑我，早生华发"。只是旧时的音容笑貌及举止动作还依稀可见，这是漫漫岁月无法抹去的同窗印象。共同举杯祝贺时，大家的眼神一下子变得如此热烈而纯真，犹如回到了少男少女时代，不少人眼中还溢出了莹莹的湿意。记得一位哲人曾说过："在世界上的任何情谊中，同学之情是超越一切功利的。唯其如此，地老天荒，此情永存。"而今的相逢，乃是同学有缘今朝会，青山一道同云雨。

尽管人生的舞台早已把同学演变为不同的角色，在座的有教授、作家、医生、高管、老板等，亦有门卫、安保、店员、协管员等，而且有不少人已下岗或退休，但同学是人生共同相依相望的水平线，大家依然像往昔那样叫着各自的绰号："大头"、"阿三"、"小鼻子"，谈着那些已十分遥远的趣事轶闻，如删本庭当年朗读课文中有一句："欺骗皇军，杀了你的头！"由于紧张读成了："欺骗皇军，杀了我的头！"引得当时哄堂大笑。怀旧往事，使大家一下子相忘了年龄和身份，相忘于江湖与红尘，使宾馆的包房内再度上演了同学少年时的嬉闹与疯狂。借着这个良辰美景，"小鼻子"还斗胆向号称"小白鸽"的女同学吐露了当年对她的暗恋，在同学的促成下，他们总算潇洒地喝了一次交杯酒。真是"自知白发非春事，且尽芳樽恋物华"。

我们这代人，可以讲是一个历史阶段的铺垫者，也是一个社会过程的经历者。当我们在长身体时，缺吃少喝。当我们需求知识时，无书可读。我们经历了最荒唐的年月，承受了最荒诞的人生。而这一切发生时又在我们一生中最珍贵的青春萌芽期，当我们各自以不同的方式付出了巨大的代价后，我们的人生毕竟没有以荒唐和荒诞来继续延伸。我想现在为什么各类同学聚会已成了一道社会风景，实际上大家是以这种方式来祭奠我们早已消逝的青春，来追忆与青春有关的日子与梦幻，同时也用这种

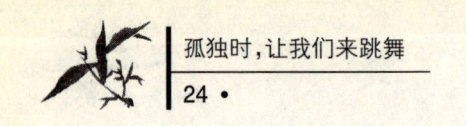

方式来呼唤一种社会存在：同学少年多不贱。是呵，生活着是美丽的。生活着也就意味着自己永远是自己的主人，尊严和自信就如阳光永远洒满你的人生。

（《主人》2010年4月号）

西饼屋的守望者

在上海某著名高校的旁边,有一家西饼屋在半年前开张,单开间的门面显得有些狭小而局促,但店堂却颇为进深,走进去就像走进了一条悠长宁静的时光隧道,把人的心情一下子过滤得十分安谧。前是自助式的西饼橱窗,可供个性化地选取,后是咖啡吧。低矮的沙发配着铺上红白格台巾的长方茶几,吧内的布置是当下颇为流行的三十年代风格。墙壁上胡蝶、周璇、金焰、赵丹、白杨年轻时的照片正冲着你有些羞涩地微笑。那台有着一只铜制大喇叭的留声机似刚放完"天涯歌女"而等待着你去换片,旁边就是几张封面有些泛黄的百代老唱片,时光在积淀中变得典雅而诗化。

时常来这里光顾的自然是大学里那些俊男倩女,他们的光顾为小小的饼屋带来了青葱的校园气息、勃发的青春才情和浪漫的爱情风韵,从而弥散出那种馥郁的温馨氛围,成为莘莘学子们休闲的阳光驿站。难怪有几个有点年纪的教授,偶然也到这里的咖啡吧小座,品着有些苦涩的现磨咖啡,聆听着那被岁月摩挲得有些沧桑的背景音乐,感受一下这里独有的青春情致,缅怀一下那早已消逝的花样年华。而此种氛围和效果,正是这里的女老板所期盼的。

在那个大地回春,恢复高考后的第一年,已沉寂荒芜了好多年的校园一下子热闹了起来。当年作为上海知青的她刚从贫瘠的安徽山村踏入了这所海上名校，还未来得及抖落一身在皖北战天斗地的风尘，就投入了紧张的学习。她的父母都是这座大学的教授，她自小就受到了良好的知识启蒙，而今重回课堂，如鱼得水，成为系里才貌出挑的"才女"，自然是仰慕者如云。后来，她和那位来自湖南的"才子"相爱，没有风花雪月，也没有柳浪闻莺，大部分时间是在图书馆，一个面包分两半，一壶开水就着喝。毕业后，双双到大洋彼岸的哥伦比亚大学攻读。那位湖南"才子"在婚后毅然自己开了家软件公司，夫妻俩精诚合作，筚路蓝缕，终于跻身于著名的硅谷，资产数千万，可谓风光无限。而她觉得他有些变了，更多地关注的是资产的增长与竞争的手段，在什么都拥有的时候，她开始有些怀恋青葱的校园。

后来，他在那位新聘的身材凹凸、明眸皓齿的美国女秘书的诱惑下，经常彻夜不归。尽管她也曾苦口婆心地劝他，希望他以家庭、事业、名誉为重，但男人的心一旦失控，就是脱缰的野马。分手显得格外的平静，他把她应该得到的上千万资产划入她的账户，外加一套高级公寓。他拎着那只鳄鱼皮的高级公文包出门，她在窗台上送着他的背影，他竟连头都没有回一下。此时，她才以两行清冷之泪，告别在海外的十多年打拼。

从昔日劳燕双飞，到今日孤燕归来，她又走进了生于斯、长于斯的青葱校园。父母在前几年就已归天国，在波摇柳影的河畔，在丰草没脚的林间，在安静幽逸的长廊，在灯光明亮的图书馆，她追忆着往事的云烟，在岁月深处打捞起温馨的回忆，以疗伤治痛。是呵，当初从一无所有的出去，到而今除了大把的金钱外孑然一身地回家，这归去来兮，就是人生的无奈。"本来无一物，何处惹尘埃。"就这样，她想起了那个小男孩，那个永远的麦田守望者。

于是，她就在校园边开了这个小巧而精致的西饼屋，那些颇有特色的西点蛋糕，都需隔天乃至数天前预订，由她亲自操作加工，整个过程就像在精雕细刻一件艺术品。孩提时，她就最喜欢吃蛋糕，后来，父亲被打成"右派"下放，母亲因不愿与父亲划清界限而调离岗位。从此，吃蛋糕就成了奢望。后来,她随他到世界各国商务考查或旅游观光时,每到一地,都要品尝那里最高级的蛋糕,但总没有童年时的香草蛋糕那么有滋有味。是呵,从青葱校园到香草蛋糕,如今都拥有了,她觉得满足了,心情也变得格外宁静。她已不再是漂泊的浮萍,而是回归家园的守望者。

(《现代家庭》2007年10月号)

尚湖烟雨钱柳情

　　山水相依，景色秀美的常熟尚湖，因当年《封神演义》中的姜尚（太公）在此隐居垂钓而得名。如今姜尚那淡泊幽逸的身影已凝固成一尊石雕永驻湖畔，而他那句千古吉语："姜太公在此，百无禁忌！"却依然泗润着一湖碧波、四季烟雨。

　　也许姜尚的传说过于悠长而有些依稀，而今漫步在湖边，牵动我情思的则是那个东南文宗钱谦益和秦淮首艳柳如是缠绵哀怨而又浪漫凄美的姻缘。钱柳之间"白发红颜"的恋情故事，在明末清初的常熟是家喻户晓，使这十里青山半入城的锦绣之地，有了一脉"问世间，情是何物"的温柔，有了一曲"直教生死相许"的绝唱，至今令人捧一掬同情之泪。

　　造型优美的拂水长堤，是尚湖景区的华彩乐章。那有十七个桥孔的串月桥，玲珑剔透、姿态婀娜地静卧在波光水影中。在那月明星稀的夜晚，十七个桥孔串起了十七个月亮在水中摇曳、亦真亦幻、天上人间。钱柳的爱巢拂水山庄就从虞山脚下建到这尚湖岸边。就在那个月照无眠的春夜，钱谦益携着柳如是的纤手徜徉堤边，观湖赏月，吟诗填词，"金风玉露一相逢，便胜却，人间无数"。如此的良辰美景，这般的赏心乐事，使回到山庄的钱柳依然意犹未尽，柳如是铺开素笺，挥洒丹青，完成了笔墨雅逸的《月堤烟柳图》。钱谦益文思如潮，即兴在画上题了长跋，诗画合璧，文采飞扬。

明崇祯十三年（1636），大名鼎鼎的一代名士钱谦益仕途失意，削职归乡，赋闲于尚湖之畔。那个雪后初霁的午后，以酒消愁的他正在小憩，有人送拜帖："晚生柳儒士叩拜钱学士。"宾主相见，来人明眸皓齿、娇小清秀，原是数年前相识于西湖的章台名妓柳如是姑娘。伴着晴窗暖日、水仙幽香，他们品茗说艺，谈诗论文、雅兴盎然。真是难得柳姑娘在老夫落魄之时来相见相慰，随后这对才子佳人赏景香雪海，垂钓尚湖边，踏访兴福寺，题诗红豆村。钱谦益还特为柳如是在山庄中筑一小楼，取名为"我闻室"，与柳如是名相合。楼成之日，钱赋诗曰："今夕梅魂共谁语？任他疏影蘸寒流。"柳如是则回赠诗笺："珍贵君家兰桂室，东风取次一凭栏。"

红颜知己，缘定今生。尽管钱谦益要比柳如是大36岁，但爱情是不问人生季节的。明崇祯十四年（1637），有情人终成眷属，"百无禁忌"的尚湖见证了钱柳这段旷世奇恋。从此，他们在春天的桃红间，在秋水的画舫上，在夏荷的流翠中，在冬梅的冷香里，琴瑟相和，诗画相赠。尚湖的翠波里有了这段如此缱绻雅致的情缘而变得风姿绰约，而钱柳的情缘中有了这个如此旖旎明丽的尚湖而变得风情万种。是呵，钱柳姻缘如果是在莺歌燕舞的太平盛世，那是多么的温馨美满。但却是在那个血雨腥风的改朝换代之时，那么命中注定是凄楚而悲怨的。

1645年，清军的铁骑踏破杏花春雨、小桥流水的江南，在常熟破城之日，性格忠贞、崇尚气节的柳如是力劝东林党领袖钱谦益殉节。钱虽有顾虑或胆怯，但作为大明的官员与名士，他还是答应了。于是，钱柳带着悲壮之情来到朝夕与他们相伴的尚湖。此时的尚湖也一改往日的温柔，变得波滚浪涌，似为他们壮行。然而从朝阳初升一直拖延到残阳如血，钱谦益始终下不了决心，最后用手摸了摸湖水，尴尬无奈地转身说："水太凉了！"柳如是见状，却毅然跳入水中，以死相争，却被家人捞起。尚湖之水就像一面镜子，透视了忠贞与怯懦。既然不肯殉国，柳如是就苦劝他不要出山，隐居湖边。钱谦益却心有不甘，他不仅马上削发作顺民，而且应召赴京，一心想做当朝的宰相，但却得了个无足轻重的闲职：礼部侍郎。独居尚湖的柳如是却频频鱼雁传书，倾诉相思之苦，劝其回归湖畔。失魂落魄的钱学士见混不出什么名堂，也只得托病辞官，重返尚湖。

尚湖以其博大的胸襟再度接纳了钱谦益，并以四季依然绚丽的风光抚慰这对度过劫波后重又相守的连理。1664年，钱谦益以83岁高龄归道山，而此时柳如是才47岁。但随之而来的家产之争及冷眼相对，使柳如是不堪痛苦。知己已逝，红颜何求？于是，柳如是最后一次徜徉于尚湖边。波光山色依旧，石堤长桥宛在，她记起了当年与夫君泛舟月下时的戏语：钱望着出水芙蓉般的柳说："我爱你白的面、黑的发。"而柳望着老而风度翩翩的钱说："我爱你白的发，黑的面。"就在这戏嬉过后，柳的心上总有一缕挥之不去的阴影。于是，她赠诗夫君曰："可怜明月三五夜，度尽吹箫向碧流。"哦，别了，今夜的尚湖。别了，今生的情缘。回到山庄后，她解下腰间的孝带悬梁自尽。柳如是死后，因其低贱的出身而被逐出钱家坟地，只能孤葬于离尚湖不远的虞山脚下。好在她依然能日观湖甸烟云，夜听渔舟晚唱。

据说柳如是下葬那天，尚湖上大雨如注，把四周的景色荡涤得纤尘不染，让这样一位才女质本洁来还洁去。这种上苍的感动一直延续到几百年后，依然使一位史学大师欷歔不已，在足膑目瞽的艰难岁月，陈寅恪还以超人的毅力口述不朽的巨著《柳如是别传》。他崇尚的就是一个在非常岁月、非常姻缘中一位非常女子的傲然风骨。为此，他在《别传》的《缘起》一章里深情地写道："虽然，披寻钱柳之篇什于残阕毁禁之余，往往窥见其孤怀遗恨，有可以令人感泣不能自已者焉。夫三户亡秦之志，九章哀郢之辞，即发自当日之士大夫，尤应珍惜引申，以表彰我民族独立之精神，自由之思想。何况出于婉娈倚门之少女，绸缪鼓瑟之小妇，而又为当时迂腐者所深诋，后世轻薄者所厚诬之人哉！"

从此，在尚湖的桨声灯影中、春花秋月里，永远荡漾着一个不老的传说。而拂水长堤，则被当今的情侣称为钱柳爱情堤。

（《新民晚报》2008年2月24日）

梅雨时节过苏堤

江南的梅雨时节,细雨淅沥、薄雾笼烟,犹如一幅笔意晕染飘逸、云山缥缈空灵的水墨画。这样的时令节气,将情感浸润得细腻而敏感,将思绪发酵得缱绻而朦胧。

我却在这黄梅时节的清晨,来到了西子湖边的苏堤,一个人撑着把伞,徜徉在细雨湿堤、波涌柳岸的湖光山色之中,于"接天莲叶无穷碧"里,领略水墨淋漓氤氲的西子美景。以"一枝杨柳一枝花"出名的苏堤,是东坡留给后人的手卷,在晶莹的雨丝梳洗下,变得纤尘不染而婉约缠绵,撩人遐思。

在这样一个温情脉脉的雨季,在这样一条柔情盈盈的长堤,遥想当年的大学士苏东坡携着才貌双全的朝云在此漫步时,"水光潋滟晴方好,山色空濛雨亦奇"。那是怎样的心旷神怡、风流偶傥,可谓是良辰美景佳人伴,人生得意须尽欢。尽管此时的宋代第一才子苏东坡已年过五十,且有两次婚姻,但王弗、王润之都先他而去,如今在过知天命之年终于抱得美人归。艺妓出身的朝云不仅精于琴棋书画,而且颇有青春活力,使东坡时常"老夫聊发少年狂",大大激发了这位才子的创作热情。在苏东坡写给朝云的《蝶恋花》中,使我们聆听到了这对白发红颜当年荡秋千时的欢笑:"枝上柳棉吹又少,天涯何处无芳草?墙里秋千墙外道。墙外行人,墙里佳人笑。"苏堤所拥有的浪漫诗情,所产生的柔美情致,就足以使东坡与朝云相守相约。以至苏东坡被贬边远的岭南，请朝云弹琴吟唱此首词时，一曲未终，朝云已是泪湿衣襟。是呵，西湖的水，苏堤的雨，已是今生难忘难舍，憔悴的只是容颜，飘零的只是命运，不老的只有真情。

苏堤已成为一道不变的风景永驻西湖，令多少名士才子、名媛佳丽为之因缘相寻，绮梦难消。明代的东南文宗钱谦益和秦淮首艳柳如是于崇祯十二年同游西湖，他们住在西湖边的横山别墅，也是在这梅雨时节，在景色如画的苏堤上，这对明代首席的才子佳人嬉雨听涛，赏花观柳，真是"亲卿爱卿，是以卿卿"。这一年，柳如是的芳龄二十又二，而钱谦益已是五十又八，一树梨花压海棠，在梅子黄时的雨中苏堤上，他们相忘于春秋、相忘于江湖、相忘于身份而缘定今生。

此时苏堤上的桃花已落英消失，退却红装，但在柳如是的眼中，依然是风姿绰约而别有情韵，她随即轻吟出一首日后成为经典的情诗："垂柳小苑绣帘东，莺阁残枝蝶趁风。最是西陵寒食路，桃花得气美人中。"最末一句，成为诗坛名咏而传诵至今。自视甚高的钱谦益也惊叹地盛赞为："杨柳长条人绰约，桃花得气句玲珑。"而"西陵"传递的是六朝名妓苏小小那首流传千古的情诗："妾乘油壁车，郎寄青骢马。何处结同心，西陵松柏下。""寒食"则是讲述了那个崔护与姑娘相遇在寒食的传说。这两个典故的运用，凸显了柳如是对真正爱情的渴望与憧憬。唯其如此，堤上桃花尽管已芳华不再，但在爱情之气的滋润下，依然是神采奕奕。记得更有趣的是在读陈寅恪的《柳如是别传》时，陈公却指出此诗是另有隐情，系柳如是怀念她与松江才子陈子龙那段难以忘却的恋情。不管真实情况如何，柳如是对苏堤的眷恋，对桃柳的情愫，已融入诗心文胆。

梅雨时节中的苏堤，已融化在一湖云烟，风荷莺啼声中。然而苏堤所内蕴的意境与情致，却是令人回味无穷的。记得当年的郁达夫从他的风雨茅庐出来后，相拥着他美丽的妻子王映霞漫步在雨中的苏堤，为我们留下了苏堤绝唱："楼外楼头雨如酥，淡妆西子比西湖。江山也要文人捧，堤柳于今尚姓苏。"

(《新民晚报》2010年7月11日)

第二辑 初恋时,我们不懂爱情

初恋时，我们不懂爱情

　　写下这个题目，是否感到有些"十三"？有些"装嫩"？有些"奥特"？一个早已过了"知天命"之年的半老头，诚如当年陆放翁自叹："问鬓边，都有几多丝。"还来凑热闹、赶时髦，奢谈什么初恋与爱情，你有这个话语权吗？

　　岁月如水，往事如烟，记忆如云。有许多生活留痕会随着年华的交替而消散，偏偏"爱情"舍不去、抹不掉。为何《诗经》开篇就是"关关雎鸠，在河之洲"，这就是人之初的本性。尽管在那个年月，爱情是不准提起的，八个样板戏中，英雄男女大都没有爱情经历、婚姻背景。《红色娘子军》中琼花对洪常青那一丁点朦胧的爱情，以牺牲烈士不能儿女情长被删掉。《智取威虎山》中小白鸽对203首长的倾心，被革命战士不能谈情说爱而抹去。唯有对《沙家浜》中阿庆嫂似乎网开一面，总算有个丈夫叫阿庆，但也被弄去"跑单帮"，眼不见为净。

　　就是在这样一个历史氛围和社会背景下，我们这代人还是毫不犹豫地长大了，身上的零部件齐全，功能也正常，但在我们青春的字典中，"爱情"二字被蒸发了。也就是说，正当我们需要爱情、体验爱情、享受爱情时，爱情却被禁锢了，封闭了，颠覆了。爱不爱，讲路线。情不情，阶级亲。爱情，在那个岁月成了资产阶级感情、色情的代名词。于是，人生中最美好的初

恋，被匆匆地翻了过去。哪怕是一丝青涩的、甜润的感觉都来不及品尝。男女双方都到了男大当婚、女大当嫁的底线年龄，就这么赶鸭子上架般地去领取了红色派司（结婚证）。

爱情被妖魔化后，我们只能叫"谈敲定"。在那个物质匮乏、经济拮据、工资仅拿36元，还要高叫一声"36元万岁"的时代，爱情的表现从外在形式到实际内容，的确也是十分苍白、单调、干瘪的。什么良辰美景，什么花前月下，什么卿卿我我，什么人约黄昏，都被移风易俗，斗私批修掉了。就是偶尔的逛马路，当时叫"数电线杆"，也像地下工作者一样鬼鬼祟祟，生怕被单位同事看到，影响"抓革命，促生产"。就是难得站在外滩防汛墙边约会，当时叫"江边打桩"，也得像小菜场放砖头那样早去早占位。当时的外滩情人墙，真是一道那个时代苦涩的爱情风景线。怎一个"穷"字了得！家居房子三代同一室，馆子上不起，酒吧茶室也没有，于是，整个上海的恋爱男女一起开步走，涌向外滩砌人墙。

爱情，原本需要性格、爱好、习惯、文化、教养、相貌乃至家境、经济、风俗的多方磨合。但在那个年代，爱情亦被格式化，人生亦被革命化，大家都回归到了最起码、最简陋的生存状态。因此，除此之外，均被忽略不计而无暇顾及了。前不久，我们中学同学聚会，在分别了二十多年后又相聚在一起，大家都谈到我们这代人似乎就压根没有谈过爱情。到了一把年纪，就找各自的一半成了家，也算是完成人类最原始的传宗接代。于是，在改革开放后，随着社会的发展、人生的精彩、角色的丰富、地位的变化、性格的差异，我们这代人中有不少人的婚姻又进行了重新组合。有悲、有喜、有苦、有乐。"至如今，始惜月满、花满、酒满。"

真的，初恋时，我们不懂也不让懂爱情。到了我们能懂也让懂爱情时，这一站已早过去了。有感于当代年轻人的闪恋、闪婚到闪离，不是忆苦思甜，而是立此存照。

（《青年报》2007年11月10日）

每个人的城

城市,是生活创造的时空和岁月构建的符号。每一座城市,都拥有属于自己的春秋年华和沧桑故事,从"春城无处不飞花"到"满城尽带黄金甲",从"城上风光莺语乱"到"城下烟波春拍岸",这使世界上的每一座城都充满了人文蕴涵、戏剧元素和文学基因。而每个人又时常出了这座城再进那座城,不似轮回又似轮回。只有那城上的三分明月,还是那么古典的温柔。只有那城中的七分阳光,还是那么时尚的华丽。当年,那个才华横溢、诗情澎湃的明代戏剧大师汤显祖在古老的徽州城中,发出了一声穿越历史的感叹:"无梦是徽州。"如今每一座城市的风情景物,都有这种魅力和底蕴:"无梦是此城。"所不同的,只是你的悟性和感觉,情由心造而境生象外。正是从这个意义上来解读城市,即是每个人的城。

一个城市的美丽或是隽永,是那里人们的生活形态和人文精神。每个人对城的情愫和缘分,都源于一种身份的归属感和人生的认同性。我是上海的土著,浦东北蔡人,从出生到现在的半个多世纪中,先是营养不良的少年,后是无聊无奈的青年,中年后是随着开放的春潮从国内的这座城市到那座城市,从世界的这座城市到那座城市。尽管我的命运发生了巨大的变化,再也不是一个城市的人,而是可以走向任何城市的人。但对于生我养我的这座城市,我却一直把她当作我的故乡之城、根脉之城、桑梓之城。而我对海内外其他城市的感悟和认同,却是出于一种物化的印象和意识的中介。

在我看来,上海最近、最有吸引力的城市也许要算是苏州、杭州了。仅"上有天堂,下有苏杭"的流行俗语,就是苏杭之城地老天荒式的广告用语。苏州因有了园林的锦绣绮丽而显得幽逸典雅,而杭州因有了西湖的淡抹浓妆而显得明媚柔美。因此,苏州犹如宋元的词令散曲,韵致悠长而意涵丰溢,杭州好似明清的山水丹青,景物变幻而情采芬芳。这上海之邻的双城之美,使我有一种亲近的眷顾之恋,一年中总要好几次到那里小住数日,尝尝苏州观前街的小吃,品品杭州龙井村的新茶,情绪低落时去,春风得意时去。在这双城记的过程中,我似乎更能活得本色些、自在些、超然些。

友人们笑我老土,现在谁还喜欢常去苏杭。当代人的游城,要么到遥远的边城,要么到海外的名城。对此,我颇为理解,就像有一千个观众就会有一千个哈姆雷特那样,有一千个游人就会有一千个城市。这就是每个人的城。从南到北,我也曾到过不少边城,但使我颇有认同感的是云南大理这座高原古城,尽管这里有闻名遐迩的蝴蝶泉,高耸云天的三白塔,但真正给人以婉约的诗意之美和飘逸的空灵之魅的,却是大埋特有的"风、花、雪、月",即下关的风、上关的花、苍山的雪、洱海的月,从而折射出深厚的人文含量和温馨的历史情怀,真可谓是"华实相胜"而"义质相称"。

我也曾到过世界各国的一些名城,法国巴黎美得有些奢华香艳,英国伦敦显得有些矜持老派,美国纽约似乎过于庞杂,意大利的罗马太注重往事,荷兰的阿姆斯特丹又好像活在传说中。而使我产生人文对应和审美兴趣的却是日本古城长崎。这里不仅有日本最早的唐人街"中华街"和孔庙,亦有著名的三大宝"雨、瓷、谣"。即长崎的雨、有田烧(烧为日本瓷器、陶器的总称)、歌谣,这是华夏文明与扶桑文明的渊源之谊。而从上海到长崎双城之间,亦可一衣带水,一苇可航。

历史学家汤因比曾说:如果让我选择,我会活在中国的大宋王朝。是否那时有汴梁城,有清明上河图?而今的每个人的城,又将是如何寻觅与认同?

(《青年报》2007年4月20日)

青春的日子

日为五斗米奔走而耗不起那个时间，另外也由于现在的荧屏故事不是"戏说"就是"乱弹"，假得把观众当成弱智群体。然而最近有一部长达32集的电视连续剧《与青春有关的日子》却把我锁住了。老实说这部电视剧并不算什么上乘之作，结构冗长、情节松散、拍摄粗糙等缺点一大把，但其人物却是活了起来，以其饱满的叙事镜头，原汁原味地展示了那渐行渐远的青春岁月。尤其是向我们这代人又一次揭开了那一段早已珍藏在记忆深处的鲜活的、不堪回首的生命形态：青春的日子真残酷。

电视剧中那些出自同一大院的玩伴：方言、高洋、卓越、许逊、冯裤子、高晋、汪若海及李白玲、百珊、乔乔、夏红、金燕等人在那段非常岁月的非常之事：从偷幼儿园的向日葵到在楼上往路人身上吐痰，从相互爱慕到又相互折磨，从被人耍骗到反骗自己兄弟，从不顾救自己的好友身陷重围而临阵脱逃到痛哭流涕的悔恨交加等。于是，渴望与躁动、欲望与憧憬、阴谋与爱情、金钱与女人、迷惘与忏悔……整整一代人的青春岁月就这样"落花流水春去也"。这些在荧屏上复活的群像，在我们这代人中大都可以找到对号入座的个体。青春日子是个诗意飞扬、激情勃发、壮志凌云、精力旺盛、欲望躁动的时段，从唐人的"同学少年多不贱"、宋人的"少年不识愁滋味"到今人的"恰同学少年,风华正茂"。然而在那个扩音喇叭高喊着"阶级斗争必须年年讲、月月讲、天天讲"的岁月里,在那个满街贴着大幅标语"宁要社会主义的草,不要资本主义的苗"的日子中,青春的本能以原始的、野性的、叛逆的形态出现。于是,一个时代与一代青春之间的对抗、交战、搏杀就这样无可奈何地开始了,其事也悲,其景也残,其情也酷。结果是时代之殃,青春之殇,两败俱伤。由青春拥有者上演的活剧就是如此赤裸而残酷。不能求知就破坏,不能创造就毁灭,不能理智就野蛮,不能文明就捣乱,不能真爱就发泄,不能拥有就欺骗,不能诚信就出卖,不能友善就背叛……这一切都被压缩、汇集、整合在这"与青春有关的日子"。

尽管此剧带有明显的"京味",语言幽默、对话调侃,常令人忍俊不禁,但笑过之后仔细想想,有些无处话凄凉。记得我们那时吃的东西很贫乏,但身体还在毫不犹豫地成长。为了挥霍无法使用的精力,大家拼命地健身,举杠铃、玩石锁、练俯卧撑,把身上的肌肉开发得暴突显眼。大家头脑简单而四肢发达后,就开始打群架斗殴。我的一个玩伴"大块头",因练得一身栗子肉而"撑世面",有一次在郊区学农时与其他学校的同学打斗,用铁锄头把对方打成了植物人,从狱中传出别字连篇的家书,读了令人心酸。还有随着发育后春心的萌动,同学间开始"谈敲定"(谈恋爱)。尽管课桌上大家划出不可逾越的"三八线",下课后却躲到街边花园或后弄堂去秘密传递手抄本《第二次握手》和《外国民歌二百首》。我们飒爽英姿的"红团"团长(红卫兵团),是一位永远身穿军便服、腰束武装带的美女,不知怎么一下子被削职为民了,据说就是"早恋"。我那时由于成分不好,被打入另类。但同学中还是有喜爱读书的。大家就学着地下党交换情报的方法,用《毛选》的封套包着劫后残存的《复活》、《欧也妮·葛朗台》、《红与黑》、《巴黎圣母院》等交换看。有一次在上课时被发现,那个姓白的工宣队长拍桌训斥,差点把我打成"现反"(现行反革命)。后来我因"认罪书"写得特认真而深刻,把我练过书法的功夫也全用了上去,白队长才动了恻隐之心。"小赤佬字倒写得老挺括,从今后要好好学《毛选》改造思想。"

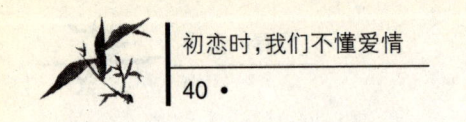

我受宽大后被罚监督劳动擦黑板一个月。

　　《与青春有关的日子》结尾似乎太理想化、太亮丽，不是老总就是老板，不是导演就是作家等。实际上我们这代人如今的生存状况似乎并没有这么辉煌。我们当年的同学现在大部分已下岗加入了弱势群体，这也许就是我们这代人为"青春的日子真残酷"所付出的代价。

（《青年报》2007年5月27日）

春节，走向远方

远方，令人遐思与憧憬。我平素喜好旅游，特别是在春节期间，时常一个人走向远方。让途中明媚而滋润的阳光伴我辞去旧岁，让景点绮丽而秀美的风光与我共迎新春。

新春时节，人在旅途，真是别有一番滋味和感觉。由于我在媒体工作，平时事务繁杂、节奏紧张，一年到头忙忙碌碌，因而在岁尾年头的春节长假中，再也不愿走门串户、访亲问友、吃东食西，于是在年前向众亲友一一提早拜年、互致祝福后，便在一元复始、万家更新之际，走向心仪已久的远方，进行自我的情感放牧和心灵畅游，其感觉好像走出了世俗的围城，变得心无杂念而六根清净了。

记得最初的新春走向远方，是在云之南的纳西古城丽江。那一串串悬挂在商铺饭店或酒吧茶庄的大红灯笼，把除夕之夜的温馨祥和洒遍小城的每个角落。依街临巷而流淌的明净的溪水，洗却了旅途中的风尘。不远处传来的那悠扬清逸的纳西古乐声，使心灵好似徜徉在唐风宋韵的天籁之间。那些用条状五花石铺成的老街路面，在春风秋雨的打磨下已泛出岁月的亮丽"包浆"，过滤掉了旅游旺季时的喧哗与嘈杂。除夕的丽江古城，仿佛又回到了那静谧悠然、烟云供养的年代，给人以一种返璞归真之感。

一杯香醇的普洱茶喝下后，我的心境被涵养得平和而澄明。是呵，从时尚而繁华的大都市只身来到边城小镇，"独在异乡为异客"，为的就是品悟这除夕夜的"年味"。环视宽敞的茶座内，仅有零零星星五六个茶客，其中还有两个老外。不必去猜测此时此地他们的感受，那跳动在眼前的红红的小烛火，清醒地提示着我至少有这些"相逢何必曾相识"的茶友伴我一直守岁。人，其实是不会孤独的，孤独的只是心。去年十月金秋，我也曾来到这家茶庄，人声鼎沸，座无虚席。而今，该走的都走向了远方，该来的却从远方重返于此，随缘也许就是如此。旅游的去处可以是"天涯何处无芳草"，然而，精神家园的依偎却是"众里寻他千百度"。

　　这家两层楼的茶庄设在老街的转角处，店前的红灯笼映照着一面长长的旗幡，上书隶体的"茶"字，荡漾着古老的雅韵遗风。茶庄的二楼正对着峻美壮丽的玉龙雪山，那山尖上皑皑的白雪在月光的映照下显得越发的明净，天地间仿佛清明如初。不由得使人想起了欧阳修的名句："雪消门外千山绿，花发江边二月春。"就在这品茶、观山、赏雪间，一丝融融的春意在心中升起，一缕悠悠的茶香在面前弥散。我一个人静静地坐着发呆，超然物外而神定气闲，似乎第一次领略了茶道所推崇的那种"涤除玄鉴，澄怀味象"的境界，真是"赏心乐事谁家院，良辰美景奈何天"。在我国古代，有一种"澡雪"的风俗，即在每年的除夕之夜，捧一把白雪擦擦脸、手和脚，以去除旧岁的晦气霉运，祈求新岁的喜气好运。而近在眼前的玉龙雪山，不正是当代人心灵"澡雪"的绝佳之地吗？

　　从此，在我的春节日记中，我大都是走向远方。有在海南"天涯海角"的尽头晨观初一的日出，有在日本古城长崎居酒屋的喝酒唱诗辞岁，有在泰国曼谷寺庙中的撞钟迎新，有在狮城唐城坊中新春开笔写春联的雅聚等。春节，走向远方，使岁月如歌，人生留香。

（《青年报》2007年2月18日）

少年弟子江湖老

　　初夏之夜，温馨宁静，品茗小憩，心中泅润着一种悠然的情怀。于是，灯下翻看王朔新出炉的《我的千岁寒》。这本前不久在媒体上热闹了一番的"码字人"的大作，大多是半吊子的素材或半成品的草稿。如果不是京城名人王朔，而是平头百姓李朔、张朔的东西，恐怕没有任何一个头脑正常的出版商会叫卖于市。昔日那个颇有写作能耐的主儿，先后为文坛提供过《空中小姐》、《浮出水面》、《顽主》、《一半是火焰，一半是海水》、《动物凶猛》的王朔，在憋了老半天后，给受众提供的仅是一本如此令人大跌眼镜的作品。于是，一句大俗话浮出水面："少年弟子江湖老"。

　　也许作为一种人生状态，少年弟子江湖老是一种不可抗拒的自然规律和社会现象。少年弟子是人生的最佳季节，精力旺盛、体力充沛、单纯热情、充满遐想、富有朝气。然而，江湖却是生命的漫长磨砺和人生的持久修炼。江湖上是风光万千、风云变幻、风花雪月、风水玄妙、风流云散、风景迷离、风月无边，其奉行的一条严酷而公正的规则是：优胜劣汰、适者生存，或叫以成败论英雄。这是一种命运对决、生存竞争、人生PK，这里容不得无所作为、怨天尤人，容不得守株待兔、芝麻开门。作为王朔的同龄人，他的江湖实际上也是共同的江湖。我们少年弟子时的江湖，是一种被格式化、圣旨化、强制化的江湖。正当我们处于求学求知的青涩岁月时，

"一片红"普照大地，全部知青上山下乡，到广阔天地"大有作为"。少年弟子最宝贵的黄金时段就这样被放逐了。从此是人生棋盘上一步错乱，却要付出长久的、甚至是一生的代价。当全民讲文凭时，我们啃着馒头读夜校。当我们上有老、下有小时，却纷纷退休、下岗。江湖弟子已在江湖中老去，退出江湖，挥一挥手，不带走天边的一丝云彩。

　　我不是妒忌，而是羡慕，更是祝福现在少年弟子的江湖，是那么的"无边光景一时新"，可谓是"天高任鸟飞，海阔凭鱼跃"。他们的生活空间是那么的丰富，以至有的孩子十六七岁就踏上了海外留学的航班，成了花季留学少年，这在我们那个年代是做梦都不敢想的。然而，现在有些青少年对此并不在意，更不珍惜。我有一位友人的儿子整天泡网吧，他似乎为网而生、为吧而活，天地悠悠，唯网为大，从而虚掷年华，荒废学业。家长、老师说说他，他振振有词地讲：你们有你们的活法，我们有我们的活法。说穿了，你们有你们的江湖，我们有我们的江湖。真是"少年不识愁滋味"、"少年安得长少年"。到了少年弟子江湖老时，再认可"少壮不努力，老大徒伤悲"的意义，为时晚矣。

　　现在少年弟子的江湖是锦绣天地，一不留神，就会出现奇迹。韩寒以《三重门》叩开文学江湖，小小少年就上了作家富豪榜；神奇小子丁俊晖斯诺克明星，他的家乡宜兴到处都是他的大画像，比当年的徐悲鸿、当今的吴冠中风光多了。然而，少年弟子的辉煌要保持到江湖老可不易。只要看看如今的王朔，就可明白了许多。

（《青年报》2007年6月1日）

再说少年弟子江湖老

数年前,我曾写过一篇《少年弟子江湖老》的随笔,如今觉得意犹未尽,颇多感慨,故而再说。

在岁月的江湖中,人生总要随舟远行,穿越四季。相望的是云舒云卷,相守的是春去春来。说白了,少年弟子江湖老,是一种生命的场记程序,是一种时光的年轮积淀。从青山翠碧、朝霞似锦起航,江湖已是"依旧烟笼十里堤"。

现在的社会时尚,是将人生的时段切割成"50"、"60"、"70"、"80"、"90"、"00"后,而每个群体都拥有自己的"少年"时段。但人生的演绎和生活的经历却是迥然不同,因人而异。前不久,我出了一本《王琪森篆刻》的印谱,我在给老友顾兄的赠书扉页上,用毛笔题写了"少年弟子江湖老"的句子。忆及当年我们相识于上海手工业局团委举办的诗歌写作组上,都是十七八岁的光景,拥有一个共同的文学梦想,常在星期天骑着自行车去拜望老诗人皮作玖,作家唐铁海、左泥等,相当虔诚地聆听他们的指导,认真地阅读中外名著。那是个似乎没有诱惑、没有欲望,只有憧憬、只有遐想的年代,物质生活的清贫使我们的青春时代变得很单纯。就这样寻寻觅觅地一路走来,我们也先后在报刊杂志上发表了作品,出了散文集、小说集等,成了中国作协、上海作协的会员,圆了青少年时代的作家梦。

倏忽间已过了知天命之年，憧憬与遐想已随着鬓边悄然添加的白发和眼角明显增生的皱纹而平静地远去，但内心却有了对生命质感的体验和对人生命运的感悟。

少不更事时，读辛稼轩的"少年不识愁滋味"，并不理解隐蔽在词后的语境，而是感到几分潇洒豁达、几许浪漫明快。而到了时序更迭、人生增岁的"而今识得愁滋味"时，我才感到岁月的无情，人生的无奈。最近，我们分别了四十年的初中同学聚会，大家都相当激动和亲切。四十年，这是怎样一个时光的概念。当年那些朝夕相处熟悉而又稚气的脸庞，已被春阳秋雨熏染得有些陌生。但只要一报出各自的姓名乃至绰号，瞬间又仿佛回到了从前玲珑清纯的少男少女时代，在充满沧桑的笑声中，打捞起许多陈年往事，最吸引人的还是在为人夫、为人妻后，才披露当年同桌的你的暗恋与相思。如此长久的岁月，连记忆与怀旧都裹上了一层厚厚的包浆，变得晶莹而明丽。尽管当年清一色的同学少年，如今已是地位、身份、财富、家庭各不相同，但在少年弟子江湖老这一点上，却是一视同仁、不分你我、没有差别。大家共同相老于江湖，相忘于贫富，相聚于今天，相守于未来。唯其如此，少年弟子江湖老，才有一种人间真情和生存温馨，才真实不虚地弥散出那种超然物外的禅风之韵。

但不管作何解读和诠释，少年弟子江湖老，毕竟还是有人生的感叹和岁月的遗憾。特别是看看如今"80"、"90"、"00"后的少年时代，可谓是生逢好年华，遍地春光，一路锦绣。社会的开放、经济的繁荣、生活的富庶，使他们的少年时代变得如阳光下的调色板，可以尽情地挥洒。可我们只是羡慕，并不自卑。我们当年许多未竟的遐想、未了的夙愿由他们来实现，我们从中也真切地体验到了一种补偿的快乐。我们所能馈赠他们的依然是那一句话：少年弟子江湖老。要敬重生命、要珍惜一切。

（《每周广播电视》2010年6月3日）

毛毛雨级的幸福感

"假日里我们多么愉快,朋友们一起来到郊外,天上飘着毛毛细雨,淋湿了我的头发……噢,幸福不是毛毛雨,不会自己从天上掉下来。"很多年前,当我们唱着这首歌的时候,对于幸福的向往憧憬与期待追求似乎还刚刚开始。但就在那初级阶段,歌词的寓教于乐的功能已经显现,由此看来对于幸福的理念教育还是起步较早的。

幸福,包含着物质条件与精神内蕴两个层面,由此从这个概念本身衍生出:幸福与幸福感。现在随着社会的进步、经济的发展、环境的改善等公共原因,我们对于幸福的获取或享受已不再那么艰难或遥远,可以讲,幸福的甘霖滋润着心灵,幸福的阳光沐浴着大地。唯其如此,幸福的理念出现了矛盾律。有人香车宝马、美酒佳肴、巨款豪宅、高官要职、靓女小蜜、情人二奶、海外旅游等,可谓是要风得风,要雨得雨,其幸福的指数超标,其幸福的享受奢华,似乎令人羡慕不已,成为幸福的标本。但这些人往往拥有的是幸福的条件,或是幸福的物化,他们内心却并不拥有幸福感,用时髦的话来讲是穷得只剩下钱,在精神世界中是一无所有。他们中,有的人为富不仁、非法经商,有的人坑蒙拐骗、弄虚作假,有的人贪赃枉法、钱权交易,他们是将人生在赌台上玩一把来博取幸福。此类现象的产生是社会发展中不可避免的负面现象,但不可小看的是消极影响颇大。于是,那种浮躁焦灼的心态、那种急功近利的心理、那种投机取巧的心欲等开始滋生漫延。

其实，在当今社会中，幸福与幸福感的拥有，就似明月清风、春华秋实，取决于内心的理念、现实的把握和精神的感悟。借用佛家之语，即是境由心造。有时一杯清茶、三五知己、倾心交谈，有时粗茶淡饭、平常情怀、民间本色，有时夜半青灯、一卷在握、心有灵犀，这也可获取幸福与幸福感。而有的人虽家境普通，但亲情浓郁、长老有序；有的人虽住房不大，但窗明几净、心宽情畅；有的人虽位卑职低，但敬业爱岗、自有尊严；有的家庭虽夫妻平凡，但相濡以沫、相敬如宾。这些现象覆盖了社会的大多数，他们的幸福感，往往体现了一种社会文明形态和生活质量水准。尽管这种意义上的民间幸福感或草根快乐观，属于毛毛雨级别，但却是"随风潜入夜，润物细无声"。

受到五千多年文明史的滋润熏陶，我们民族对于幸福或幸福感的认知体验或承受获取，实在是颇为理性而务实的。笔者曾到安徽的西递、宏村游览，西递有"桃花源里人家"之美誉，而宏村则有"中国画里乡村"之赞语。这两村中那些在当时富甲天下的徽商宅第，建造得精美但不奢华，外观典雅但不张扬，甚至连转角处都切掉一块，作"退一步想"，他们的幸福观是诗礼传家，耕读为本，因此他们没有声色犬马，醉生梦死。又如在浙江的南浔，这里曾是中国近代民族实业家的摇篮，其"四象"在当时是大贾巨商，但他们的幸福观是"得诸社会，还诸社会"。在小莲庄中建有"退修小榭"，在嘉业堂里辟有"求恕室"，这些都展示了一种人生境界，即退让自修与求是宽恕。因此，他们没有用钱去玩弄生活，凭富去挥霍放纵，更没有以势去横行霸道，为当时也为后来立下了楷模。我曾问过小莲庄刘墉的后人，老太爷生活如何？答曰：他一生奉行节俭，连省下的隔日残菜剩饭，都自己吃掉。看来这位南浔首富的幸福感也是毛毛雨级的。

(《青年报》2007年7月26日)

法兰西情事

写下这个题目——萨科齐与塞西莉亚,颇有些莎士比亚化的,如罗密欧与朱丽叶。不过时代背景和人文氛围不同了,前者是一个爱情传奇剧,后者是一个爱情生死剧,像中国的梁山伯与祝英台。

萨科齐是法国总统,其妻塞西莉亚原本是第一夫人,这个法兰西首席家庭终因缘分已尽而解体。本来,世界上每天都在上演结婚、离婚的活剧,并不足为奇,缘何此对法兰西夫妇的各自东西会如此引起轰动,使老是企盼有爆料活鲜的媒体在第一时间行动了起来?从平面、视觉到网络,可谓是大显身手,特别是塞西莉亚轻轻的那句"我天生不是当总统妻子的料",颇有些"我视富贵皇冠如浮云"的味道。而她那张微笑挥手的玉照,真有点"挥一挥手"的风采。个中原因,除了这是一对总统夫妇等政治因素外,萨科齐与塞西莉亚的爱情本身就是一部好莱坞式的爱情时尚剧,由此作了戏剧铺垫和情节推进,两人分手才成为极受大众关注的高潮戏。

戏如人生,人生如戏。爱情也是如此,而且是最具戏剧效应的"戏核"。萨科齐原为讷伊市的市长,在并不遥远的1984年的某一天,曾应邀主持法国电视红星雅克·马丁的婚礼。当第一眼见到身披婚纱的新娘塞西莉亚时,就被她的美艳所震撼和迷恋,接下来是一连串的"尽管":尽管萨科齐已为人父,尽管塞西莉亚已怀上了马丁的骨肉,尽管萨科齐和马丁是好朋友……但这些"尽管"还是被爱所征服和超越，一场法兰西式的浪漫奇恋整整持续了12年，所送的鲜花香飘四季，所写的情书令人动容，所送的钻戒情义无价，而后是有情人终成眷属，抱得美人归爱巢。

温莎公爵当年是为得美人而失江山，而萨科齐却棋高一着，既得美人，又得江山。婚后一个阶段，美貌能干的塞西莉亚成了丈夫的好帮手。此时的萨科齐可谓是踌躇满志，官场高升，情场得意，人生之戏进入了巅峰状态。一向敏感的好莱坞怎么对这段缠绵悱恻的爱恋那么麻木不仁，不在银幕上用俊男倩女来及时反映？看来好莱坞的编导是老谋深算的，他们认为这一切还有"变数"。果然，不出数年，塞西莉亚又"心有所属"，但分分合合，真真假假，云里雾中。如今总算尘埃落定，萨科齐与塞西莉亚终于分道扬镳，各自东西。

"金风玉露一相逢，便胜却，人间无数。"已是老派爱情的注解。而"只要真心拥有，何必天长地久"好似新式爱情的诠释。那"一场爱恋一场梦，人在旅途才是戏"却是当下爱情的时尚。尽管萨科齐与塞西莉亚的奇恋，已属老爸老妈级，但给当下正在恋爱的青年男女，上了生动的一课，颇多启迪和开悟。世界上有许多事可穷究原委，唯有爱情说不清、道不明，是永远的达·芬奇密码，是永恒的斯芬克斯之谜。尽管我们有时对当下年轻人的爱情方式看不懂或看不惯，但看了萨科齐与塞西莉亚版的活剧，也就开了眼界。不过我等平头百姓，还是希望爱情不要轰轰烈烈，平平淡淡才是真。记得话语一向尖锐的鲁迅先生对于爱情的阐发却是挺平和而实在的："人必生活，爱才有所附丽。"

（《青年报》2007年12月21日）

前童村的理发师

陈逸飞独特的古镇情结由来已久,他是从江南古镇周庄的双桥走向世界的。然而,当今的周庄已太热闹、太喧嚣,已容不下一个清纯的爱情,已载不动一段古典的情缘。于是,他带着《理发师》走向养在深闺、空谷幽兰般的宁海前童。从周庄始到前童止。这是命运的轮回,还是人生的必然?但这终究圆了一个前世今生的梦。

沧桑年华,红尘云烟。说不尽,道不明,怎一个缘字了得……

初冬午后的阳光,温馨中带着几分缠绵,映照着这间衰败而简陋的理发屋,敞开的板门,木纹被岁月的流逝摩挲得凹凸有致。粉墙有不少地方已剥落,裸露出爬满绿苔的青砖。一面硕大的镜子伴着一只破旧的理发躺椅,旁边的木柱上挂着件白色的理发衣,柔和的穿堂风无意间撩起衣服的一角,那淡淡的黄色水渍,莫非是当年留下的泪痕至今没有风干,浸润着那段刻骨铭心的情缘?

此刻,我伫立在浙江宁海前童古镇的理发屋前,似能隐隐地闻到那种老式发蜡有些陈旧的清香,耳边飘过表妹嘉仪对表哥陆平柔柔的细语:"我妈说过一句话,男人天生是为有光彩的女人而生。女人天生是为有手艺的男人而生。"无论是有"光彩",还是有"手艺",都要有缘来牵线。要不然陆平怎会从十里洋场、霓虹闪烁的上海,因无意中割断了一个日本军官的喉管而亡命来到这依山傍水的浙东小镇？因了缘分，所以才"柔情似水，佳期如梦"，"命里就该来"，表妹似已把结局看破。荒烟蔓草的村外古道，怎忍心你一个人悄悄地、默默地走。

　　古老得已忘记了年份的小桥流水，旧时的卵石曲径，狭长的小巷深弄，荫蔽的祖宅老屋。在一个那么悠远古典、那么远离尘世的小镇，却来了一位那么英俊、那么海派的理发师，不仅为古镇带来了一抹时尚的亮色，而且为女人搅起了一道炫丽的景色。是呵，意中人，人中意。尽管女人并不多，仅有怀春的表妹，盼春的寡妇，但都因一个理发师的到来而使老僧入定般的小镇变得春心萌动，使恍若隔世般的小村变得情意弥漫。楼头残梦，花底离情。那挨户环流的"八卦水系"，显得扑朔迷离。那终日不息的潺潺水声，似在叩问小镇的风花雪月："问世间，情是何物？"

　　况且，表哥骨子里是个情种。他那种表面上的波澜不惊、不动声色，内心里的骤雨旋风、多愁善感，更是儿女情长，何处倾诉衷肠。"无情未必真豪杰"，只是碍于宋师傅的严厉目光，"何不相逢未嫁时"，欲说还休罢了。然而，表哥骨子里还是一个硬汉，他面对日寇的军刀、屠夫的狰狞，却面不改色地自残溅血。留得血性显傲骨，也决不为侵略者理发，彰显了一种民族气节，古镇为此也显得铁骨铮铮。这样有情有义有种的表哥，怎不使人"直教生死相许"。

　　应当感谢前童村，把一个理发师的故事演绎得如此细腻传神、委婉悲怆，仿佛这个故事命中就该发生在这里似的。漫步在古村的巷道老屋，聆听着马头墙上蒿草在风中的诉说，你走之后思念瘦，似梦似幻似轮回。

　　应当记住陈逸飞先生，正是他以一个艺术家的睿智目光，发现了前童村丰厚的历史底蕴和人文形态，才把一个理发师的命运定格在此，也把一段命里注定的情缘镶嵌在这命中注定之地，让古镇夜半的烛火、清晨的霞光，把故事熏染得如此浓烈。

　　为了拍摄《理发师》，陈逸飞两度来到前童，并在钱氏宗祠举行了隆重的开拍祭祈，当高高的红烛点燃时，陈逸飞虔诚地拱手相拜。那氤氲的香烟，一丝丝、一缕缕地融进了古镇的史绪文脉，也流传出陈逸飞与前童的缘分。要不是《理发师》之缘，陈逸飞的脚步也许不会走进这古镇。为此，他深情地说："我之所以选择前童古镇，是因为前童与江南水乡其它的古镇不同，它不但保护得好，而且给人以古朴、深厚，很有人文精神的感觉，带着浙东古镇的韵味。"

镜头内的古屋檐廊、清溪绿树是如此秀美旖旎，陈逸飞在拍片现场忙碌着，他不时地给演员说戏，不断地调整拍摄角度，导演瞬间的背影已显露出疲惫，他是把自己的生命能量倾注在这部影片中。当他离开前童时，他含笑向片场的工作人员，向小镇的父老乡亲，举手敬礼。这附于影片《理发师》后的花絮片，看得令人心酸。这是陈逸飞向他钟爱的艺术、心仪的小村，作最后的告别。

古老的小镇，终因融入了一个当代艺术大师的生命而显得更加藏魂隐魄、气象万千。而一个才华卓越的陈逸飞也因将自己的生命托付给了古镇，从此与清溪明月永远相伴。这都因一个"缘"字说端详。

如今，陈逸飞与理发师都渐行渐远，唯有前童古镇，还安卧在溪山之间……

(《文学报》2009年3月26日)

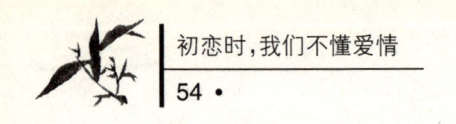

"相约星期六"的诱惑

青年男女间的交朋友、谈恋爱,应该是颇为个人化、带有相对的私密性的,哪怕是时尚性、当代性的"闪恋",也大都是"悄悄地进庄"。然而,电视婚介节目"相约星期六",却将交友谈情镜头化、表演化、娱乐化了,再加上亲友团、观众和嘉宾点评,更是大众化、公开化了,这大概也算是媒体时代的真人秀。

"相约星期六,有情就牵手。"是该节目推介的响亮口号,尽管不太准确,但却还是有诱惑力和号召力。青年男女交友的谈情说爱,实际上是一个相互间的综合指标考核和各种能力的PK。据说"相约星期六"报名参加的美眉、帅哥很多,挺有人气指数的,但能有幸上电视亮展示秀一把的,大都是经过筛选的,也就是要有匹配的相对值或是牵手的可能性,唯有这样才能有资格去相约于星期六,谈情于荧屏前。同时,还要特邀父母亲临场、亲友团捧场,捎带上别出心裁的礼品出场,可谓是要做一番相当的功课、场外的热身及精心的策划,才能有临场晤面之缘,"万水千山只等闲"。

在布置得华丽典雅的节目现场,在男女主持活泼调侃的主持下,相约相亲终于揭开了帷幕,在每一位俊男倩女的旁边,都树有一个标牌,上面除了姓名、年龄外,最吸引人眼球或货真价实的是学历、职业、职务。在我最近所看的一场中无论是男是女,本科算是最起码的,还有硕士、博士。职业有公司、医院、媒体，职务有总监、主管、经理等，从类型或层次上讲是白领、金领级的。再从选手和造型上来看，女的有小家碧玉、时髦亮丽或文静内向型的，男的则有潇洒豁达、严谨稳重或绅士儒雅型的。男女双方在这些硬件软件、外观相貌基本展示和互为了解后，于是才进入了言情示爱的交流阶段，并介绍各自的爱好与专长，自古是"窈窕淑女，君子好逑"，男方显得主动些、殷勤些，女方则显得羞涩些，含蓄些。这除了双方在悄然核准、暗自思忖、自我猜度外，还在通过这短暂的接触来寻找默契或是感觉，也就是通常所说的缘分。而此时，父母的态度与亲友团的示意，亦有不可低估的作用。就这样，青年男女间的谈情说爱在荧屏摄录、主持引导、亲友关注下，成了一种程式和程序。正如卞之琳所写："你站在桥上看风景，看风景人在楼上看你。明月装饰了你的窗子，你装饰了别人的梦。"

从某种意义上讲："相约星期六"，是真实地反映了当今社会的爱情风俗画卷。而且能走进这个相约殿堂的，大都具有一定的档次、有较体面的职业的青春男女，而且有自己的明智选择和寻偶标准。只要看看他（她）们在"密室访谈"中的表白，就知道"门当户对"并没有过时，"物以类聚"也许是永远守恒的定律。在这样情景化的氛围中，俊男倩女们要想浪漫也只能是有限的。在这样格式化的时空中，寻伴求偶者要想倾情也只能是可控的。男几号对女几号，不仅是双方心知肚明，就是场上的父母和亲友团也是约定俗成。于是，这相约的舞台有点像选恋爱场上的超男超女，无论是帅气的小伙，还是养眼的美眉，都有了相应的自我亮相表演，令同辈的你我有些妒忌，凭什么他能抱得美人归？她能寻到如意郎？荧屏下的"金牌王老五"们也有些蠢蠢欲动，"白骨精"们也捺不住春心萌动。同时，也令长辈们羡慕，儿女们真是赶上了好时代，我们那时最多外滩情人墙站站，电线杆数数，公园角落坐坐。

据说从相约星期六中牵手走进婚姻殿堂的也为数不少。唯其如此，"相约"成了荧屏常青树。如今金融风暴来袭，俊男倩女们更需要来谈谈情、说说爱，让彼此温暖与呵护。

（《劳动报》2009年8月9日）

青春的阳朔西街

在欣赏了"江作青罗带，山如碧玉簪"的桂林阳朔美景后，再去徜徉闻名遐迩的阳朔西街，在鲜明的岭南风韵与浓郁的异国情调中，让你体验一把最惬意的精神浪漫和心灵放牧的时光。

阳朔西街又称洋人街，尽管已有1 400多年的历史，历经悠长岁月的轮回，无尽春秋的浸润，那石板小巷、老屋旧窗，已泛出一层厚厚的岁月光泽，让你领略到一种地老天荒般的沧桑感。然而，当你举目满街的酒吧、饭馆、画廊、网吧、小铺等，那种另类的装潢、中西相映的招牌，疑似漫步在欧罗巴一个老城的小街。西街的神奇与魅力，就是使传统与西化得到了如此亲密的融汇变通，在骨子里的古老中炫动着一种真切的时尚。

夜幕降临了，整个西街从入口处到县前街的双月桥，一片灯火璀璨，千米的小街成了漓江畔的一座不夜城。街上各种不同的语言在人们的耳边回响，有国语、英语、法语、意大利语等，好似一个国际性的会议刚散场。在街上如织的人流中，大多洋溢着青春的笑容，从而把西街映衬得热情洋溢而又活力四射。在这样的氛围中，你可以把红尘的苦闷、生活的无奈、情感的失落、世俗的欲望、个人的恩怨等统统忘却，让心情放飞、让个性张扬、让精神坦荡。唯其如此，我觉得阳朔西街是青春的，其彰显的是一种可遇不可求的生活姿态。

我在西街彩色的夜景中,蓦地闻到了时隐时有的清醇酒香,令人有些陶醉,我不由得深深地吸了几口,让这西街赐予我的温馨沁入心脾。同行的女士笑了,她说:"这有什么大惊小怪的,你不看整条西街,就泡在酒吧里。"是呵,整个西街最多的就是酒吧,街边路口、廊下窗外都坐满了酒客,成了一道西街特有的风景线。"马可波罗酒吧",据说常驻这里的蚂蚁乐队是整条西街顶级的。因而演出音质也是最好的,来这里的年轻人,不仅有音乐的耳朵,而且时常会有意外的邂逅。老字号的"丁丁酒吧",凭着品牌就有些魅力和诱惑。你也许在这里经历的是一场丁丁情感历险记。"如果酒吧"的音乐也许是最时尚的,成了西街音乐的风向标,而且在这种时尚的音乐元素中,充满了无数个如果,就像"芝麻开门"一般,为你和我的青春增添一段故事。哪怕是萍水相逢,哪管是瞬间倾心,只要今夜请别将我遗忘就足矣。"没有酒吧"似乎有些虚无、有些缥缈、有些茫然、有些禅意,但为的是寻求永恒,寻觅终极。就像这里的音乐,那么轻柔,那么舒缓、那么迷幻、那么空灵。就像是在演绎"无即是有,有即是无,空即是色,色即是空"。让青春有一个停泊的港湾和发呆的时光。

西街还有几处专卖T恤的小铺,上面的文字可以自由书写,你看那一件件T恤的文字,都很"雷人",而且价格不菲。100元起板,卖的是文字发表权。什么"没文化,有素质"、"欢迎搭讪"、"粪青",什么"你是骗子,我爱你依旧"、"一夜情,不管饭"。有些无聊、调侃、有些叛逆,主要是为了宣泄青春。还有一家专卖火柴的小铺,店门张贴着:本店员工,全是单身。什么意思,懒得去问。走进去,全是花花绿绿的火柴,而火柴上的火花贴,更是题材丰富,中西合璧,从梦露到杰克逊,从小沈阳到赵本山全有,而且也可印上自撰的句子,有"骚扰我吧"、"帅哥的八级证书"、"去他妈的远大前程"等。凭着这一招,火柴铺成了旺铺。

时针已过了子夜时分,但满目依然一片灯火阑珊,没有丝毫的疲惫与倦意。青春的阳朔西街,今晚依然无眠……

(《青年报》2010年2月19日)

窈窕淑女，君子好逑

"关关雎鸠，在河之洲，窈窕淑女，君子好逑。"

一部流传千古的《诗经》，就是以这首《周南·关雎》的情诗为开篇的，可见我们先民对情爱的投入与倾心，由此也凸显了我们民族在情诗上的早熟与辉煌。其后的《孔雀东南飞》到陆游的《钗头凤》，从王实甫的《西厢记》到汤显祖的《牡丹亭》，从孔尚任的《桃花扇》到曹雪芹的《红楼梦》等，可见在我们这个礼仪之邦，爱情也是永恒的主题。

爱情者，顾名思义是以爱与情的传递为中介，以爱与情的结合为主体。诚如洪升在《长生殿》中所说："意中人，人中意，则那些无情花鸟也情痴。"为此，从远古的歌谣及诗文，从后来的小说散文及现代影视等，都为演绎这个主题而乐此不疲。然而，近年来在一些电视台所开设的青年男女相亲求偶类节目中，爱情的主题似乎越来越简单，越来越直白，越来越雷人，即直指物质条件，直讲硬件设备。于是乎，出现了"我更喜欢在宝马车上哭"的"宝马女"，"我一看他样子就不像买得起豪宅的""豪宅女"，还有"我不介意你的年龄，但我担心你的女儿会不会和我争零食"的"零食女"等。亦有"相貌无所谓，但年薪要在100万元至300万元之间"的"百万男"等。如此赤裸裸地直逼金钱巨款，如此急吼吼地直奔名车豪宅，沦为彻头彻尾的"拜物教"徒，真的使人大跌眼镜，爱情的那份浪漫、那种诗意、那种温馨，全被颠覆与剥离。这难道就是当代"新新人类"的爱情情景剧？

鲁迅先生当年在他的小说名篇《伤逝》中，曾以哀婉而深沉的笔调写了涓生与子娟的爱情，并倾诉道："人必生活，爱才有所附丽。"诚然，爱情是离不开一定的物质基础和相应的生活条件，但爱情的最高追求无疑是精神上的相契与心灵上的相守，那才是天长地久可以"携子之手，与子同老"的基础。而那些"宝马女"、"豪宅女"、"百万男"等，对物质层面的追求，对生活硬件的比拼，显然是超越正常的爱情物化形态，是乘上"欲望号"街车的奢望之行与拜金之举，是继"车奴"、"房奴"后的"婚奴"。这还真不是一个童话，且是真人秀。如一位男嘉宾问那位女嘉宾："你喜欢和我一起骑自行车逛街吗？"这位男生是满怀青春的遐想与爱情的憧憬，可那位女嘉宾却直言相告："我宁愿坐在宝马车里哭，也不愿意在自行车上笑！"不必"多情却被无情恼"，也不必"落花风雨更伤春"，本来就是每个人都有选择爱情的自由和择偶的标准。但切勿忘了，这种选择最终还是以一定的价值观和道德观为铺垫的。否则的话，在宝马车中哭的日子终究是不好过的，在豪宅中做美梦的岁月毕竟也不会长久的。

早在两千多年前，那位在河边采荇菜的美丽而清纯的姑娘，引起了一位俊男的好感与思慕，于是他唱出了千古绝唱"窈窕淑女，君子好逑"。就在这直率的情诗中，却注入了明确的爱情审美原则与道德取向。作具体的解读就是"窈窕"是指漂亮妩媚，甚至带有些特别的女性情韵，"淑女"则是贤淑善良。"君子"是表示男子的正派磊落，可见外貌与德行是相关联并受关注的。唯其如此，才能"琴瑟友之"与"钟鼓乐之"。但愿在当代的爱情家园中，还能时常唱唱这"关关雎鸠，在河之洲……"

(《每周广播电视》6月24日)

第三辑 满城处处说梅郎

满城处处说梅郎

梅兰芳是个只可有一、也只应有一,不可有二、也不会有二的人。

随着电影《梅兰芳》的放映,那渐行渐远的尘封记忆,被镜头激活了。那时隐时现的往事话题,被银幕延续了。本来,那些属于怀旧性的梨园轶事,那些属于保护性的京剧雅韵,那些属于花边性的伶界绯闻等,都沉淀在岁月的深处,如今可都成了纷纭的话题和关注的亮点。文化的彰显、艺术的展示、欣赏的演绎,就像有一千个观众就会有一千个哈姆雷特,有一千个观众就会有一千个梅兰芳。这也凸显了一个现象:梅兰芳是不朽的。

在这样一个枫叶如丹照嫩寒、落叶西风青山瘦的时节,梅兰芳艳美的水袖、柔美的眼波、凄美的唱腔,令那些上了年纪的戏迷回味无穷,令那些年轻的观众兴味盎然。看来梅郎温馨的是人文的情怀。唯其如此,梅派才有那么长久的穿透力。尽管在那个年代,伶人被叫作"戏子",属下九流,但梅郎却不卑不亢,全身心地投入,除了向伶界前辈大家不耻下问,还向吴昌硕、齐白石学画习字,他正是以为"文化所化之人"的姿态和心境登台亮相,如此的职业精神,才能使其成为红氍毹上的大写之人。梅郎不是求一时一地,而是求一生一世。别的不说,仅就他的那水墨梅花,当今的伶界又有几人能挥洒。梅郎,是有一种骨子里的执著与虔诚、儒雅与高贵。

梅兰芳来到这个世界，依乎命中注定就是为舞台而生，为角儿而活，以至构成了一道无形的纸枷，这是一种严酷的禁锢，也是一种重生的涅槃。茫茫人海、滚滚红尘、锵锵戏院、芸芸众生，使梅郎深感内心的寂寞，难熬的孤单。真是无处话凄凉。年少时读大伯的遗书，纸枷从此就成了永远的宿命。无论是后来与十三燕的对台拼戏，还是勇闯大洋彼岸的艺惊纽约。红遍南北、誉满天下、翘楚伶界、冠绝梨园，梅郎的辉煌和梅郎的成就，可以讲是登峰造极、空前绝后的。但他终究活在角色中，而不是活在自我中。就"梅派"而言，这是喜剧。就"梅郎"而言，这是悲剧。外表上他轰轰烈烈，内心里他战战兢兢，唯恐破了那一具纸枷。梅郎看似木讷，实则睿智，他不想，也不会挣脱纸枷，他是抱着我不入地狱谁入地狱的心态走上舞台的。如今纸枷早就没了，大师也成了绝响。

梅兰芳是有幸的，他生逢了那个时代，从谭鑫培到余叔岩，从尚小云到周信芳，还有那个博学多才、深谙艺理的齐如山，真是名家林立，大师辈出，气象万千，因此，勾栏瓦舍，戏院剧场，各展才华，尽显风流。那时梨园的人气、伶界的氛围，垫高了京剧界的台基。梅郎对旧戏的传承，对新戏的改良，才那么一呼百应，满堂喝彩。那个时代仿佛属于京剧，京剧好像属于那个时代，这是一种人文的涵润，是一种文化的冶炼。面对这种巅峰状态，一切都是高山仰止、景行行止。于是，有了梅兰芳与孟小冬的舞台联袂，终于酿成了惊世的梅孟之恋。冬皇不仅才貌双全，而且绝顶聪慧，她也许是梅郎一生中唯一走进梅郎内心的红颜。她要化解掩埋或深藏在梅郎心灵深处的苍凉。但这一切都是命中注定无法逆转的。梅妻福芝芳从女人、家庭的角度直白地对小冬说穿了：他不是你的，也不是我的，他是"座儿"的。三哥邱如白说得更刻薄："谁毁了他这份孤单，谁就毁了梅兰芳。"谁毁了梅兰芳，谁也就毁了一个梅兰芳时代。尽管现在看《梅兰芳》，炒梅孟之恋成了时髦的热点，但再热闹，都没有了这份孤单。于是，满城处处说梅郎。

（《青年报》2008年12月28日）

《面纱》的救赎意义

"别揭开这层彩色的面纱,它被活人称为生活,虽然上面所绘的图景显得很不真实。只不过是以随随便便涂刷的彩色,来摹拟我们愿信以为真的一切东西。"雪莱的这首诗,颇有生活的哲理和人生的禅机。生活其实是个万花筒,变幻莫测而又光彩炫动,无论是真是假,是虚是实,都展示着每个人不同的生命形态。根据著名作家毛姆同名小说改编的电影《面纱》,就颇为细腻委婉而凄美幽逸地凸显了生活这种多极内涵和多元外延。

一对情感对立、心灵疏远,甚至互相敌视的英国夫妇从繁华热闹的大都市上海远赴偏远封闭的乡村湄潭府,尽管那里景色宁静优美,山水如画,但却流行着可怕的瘟疫。因而他们的这次远行注定是痛苦悲怨而命运多舛的。丈夫沃特是位性格矜持保守、外表自制冷漠而又痴迷于细菌研究的科学家。妻子吉蒂是个性格活泼多情、外表美丽开朗的贵族小组。他们的婚姻仅是一种凑合,特别是对于吉蒂来说,完全是由于"女大当嫁"的家庭压力才促使她披上婚纱。婚后的生活平淡无奇,如一潭死水。在一次看京剧的过程上,吉蒂与风流倜傥、能说会道的唐森相识,并迅速升温而红杏出墙。有一次在吉蒂家中的午间幽会时,被沃特发现。沃特当时采取了不动声色的冷处理,只是在要赴疫区而遭妻子竭力反对时,点了妻子的"软肋",提出了两点供妻子选择:一是离婚并揭露她与唐森的奸情。二是跟他远行,维持现状。当走投无路的吉蒂去找唐森时,得到的回答却是"一个男人爱一个女人,并非意味着他就希望下半辈子和她共同度过"。绝望的吉蒂只得随丈夫来到了可怕的疫乡。

如果说毛姆小说原作的主题是揭示男女爱情与家庭婚姻,仅是虚假图景和虚幻色彩的面纱,只有揭开这层面纱,人们才能到达彼岸,那么,经过改编后的电影则将这个爱情与婚姻放在一个大的时代背景和特殊事件中来展示,从而使主题得到了升华,意境更为深邃,展示了主人翁在走向苦难、救助他人的同时,也救助了自我、救助了名存实亡的婚姻,最终实现了自我灵魂的救赎,"度一切苦厄"。从而使影片弥散出一种强烈的精神关爱和自救意识,也就是说救助从来就是双向的。

沃特与吉蒂来到疫区后,环境肮脏,生活简陋,到处笼罩着死亡的阴影。沃特忘我地投入救助工作,化验病菌、寻找病源,而吉蒂则无所事事,在海关助理员韦丁顿的介绍下,她去了修道院,看到了那里的法国修女们为了救助孩子,拒绝了回法国逃生的机会。为此有的修女染上了瘟疫而死,但活着的修女依然那么镇静尽心而无怨无悔地照顾病孩。这一切使吉蒂的心灵被震撼了,她感到了在这臭气冲天、污物横流的病房中,有一种东西叫"崇高"与"高贵"。同时她也真正了解了丈夫细菌研究工作的重要意义,从而在这冷冰冰的家中荡漾起了一种东西叫"感动"与"理解"。吉蒂也不顾个人安危投入到修道院的救助工作,第一次真心称赞丈夫:"你现在所做的就非常伟大!"于是,"相逢一笑泯恩仇",夫妻间的隔阂慢慢消融,两颗破碎而冷却的心又重新弥合并开始燃烧。乃至吉蒂告诉丈夫她已怀孕数月,沃特明白孩子不可能是他的,但却坦然一笑地说:"这一切已不重要了!"此时,人物自我救赎的境界达到了极致。是呵,当一个人有了献身信念和救赎精神后,那么世界上还有什么恩怨不可超越?还有什么东西不可抛弃?此时此刻,正是各自灵魂的升华,使这对"问题夫妻"的爱情变得如此纯洁,使他们的婚姻变得如此美丽。

影片中"湄潭府"是在"江作青罗带,山如碧玉簪"的桂林漓江边上,

那秀丽的风光、旖旎的景色和瘟疫的恐怖、生存的严峻形成了鲜明的对比和反差。也正是在这样一个特定的时空中,沃特和吉蒂的救赎才有了一种中介催化效应,他们为美景所陶醉,时而泛舟江上,时而漫步田野,自然的景致抚慰了他们各自的情感,找到了精神的皈依。另一边,他们却又要和残酷的现实作抗争,乃至最后沃特的被感染而殉职,体现了救赎的牺牲意义,演绎了救赎的终极价值。因此,影片中的美景与现实实际上也构成了一种人与自然的象征意味和图式作用,即不仅仅是在我们人类,就是在自然中,也存在着这层"彩色的面纱"。

(《新民晚报》2007年2月14日)

看《长生殿》感怀

前不久,看了上海昆剧团演出的《长生殿》,那细腻传神、精湛生动的表演,将唐明皇与杨贵妃那刻骨铭心、生死相恋的爱情演绎得淋漓尽致而令人回肠荡气,感叹良多。李杨之恋,是导致"安史之乱"的重要原因之一,从而造成了一个时代的悲剧。然而,平心而论,李杨何尝不是悲剧人物。身为帝王的唐明皇李隆基本身是个情种,但是在江山与美人间,作为帝王是只能以江山社稷为重,否则就落下"不爱江山爱美人"的千古骂名。而杨贵妃则是天生丽质的红粉佳人,但在庙堂与皇权的天平上,她只能是个牺牲的筹码,应了那句"自古红颜多薄命"的古话。

就是这样一出以爱情贯穿全剧的《长生殿》,在一代戏剧大师洪昇的笔下,将"爱"与"缘"、"情"与"欲",表现得是如此委婉缠绵而隽永悠逸,从"定情"到"密誓",从云雨销魂到相思缱绻,展示得是如此优雅丰丽而点到为止。可见在我国古典作品中,对爱情、性欲的描写是高度艺术化和相当审美化的,表现了一种雅致的情怀和高迈的境界,其风尚和《诗经》中的"我心匪石,不可转也;我心匪席,不可卷也"是一脉相承的。由此想起现代作家郁达夫对爱情与性欲的描写,也是传承了这种良好遗绪。在《春风沉醉的晚上》,他对性压抑的描写是颇为细致而理性的。而在《迟桂花》中,他对性冲动的表现是颇为含蓄而自控的。即使写情诗,郁达夫也凸显了才子本色:"曾经沧海难为水,除却巫山不是云。"可谓是情理并茂、情韵浓郁而心有灵犀,令人一唱三叹。诚如另一言情剧的大家汤显祖在《牡丹亭·惊梦》中所写:"莺逢日暖歌声滑,人遇风情笑口开。"

如今我们进入了快餐时代,似乎一切都快餐化了,缺少了一种过程的愉悦和涵养的时段。现在的文艺作品对于爱情的描写、情欲的表现似乎缺少了耐心和谨慎,显得直露快速而简单直观,无论是纸质的小说、网络的文字,还是荧屏的展示、银幕的表演,大都是"有了快感你就喊"式的宣泄,或是"拯救乳房"式的煽情,或是"丰乳肥臀"式的招牌,或是"大浴女"式的诱惑等。那种《长生殿》式诗意化的情痴,那种《迟桂花》式雅致化的情欲现在已不流行,颇有明日黄花之感。现代人的心浮气躁、急功近利,已没有那种悠闲去品味"两情若是长久时,又岂在、朝朝暮暮",也没有那种雅兴去等待"东边日出西边雨,道是无晴却有晴"。

本来嘛,文学是生活的反映,艺术是现实的观照。现在大街上的美女靓妞们越穿越凉快,玉体粉臂越来越暴露,吊带衫、小马夹、超短裙、露脐装挺风行,以至感到平时在挤公交、乘地铁时颇有一些障碍与难堪。这也就难怪现在的文艺作品对爱情的表现也越来越粗俗,对情欲的反映也越来越本能,有些简直不堪入目,成了生理解说词,这种文字上的描写几近于"裸写"与"裸奔"。而荧屏、银幕上的情人相见更是颇为格式化,一抱二吻三脱,大操练加大喘气。为此不少家长直呼影视要分级,亮出"少儿不宜"的红灯。文学的陶冶性、艺术的典雅性全被剥离了。难怪人们要说:现在的爱情描写、言情作品技术含量越来越少、艺术品位越来越低、审美内涵越来越差。为此想想洪昇《长生殿》中即使写"窥浴",也是如此"文艺":"意中人,人中意,则那些无情花鸟也情痴。"我们在感到汗颜的同时,也真该学学前贤高手了。

(《新民晚报》2007年6月8日)

"三毛"之父

记得在上个世纪八十年代初,也是这样一个天高云淡、金风送爽、桂香袭人的时节,我在重庆南路钱君匋先生的小书斋内,遇到了"三毛"之父张乐平先生,当时他们正在喝茶聊天。君匋先生富有诗人气质,谈锋甚健。而乐平先生却性格醇厚,语言有些木讷,老是笑着点头称是。

"钱封面"的风光自不待言,而"三毛流浪记"曾引起申城市民的爱心大行动,人们纷纷捐钱捐物,乃至不少小姐太太含泪为"三毛"织帽制鞋做衣,成为不少老上海至今津津乐道的怀旧话题。

瘦骨伶仃的身躯,硕大无比的头颅,特别是头上那表示喜怒哀乐的三根毛发,构成了张乐平笔下"三毛"的造型。从上个世纪三十年代开始,"三毛"以其爱憎分明、机智聪慧、滑稽发噱乃至有时对为富不仁者"弄讼",对为官当权者"恶搞"的行为方式,在几代人心中凝聚成了挥之不去的"三毛情结",成为海派文化艺术一个不朽的经典形象。

出身于浙江海盐的张乐平虽然在上海生活了多年,但依然乡音难改。我曾请教他是什么原因使他萌发创作"三毛"的灵感——"是活生生的社会现实"。张先生自小喜爱涂鸦,但家境贫寒,15岁就到上海南汇万祥镇一家木行当学徒,尽管白天苦力地干活,但在晚上依然在昏暗的灯光下画画。后又到一家私人画月份牌的画室及广告公司印刷厂继续当学徒,也继续着他当画家的不懈追求。"外事造化,中得心源"。海上生活的民情风俗及十里洋场的世态炎凉,均化作他笔下简练生动而意味隽永的漫画题材。

由于张乐平自小来上海学生意,对城市贫苦儿童的生活十分熟悉。于是,一个头大身小、以三根毛发为特征的儿童漫画形象在1934年的《小晨报》上与读者见面了,当时张乐平才24岁,从此他的命运就和"三毛"联系在一起。

抗战胜利后他回到上海,出现了创作上的"井喷",先是在《申报》上发表了长篇连载漫画《三毛从军记》,后又在《大公报》上发表了长篇连载漫画《三毛流浪记》,这二记构思严谨、笔触犀利,故事幽默、形象生动,确立了张先生在中国漫画界的地位,并被改编成滑稽戏、电影等,引发了一股"三毛热"。

作为一代漫画大师,张先生却为人谦和友善,处世低调淳朴,保持着一种平民情怀和草根精神,他把《三毛流浪记》的全部原稿无偿地捐赠给了中国美术馆,他也把"三毛"的记忆留在了几代人的心中。这是一个画家的历史奉献和人文建树。我想叶先生的《王先生》和张先生的《三毛》,实际上是中国最早的纸上动漫,我们是应当认真加以研究并开发,切勿闲置了这些宝贵的艺术资源和独有的原创作品。

(《青年报》2006年9月29日)

灵魂的呼唤

十多年前赴江西瓷都景德镇采风，曾请教一位瓷艺大师："凡一件真正精品的瓷器，无论是胎坯形制，还是造型款式，都有一种摄人心魄的魅力。"那位已须发银白的大师略一沉思后，用沙哑的嗓音缓缓地说道："那样的瓷器，当你在夜深人静的时候把耳朵贴在瓷器壁上聆听，那仿佛十分遥远缥缈的'嗡、嗡'声正是瓷工灵魂的呼唤。真正瓷工是把自己的生命铸入瓷器的。"

尽管大师当时讲得那么平静，但从此却成了我记忆的家底。凡艺术创作，必融入自我的生命，这才能使人产生心灵的震撼和审美的感应。这使我想起了紫砂壶艺的开山大师供春，他原是明正德年间吴颐山家的书童，跟随主人读书于宜兴金沙寺。寺中有一老僧擅长制壶，供春闲暇时便跟老僧学壶，精勤用功，壶艺大进，并成年累月地细心、耐心地收集洗手泥（即老僧每次制壶后洗手沉淀在缸底的泥），长期观察揣摩寺中古木银杏树的节瘿，创制了造型古朴典雅、装饰奇谲多变的树瘿壶，成为传世经典之作。在这漫长而又寂寞的寺院生活中，供春也把自己的生命融入了壶中，因而供春壶入妙通灵、泅润婉约，达到了出神入化的境界。后来不少壶艺名家都想仿供春壶但都难入堂奥。

从融入瓷工灵魂的名瓷到注入壶师生命的紫砂，都有耐得寂寞、澈悟心源的历练过程,亦是超凡脱俗、远离功利的修炼升华,从而才能在那么漫长的历史长河里留存下来,在那么众多的同类器物中脱颖而出,成为不朽的传世之作。而今瓷器尽管铺天盖地,窑场也如火如荼,但瓷器品种的创新突破、制作的精湛独特,都被心浮气躁、急功近利所取代。而窑口品牌的打造凸显,流派的传承发展,亦被相互模仿、雷同仿冒所淹没。而今的紫砂尽管随处可见,壶庄也如雨后春笋,但壶具款式的迁想妙得,捏坯的精深功力,都被炒作哄抬、攀比抄袭所淹没。壶艺泰斗顾景舟的归道山,标志着一个大师时代的渐行渐远。遥想当年海上艺苑,书画大师吴湖帆与壶坛名家成景舟珠联璧合,顾精心制壶,吴精美绘画,再现当年陈(曼生)杨(彭年)雅韵遗风。

笔者在旅日期间,曾访问过扶桑瓷都长崎有田烧("烧"即是陶瓷器皿的统称)。那里至今很好地保留着不少私人家族古窑场,又称工房。古风犹存地继续使用木柴烧制,且不用测温器,全凭感觉和经验来调控火势窑温,从而使有田烧能天人合一,雅致神秀。这里的家族工房都系世代相传,并得到政府的法律保护和经济后援,建立了重要无形文化保持者认定制度(又称人间国宝认定制度),即不准仿冒制假,做赝品者严惩。在有田烧最著名的柿右卫门工房内,瓷工在转盘上认真地用手工拉坯,另一边的画工正聚精会神地上釉彩绘,显得十分神闲气定而心无旁骛。有田烧与伊万里烧、锅岛烧、九谷烧等一起,使日本瓷器在世界排行榜上名列前茅。而我们曾经辉煌过的景德镇瓷、越瓷、邢瓷、瓯瓷、汝瓷等都式微了、萎靡了,在瓷器世界排行榜上落在三十多名后。其中隐藏的深层原因就是心浮气躁、急功近利,以大量的仿效、模拟来追求效益,从而使原创力低靡,审美力衰退,如今你在深夜贴着瓷器再也聆听不到灵魂的呼唤。

(《解放日报》2007年3月15日)

想起了梅兰芳卖画

每次看到家中收藏的一些旧字画,总会涌起一种悠长的沧桑感和洇润的缅怀情。尽管友人说现在这些字画值些钱了,但我从没有这些想头,只是觉得在这些旧字画中积蓄了先辈那种雅致而高逸的人文遗韵。前不久,在一台文艺演出中看到梅葆玖的演出,不由得想起其父梅兰芳先生在抗战时期在上海鬻画为生的情形。

梅先生作为一代蜚声海内外的艺术大师,有着精湛的京剧造诣,系梅派旦行的创造者,他的表演典雅雍容,华丽细腻,颇有书卷气。其代表作为《霸王别姬》、《贵妃醉酒》、《宇宙锋》、《天女散花》等。此种艺术风范和表演境界除了得力于他对传统的精深钻研、突破创新外,亦得力于他个人良好的艺术修养和文化吸纳。梅先生出生于名伶世家,其祖父梅巧玲不仅是清"同光十三绝"的名角,而且工于书法及鉴别古玩。其父梅竹芬虽英年早逝,但亦擅长书画及收藏。因此,梅兰芳自小耳濡目染,喜好书画。1914年,梅先生经袁克文介绍与海派书画大师吴昌硕相识于上海,对吴的人品艺格十分崇尚,并请教画艺。尽管此时吴已年届70岁而梅仅20岁,但从此结为忘年交。以后梅兰芳每次来上海演出,都必登门拜访吴昌硕,并热情邀请老人观看演出。利用演出空隙,向老人学画问艺,虽未正式拜师,但执弟子礼甚恭甚勤。1920年8月梅兰芳来沪演出结束后,专程到吴府辞别，老人以一幅墨梅图送别，并题诗曰："画堂崔九依稀认，宝树吴刚约略谙。梅影一枝初写罢，陪君禅语立香南。"诗中将梅兰芳喻为唐代歌圣李龟年，可见老人对梅的赞誉。后来，梅兰芳还将自己的一些画作呈赠吴老，老人亦在画上欣然题诗。此时向吴昌硕学画的还有四大名旦中的荀慧生，因而当时海上有"吴门双伶"之称。想不到一代名伶的从师学画，日后竟会成为梅先生在抗战时的谋生手段。

抗战爆发后，梅先生隐居于孤岛上海的思南路梅宅，为了表示自己的爱国情怀和民族气节，毅然蓄须明志，封箱停演。尽管当时的日本占领者对梅先生威逼利诱，但他依然罢演，甚至冒着生命危险吃药引发高烧，显示了铮铮铁骨。但此时梅家的经济出现了困境，梅先生不仅要支撑家用，还有梅家班的同仁要维持生活。于是，梅先生就开始画画，并定期举办画展。本来当时上海的一些士绅老板及名媛淑女对梅先生在国难当头时所表现出的人格就极为推崇，且又了解梅家的窘境，于是大家慷慨解囊，订画踊跃。记得外公当年也曾买过梅先生的扇面及立轴梅花，他说："此种资助既出于对梅博士的尊重，又顾及了梅先生的面子。"由此可见，双方在精神上是平等而互惠的。

资助帮困，是种社会公德和人文传统，特别在我们这个礼仪之邦，此种风尚由来已久。就以吴昌硕1909年参与创办的豫园书画善会来讲，就是一个有相当规模的海派书画会，拥有钱慧安、高邕、蒲华、王一亭等200多人，其章程规定，凡在会所陈列书画出售者，钱款一半给作者，一半捐给画会，以做社会公益及救济慈善，而且要实行"公议"，不是会长说了算，从而将艺术协会与社会公益结合起来。又如1878年7月17日《申报》载："书画作赈"，主要是资助豫鲁灾区，当时参加者是海派书画手中最有名的张子祥、胡公寿、任伯年、朱梦庐、杨伯润、吴鞠潭、汤壎伯七人，他们组成见心社，书画执折扇，照润格7折发售，平均为两块银圆一件，一块银圆约相当于今85元人民币，当时的生活指数很低，一块银圆是很值钱的。所得润金全部赈灾。"得诸社会，还诸社会"是当时救济慈善的口号，体现了一种社会互助精神和社会共济信条。

当今社会也颇为注重救济慈善，关心弱势群体，从而将我们民族的优良传统发扬光大，体现了一种人道主义的精神和同舟共济的理念，但有些社会公益性的活动或慈善助困行为，似乎有炒作或做秀的影子。时常在电视上看到捐赠人将一张特大的支票给受助者，然后请受助者发言，无非是当面表示感谢或说几句赞美之言。有时这样的照片也赫然出现在报刊杂志上。而笔者又常见有的受助者很尴尬，只得面挤笑容，结结巴巴地说几句。这不仅不尊重受助者的人格与面子，使受助者变为被施舍者，而且从社会学的角度讲，这种做法也是精神上的不平等。本来资助者和被资助者作为社会成员来讲，他们的人格是同等的，你资助帮困的同时，也获得了社会对你的肯定回馈，你也是一个受益者，而非是单一的付出者。这就是佛家所云的"观自在"，赠人玫瑰，手留余香。因此，现在有不少资助捐款者都虚拟一个名字，可能就是出于这种境界，拒绝做秀与炒作。这就像当年外公订梅先生书画点红点时，绝对不留姓名一样。

（《上海采风》2007年第5期）

西餐馆里吃快餐

春风沉醉的夜晚,颇为典雅时尚的淮海路上霓虹闪烁,特别是桥形的广告灯,更使这条上海老马路弥漫出温馨的经典气氛。途经红房子西菜馆时,觉得有一阵子没有碰过刀叉了,于是便和太太推门而入。一楼已改为商铺,乘电梯来到了二楼店堂。

十分明亮的灯光把不大的店堂映照着一览无余,白漆的墙壁上无任何装饰或图片,仅是等距地安装着一块块长方形的大玻璃,把众食客吃相公平地亮相。服务员送上了菜单,我和太太浏览了一下,似乎是传统的法式菜肴风格,如焗洋葱汤、牛尾汤、焗蜗牛、焗蛤蜊、焗银鳕鱼、芝士焗明虾、菲利牛排、培根厚牛排、奶酪牛崽排、培根鹅肝酱等。今天的晚餐是夫妻拍档,不讲"派头",不重"腔调",只重实惠。于是自己配了一份食谱。头盘:法式焗蛤蜊(28元),冷菜:什锦色拉(18元),汤:洋葱汤(28元双份),主盘:红酒菲利牛排(108元),蟹粉焗银鳕鱼(88元),点心:意式虾仁炒面(40元),饮料:鲜榨橙汁(25元),甜品:香草沙弗来(55元)。

看了此份菜单,切莫要以为是一次饕餮西餐、大快朵颐。说实话,菜肴的数量不多、面积窄小。如牛排就像一个小孩巴掌,银鳕鱼是一小长条,色拉也是缩在小盆中央。至于色香味,恕我直言,比较一般,不是很到位,和我在法国巴黎时所吃的法式菜肴相比,无论是烹饪,还是辅料,都缺少那种真正的法兰西味。但菜肴的原料还是新鲜的，这也算基本质量。由于上了年纪，边吃边产生了一种怀旧感。

在上海人的印象中，红房子原是西餐的代名词。它不动声色地立于陕西南路、长乐路口的春夏秋冬里。由于墙砖、门窗全都是红色，故以色取名。店虽不大，但名声很大。就那么一幢矮矮的，窄长的，甚至有些简陋的三层楼房，却在上海的西餐界独领风骚。那是在上个世纪六十年代中期，父亲带着我第一次走进这家西餐馆，感觉灯光暗暗的，背景乐悠悠的，墙上挂着一些法国油画的图片，食客并不很多。依稀记得是点了乡下浓汤、牛排、红烩牛尾，父亲还要了半杯红酒。当时我刚10岁出头，对吃西餐根本没有什么感觉。只是觉得外国人挺厉害的，连吃饭的工具都是武器，刀呀、叉呀的，难怪他们要火烧我们的圆明园。

史无前例的"文革"来临了，红房子作为殖民地帝国主义文化的余孽，被批倒批臭，改为"红旗饭店"，成为纯中式小餐馆。1973年，因周恩来总理说了红房子要坚持法国西菜，红房子西餐才枯木逢春。直至1979年后，红房子才真正扬眉吐气。那时我正在谈恋爱，尽管工资才拿36元，但为了"掼派头"，特地约了女朋友到红房子吃西餐。去的前一天晚上，还特地查阅了红房子的历史资料。原来红房子是意大利籍犹太人路易·罗威于1945年所开，取名为"喜乐意"。由于食客都是当时的达官贵人和演艺明星，"喜乐意"开始名声大振。后罗威举家迁往以色列，该店盘给了一个美国人。解放以后，上海大批的西餐馆歇业，但该店却改名为"红房子"而幸存。后来党和国家领导人周恩来、刘少奇、邓小平、陈毅等都来这里品尝而再度兴盛至"文革"前。红房子作为一个历史标本、城市符号和美食记忆，可谓是历经沧桑。

而今置身在此，环顾四周，要想寻找一点怀旧的元素和往事的遗绪，了无残痕碎片。只见在耀眼的灯光里，杯盏交错、人声嘈杂，已没有那种宁馨的氛围、高雅的情调和静逸的环境。为此，太太问我感觉如何，我直话直说：如今感觉是在西餐馆里吃快餐。

(《青年报》2008年3月26日)

卡内基·苏东坡·老禅师

戴尔·卡内基（1888~1955）是美国著名的演说家、励志专家。由他创立的"卡内基训练"风靡世界。在他那本发行了千百万册的《沟通与人际关系——如何赢取友谊与影响他人》的书中，被捧为金科玉律的准则有30条，然而最基本与最重要的是前两条。第一条是：不批评、不责备、不抱怨。第二条是：给予真诚的赞赏与感谢。

前不久，我们单位也组织大家参加卡内基训练，其中一项重要的内容也就是学会真诚赞赏对方。我平生似乎第一次获得了那么多赞赏，真是风光得很，感觉不要太好噢。在请我谈谈被赞赏的感受时，我颇激动地讲：今天很阳光、很灿烂。我竟然一下子接受了大家对我的那么多赞赏，如沐春风、如饮甘露。而我也竟然一下子毫不吝啬地将那么多赞赏给了我的同事。赠人玫瑰、手留余香，我仿佛也变得崇高起来。

其实，给予赞赏的专利权，也并不出自卡内基，我国的人文传统也十分推崇赞赏。记得小时候，父亲曾给我讲过一个故事，使我至今难以忘怀：苏东坡是宋代大文豪，才华横溢而睿智博学。据说他年轻时有一次和一位老禅师聊天，互打比喻。老禅师问苏东坡："你看我像什么？"苏东坡看了一下慈眉善目的老禅师，想了一下，用尖刻的语气说："我看你像一堆粪。"如此恶语，欺人太甚。可老禅师非但没有发火，还哈哈一笑了之。于

是,苏东坡问老禅师:"你看我像什么?"老禅师意味深长地望着苏东坡,然后真诚地微笑着说道:"我看你像一朵花。"苏东坡心想老禅师大概是惧怕我的学问而不得不夸奖我。于是,苏东坡得意地离开寺庙回家。

苏东坡回府后,被苏小妹撞见,望着哥哥满脸春风、洋洋自得的样子,便问:"什么事使你今天这样高兴?"苏东坡马上说道:"你知道吗?今天我和老禅师打比喻,他输给我了。""那你说给我听听。"苏东坡随即得意地讲:"我把老禅师比作一堆粪,而老禅师把我比作一朵花。你看他不是输了吗?"聪慧的苏小妹听后,扑闪着美丽的大眼睛,然后是开怀大笑。起初苏东坡还以为是妹妹为自己的胜利而高兴,后来才发现这是别有用意的笑,便问:"怎么?难道是我输了不成?"苏小妹这才收起了笑声,郑重地告诉自己的哥哥:"是呵,是你输了,而且你输得很惨、很悲。""此话怎讲?"苏东坡不服气地问。苏小妹这才一字一顿地说:"因为你内心丑恶肮脏,因此你的眼看出去都是臭的、丑的,是咒骂、是大粪。而老禅师内心光明美好,因此他的眼看出去的都是美的、香的,是赞赏、是鲜花。"这件事使年轻的苏东坡很受启发。从此,他无论是身处何种境地,都是以赞赏之心来对人对事。

传说毕竟是传说,是借名人说事,因此不必去考证其真实性,而在于其内蕴的哲理禅机。真诚地赞赏别人(不是虚伪地美化粉饰),不仅是个人内心光明美好的表示,也是搞好人际关系、向他人学习的宝典。约翰·洛克非勒在其事业全盛时曾说过:"与人相处的能力,如果能像糖和咖啡等商品一样是可以买得到的话……比起太阳下的许多事物,我会为这种能力多付一些钱。"而学会赞赏别人,就是获取这种能力的有效途径。为此,父亲当年曾对我说过:"你要记住老禅师对苏东坡的赞赏之语,那么,你今后的人生也许就会铺满鲜花和洒满阳光。"

(《青年报》2008年7月1日)

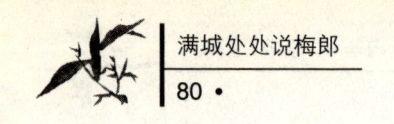

"浜北""浜南"印象

小时候,老是听大人讲"浜北"、"浜南"。这不仅是种区域之分,亦代表了贫富贵贱之别。"浜北"是下只角,"浜南"是上只角。"浜北"的汉子讨了"浜南"的女子做娘子,很风光而"扎台型"。"浜南"的姑娘下嫁给"浜北"的男人当家子婆,则有失体面而显"家道中落"。

后来我长大了,才知道所谓的"浜北"、"浜南",缘起于上海老城北边、黄浦江西岸有一条支流叫"西洋泾浜",后又简称为"洋泾浜"。1843年11月17日,上海正式开埠后,即以此条"洋泾浜"为界河,浜南为西洋人居住地,浜北则是中国人居住地。当时的清朝政府是想通过这种一地两制的办法,把洋人和国人分隔开,让那些洋鬼子在老城外的江边滩地该干什么干什么。而殖民者却认为划河而居,也便于形成势力范围和自我保护。看来"浜北"、"浜南"都是上海开埠惹的"祸"。

但"浜北"、"浜南"的交往还是拗不断的。尽管"洋泾浜"已早在1916年被填埋,在上面筑起了爱多亚路(今延安东路),但"洋泾浜"却成了流行至今的名词,除了表示"不伦不类"、"不中不西"外,还代表着一种东西方文化的通融变汇。其实,从现代语境角度来看。"洋泾浜"所象征的"不伦不类"、"不三不四",还是中西文化交流磨合期的常规反映。随着上海的开埠,在这块原是江边滩地的"浜南",迅速地发展并热闹起来,外滩边大楼林立,租界内商贸繁荣,马路上街灯亮起等。而浜北的中国美食、手工艺品乃至人力资源等,也流向洋泾浜南。一地两制促成了"浜北"与"浜南"的交往和东西方生活的互补,上海成了中国乃至东南亚最具有现代意义的城市。

　　实际上,上海开埠后,地不分"浜北"、"浜南",人不分东西南北,却经历了从生活方式、社会观念、精神形态的变化。当时有不少人尽管脑袋后还拖着一条长辫,但还是像模像样地穿起了西装,讲起了洋泾浜英语,喊先生为"密司脱",叫小姐为"密西斯",呼买办为"刚白度",称电话为"得律风"等。中午吃西式大餐,下午喝茶喝咖啡,中西结合的生活为不少新东西的引进作了铺垫。我过去有位住在上方花园的大伯伯,早年毕业于圣约翰大学,能讲一口流利的英语。尽管在那个时候已不兴穿西装,但在中山装内的那件白衬衫,永远是领头笔挺。大伯伯当时待人接物的温文尔雅、温良恭俭,正是东西方文明熏陶的结果。现在一年一度的圣约翰大学在上海举行的校友会上,那些都年届八十多岁的老头老太,依然还是一路"绅士"、"淑女"派头,"腔势不要太足噢",从中凸显出珍藏了很久的上海开埠后的风韵底气。

　　现在的年轻人,已大多数不知道"浜北"、"浜南"的概念和旧称,整个上海城市的文明发展进程已填没了这种沟渠界河,即使在过去是乡村田野的浦东,也高楼万丈平地起,可见发展是硬道理。

(《青年报》2006年11月16日)

感恩书法

老爸过去曾谆谆教导我说：在中国文化构成的大系统中，书法一直是尊贵得很，在社会层面上是"以书取士"，在人生层面上是"书如其人"，在道德层面上是"心正笔正"。可惜老爸已归道山多年，如能活到现在，他的这套"书法系统论"，倒也可用于反腐倡廉的教育。

正是由于书法人文化的意义和语境，使书法成为"艺术中的艺术"，和修身养性、陶冶情操结合了起来，早在汉代的杨雄就说过："书为心画也。"由此想到复旦大学蒋天枢先生，他是一代史学大师陈寅恪先生的得意门生，深深地秉承了陈门遗风。当蒋教授得知其学生章培恒教授当上中文系主任后，蒋教授赶紧上门送"礼"，为一套普通的文房四宝，笔、墨、纸、砚，并语重心长地讲："当上系主任后，这个毛笔字要写得好些。"这种温馨而及时的人文关爱至今留在人们的记忆深处，随着岁月的流逝而演绎成为经典的轶事。唯其如此，老一代文化人的书法大都极有功力造诣，如章太炎、李叔同、鲁迅、郭沫若、章士钊、茅盾、叶圣陶、沈从文、马一浮、老舍、郭绍虞、朱东润、王蘧常等。至于老一辈无产阶级革命家的字更是中国书法一道独特的风景，如毛泽东、刘少奇、朱德、周恩来、陈云、陈毅、董必武、彭真、李先念、邓小平等，个个出笔不凡，至今令人赞叹和缅怀。

尽管现在科学技术突飞猛进地发展，只要在电脑键盘上轻松地敲敲，就可以无纸化办公，字写得如何好像已不重要，甚至有些背时了。为此有些时尚人士提出中国书法已是"落日艺术"，似乎离寿终正寝已为时不远。然而与这种"红旗到底能打多久"的悲观论形成反差的是，国内"书法热"方兴未艾，不少莘莘学子对书法考级热情高涨，书法小神童不断涌现，四五岁的小朋友已将字写得"蛮好"。而遍布海外的孔子学院，亦将书法作为常规教学，不少老外对"永"字八法颇有兴趣，有的还专门跑到绍兴兰亭搞书法"朝圣"。

只要汉人存在，作为汉字载体的书法还会香火不绝。那些甲骨文、钟鼎文、石鼓文、秦篆虽然早在一千多年前就退出实用舞台，但它们还在书法艺苑中"活着"。因此，本人对此颇为乐观。同时，也想感恩书法。我幼时即学书，是有"童子功"的，后凭着一手好字的特长，借了不少光。我系七〇届，1970年毕业后，半年学工、半年学农接受再教育，当同学们在工厂干得机油满身、在农村战天斗地时，我却在当时的政宣组内抄大字报，借机练字，优哉游哉。改革开放后还到日本、新加坡去搞搞书法个展，在弘扬书艺的同时扒了些洋分。书法于本人还真有些历史贡献和人生价值。

（《青年报》2007年1月5日）

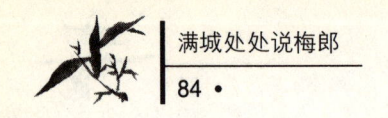

篆刻开运

"篆刻"是文人的雅称,实际上就是图章、印子,特别是"篆"字曾难倒不少人,误读作"豪",叫"豪刻"。在过去,凡是有些身份、地位、财产等的人,大都邀请有名气的篆刻家奏刀,是带有一些"豪"气,叫"豪刻"也许是歪打正着。

在汉文化生态中,篆刻家是颇为高贵的,称为"金石家"。在上个世纪二三十年代,上海是中国篆刻的中心,一代印学大师、西泠印社社长吴昌硕坐镇申城,海内外求印者踏破门槛。除了书画收藏家是用印主体外,工商贸易及金融股市,亦是用印大户。按古老的篆刻习俗,每刻一次印,可以开一次运,即"篆刻开运"。因此,工商贸易、金融股市人士就时常邀请篆刻名家治印,生意好的可以鸿运高照、好上加好,生意差的可以时来运开,去掉霉气,扭转劣势。那时上海的不少老板,特别是那些银行家都扔大把的钱在篆刻印章上,为的是多求"开运",从而使上海篆刻充满商机,十分红火。连远在北京的齐白石也专门到上海来,请吴昌硕为其订润格(价目)。看来无论是海派还是京派,是"为官"还是"言商",篆刻都可开运,为官则"官运",经商则"财运",这就叫篆刻双赢。

后来我们这里移风易俗、破旧立新,"篆刻开运"也为人所淡忘。而在一水之隔的近邻日本,"篆刻开运"的习俗仍被保留着,而且颇有发扬光大的趋势。据我在旅日办展时的观察，一般的日本国民至少要用两三方印，如"期子印"（法人印）、"米多梅印"（实用印）、"着肖印"（修正印）等。而日本老板"斜桥"（株式会社社长）的印则更多，他们承继了"篆刻开运"的习俗，每隔一年半截，就要请篆刻家治印"开运"。而且这些"斜桥"请你刻印时，态度极为虔诚，甚至带有宗教情感，唯恐影响或冲了他们的"时运"。如渡边青山先生是位百货超市的老板，人长得胖乎乎的，脸上老是带着笑容，有些像寅次郎，为人热情友善，我有时到他的超市买些小日用品，他总要拉着我到他的小办公室坐一会儿，喝些清涩的抹茶。有一天上午，他一脸严肃地来到我的展馆，对我说他的超市这半年生意一直不好，想请我刻方印"开开运"。我一连为他设计了三方印稿，他看了都摇摇头，不停地用手在印的四边比划着。哦，这下弄明白了。我即用他名字的笔画作边框，寓意四通八达、八面开运，他连连点头表示满意，"阿里阿托"地谢个不停。

在我办展的展馆内有一位名叫兆治的小伙子，人长得挺秀气，可就是海拔不高，仅1米65，这可为他找女朋友带来了麻烦，三十岁了还孤家寡人，成了日本的大龄青年。我出于关心地对他说：你跟我到上海，我给你介绍一个上海姑娘。他挺理智地讲：上海姑娘是漂亮，但要求也大大地高，我人太矮了，三等残废。一个多月后，就在我要回国前夕，他悄悄地把一张纸塞给我，神秘兮兮地说：劳驾先生刻方印。我打开纸一看：小川鹤子。噢，这是你的女朋友吧？他有些不好意思地点点头，坦诚地讲：我很喜欢这个姑娘，她对我也有好感，所以想请先生刻印，开我的爱情之运。

"篆刻开运"原是我们华夏民族的习俗，想不到在扶桑之国竟应用得如此普及。而今国内也时兴"篆刻开运"了，祈盼好运，本是天经地义之事。

(《青年报》2007年1月17日)

奥运人生

第29届奥运会终于在荣耀之城——北京闭幕了，难忘的记忆定格为永恒。从8月8日大气磅礴、诗情画意的开幕式到8月24日瑰丽多姿、气势恢宏的闭幕式，我感到一生一世都难以如此集中体验、领略的人生形态和生命感悟，却被浓缩在这16天中，由此构成了独特的奥运人生。

奥运人生，从峰回路转到奇峰突起，从扑朔迷离到石破天惊，从柳暗花明到意外惊喜，从变幻莫测到奠定胜局，从而将拼搏与竞争、希望与憧憬、兴奋与沮丧、辉煌与失落、成功与无奈等在瞬间推到你的面前，这真是难得的人生历练和心灵陶冶。

在本届奥运会上，我国各路体育健儿争金摘银获铜，所向披靡而风光无限，最终将奥运金牌锁定在51块的巅峰。然而更令人欣喜的是，我们整个民族在精神上的高迈，认识上的提升和理念上的成熟。当田径名将刘翔因伤痛而退出赛场，将一个无奈的背影留给了充满期待的几万观众时，面对如此残酷的现实和巨大的落差，观众们在经过短暂的迟疑后，马上给予了充分的理解、温馨的体谅和真诚的鼓劲。俗话说，人无千日好，花无百日红。奥运人生就是如此，什么样的事情、什么样的结果都会在瞬间发生，但奥运的精神就是重在参与、贵在过程。就在刘翔转身离开跑道时，我突然想到了海明威笔下的那个渔父，刘翔仍然是我们心中虽败犹荣的英雄。奥运人生，印证的就是这样一句古老的名言："天行健，君子以自强不息。"

奥运人生是一本浓缩、严谨而公正的教科书。竞技体育不仅是技能的较量，其背后更是意志与心智的竞争。这也是最高境界的人生拼搏。在10米跳台决赛上，我国小将周吕鑫在领先30分的优势下，最终却功亏一篑，失手于最后一跳，遗憾地失金得银。人们在为此惋惜的同时，也心知肚明周吕鑫不是技不如人，而是过于紧张，心态失衡，这也成为不少老运动员扼腕的症结。借用《心经》开头的一句话："观自在菩萨，照见五蕴皆空。"每个人若能做到真正意义上的"观自在"而去除杂念，消解顾虑、融化心结，就能进入一种心境澄明、纯净清澈的化境，焕发出极大的创造力和竞争力。可以这样讲，任何心境、心态的展现、检验和评判，都没有体育竞赛那样来得及时、明显而令人刻骨铭心。奥运人生，会使人在那么短暂的时刻，迸发出成熟的光彩。

我国奥运夺金的收官之作是张小平获81公斤级的拳击冠军，此枚金牌的获得实在是相当不易的。拳击并不是我国体育传统的优势项目，张小平也不是名列前茅的世界拳坛名家，但他却凭借着顽强的意志和不屈的信念，稳扎稳打、敢拼敢冲，该出手时就出手，终于问鼎桂冠。可见奥运人生，是可以创造奇迹、突破目标、超越自我的战场。同样，获取女子游泳冠军的刘子歌也是如此，这位名不见经传的上海小姑娘赛前并不被人看好，以至她冲金夺冠后，不少记者一时连她的文字介绍也找不到。然而正是这样一位平时连手机都没有、整天泡在游泳池的女孩，却以自己的刻苦训练和超常付出，在奥运赛场上实现了华丽的转身，一举成名。奥运人生就是这样的一个平台，在这里不论出身、地位、阶层、贫富、信仰、种族乃至国籍，只要你有实力夺冠，就可以昂首站上领奖台，整个世界为你喝彩。

（《青年报》2008年8月31日）

年之味

　　一元复始的元旦过后,紧接着就是腊八节,随着腊八粥香的弥漫,过年的年味就越来越浓了。红红的大灯笼,艳艳的中国结把大街小巷辉映得流光溢彩。黄黄的腊梅花,青青的水仙花,把室内屋外氤氲得清香浮动。"新年纳余庆,嘉节号长春。"是呀,年味经过365天的涵润发酵,已浓郁醇厚为岁月的佳酿,已丰泽清馨为人生的甘醴。年之味,亦是世之味,人之味,情之味。

　　儿时的年之味,如今依稀有些褪色,但还能想起。上个世纪五十年代初,大人们似乎还是烧烛点香,祭祖拜神,在那袅袅香烟中,泛出浓郁的民俗情韵。那时我们常常随父母到外婆家,在外婆家的大客堂里,长房长孙可以享受家族特殊礼遇,由他来点燃蜡烛高香,而我们外孙辈只能排在后面,接着就是叩拜先祖,整个仪式很有程序,我巴不得早点结束。待这一切完成后,老长辈便按岁数发红包——压岁钱。我哥哥是属于小伙子级,每人两元,我是属于儿童级,每人一元。小孩子们吃年夜饭都心不在焉,忙着到门外去看大人们放鞭炮,燃高升。接着就是盘算明天用这一元钱买些什么玩具,或是大刀花枪,或是飞机游船。在青涩的童年记忆中,那时的年味真是原汁原味的民俗相伴。

　　六十年代的年味,在移风易俗的影响下,演变得十分简易,祭祖拜神已不多见，再加上那年月物质的匮乏，生活的贫困，年味主要集中在平时难得一闻的食之味上。当时按大户小户分发冰鸡、冰鸭、冰鱼、冰蛋、冰肉票等，这些可怜的东西在经过了冰库漫长的冷冻后，其实已没有多少鲜味了，肉质也都纤维化了，但对正在长身体的我们来说，饥肠辘辘、馋水连连。好不容易等到大年三十夜幕降临后的年夜饭开始，总算可以打一顿牙祭。此时，我的心里充满了对老祖宗的感谢之意，多亏他们弄出了一个春节，否则的话，我们连一年一度的牙祭也落空了。后来在"文革"中，有一年彻底地革命化，将春节三天假期也取消了，说是与旧传统作决裂，坚持"抓革命，促生产"。这下可苦了大人们，他们白天要上班，回家后还要烧年夜饭。记得那一晚我们这座城市的年夜饭是集体迟到，而且鞭炮、高升也不敢放，大家关门低头闷吃。这一年的年之味，虽然是那么压抑、低沉，甚至有些苦涩、悲怆，但也凸显出一种坚韧，民心不可违，民俗不可逆。不管出现什么情况，民间的年夜饭还是要吃的！况且年夜饭过后就是春节，年之味过后，就是春之声。"千门万户曈曈日，总把新桃换旧符。"

  如今的年夜饭，已没有多少物质的诱惑或美食的向往。也就是说，当今的年之味，更多的是人文的感悟和人生的体验，也更接近过年的本义，即对生存的关怀和生命的关爱。人们借助过年这个特定的时空和形式，辞旧迎新、和谐吉祥、三阳开泰、四海同春、更上层楼。因此，尽管年底我们突遭金融海啸，经济危机，但我们有改革开放三十年所创造的雄厚物质基础，有昂扬奋发的民族精神，我们依然乐观而豁达，不少大饭店的年夜饭全部爆满，人们以此相聚来鼓舞士气，增强自信，和衷共济，同耕福田，祈盼祝愿。当新年的钟声敲响时，满城燃放的礼花高升，为我们的未来铺上一层充满希望的红地毯。2009的年之味，将会留下永远的美好的回味。

（《青年报》2009年1月10日）

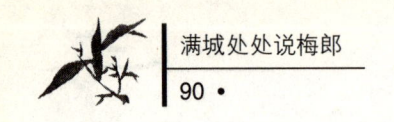

听周杰伦歌所想起的

对于周杰伦的歌,我起初并不在意。觉得他唱歌像"饭泡粥",唠唠叨叨,又像口含橄榄,含含糊糊。女儿却是很喜欢,时常让周兄的歌声在房中荡漾,侵扰或占领家中的听觉空间。

偶尔有一次,我听到了《爷爷泡的茶》,还唱到了什么陆羽茶经、唐朝千年等。由于我平素喜好喝茶,对茶道及茶具略有研究,于是,请女儿找来了歌词,静下心来聆听。这一听,却听出了兴趣,特别是有几句歌词写得很朴实而又有内蕴。"爷爷泡的茶,有一种味道叫做家,他满头白发,喝茶时不准说话。陆羽泡的茶,像幅泼墨的山水画。唐朝千年的风沙,现在还在刮。"坦率地说,《爷爷泡的茶》对中国茶文化的精髓"静、寂、清、和"及中国茶道美学的底蕴"涤尘玄鉴、澄怀味象"并没有涉及,而对陆羽《茶经》的主题"天人合一"与"茶禅一味"也没有提到,不过是对爷爷泡的茶作了很生活化、亲情化的演绎。说白了,不过是通过爷爷泡的茶来凸显一种怀旧的概念,但其中却洋溢着十分浓郁的、传统的、温馨的人文精神。在人心浮躁、世俗功利的时候,能够做到这一点也就是功德无量了,亦算作是对当代社会的文化关怀吧。

这一杯《爷爷泡的茶》润润着我的兴趣,使我也和周杰伦结缘了。后来,我又听到了周杰伦颇有漂泊感的《东风破》。那一腔离愁,万般思念,

令人动情而伤感。而我又是偏偏时常漂泊在外，老在异国他乡为五斗米奔波之人。记得那是中秋时节，在日本千年古城京都的一个小居酒屋内，我因办展讲学而羁留于此。望着窗外山衔明月，听着不远处清水寺悠扬的风铃，我一边听着女儿为我录的《东风破》，思绪乡愁如云烟在心头弥散。此时此刻、此景此情，真是领略了歌中所唱的"一壶漂泊浪迹天涯难入喉，你走之后酒暖回忆思念瘦"。此种心灵的体验把情感发酵得"不知今夕是何年"，给人以如梦如幻的感觉。

"素胚勾勒出青花笔锋浓转淡，瓶身描绘的牡丹一如你初妆。"周杰伦的《青花瓷》开首这两句，就显得那么藏魂隐魄，把国宝青花瓷的神韵展示得玉洁冰清，把传世青花瓷的美艳渲染得风情万种。可以这样说，在周杰伦目前为止的所有歌曲中，《青花瓷》的古典感是最浓郁的，其书卷气是最醇正的，其浪漫性是最酣畅的。记得我在多年前，曾到瓷都景德镇去采风，当我问一位鬓染银霜的瓷艺大师：为什么好的瓷器美得那么震撼人心？大师一脸虔诚地说：夜半更深人静时，你用耳朵贴着瓷瓶用心去听，瓶内那深沉的"嗡、嗡"声，就是当年瓷工的灵魂在呼喊。而这正和周杰伦在《青花瓷》中所唱的"临摹宋体落款时却惦记着你，你隐藏在窑烧里千年的秘密"。一个隐秘的美丽传说被打捞起，一个无奈的艺术奢望被重提起。《青花瓷》叩问的是千年的文脉艺魂，而那位早已作古的瓷艺大师的告白却永远无法复制。

周杰伦的《本草纲目》还上央视春晚了，大概他的主观意思并不是悬壶济世，而是表情悠哉地来个时尚的演绎，但却在这不经意间流淌出了厚重的历史感和忧患性，"如果华佗再世，崇洋都被医治。外邦来学汉字，激发我民族意识。"也许是由于《本草纲目》已与我们渐行渐远，也许是我们已忘了国药的神奇效应，歌手周杰伦才"让我来调个偏方，专治你媚外的内伤，已扎根千年的汉方，有别人不知道的力量"。是呵，即使如今是面对金融危机、经济凋敝，我们有《本草纲目》这个汉方可以提神补气。

当然说到周杰伦，不能不说到方文山，这个人才气横溢，思逸古今，为

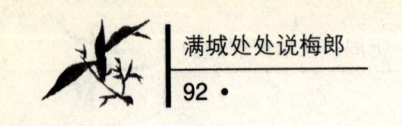

周杰伦提供了那么多既很古典又很时尚，既很有诗意又很有哲理的歌词，如《菊花台》、《上海一九四三》等，都是可唱、可传、可赏、可品的。由此构成了当今流行歌坛的一道独特的风景。

(《上海采风》2009年5月号)

"猿啸青萝"赋

"猿啸青萝",一个多么古奥奇谲而又幽逸雅致的晋代古琴名称,弥散出的是悠长的史脉艺绪和浓郁的诗情乐韵,让人感受到的是一种宁谧清远的时空穿越,领略到的是一种地老天荒的岁月轮回。

据"猿啸青萝"琴腹文字所示:"太康二年于冲。"可知此琴为西晋281年所制,距今已有1 729年的历史。太康元年,晋武帝司马炎刚刚灭掉吴国,被称为"太康精英"的陆机、陆云被俘,发配到安徽寿阳(今寿县)服苦役。第二年,司马炎念二陆少而有才,特赦他们回归故乡松江。也就是这一年,"猿啸青萝"上弦完工,发出了"松风之度遥壑,冰玉之漱幽涧"的妙律奇韵。而此时正在小昆山读书台上发愤用功的二陆,也许根本听不到这来自远方的"猿啸"。但文化的萌生、艺术的创造,却是那么顽强、那么执著、那么高迈地走出地平线。这是一种因缘?还是一种因果?无法解读,不需解读。

"青萝"即为青藤,猿挂于此而发出的啸声呼叫,或低鸣悠远,或穿云裂帛,或跌宕婉约,或石破天惊,可谓是变化万千而回肠荡气。其传导的是情之韵、语之境、心之声。为此,古人云:"琴音,情也;琴者,禁也。禁此于邪,以正人心。"千年的文化滋润,丰厚的艺术涵养,孕育出了华夏文明中独特的琴文化,形成了一种"和雅清逸"与"中正敦厚"的人文生活形态。"琴棋书画"者,琴为引领者矣。记得孔子当年无论在杏坛设帐讲学,还是在周游列国之际,常操琴弦歌而思绪飞扬,感叹"《韶》尽美矣,又尽善也"。战国时期伯牙和子期邂逅,遂演绎出了《高山》、《流水》的千载名曲与千古佳话,那种文化的认同和艺术的知音,至今令人缅怀与羡慕。他们心物相忘于红尘,人琴合一于江湖。

从晋太康二年(281)上溯19年至魏景元三年(262),著名的"竹林七贤"领袖、才华横溢、龙章凤姿的嵇康,在临刑前,面对为其请愿而遭拒的三千太学生,坦然地操琴弹奏。一个将死之人,落指发音还是那么地凛然,弦上之声还是那么地铿锵。一曲演毕,慨然长叹:"《广陵散》如今绝矣。"这位曾创作了"嵇氏四弄"琴曲,写下了《声无哀乐论》、《琴赋》等经典的一代大师,终于血祭琴弦,以自己的生命引领了千秋琴谱。体现的是一种精神的高贵与人格的高洁。而《广陵散》又是怎样的曲子?它讲述的是聂政之事,曲段由"刺韩"、"冲冠"、"发怒"、"投剑"等组成。那种浩然之气和慷慨之情,纷披灿烂,华彩迭出。也许是这首绝唱所感召、所呼唤,19年后,终于出现了"猿啸青萝",似乎为的就是传承《广陵散》,让这天籁之声荡漾在岁月的长河中。后来,陶渊明、白居易、欧阳修、苏东坡等人,他们的案上总要供放一张琴,诚如陶渊明所云:"但识琴中趣,何劳弦上音。"古琴,这已成为一种精神仪式、文化符号和人格象征。

《红楼梦》中的林妹妹亦有古琴情结,她把古琴称为"圣人之器"。"猿啸青萝"她有没有弹过似无从查考,但她在贾府中弹的一定也是名琴。为此,《红楼梦》八十六回中林妹妹曾讲道:"若要抚琴,必择静室高斋,或在层楼的上头,在林石的里面,或是山巅上,或是水涯上。再遇着那天地清和的时候,风清月朗,焚香静坐,心不外想。"这就是琴韵外象的设景造境。"猿啸青萝"的池下铭文即为:"事余欢弄,龙舞凤翔。诸色俗累,一时消忘。"看来深谙琴道的林妹妹是与之心有灵犀,入妙通灵的。唐代大诗人李白曾在诗中写道:"大音自成曲,但奏无弦琴。"而薛易简在《琴诀》中亦讲:"琴之为乐,可以观风教,可以摄心魄。"操琴弄弦,是我们精神家园中的一种陶冶与洗礼。

"猿啸青萝"的古琴冠名,尽管颇有阳刚之气,但从中亦有阴柔之美。古琴在先秦时期,除了庙堂的祭祀及典礼运用外,在民间也是"窈窕淑女,琴瑟友之"(《诗经·周南·关雎》),成为传递爱情的丝弦之声,心灵之音,在《诗经》中多有记载。《诗经·小雅·鹿鸣》"呦呦鹿鸣,食野之萍,我有嘉宾,鼓瑟鼓琴",《诗经·小雅·常棣》"妻子好合,如鼓瑟琴"等,何等浪漫温馨而又绮丽缠绵。而至司马相如弹奏一曲《凤求凰》后,更是成了古琴情曲的巅峰之作。而在"猿啸青萝"演奏会上,王风教授所弹奏的《良宵引》,那良宵美景中,凸显的不正是如此的赏心乐事?以三千年华夏文明史为铺垫的古琴,彰显的正是一种相当精彩、精湛而精微的文化情致,只要展示一下历代传世的曲名,就是一种美的巡礼与诗的吟咏,从《平沙落雁》到《潇湘水云》,从《玉楼春晓》到《梅花三弄》,从《胡笳十八拍》到《渔樵问答》等,由这张流传千年的"猿啸青萝"来演奏,那将是怎样的一种沧桑古穆之情与恢宏幽深之境?其"韵外之致、弦外之音"令人味之无极。

从"猿啸青萝"出世的太康二年(281)后延22年,即太安三〇三年,战乱又起,时任大都督的陆机为请出好友彦先共同平叛,挥毫写下了千古一帖《平复帖》,后被诬而杀。也就在临刑前,陆机对天悲叹:"欲闻华亭鹤唳,可复得乎!"此时的"猿啸青萝"是选择了沉默?还是长啸?不必去拷问历史,在整个西晋一个22年的时段中,竟出了两件千古不朽的传世之作,这是何等的了得:一为"猿啸青萝",一为《平复帖》。

一个民族的文明渊源是值得他的后人作永远的祭奠和无尽的追思。

第四辑 京都的脸

京都的脸

历经千年的春花秋月洇润，承载无尽的山水清音供养，经受悠长的红尘沧桑洗涤，京都的脸，已是那么的古典清逸、淡定从容而婉约含蓄。

站在清水寺前的高坡上，俯瞰整个京都城，那飞檐翘角、坡顶山墙的屋宇殿堂，那斗拱叠加、横脊鸱吻的寺庙神社，那方正严谨、棋盘格式的街道，仿佛是盛唐长安遗落在东瀛扶桑的一个亦真亦幻的梦境，给初来乍到的旅客游人以一种历史的亲和及曾经的怀缅。日本最早的都城是奈良，公元791年，恒武天皇迁都于此。这正是中国唐代的德宗贞元之年，大唐的风神形态被虔诚地仿效移植于此。历经了1 074年后，明治天皇才于1868年迁都于东京。在这漫长的斗转星移、光阴荏苒中，京都已古典得透彻纯真，清逸得纤尘不染。流年似水，韶光如影，那定格了的唐风汉式已轮回成了一道不变的风景，至今还是气韵流转、神采焕发。镜湖池中金阁寺的倒影，依然蕴满着镰仓时代将军的遗愿。羽音山中悬空寺的风铃，依然倾诉着清水舞台远去的传说。皇都御所的建礼门，依然封存着御前会议的秘密。行走在京都的大街小巷，不经意在随处可见的神社前，会相遇大唐的香炉、两宋的瓷瓶，还有赵之谦的对联，吴昌硕的石鼓。经过千年岁月历练的京都的脸，才能如此古典清逸而波澜不惊。

古时的东瀛把大唐长安的京都称为"洛"，因此他们把到京都也称作是"入洛",市中心称为"洛中",四面分别称为"洛东"、"洛南"、"洛北"、"洛西"。既然是到皇城"入洛",他们的面容自然是虔诚、恭敬而平和、热忱的。于是,他们会去八坂神社,这是京都人心灵的故乡,精神的家园。因此,无论是来京都,还是出京都,都要去八坂神社。我置身在神社中,看到那么多人在闭目默祀。此时,夕阳西下,晚霞映脸,肃穆中溢出温馨的神韵。而在京都数百种民间活动中,最有名气也最有人文色彩的是"葵祭"、"只园祭"和"时代祭",人称"京都三大祭"。葵祭是每年5月15日平民仿效古代皇族在神社举行的礼拜,因全部装饰全用葵叶制成,故称"葵祭",以示敬天爱人,天人合一。只园祭是每年7月14日至29日在只园举行,是为了祛除瘟疫和灾难,祈盼平安和幸福。时代祭是每年10月22日,两千人穿着一千多年来京都各个时代的鲜艳服装,从京都御所浩浩荡荡游行三个小时到达平安神宫,既是祭祀先民,也是祝福未来。记得有一年我去京都,正遇上这时代祭,那古朴奇丽、五色缤纷的和服,把远古的生活气息鲜活地展示出来,令人发思古之幽情。经过这"三大祭"洗礼的京都的脸,自然是淡定从容而又情韵盎然的。

在春光明媚的时节,坐车朝嵯峨野方向驰去,在清澈的保津川河谷下车,这便是有"京都第一名胜"之称的岚山了。树木葱郁、山势逶迤的岚山,四季景色如画,古歌即唱道:"牡鹿呦鸣此山中。"而其中最美的时节就是春赏樱花、秋观红枫。那满山遍野的樱花,一簇簇,一片片的鲜红亮丽而又娟秀娇美,特别是在苍翠的山林陪衬下,似把山水天地熏染得一片绯红,如霞光辉映。早在平安时代起,岚山就成了宫廷贵族和平头百姓踏青赏樱和秋游观枫之地,那明媚的景色,可以使人忘却尘世的纷争和情感的恩怨,陶冶心灵。日本"绯圣"松尾芭蕉有题为《嵯峨》的名句:"六月天气遮群峰,峰峰尽在苍翠中。"沿着渡月桥北侧往上行走,就是京都府的府立龟山公园,在园内的一块纪念碑石上镌刻着周恩来东渡留学时写下的诗文《雨中岚山》。说得更远一些,岚山也是日本文学巨著《源氏物语》中主人翁源氏的主要生活之地,因此有不少游人是为了体验这种文学情结而登临岚山的。京都的景色是如此旖旎而又蕴含着如此深厚的历史资

源和人文情怀，京都的脸才能如此婉约含蓄而充满魅力。

记得二次大战后期，京都曾是美军投放原子弹的目标之一，但美陆军部长史汀生经过反复斟酌后，认为京都是日本文化古都，其丰富的文化遗产必须保存。而中国的建筑学大师梁思成也向盟军总部提出了这个意见。于是，原子弹落到了广岛。京都的脸才能和人们一期一会。

（《青年报》2010年4月11日）

清水寺的年度汉字

　　每到年终岁末的时序交替之际，在日本千年古都京都的千年古刹清水寺，都要举行一次辞旧迎新的年度汉字书写活动，以极为简略精当的一个字来为该年作出概括总结，弥散出浓郁的时代气息、人文意识和诗化雅兴，从而在翰墨飘香、笔花飞舞中"一元复始，万象更新"。

　　在冬至前夕的一个午后，京都沐浴在绵绵的细雨之中，使整个清水寺的宝殿佛堂和古树嘉木更显得清玄幽逸而明净秀丽。清水寺的正殿恢宏庄严，一派唐风和韵，更令人称奇的是，此殿建在险峻的悬崖边，用139根巨大的榉木凌空支撑，故又称日本的悬空寺。正殿前是突出于山谷的大平台，这也就是著名的"清水寺舞台"，江户时代曾是表演雅乐的舞台。平时香客游人可在此凭栏远眺京都全城的景色，春赏樱花、夏眺山瀑、秋观枫叶、冬看雪景。而此时，平台上却站满了前来参加清水寺2009年度汉字书写活动的海内外嘉宾游客。

　　在正殿旁一侧的清水宫，当女主持宣布2009年汉字书写开始后，身披红色袈裟的清水寺的主持森清范气度从容地拿起巨大的斗笔，在饱蘸浓墨后，以酣畅遒劲的气势、刚健雄浑的笔力、严谨和谐的结构，一气呵成地在一张约2平方米的白纸上写下了一个榜书"新"字，随后全场爆发了热烈的掌声和欢呼声。日本汉字能力鉴定协会每年年底都要向社会公开征集能代表这一年世态的汉字,得票最多的汉字当选为年度汉字。在2009年的16万多张选票中,"新"字得票超过1.4万张而名列第一,从而继2008年的"变"字之后,2009年的"新"字成为代表该年世态的最贴切汉字,也彰显了"由变到新"的企盼和愿景。诚如《礼记·大学》所言:"苟日新,日日新,又日新。"

京都荟萃积淀了日本最丰富的历史和文化遗产,被称为"心灵的故乡"。山峦相拥、翠冈环抱的清水寺,作为京都最古老、最著名的庙宇早在13世纪上半叶的日本文学名著《平家物语》中就有记载。"清水寺被烧的次晨,在大门前立了一块牌子,上面写道:'念彼观音力,火坑变成池。且看究竟!'次日,另立了一块牌子,上面写:'历劫不思议,人力所不及。'"可见清水寺积淀了很多的文化内容和人文传统:如上清水寺前的三条小路,分别为三年坂、产宁坂、清水坂,就代表着不同的风俗理念。正殿前的平台"清水舞台",就是日本一句有名的成语的出处。而那句"你有勇气从清水的舞台跳下去吗"的古谚,也象征着一种意志和决心。清水寺的音羽山清泉,被称为"延命水"、"黄金水",据说信佛的人喝了能六根清净,普通人喝了也能平安如意。泉水从山上引入寺中,被称为"清水甘露",滋润着尘世人们的心田。正是在如此悠久而婉约的文脉史绪中,清水寺与日本汉字能力鉴定协会联手从1995年起,每年在年末时举办年度汉字评选书写,由寺中主持挥毫,从而成为清水寺的又一道文化风景。

在汉文化圈中,年度汉字书写活动近年来在一些使用汉字的国家和地区颇受关注,成为人们心灵倾吐、情感诉求、精神演绎和希望放飞的一种方式。如2009年,经环球时报编辑部选出的30个汉字中,最终"变"确定为中国"零零年代"的代表汉字,显示了当代中国面对世界的活力与朝气及应对挑战的豪气和自信。2009年我国台湾地区的年度汉字为"盼",寄托了台湾同胞的美好心愿。在"莺啼燕语报新年"之际,年度汉字书写凸显了汉文化盎然的诗情哲理、畅达的生活体验和昂扬的生命姿态。

(《新民晚报》2010年1月12日)

"三国一"的乌龙面

"三国一"是日本东京颇有名气的乌东面馆,位于新宿三丁目的莫尔中心大厦内。为何叫"三国一"这个店名,有些匪夷所思。和中国的"三国演义"似乎不搭界的,要么是老板姓"三国",而他开的这家乌东面馆又是东京第一?自诩为"三国一"。

日本友人知道我平时喜好面食,他以东道主的身份专程带我和太太驱车到新宿。其实,乌东面只是在中国大陆及港澳地区的名称,而在日本,被称为乌龙面。"三国一"的招牌是用规范的楷书题写,店面仅一开间半门面,装修很简洁古朴,上是一排屋檐装饰,下是陈列着各种乌龙面样品的橱窗,简直有些简陋,但却凸显了平民化。门的入口处边挂着一块长方布帘,一朵圆形的梅花下,是"三国一"三字,弥漫出纯朴的江户风尚。该店的乌龙面是纯手工制作,汤面直径1.7毫米以上,凉面直径在1.21毫米以上,因而面条视觉效果圆浑丰满,颇有名店典范。

店堂内的座位很紧凑,我们在店后侧的空位上坐下,随即点了每人一份乌龙汤面及生鱼片、天妇罗、烤鳗等。不一会儿,乌龙面及配菜便送上了。用粗陶大碗盛的乌龙面汤宽面白,上面洒着碧绿的葱花、海带丝等,色彩漂亮而香味扑鼻。挑一筷乌龙面入口,软硬适中,富有韧劲弹性,很有嚼劲。特别是面汤是用了高汤,鲜而不腻,喝一口,齿颊留香。据友人介绍，该店的老板早期曾到日本全国各地旅行，考察研究各种乌龙面的制作烧煮，从而广采博取、变汇通融，形成了自己的乌龙面风格，特别是汤头更是鲜美异常，自有秘方。我在国内及到日本后，也吃过多次乌龙面，但"三国一"的乌龙面可谓是最令人回味无穷的。

据史料记载，乌龙面在日本最初出于四国香川县的赞岐，当时的空海和尚（774~835）赴中国长安留学，他不仅学了佛法和书法，还学了唐人的乌龙面制法。回日本后，他见香川县赞岐的农民生活贫困，因濑户内海雨水稀少不适种稻。因此，他请农民改种小麦，然后制成面粉，他亲自传授乌龙面制法，从此乌龙面开始由香川赞岐而传向扶桑，成了风靡日本的面食。由此来看，中国的粗汤面和粗炒面，实际上就是乌龙面的老前辈。只是中华美食品种太丰富，没有隆重推广，而东渡后却风光无限，备受珍视，此乃典型的门内开花门外香。

尽管"三国一"的乌龙面名气很响，但价格却并不贵，算是经济实惠型的，因而该店生意一直很好，被称为"人气店"。如果在节假日或星期天，门外常排起长龙。我们坐在店堂内慢慢地品尝乌龙面，吃着各种料理套菜，感到别有风味。这里的天妇罗炸得焦黄香脆、烤鳗嫩肥香糯、生鱼片新鲜爽口，就着汤面一起吃，很是适口。我们的邻桌两位年轻的日本情侣点的是沙拉冷乌龙面、梅子冷乌龙面，那五颜六色的效果，真使人觉得秀色可餐。由于我们已吃饱，否则的话真想点一客冷乌龙面大饱口福。

整个"三国一"乌龙面店里，荡漾着一股清醇的面香。据说那些老克勒级的乌龙面食客，在经过乌龙面店外时，只要稍一驻足，闻一下该店的乌龙面香，就知道该店正宗不正宗，是否值得弯腰去挑起面店的门帘。吃乌龙面在日本似乎已成为人文生活形态，在踏雪夜归时，喝上一口欧巴桑端上的滚烫的乌龙面，一种家的温情暖遍全身。在盛夏晚餐时，吃上一筷清爽的冷梅乌龙面，一种无上清凉的快感使人神清气爽。"三国一"不仅仅是一家老面店，而且也是人们心灵上的一个小小驿站。

（《新民晚报》2009年2月26日）

大阪天守阁散记

如果说大阪城是大阪的古都象征，那么，天守阁就是大阪城的华彩乐章。

昔日城墙高筑、箭垛森严的大阪城，如今已退去硝烟烽火和盔甲戎装，成为市中心一座总面积达106.7公顷的巨大公园。清绿明净的护城河内，有几只悠闲的野鸭正在嬉水，搅乱了一河春波。沿着护城河，栽种着四千多株樱花，那枝杆间绽放的花朵，把天地间染成了胭脂色，可谓是人面樱花相映红。一阵春风拂过，那纷纷扬扬的樱瓣雨，如天女散花般风情万种。公园的庭园内，古木参天，浓荫蔽日，给人以满目苍翠之感。就在这樱花的盛放和嘉树的新绿簇拥下，一座外观宏伟壮丽、造型古朴巍峨的建筑拔地而起，仿佛如琼楼玉宇，凌空而降。这就是大阪的地标——天守阁。

一路上有缤纷的落英和绚丽的花树相伴，踏春情趣盎然而生。迈过一座颇有历史感的石桥，沿着陡峭的山坡拾级而上，我们便进入了大阪城的中心天守阁。仰望高耸挺拔的城堡，气势雄健郁勃，仿佛可揽月摘星。底部全由重达数吨的巨大石块堆砌而成，显得十分坚固而厚重。整个天守阁高54.8米，外观5层，内部8层。镶铜镀金，飞檐斗拱，雕梁画栋。在春阳的映照下，显得富丽堂皇而雍容华贵。特别是那山字形的屋檐互为

交错，重叠对应，具有一种建筑雕塑的美感和造型变化的奇谲，既体现了唐式风韵气派，又展示了和式艺趣格调，成为扶桑建筑皇冠上的明珠。

据史载，大阪古名叫"浪速"或"难波"，系第一代天皇航行到此，因遇风急浪高而起名。1583年，一代枭雄丰臣秀吉大将军在统一了曾被群雄割据的日本后，下令调集了3万民工，花了3年多时间，在原是石山本愿寺的旧址上兴建了规模宏大的城堡，用巨石堆砌起了12公里长的坚固城墙，修建峻美豪华的天守阁宫殿。因此，大阪曾一度成为实际上的都城。后来随着丰臣秀吉的去世及历史的变迁，城堡也历经衰败。现在的天守阁是1931年大阪市民自发地募捐重建，1997年3月又经过一次大整修，从而使天守阁更是亮丽辉煌。如今在天守阁旁，有一块一人多高的"残念石碑"，曾铭刻了往昔的沧桑。岁月的云烟，春秋的流岚，已为此块残念石蒙上了一层华润的色泽。

天守阁的入口处，依然是高而陡的石阶，似保留了古代军事要塞的遗风。入内乘电梯直达五层，然后再登三层楼梯，便是天守阁的八层观光厅。出阁门外，长长的回廊相连，景汇四方，来风八面，整个大阪城尽收眼底。真可谓是仰观俯察，气象万千，令人心旷神怡。远处是水天一色的海湾港口，近处是鳞次栉比的楼宇房舍。尽管大阪是日本的第二大工业城市，但其绿化却十分丰茂苍郁，而且市内河道纵横、碧波荡漾。日本民谚唱道："东京八百所，京都八百庙，大阪八百桥。"因而有"千桥水都"之称。大阪诗人曾以空灵湿润的笔触写道："从中之岛沿着河边漫步，在飘满樱花的小道上……"

也许是近距离的观望，天守阁的精美精致令人怦然心动。每只屋脊尖上，都站有一只镀金的鲤鱼形顶鸱吻，形态生动而舒展。在交错的斗拱顶部，都考究地包裹着黄铜花纹片，既起着美化装饰作用，又可防止风雨对木头的侵蚀。从上至下，碧绿的琉璃瓦和雪白的粉墙显得素雅而古逸。特别是明媚的春阳中，金饰、铜纹、碧瓦、粉墙，交相辉映，显示了一种华贵的气派。

天守阁的七层至二层是博物馆，收藏约有八千件文物和资料，其中的

《法华经》扇面,被定为日本的国宝。然而,我停留时间较多的是在介绍丰臣秀吉生平的一层。通过立体电视图像的演绎,较生动而全面地展示了丰臣秀吉是如何从一个貌不惊人的贫苦农民的儿子成为权倾天下的大将军。其中还有他的木雕像、用过的武器及绘画书法等。我仔细观看其雕像,面容清瘦,气度从容中显出霸气。而其书法,则写得颇有功力,笔致流畅中见遒劲,结构疏朗中见严谨。在底层的纪念品销售处,我买了一只鲤鱼顶鸱吻,我想作书画镇纸还是颇有特色的。

步出天守阁时,日本友人把我带到门前的一口大井边,他告诉我说:丰臣秀吉喜好喝茶,专门打了这口水井,据说深不见底。为了求得好水质,曾将黄金抛入井中以作水质净化和防人投毒。如今井平似镜,在打捞起的一掬清波中,也许还留有当年的茶香和曾经的传说。

(《新民晚报》2008年5月13日)

东京地下铁

　　东京地下铁是一个炫动的交通时空和都市的生活舞台。特别是在市中心站，如银座站、原宿站、涩谷站、六本木站、池代站等，都和高星级的酒店宾馆、高档百货公司及大型超市相连接，形成了"都会地铁链"的生活概念，似乎涵盖了你所需要的一切，营造了一种温馨的氛围和舒适的感觉。

　　由于我和太太在东京停留的时间仅一天，又要购物，又要访友，还要游览，因此，旅日的友人建议我们坐地下铁，这样既方便又迅捷，还专门请了他在日本的朋友做向导。从品川站进入，候车站上方上百个站牌指示像麻将牌，直看得人眼花缭乱，目不暇接。尽管在这之前，我和太太还专门研究了东京地下铁的乘车示意图，但一到现场，全没了方向。站台上的列车几乎是川流不息，似乎没有间隔时间。友人笑着告诉我说："尽管我在东京也住了好几年了，但乘地下铁仅知道几个大车站，站与站之间的转换到现在还搞不清，所以才请了我的日本朋友来当导游。"随着列车的开启，日本导游的作用更是凸显，有时列车到站时，是两边车门同时打开，各选出口，有时换乘转车，须通过地下迷宫似的通道。

　　东京地下铁是由两个单位共同运营，一是东京地下铁股份有限公司所经营的东京地下铁路线，一是东京都交通局所经营的都营地下铁路线。

目前共有12条路线，214个车站，路线总长292.2公里，平均日运量达800万人次。东京地下铁早在1927年12月就开通了银座至浅草寺的路段，因而是亚洲最早有地下铁的城市。为了方便换乘和扩大容量，东京每一条地下铁都与日本旅客铁道山手在线之车站交会。也就是说，你乘上东京地下铁后，只要熟悉线路，可到达日本任何一个城市。东京地下铁列车还分为每站都停的"各停"，小站不停的"急行"及早晚上下班高峰时停大站的"通勤特急"。尽管东京地下铁的列车设施和装备似乎没有上海地下铁的先进、漂亮，但乘客文明程度较高，车厢内没有大声喧哗说笑，打手机也轻声轻气。上下站是先出后进，很是规范。车票价也不算贵，四、五站在160円，约合人民币10元。这段路程如在东京打的，至少要120多元人民币。

东京地下铁的入口处可谓是场景各异，颇有都市意趣。如品川站上面是一幢很大的商务楼，下面是各种商店，恍若去商社洽谈业务。原宿站前是最时尚的竹下通市场，后是林木葱郁的明治神宫，而车站本身是欧式古典建筑，至今已有八十多年，恍若身处英国偏远的小镇。而银座的地下铁入口处，却是豪华气派的顶级大商厦，恍若去逛商场大采购。由此形成了东京地下铁生活场和经济圈，这是一种值得研究的都市人文现象。也就是说，东京地下铁的功能早已不是单纯的交通通道，而是在车站内打造了一个可以娱乐、休闲、用餐、购物乃至通讯、旅游、观光的空间。只要一出地铁的站厅，便是环境整洁、装潢美观的中、小型商铺或餐饮店，如有卖生活日用品的便利店、服装店、药妆店、电器店、书店、文具店等，也有咖啡店、乌冬面店、咖喱饭店、料理店、快餐店、西餐店、面包房、冷饮店等，价格也较便宜，以大众化为特征。这一切设施，能使工作了一天的上班族途经时，有一种松弛感。特别是在一些大的车站内还设有信息中心、旅游推介处及观光咨询房，使人真实地感到东京地下铁就是一处风情万千的都市景观线。

（《新民晚报》2008年9月2日）

东京浅草寺风情

浅草寺,是日本东京都的风情名片。东京都,因有了浅草寺而人文悠扬。

在东京,浅草寺具有无可替代的地标意义。一个城市和一个寺庙的护佑,似乎是东方文化的对应传承。就像上海城隍庙在上海人心中的地位一样,浅草寺在东京市民的心中是他们永远的守护神。

记得多愁善感的日本著名作家、诺贝尔文学奖获得者川端康成在他的《浅草红团》中,以眷恋而深情的笔触写道:"浅草是民众的浅草。"

这座一千多年前就香火缭绕、百姓朝拜的古寺,永远地留住了江户时代的风情,也永远地打造了庶民的吉日。相传在公元628年3月的一个清晨,海上朝阳初升,鸥鸟逐浪,靠打鱼为生的桧前兄弟满怀希望地撒下了第一网,当他们收网时,发现有什么东西在雪白的鱼群中闪光,仔细一看,原来是一座金光四射的观音像。兄弟俩感到这是佛祖显灵,派观音娘娘前来保佑他们,赶紧返航。上岸之地就是这浅草。随后,当地的老百姓为观音金像修建了一座寺院,至江户时代,德川幕府第三代将军德川家光拨出重金修建了浅草寺,使之成为一座规模宏大、殿宇气派的大寺院,浅草由此而成为繁华锦绣之地。

踏着明媚的春阳,伴着樱花的红云,我来到了位于东京都台东区的浅草寺。寺前早已是香客熙攘、游人云集，呈现了一派和瑞气象。寺大门叫"风雷神门"，左右两侧供奉着威武雄壮的风神和雷神，门楣上的金匾写着镶金隶书"金龙山"。下面就是那盏时常在画册和镜头中出现的直径四米，重达六百公斤的巨型红灯笼，上有笔画粗壮的楷书"雷门"。这盏灯笼的祥光，从古至今烛照着人们的心田，每个回家的东京人，只要看见"雷门"，他回家的旅程就会变得温馨而平安。因此，浅草寺虽然在二战中遭受了重创，但在二战结束后，面对满目疮痍，东京人首先重建的就是浅草寺，他们需要这座心灵的家园。

从巨型灯笼下走过，祥光瑞气似乎洒遍了你的全身。眼前便是人气鼎盛的仲见世街，两边的店铺弥散出浓郁的日本传统风情，吸引了无数的观光客。据日本友人介绍，游浅草寺的风俗是先朝拜后购物。于是，走过三百米的购物长街，来到了宝藏门。两边的甬道上树立着数百只白色的广告灯笼，形成了两排颇有气势的灯笼屏。这些灯笼上都写着店家的名字，以祈求护佑。宝藏门的建筑系二层，飞檐翘角，古朴浑穆，红柱黄墙蓝瓦，色彩鲜艳而庄重。楼上藏有佛教经典"法华经"。按佛规，入宝藏门才算正式进入寺院朝拜，要心存敬意、六根清净，尘世的功名利禄都须到此了断。因此，刚才还热闹喧哗的人声，到此竟一下变得清静肃穆起来。宝藏门中央挂有一盏写着"小舟町"的大红灯笼，两边的墙壁上挂着两只一人多高的巨型草鞋。

出宝藏门，便是一个开阔的广场，左侧是一座红色的方形木结构五重塔，建造得十分精湛华美，每层廊角都挂有金色的铜铃，在春风中清音悠然，似低诉着江户时代的古老传说。右侧是一个高矗的石头神门，旁边的一块石碑上刻有"浅草神宫"四字，那浓绿的青苔，似凝聚着漫长岁月的记忆，任凭风吹雨打，都无法抹去。在巍峨的神殿前旁，有一个长方形的洗手亭，这几乎在日本每一个寺庙中都有。参拜前每个人须用水池边的长柄小勺接水，先洗左手，再洗右手，然后用左手盛水喝一两口漱漱口，只有这种自我净化后，才表示朝拜的虔诚与纯洁。神殿前的大香炉内烟火缭绕，按日本习俗，每个朝拜者不必都烧香，而把这些香炉内的香烟往自

己头上、身上扇，同样可以去灾消病，吉祥如意。这些仪式完成后，即可参拜神殿。

　　神殿虽然仅是单层，但却镶铜镀金，十分富丽堂皇。高耸凌空的山字形屋脊映衬着四角飞檐，朱红立柱配有金黄雀替，展示了一派唐式风韵。神殿前有一个长方形的木箱，供参拜者投币，叫醒菩萨，数目不用大，五円起板即可。投币完后，按日本参拜的手势，是先拍掌两次，鞠躬参拜，然后双掌合十祈祷许愿，再鞠躬。事佛礼闭后，我仔细观看神阙，当中只有一个观音牌位，那只当年被渔夫兄弟捞起的黄金观音，虽然只有5.5厘米之大，但作为镇寺之宝，一直是深藏寺中的。然而其佛光却普照浅草。为此演绎出了不少相传至今的民俗庆典。如每年3月18日是"浅草观音会"，因为观音是这一天被渔夫兄弟捞起。5月15日是"三社祭"，表现东京庶民的"江户人气质"。10月18日是供菊活动，香客们到此献菊上供。除夕，东京市民到此听新年钟声而辞旧岁。元旦"初诣"，人们更是到此迎新纳福。难怪川端康成要惊叹道："浅草永远是节日。"

　　从神殿出来后，我便来到了仲见世街，两边的大小店铺尽管显得有些拥挤局促而简陋狭小，但都是江户时代延续留存下的，具有一种古典的底蕴和商缘的亲和，其中有扇子店、和服店、玩具店、小吃店、果子店、吉祥物店等，颇有日本特色和浅草寺风，令人眼花缭乱，目不暇接。不由想起一位日本作家曾以诗意的笔调写道："石板路两旁的小店铺里坐着面目如花的少女，淡扫娥眉，薄敷胭脂。"字里行间所荡漾起的浓浓的生活气息，至今使人难以忘怀而一睹为快。可见浅草寺是出世的，而仲见世却是入世的。后来，我在一家小店买了一只金色的风铃，想把它挂在我书房的窗檐下，让这浅草寺的风情清音留存一种远游的记忆。

(《青年报》2008年7月9日）

横滨中华街

中华街,俗称唐人街,是我们华夏民族所打造的一道全球性的人文景观,从中体现了诗化的乡恋情绪和物化的创造能力。位于日本横滨市中心黄金地段的中华街,无论是从规模气势,还是从街区商家来讲,在世界上可算是屈指可数的。

从碧海蓝天、绿树芳草的海滨公园出来,经过两三分钟步行后,一座雕梁画栋、流光溢彩的大型牌坊便矗立在你面前,镶金的横匾中央,以道劲饱满的笔力写着"中华街"三字。靠街角的是三大开间门面的北京饭店,一幅印有天坛景色的巨型广告和典型古朴的牌坊交相辉映,营造了浓郁而独特的华夏风情。

在街口环视整个中华街,其道路呈扇面状辐射,形成一个由20多个街区连接成的群体。东西南北各有9座高耸巍峨的大牌坊,可称世界各地唐人街牌坊之最,其富贵雍容之气也由此凸显。我所在的正门(又称东门)为朝阳门外,还有延平门、朱雀门、玄武门,而街道路名就有广东道、长安道、中山路、香港路、上海路、关帝庙路等,道比路更大,相互衔接贯通。因此,在日居住了二十多年的友人颇为自豪地说:"横滨的中华街,并不仅仅是一条街,实际上是个区域的概念。每到节假时,来这里的横滨市民摩肩接踵。就是在平时,凡是来横滨的各国游客,也大都到此观光。"

踏入街道，映入眼帘的是道路整洁，店面鲜亮，环境雅致，即使是路边禁止车辆通行的石柱，也分别以青龙、白虎、朱雀、玄武四种古老的中华祥兽为标志。大街两旁，除了有专卖中国工艺品、服饰、杂货、食品的商店外，大大小小各种菜馆酒家鳞次栉比，其装饰或是豪华气派，或是小巧精湛，主要以广东、四川、北京、上海、淮扬帮的名菜佳肴为主，也可称得上是集中华美食的精粹和大成。各菜馆的门前橱窗内，都陈列有栩栩如生的菜肴样品模型。我注意观察了一下，这些菜肴还是以北京烤鸭、水晶虾仁、蚝油牛肉、松鼠黄鱼、清蒸鳜鱼及小笼包、春卷、扬州炒饭等为主打，但价格要比国内贵，如一盘水晶虾仁约2 500円，相当于人民币180元左右。友人介绍说："横滨的中华料理在全日本名气是最大的，档次也是最高的，被公认为最正宗。不少东京、大阪、京都、福冈乃至北海道的日本美食家专程到此大快朵颐，一饱口福。而这里的糖炒栗子和鱼翅包，也可称一绝。"

漫步在异国他乡的中华街上，颇有一种回家的亲切感和乡缘的温馨感。由于我平时喜好书画，对颜色较为敏感。站在中华街的主干道上，无论是店面、招牌、墙体、屋檐等，目光所及之处均是热烈的红色、辉煌的黄色、明丽的绿色，此三色所构成的中国元素，生动地展示了一种丰裕畅达的民族情韵，唤起了文化的认同和人文的怀缅。两边的人行道上，栽种着枝繁叶茂的楝树，那葱郁的浓荫，更是使红、黄、绿泅润出华美高贵的光泽。不少像我这样来此观光的中国游客，纷纷在街边驻足摄影留念，让这亮丽和谐的三色相伴自己的人生。

在一家饭馆的铺面，正在卖刚出笼的大肉包子，300多円一个，我和太太各买了一个。肉馅鲜美，而且伴有黄花菜等，吃起来也算别有风味。那位卖包子的老太太见我们在用上海话交谈，就笑着自我介绍道："阿拉也是上海人。"这下可是老乡见老乡，相见更加亲了。尽管老太太来横滨已有五十多年，但对父母之邦的上海依然一往情深，去年春节还在上海过的。她感到上海现在是越变越漂亮了。我也对她说："横滨的中华街在世界各国的中华街中，也算挺漂亮的。"老太太马上接口道："是啊，不少游客都这样讲。不过10多年前的这里，环境还是比较差的，沿街店面混杂，路灯灰暗,电线杆上线路杂乱。后来经过大规模的形象整治工程,电线也全部埋入地下,如今才旧貌换新颜。"老太太十分健谈,她说居住在这里的华人,大都沾亲带故。尽管商业竞争十分激烈,但大家关系还是很和睦的。

离旅游团集合的时间已不多了,我们匆忙地和上海老太告辞。在走到街口时,我发现大牌坊朝街内的一面横匾上写有"善邻友好"四字,不由想起了上海老太刚才向我们介绍的横滨中华街区精神:礼仪待人、创意功夫、温故知新、先义后利、老少平安、清洁明媚、睦邻友好。

(《新民晚报》2008年5月6日)

京都清水寺素描

日本京都是很古典的,它仿佛刻意为保存平安时期的人文遗绪史脉,而那么坚韧执著地守望呵护。那空寂幽深、绿意弥漫的小巷,那门幡低垂、温馨狭小的酒屋,那香烟缭绕、古老静穆的神社,那精湛雅致、包浆亮丽的古瓷等,都那么波澜不惊地诉说着曾经的往事,演绎着邂逅的记忆。

京都,又称平安京。恒武天皇于公元794年把国都从奈良迁到了这里,开创了史称"平安时代"的古典文化期。从此,皇都越千年,直到1868年,明治天皇才迁都到了东京。千年的涵养,京都已是文化鼎盛,物华天宝,被作家川端康成虔诚地评说为:京都是"与灵魂最接近的地方"。如今要体验这种感受而去探古寻幽,那最好的去处,也许就是位于京都东山区音羽山的清水寺了。

也许是为了营造一种氛围,也许是为了铺垫一种情韵,也许是为了酝酿一种气派,上清水寺共有三条逶迤而漫长的坡道:三年坂、产宁坂和清水坂,游人可各取所需走坂择道。相传在三年坂上如不跌倒,可保安康长寿。产宁坂上妇女走过会保平安生产。而清水坂则是卖京都著名的陶瓷"清水烧"的集中之地,其中也间杂着果子铺、小吃铺、和服铺、扇子铺、纪念品铺等,自然是坂道上人气最旺的。那些旧时的店面尽管质朴而有些简陋,但却充满了岁月的温情。有三四位头梳着高高发髻,身裹着五彩缤纷和服的进香舞伎，正穿着传统的高木屐，撑着花伞，在有些陡峭的坂道上袅袅婷婷地走着，成了一道流动的风景。京都的舞伎是日本最正宗的，因此有些游人邀请她们合影，舞伎摆出职业化的婀娜之姿，背景是青山古寺。

坂道的尽头，登上数十级台阶，就是清水寺的山门，朱红色的木廊，单层八柱，气势郁勃。门下有一对造型雄健的石狮镇守，两边是锥形的石香炉。清水寺大殿为典型的唐式和风栋梁结构，四周屋檐飞翘，殿顶祥兽鸱吻，斗拱层层迭出。殿宽达19米，进深为16米，显得庄严慈护而巍峨宏伟。整个建筑未用一根钉子，特别是大殿的屋顶，全部用榉树皮铺就，三十年一换，严格地保存了唐式建筑遗风。我们去的时候，正值春雨霏霏，那黑色的桧树皮在雨水的梳洗下，泛出华润幽逸的光泽，弥散出一派悠然的古风。

寺中的高木拜台由六层榉木筑成，为日本所罕有。殿正中，供养着观音的神位，旁边是一口青铜古钟，游人可撞钟祈福。那悠扬的钟声，似诉说着千年古寺的沧桑。公元778年（宝龟九年），延镇上人在音羽山瀑布上参拜观音而筑寺于此，至798年（延历十七年），坂上田村麻吕改建为大佛殿，从此成为恒武大皇的敕愿寺。后来曾多次遭火焚毁。日本古典文学名著《平家物语》第一卷《火烧清水寺》中就载："清水寺被烧的次晨，在大门前立了一块牌子，上面写道：'念彼观音力，火坑变成池。且看究竟！'次日，另立了一块牌子，上面写：'历劫不思议，人力所不及。'"是呵，物化的寺庙可以被一把火所烧，然而佛化的世缘却是割舍不断的。1633年，德川家康捐资又重新修建，再现了古寺的雄姿。

正殿依山而建，而殿前的高台，却是建在悬崖边，下面用139根巨大的榉木支撑，最高的一根长达12米，因而气势壮观、险峻奇崛，有日本悬空寺之称，被尊为日本的国宝建筑。在江户时代，高台曾是演奏雅乐的舞台，日本成语"清水歌舞"即渊源于此。因此，高台又称为清水舞台。而今在宽阔的舞台上，凭栏赏景，气象万千。远眺，可将整个古城绮丽多姿的景色尽收眼底。近观，则是山峦环抱而翠冈相拥，古树葱郁而樱花盛开，一步一景、景随步移。特别是春雨过后，更是一派新绿嫩红，山明水秀。清水舞台的存在，仿佛就是为了让人们能观赏到京都的四季美景：春天的烂漫樱花，夏天的清郁绿意，秋天的如火红枫，冬天的皑皑白雪。也许是清水舞台的佳景美得令人心颤，江户时代，那些自杀者都选在这里纵身跳崖。

从清水小舞台下山，一路有叮咚的泉水声相伴。在山间的一个小平台间，建有一座音羽山清水泉的石头高台，清水寺名由此而来。三股清纯的山泉分别从泉眼中流出，名为"智慧水"、"延命水"、"黄金水"，我也加入了排队饮泉水的行列，还专门花了200円买了一个印有"清水甘露"的小漆碗。等我轮到时，我将小漆碗放入长柄勺中，分别去接泉水，那在杯中所溅起的晶莹水花，令人遐思无限。据说喝了清水寺三泉后，能使人六根清净，万事如意。

（《新民晚报》2008年9月2日）

明治神宫的婚礼

如果在日本问东京人:"东京最时髦的地方在哪里?""涩谷。"得到的回答是想都不用想的。而在这个时尚之都,却隐藏着一座林木茂盛、静谧肃穆的明治神宫。

迈过宽阔的神宫桥,那潺潺流水的清音似乎一下过滤了都市的喧嚣。用碎石铺成的参拜甬道两旁,古树参天,绿荫蔽日,鸟鸣溪流。整个宫苑内栽有各类树木10万株,可谓是郁郁葱葱而莽莽苍苍。多年前读东山魁夷的《冬日的东京》一文,其中写道:"天快亮的时候,我做了一个梦。大概是神宫外苑,一片密集的森林,嫩叶新绿,人们身穿轻装,三五成群地聚集在草地上,我身在其中……"神宫竟然出现在大画家的梦中,可见其内蕴的魅力。建于1915年至1920年的明治神宫,系为供奉明治天皇和昭宪皇太后。1868年即位的明治天皇在当年就宣布江户的德川幕府还政于朝,从而拉开了明治维新的帷幕,打开了封闭的国门,为此赢得了国民的尊重。二次大战时神宫被毁,1958年又按原貌重建。

走过长长的甬道,一路空翠洗目。前面便是一座古朴巍峨的木牌坊,据说这是全日本之最,因而显得古朴而雄伟。穿过牌坊,即是宽阔的御苑和庄严的神宫。雕梁画栋、山脊翻卷、屋面缓坡的神宫全都用桧木建成,典型地展示了唐式风格。而其结构的严谨、细节的考究、装饰的雅致,又凸显了和式情韵。神宫四周长廊相连，左右有门相通御花园，里面栽种着各种花卉，清香袭人。御苑的西北角有座宝物殿，存放着明治天皇的遗物。

据日本友人介绍说：每年来这里参拜的人数在全日本是最多的。大家相信神宫的保佑慈护，尤其是对新婚夫妇更加灵验。因此，明治神宫的婚礼是最高规格的婚礼，而其费用的昂贵仅是少数的大家族、大老板、大金融家、大明星才能承担。也许是有缘吧，此时右边御花园的门打开了，走出了一队长长的婚庆队伍。"啊，神宫婚礼，这可是难得一见的。"日本友人惊叹道。

身材高大的主婚官头戴高帽、身穿大袍、手执仪仗在前面开道，后是两位身穿鲜艳礼服的侍女相伴。紧随其后的是新郎新娘，他们均穿着传统的和服，特别是面容清秀的新娘在洁白如雪、精工华美的和服映衬下，款款而行，犹如童话中的女公主。双方的父母和亲朋好友，也大都是黑色的礼服，显得十分庄重而气派。整支队伍在司仪人员的引导下，先是沿着四周的长廊绕内苑一圈，步履缓慢而整齐，似感受领悟着神宫皇苑的吉祥和福祉。不少日本游客也颇为兴奋，他们纷纷向前拍照留影。侍从也不制止，只是微笑着示意他们保持一定的距离。

此时，宫苑内的樱花正盛开着，那鲜红、嫩红、绯红的樱花瓣随着和煦的春风，纷纷扬扬地飘洒在新郎新娘的头上及身上，构成了一幅十分优美绚丽的花雨婚庆图。大约过了二十多分钟，内苑长廊才走完，新郎新娘在主婚官的引领下，缓缓走上神殿，对着明治天皇及太后的神位参拜。整个仪式的程序很是严谨，均由主婚官示范，充分体现了礼仪的皇室化和贵族化。参拜结束后，整支婚庆队伍进入内御苑享用婚宴。能够在大名鼎鼎的明治神宫内举行婚礼的日本情侣并不多，这对新郎新娘的今生今世，在这一天应当算是辉煌的。

（《青年报》2008年7月27日）

奈良古都鹿公园

古风弥漫的奈良,是日本的千年古城,史称"大和之国"的建都地。传统的日本文学、美术、工艺等都渊源于此,如奈良舞乐,就是移植于中国唐代时期的舞乐,至今依然保留着盛唐原版的风采雅韵。漫步在奈良的大街小巷,那千年神社、名寺古刹、宫阙楼阁、宝塔牌坊,恍若梦回长安。因而早在1950年,奈良就被定为国际文化城市。

奈良城很小,几乎是袖珍型的,我的奈良友人介绍说:如步行或骑自行车也可以走遍古城的每个角落。但值得奈良人骄傲的不仅是古皇都的煌煌历史,还有如今的奈良公园,却是全日本最大的,它东西长4公里,南北宽3公里,完全是开放式的,不收票。园内古木森森、芳草萋萋、湖水清清,把整个古城晕染得一片苍翠葱郁。一座座古寺神社安谧地隐于园林之中,可谓是大隐隐于市,如兴福寺、东大寺、春日大社等,从而使这里的一草一木都显得藏魂隐魄而内蕴丰富。

然而,奈良公园最令人流连忘返的还是那些自由地生活在园林中的梅花鹿群。它们或颇有绅士风度地在花园草地中散步,或优雅地安卧小憩于林边湖畔,然而更多地是亲和友善地与游人嬉戏,或和小姐一起翘首留影,或和小孩一起亲昵相吻,或向男士含羞腼腆地乞食,从而展示了一幅人鹿和谐相亲图。那阵阵畅朗的笑语和欢快的鹿鸣,成为古都特有的音乐之声。这不仅使我想起了我国古老的《诗经·小雅·鹿鸣》中的诗句："呦呦鹿鸣,食野之苹。我有嘉宾,鼓瑟吹笙。"这些美丽而文静的梅花鹿们,也正以祝福的鹿鸣,欢迎嘉宾的到来。

整个奈良公园的梅花鹿有1 200多头,从"大和之国"建成之初它们就生活在这里,成为和这座古城一样古老的"居民"。它们和奈良市民千年的朝夕相处、风雨相伴,结下十分深厚的友谊。为此奈良市民亲切地称它们为"1 200位不用纳税的特别市民"。由此而形成了奈良特有的鹿文化。每年秋季都要举行割鹿角的传统仪式,奈良公园因此也叫鹿公园。

兴福寺前游人颇多,因而不少梅花鹿也过来凑热闹。我专门在小摊上买了一包鹿饼,然后给身边的一头小鹿喂食。小家伙很乖巧地一口口接食,不时地用湿润的舌头舐舐我的手指,好像在表示谢意。不一会儿,有一头长得颇英俊的雄鹿过来,它也不和小鹿争食,只是静候在一边望着我。由于手上的鹿饼仅存一块了,我只得从包中拿出自己当午饭的面包喂给这位大绅士。最有趣的是喂完食后,我也要它们作贡献,请这一大一小的鹿和我一起合影,它们挺配合地紧靠着我,并冲着镜头鸣叫。"好,鹿鸣祝福,你会好运不断。"友人按下快门后,高兴地说。

漫步在林木草地间,可以讲无处不见梅花鹿的倩影行踪。我想正因有了鹿的存在,偌大的奈良公园才显得如此生机勃发而情趣盎然,人们才把鹿作为奈良的标志和古都的象征。相传奈良兴建春日大社时,曾邀请常陆国鹿岛之神,而这位天神就是骑着一头美丽的白鹿驾临奈良的。从此,奈良人就将鹿视为神的使者而不能侵犯。据说古时曾有人不慎误杀了鹿,为此而遭到了石掷至死的酷刑。和鹿共同生活在蓝天绿树下,已成为古都人的一种理念。半个多世纪前,奈良市政府就决定将奈良鹿归为国家财产进行保持,并专门成立了"奈良鹿保护会",小心地呵护着这群尊贵的"子民"。

沿着绿木扶苏的沙石路前行,我们来到了春日大社门前。这座日本最古老、最著名的神道神社,原系当时权倾天下的藤原家族作为新首都的保护神社而建于768年,并由此成为鹿公园的发源地。而今的春日神社依然掩映在春日山一片青翠的大林海中。川端康成在说到春日神社时,曾动情地写道:"每年春之将至,我必定做梦。"那苍苍的林海和呦呦的鹿鸣,想必也一定会出现在他的梦中。

(《劳动报》2008年9月8日)

千年沧桑东大寺

奈良，是日本的古都之根，古城之源。"奈良归来不访古"，是一句扶桑的口头禅。早在公元710年，奈良城已崛起于四面青山相拥的关西，名平京城，史称奈良时代，先后有七代天皇在此建都。遣唐留学生阿部仲麻吕就从这里出发，留学长安，而后与李白、王维诗律唱和。还有我国的鉴真大师，六次东渡，最后到此兴建了唐招提寺。一千九百多年的春花秋月，就在这不经意间穿越了那么漫长的前世今生。

如今漫步在奈良，依然能领略到中国古都长安的城韵遗风，奈良众多的宫殿，还是不变的古典色彩：红柱、绿瓦、粉壁；还是永恒的经典样式：飞檐、翘角、鸱尾。有那么一种似曾相识的温馨，有那么一种别梦依稀的亲切。正是在这样的历史铺垫和人文氛围中，我和太太的日本之旅首站便选在奈良的千年古寺——东大寺。

建于公元751年的东大寺，是日本佛教华严宗的总寺院，也是日本乃至世界上目前仍在使用的规模最大的佛教寺院之一。当年鉴真大师东渡后，曾在东大寺向孝武天皇、孝谦天皇以及僧侣们讲授戒律，殿西松林中的戒坛就是为此而兴建的。可见东大寺历史之悠久、地位之显赫。寺院的山门是六大开间二重屋檐的结构，中间的匾额上书"大华严寺"，显得气象宏伟而雄浑古朴。巨大的圆柱和厚实的额枋，已显得色彩斑斓而高古涧润。门内左右两边分别是三米多高的哼哈二将雕塑。山门四周苍松古柏掩映，梅花鹿悠然漫步。门的两侧那高挂着的菊花形灯笼，似还恪守着古刹的唐风，那波澜不惊的灯火给人以超然于尘世的光照。

穿过山门，便是内院二重门庭院，两边是红柱白壁的长廊相连，前有两座古老的宝塔形平安石灯。明镜似的湖面上睡莲盛开，水中锦鲤嬉戏。芳草地上各种花卉开得五彩缤纷，后面是一片青翠的竹林，不时传来几声清亮婉约的鸟鸣。漫步在这样明丽清纯的庭园，给人以佛境禅意的启悟。由二重门内的长廊前行，便正式进入了东大寺。

参拜的甬道十分开阔而气派，极大地拓展了人们的视野，两边是修剪得颇为整齐的花圃，八重樱正盛开着，犹如撑起一把把色彩绚丽的花伞。甬道的尽头，便是一座高大巍峨而气势庄严的大佛殿，雄峙在丽日晴空下。屋顶分上下两层，中有半圆形的拱券门洞，斗拱雀替，檐角卷翘。坡形屋面上铺有13.5万片银黑色瓦，在春阳的映照下，闪烁着耀眼的辉光，两边的屋脊饰有镀金的鱼尾形装饰——鸱尾，这更是唐代天竺式建筑的标记。整个大殿高51米，正面57米，侧面50.5米，是世界上现存最高大的木构建筑。大殿正中，有一座八角形青铜灯笼，至今已有千年的历史，系日本的国宝。正式进入大殿前，须在殿右边的小石屋内用长柄小勺盛以清泉，洗手漱口，以净身心。

进入大佛殿，来此参拜的日本香客很多，但秩序井然。高高的佛台莲花座上，供奉着青铜大佛，俗称"奈良大佛"，为世界第二大铜佛，仅次于中国西藏扎什伦布寺的"未来佛"。此座大佛从公元743年铸造，历时10年才完成，高21.45米，重452吨，一个拇指就长达1.6米，由于使用了镀金工艺，因而佛身金光闪烁，如佛光普照。为此大佛殿又称金殿，据传在大佛开光供奉仪式那天，中国、印度的僧侣纷纷前来，与日本僧侣共一万多人共念一本佛经，可谓是盛况空前。而今站在大殿前，仰观大佛的眼神，千年的慈祥，依然如是。犹如大佛前的那盏长明灯，一如千年前的温馨而警世。

(《新民晚报》2009年3月10日)

居酒屋之恋

日本的居酒屋起源于何时，我没有具体地考证研究过，但那独特的格局和古逸的氛围，似乎留有浓郁的汉俗唐风宋韵，犹如日本的茶道、书道、花道源于中国一样。但为何居酒屋没有上升为酒道呢？也许是居酒屋太生活化、太情感化而失去了"道"的神圣性和经典性，那就不妨让其永存民间。

居酒屋，从字面上解读是居家的酒屋，也可称之为家酒屋，十分平易、通俗，完全是亲民性的。在日本，凡是有些年头的居酒屋，大都是家居性的：旧式的老屋，狭小的店堂，简陋的摆设，粗木的酒柜，昏黄的纱灯，以至酒具大概是明治时代的有田烧、九谷烧，泛出很古典雅致的意蕴。而老板和老板娘也像永远的AB角，老板淳朴勤劳地加工杂碎汤、烤鱼、烤肉等食物，而老板娘则热情亲切地迎来送往，如邻家大姐大嫂，使酒客如沐春风，平添一种归家的感觉。这样的场景，在不少日本影片、电视剧中都以优美而温馨的镜头表现过。

我在日本办展期间，对东京、大阪、横滨这样的城市并不感兴趣，它的繁华缤纷，只能平添我一种旅途的漂泊感。因为在这些现代化的城市空间中，我们都是为五斗米而来去匆匆的过客。只有在长崎、奈良、京都、箱根、仙台、名古屋等旧城的小巷深处，或是老街转角，当你在不经意间发现一个挂着长酒幡或吊着纱灯笼的居酒屋时,有如那随和、友善的老友等待着你的到来。当你在原木桌边坐下来后片刻,老板娘已把烫好的清酒壶放到了你的面前,轻轻地品上几口,清醇爽口而齿间留香,解渴暖身而提神解乏。望着那小小的、口似喇叭形的清酒壶,朦胧中感到很像唐代太白"风吹柳花满店香,吴姬压酒劝客尝"时的那种酒壶,在这同样氤氲的酒香里,时光已过去了一千多年,太白的诗情与酒量也在"人生得意须尽欢,莫使金樽空对月"中消散,留下的却是"太白遗风"的酒幡在春风秋雨中飘扬了天长地久。一个疑问悄然在心中升起,为何日本的居酒屋前不挂"太白遗风"呢?可能是居酒屋规模太小,不像酒家酒店之大?另一个可能是还未获中国版权许可吧?

酒意微醺时,举目四望,"相逢何必曾相识",只是在异国他乡,在山海旅途,一种乡思与乡愁随着酒香在滋润发酵。想起了一出戏文,也许昆曲吧:"是那处曾相见,相看俨然,早难道好处相逢无一言。"倏忽间,在"梦里不知身是客"、"不知归日是何年"的惆怅中,数滴清泪掉在了这扶桑的小小的居酒屋内。此刻,我才明白这些古老而有些背时的居酒屋,为什么还会散落在日本的大街小巷,这是人文遗脉。在这酒香弥散里,可以让你的情感得到释放,乡思得到安抚。

(《青年报》2006年10月25日)

天妇罗

天妇罗，是一道日本著名级的美食。尽管这个名称起得和风味不浓，西洋腔不强，有些卡通式，但在扶桑，无论是繁华热闹的东京都、清幽古逸的京都市，还是依山傍海的佐世堡、雪国之乡的北海道，那酒家餐馆的灯火阑珊处，都活跃着天妇罗的倩影。

说白了，天妇罗实际上就是我们常说的面拖菜肴。从上档次的大草虾、虾仁、金枪鱼到一般的小黄鱼、小杂鱼，乃至青菜、南瓜、茄子、青豆等，沾上面粉，放在油锅中一炸，就摇身一变成天妇罗了。在国内的日本料理店，我也不止一次吃过，留下的印象好像没有超过生鱼片及各式寿司，感觉太家常了，而且有些油腻，多吃了似乎增加胃的麻烦。可在日本，天妇罗却颇受追捧，地位甚高。是否在我们东方民族中，凡沾上"天"字的，都会金贵起来？如"天子"、"天帝"、"天皇"、"天才"、"天价"、"天资"等。

这次到日本赏樱游，起初两天住大阪凯悦饭店，用餐颇丰盛，感觉不错，有和式、中式和西式，萝卜青菜，各人所爱。很敬业的日本导游、赴日多年的阿拉上海人曹小姐对此并不提及，似乎是不屑一顾。第三天赴著名的滨名湖温泉，在旅游巴士上，曹导兴奋地告诉我们，今晚不仅可以体验泡温泉，而且可以吃到价格在2 000日元的温泉饭店天妇罗。潜台词是可以美餐一顿了。泡了水质清澈、矿物质丰富的温泉后，每位游客都换上了和服，大家显得神清气爽，来到全是榻榻米的餐房，每个人面前已放上了一套日本料理，主食是天妇罗。曹导先发了用餐宣言：请大家别忙着吃，先欣赏眼前的料理，这叫先饱眼福，然后再用餐。

眼前的天妇罗炸得黄黄的，面粉裹着虾仁、小鱼及蔬菜，由于是已炸好了一段时间，因而吃到嘴里是凉的，感觉一般。这时，我们旅游团中两位美籍华人中年女士"发调头"了："天妇罗要吃热的，这是常识。如今让我们吃这冷的天妇罗，就像吃冷的面疙瘩。再加上热茶水也没有，仅是一杯冰水，就是冰水伴冷面糊，我们受不了！"曹导马上一个劲地讲："对不起！对不起！"并解释道："由于我们旅游团有40多人，因此怕来不及而提前煎了。今后一定注意改进，分批现煎现吃。"

到东京时，我们去参观名气很大的浅草寺，只见人群熙攘，游客云集，颇像上海的老城隍庙。寺前的仲见世街，商铺店家林立，其中有几家天妇罗的专卖店，生意都不错。特别是有一家叫大黑家的天妇罗店，店前有不少日本游客正在静静地排队，似准备神定气闲地去赏受一番美食。据陪我游览的日本友人说，大黑家的天妇罗坚持以麻油煎炸，颜色和香气一级棒，特别是天妇罗盖饭，号称浅草寺第一美食。由于时间关系，我们不可能花一个多小时去排队等候，只能是领略一下大黑家的天妇罗香气和人气而匆匆告别。

最后一天是自由行，日本友人陪我们在银座观光购物，夜晚用餐时，日本友人征求意见，我们表示客随主便。日本友人就十分郑重地讲：那就吃天妇罗吧。在银座一家大型百货店的七楼，开有不少高档的饭店。在一家天妇罗店橱窗前，日本友人让我们挑选天妇罗的品种，我选了料理式，太太选了盖饭式，还有伴面式等，价格都在2 000円以上，而我的那份是3 000円，约210元人民币。店堂虽然不太大，但环境典雅，布置温馨，食客大都是白领或外国游客。不一会儿，天妇罗的第一道菜上来了，就是虾仁和小鱼两块。由于是现炸的，焦黄中带有透明感。日本友人介绍说：凡是高级的天妇罗店，所煎天妇罗所沾的面粉是越少越有技术，仅薄薄的一层，而且不带积油，吃上去松脆香酥而爽口。我举起筷子吃了一口，果然

如此，比温泉饭店的要好吃得多。第二道先是上一小盅草莓酱，吃了后再吃上来的两条小黄鱼天妇罗，味道是可口而鲜美，并有一股甜果味。第三道是三片蔬菜天妇罗并伴有米饭酱汤，最后一道是天妇罗大餐，即两只大虾和一块鱼片。尽管量是少了些，但其精致精细，也使人真切感受了天妇罗的魅力。

(《青年报》2008年5月1日)

银座之夜

银座，是日本东京一张辉光耀彩的立体名片。这个世界上最大的都市，仅人口就有3 200万，都市圈为一都三府，从而和美国纽约的第五大道、法国巴黎的香榭丽舍大街共同问鼎国际三大华都，被称之为"充满魅力的梦幻之地"。

然而，充分展示银座之美的，却是夜幕下的这座庞大而炫动的不夜城。从东京地下铁的中央路出口来到地面，出现在你面前的是鳞次栉比、造型各异的大楼，铺天盖地，光怪陆离的霓虹，令人目不暇接。那琳琅满目的招牌、变幻奇妙的广告、灯火辉煌的店堂，如琼楼玉宇般地凸显银座的豪华气派和时尚亮丽。整个银座从南至北被划分为一丁目至八丁目，实际上就是八个路段，因此又称"银座八丁"。特别是在夜空中，从一丁目至八丁目被明亮的灯光勾勒得五彩缤纷，并展览着不同的动感风姿和奇谲色彩。

银座最繁华的地段就是我们现在所处的中央通和晴海通相交的十字路口，我们面对的十分醒目的服部钟楼，正是不少游客银座之夜漫步的起始之地。中央通上名店林立，而且更多地集中了日本一流的名牌店，如以化妆品出名的资生堂、日式文具出名的鸠居堂、日式酒种面包出名的木村屋、日式老派西餐鼻祖炼瓦亭等。踏着闪烁的霓虹，头顶满天的星光，一路走下去，就会和著名的和光、松屋、松坂屋、春天百货等名店老店相逢。

据统计,整个银座有4家大型高级百货公司,500家高级专卖店,1 600多家酒吧、舞厅、夜总会,100多家画廊和30多家剧院。当我们来到一座10多层楼高、外观方正古朴的大楼前时,日本友人以崇敬的语气说,这就是日本最著名的有着100百多年历史的三越百货公司,里面的商品质优而价高,由于信誉良好,每天有10多万顾客光临。我们也随着人流进入,装潢简洁大气的店堂内尽管人头攒动但无人声鼎沸,日本人在公共场所都会压低声音说话,因而购物环境显得很是温馨安谧,看来"老店情结"在此也是颇为流行的。

　　从中央通往里走,在迭彩相映的灯火烘托下,两边店面建筑的欧式风情越来越浓烈。银座的名称来自江户时代初期,1612年,银币铸造厂由静冈迁至这里,银座由此得名,同时也使这里出现了兴盛的商机。然而,银座也是多难的,1872年银座一带发生大火,灾后重建,由英国建筑师设计,使欧式风格与和式风情相互交融,并使用上了煤气路灯,成为当时日本文明开化的象征。1923年9月关东大地震,银座又在劫难逃。然而,正是在遭受了重创后,银座进行了凤凰涅槃似的更新重建,由此而奠定了日本第一街的格局。如今伫立在街边路口,满目的火树银花,将各种形态的建筑映衬得流光溢彩,无论是欧款,还是和式,无论是古典,还是现代,都那么和谐协调而优美瑰丽地融入这璀璨的夜色中,展示其各自的魅力。

　　漫步在银座街头,不时能听到熟悉的上海乡音。日本友人告诉我:以前统计来日本旅游的人数,第一是韩国,第二是中国台湾,第三是欧美。如今随着日本旅游市场对中国大陆的开放,可以预言,用不了多久,中国大陆的游客就会上升到第一。的确,我在银座之夜的不少大店名店中,都看到同胞们在潇洒地购物,不少日本老太太在一边用日语感叹道:如今的中国人真有钱,买名牌就像买家常用品。

　　已是晚上10点多了,银座的十里灯河依然神采焕发,连游人的衣衫上都跳跃着彩色的灯光。我和太太都有些倦意了,想回宾馆休息。日本友人笑了,银座的夜生活,现在才刚刚开始。

(《新民晚报》2008年7月22日)

樱花酒

樱花之国，是日本的别称，从中折射出了大和民族对樱花的特殊情感和深沉眷恋。沿着大阪城公园清碧宽阔的护城河畔，颇为壮观地栽种着四千多株枝繁叶茂的樱花，每当明媚的春阳伴着和煦的春风荡漾之时，千万朵樱花绽放吐艳，大阪城公园自然也成了著名的赏樱之地。

当我们在日本友人的陪伴下，从车上下来进入大阪城公园的护城河时，远远望去，成排的樱花开得绚丽烂漫、如火如荼，形成一条长达数百米的花海长廊，每个人的眼神中都泛出一片绯红。随着熙攘的人群步入樱花长廊，只见无数日本家庭及公司员工已用大塑料布铺在樱花树下，男女老幼席地而坐，悠然地观樱赏花。我留意观察了一下，整个樱花林已全部铺满。日本友人告诉我说：为了能占有一席之地，不少日本家庭及公司员工在晨露尚未退去、朝霞初升之时就来到了这里。赏樱，是一个隆重的民俗节日，是和春天的一个美丽约会。为此，日本政府把每年的3月15日至4月15日定为"樱花节"。

走近樱花树丛，只见每棵树上千花齐放、争奇斗艳，那成团成簇的花瓣把长长的树枝压得弯曲下垂，形如花的瀑布。而无数棵樱花树相连成片，更是绚丽华美，显得气势旺盛而视觉壮观，充满了盎然春意。樱花品种繁多，有两百多种，比较出名的是山樱、彼岸樱、重瓣樱、染井吉野樱等。

而大阪城的樱花最受青睐的是被誉为"樱之王"的染井吉野樱，集中约有六百多棵。我特地站在一棵染井吉野樱下驻足观赏，其花色粉红中显出鲜嫩，花瓣华润而隐含淡淡的光泽，内蕴着一种高贵雍容之气，其花香则雅致而清逸。与染井吉野樱相邻的是重瓣樱，此种樱花的花朵较为丰腴富丽，香气也要浓郁些，似乎更受到男士们的喜欢。著名作家川端康成在他那代表作《古都》中，曾动情地写道："站在回廊西口，望着一簇簇红垂樱，顿时使人感到春意盎然。这才是名副其实的春天呀！连纤细低垂的枝头也开满了嫣红的重瓣樱花。樱花丛中，与其说是花开树上，看起来倒像枝丫托着繁花朵朵。"

　　此刻，一阵春风吹起，无数片花瓣在空中飞舞，形成了彩色的樱花雨，只见花海树丛中不少日本男女正高举酒杯，"哦"、"哦"地欢叫，原来他们是在接缤纷的樱花落英。一片、两片……清酒杯中接到了花瓣，有的人还在等第三片，嚯，幸运终于降临了，仰头将樱花和酒一饮而尽，这就是日本特有的民俗"樱花酒"。樱花作为日本的国花，被尊为"圣树"、"神木"。日本至今保留着一种叫安乐祭的传统活动，就是祈求樱花的保佑。而喝樱花酒，也是为了去病强身、消灾安康。因此，男女老少都在争着喝，成了一道赏樱的人文风景。友人向我们旁边的一位中年妇女要了一杯清酒，而那位妇女见我们是三人，又马上热情地递上了两杯。是呀，同赏樱花，不分你我。记得日本最古老的诗集《万叶集》中就写道："樱花，樱花，暮春三月开满晴空。一望无涯，花香四溢，如云如霞。去呀去呀，同赏樱花。"我把酒杯举在空中，不一会儿就接了三片樱花瓣，友人笑着说："你今年要交好运了。"我则忙着品尝，清醇的酒香中带有馥郁花香，十分爽口而沁人心脾，使人齿颊留芳而风味难忘。这也算是一种"萨库拉"之缘吧。

　　观赏樱花，在日本源远流长。公元七世纪时，持统天皇就特别喜爱樱花，每年都要踏春赏樱。据《日本书纪》（720）记录，天皇泛舟喝酒赏花，忽有一片樱花瓣飞入酒杯中，天皇认为这是吉祥之兆，于是一饮而尽。从此，喝樱花酒从宫廷传向民间，成为樱花节期间富有浪漫情调的一道风景。

（《劳动报》2010年5月30日）

樱花雨

"樱花啊！樱花啊！暮春时节天将晓，霞光照耀花英笑，万里长空白云起，美丽芬芳任风飘。去看花！去看花！看花要趁早。"

正是踏着这首日本家喻户晓的民歌《樱花》的悠扬节拍，我和太太开始了在扶桑的赏樱之旅。一路上不管是春光明媚、暖风熏人，还是春雨霏霏、清气涸润，樱花都展示了俏美的风姿和绮丽的风情，使人充分领略了樱花之魅。而其中最使我赏心悦目的，却是那漫花飞舞、落英缤纷的樱花雨，这才是一种动态、诗意而富有灵性的美。

奈良的东大寺是座千年古刹，寺外就是古木芳草的鹿公园，步入寺内，长长的廊道两边樱花盛开，似高擎着千万束花朵迎候着踏春的游人。这一天正是阳光灿烂、惠风和畅，应着一阵和煦的春风，随之扬起了落红满天的樱花雨。只见那一片片、一瓣瓣的樱花在天地间袅袅婷婷而空灵轻盈地飞着、飘着，在明净的春阳折射下，每一片花瓣都泛出亮丽的、红盈盈的折光，从而使花瓣具有一种鲜嫩娇艳的质感，好似天花般迷醉人眼。当一片片樱花瓣多情地飞向人们的头上、脸上、身上时，人们随之发出"欧、欧"、"嗨、嗨"的欢迎声。原来樱落人身，是种吉祥的预兆，而花落得最多的人，被称为"樱人"，也是最幸运的人。然而就在这丽日晴空下，满天樱花的飞红映衬着远处古朴庄重的东大寺，构成了一种语境化的景致，

那悠长的岁月轮回和这短暂的花朝落英,演绎的就是这逝水年华。

京都的清水寺也是一座千年古寺,坐落在音羽山的半山腰,和壮丽峻美的山色融为一体,也是古城最经典的赏樱之地。我们去时,正逢春雨蒙蒙,站在大殿前宽广的平台、当地民俗称为"舞台"上观景,山势逶迤,树木青翠,樱花烂漫,可谓是无边光景,美不胜收。也许是山泉清岚的供养,此处的樱花长得十分壮实,枝繁叶茂。花开得密密匝匝、红红火火。因此,那随风而起的樱花雨,显得色彩浓艳而气势壮观,形成了一道道樱花雨花幕,舒展飞扬在山寺之中,其中间杂着重瓣樱的落英,因而香气弥漫,沁人心脾。由于正值雨水的冲洗,整个天地之间一派纯净,而那在雨中飞舞的花瓣则显得妩媚清秀,带有一种空灵的透明感。

此时,不少游人干脆收起了雨伞,纵情地沐浴这如此酣畅美丽的樱花雨,使人不禁衣衫留芳,而且祥气满身。而那几位穿着鲜艳和服的日本老太,双手合十正面对樱花雨作着祈祷,日本友人告诉我说:这是祭樱。很久以来,日本人对樱花怀有一种特殊的情绪,并形成一种特定的审美心理,樱花那种瞬间的辉煌雍容、那种即逝的绚烂高贵、那种易损的瑰丽娇艳,委婉凄美中带有一种悲剧色彩和禅悟意义,至今使人说不清、道不明。为此,人们把沐浴樱花雨称为"心灵的洗涤"。

以后几天,在大阪的天守阁畔,箱根的芦之湖边,福冈的富士山下,在横滨的海滨公园,东京的浅草寺等地,缤纷的"萨库拉"(樱花)一路相伴,使人满目清新,心存余香。

(《青年报》2008年5月6日)

东京老店的荞麦面

　　从东京地下铁银座中央站出来后,迎面便是鳞次栉比的名店商厦,迈过古朴典雅的日本桥后,日本友人指着前面那座匍匐于大楼下的二层楼老屋说:这就是东京百年荞麦面老店,语气中溢满着崇敬。

　　说真的,如不是友人的指点,这间掩映于日本最时尚的摩登大楼下的小店,丝毫也不会引起路人的注意。由于年代久远,店面已十分苍老斑剥,低矮的店门挂着布帘,没有霓虹的闪烁,也没有彩色的店招,踏入店堂,灯光有些昏暗,举目四望,空间逼仄狭小,仅能容纳十多个人就餐。位子用日本传统的木栏板隔开,显得有些局促。友人介绍,这里的荞麦面用的是产自长野县的荞麦,纯用手工打制,是东京最正宗的古老制法。由于我们来得较早,还未到午餐高峰,尚能马上入座。

　　荞麦面分为冷食与热食两种,冷荞麦面有笊篱荞麦面、蒸笼荞麦面。热荞麦面有清汤荞麦面等。时值初夏,我们自然要了蒸笼荞麦面,价格是每客1 500円,约100元人民币。比普通的荞麦面店要贵三分之一。我看邻桌有几位日本老人就要一客荞麦面而不要搭配的鸭肉、海鲜、烤鳗、炸猪排等小菜,那就是1 000円。他们悠闲地喝着自带的清酒,品味的似乎就是老店老味道。

　　我们点的荞麦面上来了。在一只正方形木蒸笼内,放着一层粗细匀称、色泽淡黄的荞麦面，溢出一股可口的清香，下面垫着竹帘子。外加一小碗酱汤和一盆小菜，犹如国内的过桥面交头。挑一筷面送入口中，果然滑爽香醇而富有弹性嚼劲，口感很独特。老店的调料也很讲究，清淡而鲜美，颇有回味之魅力。友人说这里的荞麦面都是当场手工打制后即供应食客的，因此十分新鲜。

店堂内的两三个服务员都是上了年纪的老太太，属于阿奶、外婆级的。她们脸上挂着招牌式的微笑，为客人服务细心周到。店内的墙上贴着老的浮世绘风景画，营造了一种怀旧的氛围。

荞麦原产于中亚，古时就传到了日本，以长野县和山梨县种植最多，由于这里多山，土地贫瘠，不能种水稻而适宜荞麦生长。日本农民最初只是把荞麦粒煮熟了吃，直至镰仓时代（1185~1333），中国的手工制粉术才传到日本，将荞麦粒加工成粉。由于荞麦面出现于江户初期的日本长野县，当时的户隐村流传着有关日本的太阳女神天照大御神的传说，从而使此地成了神圣之地。每年都有来自全日本的香客来户隐村的寺庙进香，为了招待贵宾，寺庙就用荞麦面。而户隐村的村民只能在重大的节日或在收割荞麦时才能吃到荞麦面。后来形成了一种流传至今的传说，即每年除夕夜吃荞麦面以祈福长寿、幸福安康。如今的日本人在乔迁新居时，也常常给邻居送荞麦面，以示和谐相处、友情长存。

日本人的饮食习惯是吃东西时不能发出声音，否则就被视为不文明和没教养，因此我和太太在吃荞麦面时都细嚼慢咽。友人见此却笑了，他是一反常态，吃得稀里呼噜，三下五除二就将一笼荞麦面吃完了。他用餐巾抹了一下嘴说，在日本正统的荞麦面吃法就像他那样，因为荞麦面在江户时期传到东京时，都是普通老百姓吃的大众食品。老百姓讨厌那种装模作样的吃法，只是填饱肚子而已，所以就可以放开放声吃，难怪友人的吃法是那么豪爽，原来是江户遗风。

（《青年报》2008年9月20日）

竹下通的少男少女

年轻人的活力、浪漫、时尚、另类,常常是一个城市青春的标志和创意的符号。东京原宿区的竹下通,被称为少男少女们必到的心驰神往之地,有新新人类聚集地之称。

竹下通颇有大隐隐于市的情趣,从东京地下铁明治神宫前站出来,穿过一条小马路,展现在眼前的就是这条狭窄而瘦长的小街,那熙熙攘攘的人群,似乎随时可以把小街挤爆。先不忙汇入人流,而是站在街角看风景,那绚烂旖旎的色彩,那形态各异的服饰,令人享受了视觉的饕餮大餐。

也许是周日,来此的少男少女们大都卸下了统一的学生装,穿戴起了极有个性的衣衫,好似举行一场时装秀的派对。那个身材丰满,皮肤白皙的女生穿着一件从上到下都贴满彩带的奇装异服,在四月的春风中行走,浑身彩旗迎风飘扬,犹如童话中的女神。还有那个朝我迎面起来的英俊男生,竟梳着高高的发髻,穿着十分鲜艳明丽的女式和服,活脱脱一个歌舞伎的角色。而有的女生除了双耳穿孔带环外,玉鼻两侧,眸子两边,甚至粉唇上下都打洞穿孔,一张小脸上竟打了十个洞,真是看得人心惊肉跳。当那个小女生在和边上的女伴说话时,嚯,舌头上还有一个小铃。当我的太太举起相机想按下快门时,我忙制止,别侵犯他人肖像权。站在一边的日本友人说:嗨,没关系。这些新新人类到此就是为了比拼展示,你拍照正说明他们作秀的成功。街上的流动风景看得人眼花缭乱，一张张年轻的面孔都演绎着个性化的另类追求。我问日本友人，如此大胆出挑的打扮在学校里行吗？日本友人马上摇头道：那是绝对不行的。如那个脸上打了多个洞的小女生，平时在学校最多是耳朵上留着耳环。正因日本是个讲究规范的社会。因此，一到星期日，少男少女们的个性才能尽情释放，潇洒走一回。

随着涌动的人流进入小街，两边都是一些小商铺，而且大多是销售一些影视明星或艺人偶像的装饰物、包袋等专卖店。如某著名影星代言产品或事务所为他们专门出的各种商品、照片、写真集等，其中有受人追捧的杰尼斯商品专卖店，里面的年轻顾客几乎爆棚。他们把那些刚买的款式别致的服饰和造型抢眼的首饰等物，立即穿戴或披挂在身上，招摇过市而互相比拼，更使竹下通满街流光溢彩、五色缤纷，给人以眼球的冲击和鲜活的审美。难怪我们的旅游巴士一驰入东京的繁华时，导游曹小姐就讲：原宿的竹下通是一条专门为少男少女们打造的花季华街。

在竹下通附近的一些小巷内，时常可见三五成群的年轻人正相聚在一起，他们或是在轻松交谈，或是在浅唱低吟。日本友人告诉我说：这些都是自发的某影星或某歌星的粉丝交流区，是追星一族的表演空间。看来明星与粉丝是国际现象，只是竹下通少男少女级粉丝们更趋向于自娱自乐，表现得温文尔雅，并没有那些疯狂出格的举动。

入夜，霓虹闪烁，少男少女们依然从四面八方涌向竹下通，其人气指数颇有超过白天趋势。夜晚的竹下通，又将上演一幕怎样的新新人类剧？

（《青年报》2008年4月27日）

雪国之忆

　　近日的上海，举目一派银装素裹、玉树琼花，分外地壮丽秀美。这是半个多世纪以来，天公赐予这座江南都市最大的雪量、最美的雪景，使上海人实实在在地过了一把雪瘾。尽管下雪也给人们带来了不少麻烦，乃至制造了不少困难，但能在"千树万树梨花开"的美景中留下一张倩影，心情也就舒畅明媚了起来。

　　由于厄尔尼诺现象，多少年的暖冬使上海与"梅花喜欢漫天雪"真是久违了，往年偶尔洒一些零星的小雪花，孩子们已经欢呼雀跃了，而像如今这样棉毯似的厚雪，孩子们只有在童话世界中才能想象。也正是为了过一把雪瘾，前年我飞赴日本的本州，那是扶桑降雪量最多的地方，有不少滑雪场和温泉。每年一到冬天，西伯利亚的滚滚寒流越过日本海而光临此地的北部，一片冰天雪地的景象如人间仙境。曾获诺贝尔文学奖的川端康成在其名作《雪国》的开头就写道："穿过县界漫长的隧道，便是雪国了。夜空下已是白茫茫一片。火车在信号所前停下了。"那空灵萧瑟、冷寂超拔的雪景语境，使各国的驴友就是冲着这份感觉而来。川端从小说一开始对雪夜的描写，直至最后对银河下雪景的叙述，特别是以冬雪镜中人物虚幻的感象，都是以雪映心，用雪抒怀。而当我踏上这片雪国时，川端当年笔下的诗意和情韵已渐行渐远，以至我问了几位日本青年男女，

"川端康成你们知道吗？"他们微笑着摇摇头，一脸茫然。雪原上，我一个人撑着伞在慢慢行走，怅然地望着那落地无声的美丽雪花，似乎不想吵醒往事。

那天夜晚，我应一位日本书道家小川的邀请，到他家做客。日本的庭园一般都不大，但园林布置十分精致。这位书道家的庭院也是也是如此。推门而入，便是由木板搭起的廊道，庭院中栽着苍翠的修竹、劲挺的五针松和疏影横斜的腊梅，上面都落满了雪花，就像日本大画家雪舟笔下的丹青。庭院中的地面铺满了各种大小不一的鹅卵石，由于积雪，使地上开满了形态各异的朵朵雪绒花，丰满圆润而洁白亮丽，不仅使我吟起了唐代宋之问的咏雪名句："不知庭霰今朝落，疑是林花昨夜开。"精于中国文化的小川却谦虚地讲如此简陋的庭院，怎有唐诗的神韵。为了我的到来，小川专门生起了用于茶道的小炭炉，那跳跃的火苗，营造了那种"寒夜客来茶当酒，竹炉汤沸火初红"的古典场景，驱赶了我身上的寒气，使我备感雪夜里友情的温馨。

在日本，友人间雅兴相聚的茶道之约，也可称茶会，川端曾在"我在美丽的日本"中说过："茶会也就是'欢会'，是在美好的时辰，邀集最好的朋友的一个良好聚会。"我和小川是前不久在大阪的中日书法篆刻联展上相识的。由于我们的翰墨金石都取法于吴昌硕，因此颇多共同语言。当他悉知我特别喜欢雪景后，特地邀请我到他的故乡——雪国来踏冰访雪。而今在这大雪初霁的夜晚，天地间一片晶莹剔透之时，围着暖意融融的火炉，喝着清碧醇正的抹茶，怎不是一次难得的"欢会"，难忘的"茶叙"。

造型古朴、纹饰雅致的有田烧花瓶中，斜插着数枝腊梅，清幽的芳香托举着茶香，氤氲着隐隐的禅意，使我和小川都想到了那"雪月花时最怀友"的诗句。是呵，在这大雪无痕、万籁俱静的冬夜，友人相对，围炉而坐，清茶一杯，谈文论艺，那真是一种超越红尘的缘分。从书法创作中笔墨线条的表现到气韵境界的追求，从王羲之潇洒的写扇换鹅到空海和尚随遣唐团的渡海学书，从文豪书翁苏东坡到俳句书家松尾芭蕉，从吴昌硕的领袖西泠到河井荃庐的投师缶翁，我们的谈兴依然酣畅。时钟却"当、当"

地敲了十二下,哦,已是翌日的凌晨了。小川突然像想起什么似的,站起身用双手击掌,发出"啪、啪"之声,然后问我:"我们到庭院中作雪拜如何?""好呀!"我亦站起身爽快地答应道。

于是,我们来到了屋外的庭院,一轮寒月映照着皑皑积雪,天地间一片澄澈透明,犹如佛家所说的无上境界。小川先是伸展双臂,在头顶上击掌三下,后是平行胸前击掌三下。随之双腿跪地结跏趺坐,然后双手匍匐在雪地上,把脸也埋进雪中,似作雪吻。连续三下,最后站起收势。此种雪拜,又称雪祭,最早渊源于我国魏晋时期,在士大夫阶层中十分流行。如竹林七贤们林下风流,好作禅行。在大雪飞舞之际,相约跪地伏拜,让纯洁无瑕的白雪来清洗自己的灵魂,荡涤尘世的欲念,以求自我净化而天人合一,本性觉悟而辟邪去灾。由唐宋而至明清,此风似乎式微。而今却在异国他乡的雪夜中再现,可见人文遗绪的历史魅力。

雪拜结束后,小川随手从墙角的一棵腊梅上折下一小枝插入我的上衣袋,笑着说:"王君可拈花微笑了。"从此,这雪夜梅香长久地弥漫在我的记忆中。

(《青年报》2008年2月17日)

大村湾的中秋夜

依山傍海、林木葱郁、景色秀美的大村湾，是日本长崎市郊的一个小镇。数年前，我赴那里办展，正逢金桂飘香、枫叶含丹的中秋时节。于是，随缘而遇，在那里过了一个别有风味的中秋节。

中秋节，又称团圆节，是我国重要的传统节庆。起始于周代、兴于唐宋、盛于明清。是日也，天朗气清，金风送爽，人们阖家把酒问月，品尝月饼，共享团圆的美好时光。然而，与我国一衣带水、一苇可航的日本也有中秋节，时间也是农历八月十五。日本国民在这一天同样也是有赏月团聚的习俗，被称之为"十五夜"或"中秋名月"，日语的表述为"月见"。观澜索源，其渊源也正是来自中国，而且早在一千多年前就传到了扶桑，当时正是中国的宋代。而中秋节作为官方钦定的节日，也正始于宋代的太宗时期。也就是说这个钦定的节日确立后不久，就传到了日本，可见影响之大之快。当时在日本就开始效法中国边赏月边举行宴会，称之为"赏月宴"。如奈良、京都等古城的一些寺院及神社还张灯结彩，演奏雅乐，举办专门的赏月会，其雅韵艺绪一直流传至今。

记得那天清晨，我刚从海边散步回到借住的小楼，邻居川上先生就拎着两盒月饼和一瓶清酒来了，他热情地说："今天是中秋节，这些月饼、清酒给你过节用，请赏脸收下。"人到中年的川上是一位中学数学老师，喜好中国书画金石，闲暇时常到我的住处跟我学习书法篆刻，称我为"孝道，印钢散五散"（书法、篆刻老师）。他同时还告诉我说："噢，今晚我们社区要举行中秋赏月会，大家共度佳节，欢迎光临！"

入夜，一轮皎洁的满月高悬在海天之际，平静的海面上清辉闪烁。他乡明月，异域秋色，泗润着的是游子的情怀和思乡的忆念。此景此情，也使我如此真切而温馨地体验了唐代张九龄在《望月怀远》里的名句："海上生明月，天涯共此时。"我们华夏先民所创立的这个如此诗化、如此美好的节庆，使扶桑之民也能共享和认同，这正是文化的影响力和人文的传播力。

中秋赏月会的会场就设在海边的一块坡地上，四周拉着一道道五颜六色的小彩灯，插着一面面长条形的小彩旗，烘托出一派喜庆气氛。我和川上先生一家坐在一起，每个人的桌上放着一盆江米团子，江米就是糯米，又称"月见团子"，还有清酒、饮料及水果。此刻我才了解到日本人在中秋节的风俗是不吃月饼吃团子的，形状是三角形或椭圆形，很小巧，包的是豆沙，甜而不腻，糯而不沾。就像月饼象征圆满一样，团子也象征团圆。由于中秋正是丰收时节，日本人觉得吃江米团子是对自然恩惠的感谢、对丰衣足食的祈愿和家庭团圆的祝福。赏月会由一位议员主持，他简单地说了几句祝福的话后，大家就开始边赏月边演节目，川上用男中音唱了一曲"拉网小调"，几位穿着和服的妇女演了一段歌舞，最可爱的是那些孩子，在台上"伊里哇啦"地又唱又跳，引得人们哄堂大笑。最后是大家互赠小礼品，我也把自己书写的吉语斗方书法回赠给几位邻友，一片欢笑声中，赏月晚会落下了帷幕。

回到小楼时，已是月上中天的深夜，女儿从国内打来电话，遥祝中秋快乐，并问我在日本过中秋感觉如何。我说当然不能和国内比，国内是原版的，而在这里是拷贝的。不过我刚过完了日式集体中秋节，接下来我要过中式的中秋节。于是在结束通话后，我拿出川上送我的日本月饼，尽管包装很精美考究，但里面的月饼却小而硬，馅也仅是豆沙一种，但它毕竟也算月饼。于是我取出三只装盆，斟上一杯清酒，挺有仪式感地把酒对月，"但愿人长久，千里共婵娟……"

（《解放日报》2008年9月14日）

长崎孔庙散记

前不久,日本首相福田康夫的访华之行被称为"迎春之旅",其最后一站就是参观山东曲阜孔庙。在金声玉振、桧柏苍然的夫子庙堂,此位在扶桑有着"孔子通"之称的首相,从奎文阁到大成门,从杏坛到大成殿,那留在神道上的恭敬身影和虔诚脚印,终于了却他多年的祭孔夙愿。从中折射出了中日悠久的人文渊源与儒学传承,由此使我想起数年前在日本长崎拜瞻过的孔庙。

碧海蓝天、一苇可航的长崎是日本距离中国最近的古城,早在明治维新的1893年,旅日的华侨就集资在长崎市的大浦地区中心修建了古朴典雅的孔庙,成为全日本唯一的祭孔之地及长崎现存规模最大的中国古典建筑。此地的中华街也是日本最早的唐人街,仅在长崎寺田丁通至锻冶屋町通不到1.5公里的地方,就建有兴福寺、崇福寺、圣福寺、福济寺"四大唐寺"。而从伊势会馆至中央桥也不足1.5公里的地段,建有宋明式风格的石桥14座,其中的一览桥、大手桥系华侨独资所建。孔庙、唐寺、石桥,凝聚着穿越漫漫历史岁月的文化记忆与物化展示。

长崎的孔庙在二次大战中也未躲过劫难,当1945年8月9日一颗原子弹从天而降后,孔庙也满目疮痍,到处是断壁残垣。孔庙见证了日本军国主义者给中日两国人民带来的深重苦难,也更凸显了孔老夫子所倡导的

"和为贵""和而不同"的历史意义。1967年孔庙得以重建，1983年又进行了一次更大的改建，占地3 300平方米，更显庙堂巍峨瑰丽，大殿宏伟庄严、建筑古雅畅朗，殿内的全套祭器都是按曲阜孔庙的祭器复制。

步入气宇轩昂的孔庙大门，一只工艺精湛的大型龙饰香炉内，烟火正旺，来自中国及当地的朝拜者正焚香燃烛，那氤氲的气息使人顿感气氛肃穆。在丽日晴空下，大红的廊柱、金黄的琉璃瓦、汉白玉的石阶桥，构成了鲜明的中国文化元素。特别是门庭两边的盘龙柱，更彰显了孔子历史地位的尊贵，因为只有皇家钦定的庙宇，才能以龙盘柱。中庭的长廊两侧，站列着72贤人的青白石雕像，他们个个形神兼备、性格独具，如子路的豪放爽直、颜回的淡泊朴实、曾子的好学敏思等，都栩栩如生，真想上前和他们探讨一番子曰诗云。孔老夫子当年杏坛讲学，子弟三千，有教无类，贤者七十二人。可见他们正是中国首席教育家孔子所培育的精英团队，如今集体出国辅助先生孔子弘扬儒学，可谓是实力雄厚、阵容壮观。

正中的大成殿建造得金碧辉煌，飞檐翘角、雕梁画栋、朱牖漆柱、鸱吻屋脊，富有天人感应的建筑理念。殿内的神龛上供奉着孔子像，无论是在国内还是在国外，夫子依然是那种"学而不厌、诲人不倦"的亲切谦和形象。他国遇先贤，我向他老人家鞠躬致敬。我们是应当感谢、感恩孔子的，他是中国文化最大的传播者，他的儒家学说为我们整个民族在世界上赢得了崇高的精神地位和巨大的文化影响，如今在世界各地所建的150多个孔子学院，正传播着华夏文明。在大成殿内，我还遇到了一对带着孩子的华侨夫妻，原来那个长得虎头虎脑的小男孩今年要上学读书了，按照老家的习俗，来到了这个"万世师表"的孔夫子像前叩拜。大成殿左右的回廊里，陈列着大理石刻的《论语》全文1.6万多字，这部儒学的"圣经"对日本产生了深远的影响。多少年来，日本皇室成员的名字就是根据《论语》等中国典籍而起，而推动日本历史变革的大化革新、明治维新等，也与儒家学说有着不少思想渊源。我在与日本书法篆刻家的接触中也真切地感觉到了这点，他们常以《论语》名句入书入印。

大成殿后是崇圣殿和唐人馆。崇圣殿内供奉着孔子祖先的灵位，唐

人馆则改建成了中国历代博物馆,里面有不少来长崎观光的各国游客,正认真听着导游的讲解。诚如中国艺术大师李苦禅为孔庙挥毫题联所言:"至圣无域泽天下,威德有范垂人间。"唯其如此,长崎的孔庙才成为这座古城的人文地标。

(《解放日报》2008年5月5日)

梅雨时节忆长崎

记得宋人赵师秀在《有约》诗中，曾描绘过一幅生动有趣的黄梅消夏图："黄梅时节家家雨，青草池塘处处蛙。有约不来过夜半，闲敲棋子落灯花。"蛙声雨梦，棋落灯花，是多么地悠闲雅逸，颇有诗意禅风，弥散出一种生活情韵。

梅雨，不仅洒落在我国江南地区，而且在一衣带水的日本，除了北海道之外，也都承受这"梅实迎时雨"的滋润。数年前，我旅居于日本长崎市郊的川棚町大村湾，这是一个依山傍海、风景秀美、民风淳朴的小村。我居住的小楼，就在半山腰的竹林边，修篁掩映，绿意弥漫。凭栏推窗，即可见蔚蓝色的海湾，云帆相随，鸥鸟逐浪。

在日本，对梅雨的关注犹如对樱花的关注一样，也有前线报告，称之为"梅雨前线"。最早入梅要算冲绳地区，时间在五月上旬。而后是关东地区及九洲地区，基本上是在六月中、下旬。长崎属于九洲，因此在六月下旬伴随着"梅雨前线"的报告，那时而细银丝、时而粗如棉线的雨，就时而适缓悠扬，时而急如鼓点地笼罩着山村与海湾。在这样的时候，我会泡上一杯抹茶，品茗听雨，观水赏山。只见海湾上泛起层层乳白色的云雾，海面上跳跃着千万朵晶莹的水珠，天地间一片氤氲。而青山绿树在雨水的梳洗下，越发地清碧明丽而空翠妩媚。此时此刻，也正如"贺梅子"所吟：

"一川烟草,满城风絮。格子黄时雨。"

"雨静静飘散临别的诺言,胭脂香零乱,伞底的泪眼……梅雨帘,模糊你的眼……"室内的音响播放着这首舒缓柔美而又略带伤感的《梅雨帘》。透过那千丝万缕的梅雨帘,也引起缕缕乡思涌上心间,江南旖丽婉约的梅雨景色,是游子心中一幅永不褪色而永远眷恋的水墨丹青。尔后,我又放了一首长崎的歌谣《雨中》:"小雨轻轻地下,我一个人静静地、静静地,走在古老的街头……"这首歌的CD是我的邻居小川老先生赠我的,他说他年轻时在韩国工作,韩国的汉城(现名首尔)也有梅雨季,他就会在小酒馆唱这首歌。乡思,看来是人类共有的情愫。

在日本,也许要算长崎是与梅雨最有缘分的地区,长崎有著名的三大宝,一是有田烧(瓷器),二是歌谣,三就是雨。而后两样都与梅雨有关。因此,我会倚窗如痴如醉地凝视长崎的雨姿水色,是那么地清醇明净、晶莹透亮。也许是山与海的光合折射作用吧,长崎的雨泛着隐隐的绿意,可见雨质之纯净,会把尘世的烦恼荡涤得一干二净,把人的心境过滤得虚静空灵。所以,我还专门刻过一方闲章,"长崎之雨可洗心"。

长崎的梅雨时节,也是颇有仪式感的,这也就为这个雨季增添了鲜活而隽永的人文意蕴。入梅前夕,小川先生即给我送来了两盆丰腴的紫阳花(亦即绣球花),一为粉红,一为粉白,已是含苞待放。原来紫阳花是日本梅雨季的代表性植物,怪不得在小村的每家花园内,除了芭蕉、月季、向日葵、天竺外,紫阳花是必栽的。待梅雨袅袅来临时,紫阳花便烂漫地开放了,从而为这个漫长的雨季抹上了明媚瑰丽的色彩。此时,每家的窗口或阳台上,还挂有一排排自家用白布做的布娃娃,称之为"祈晴娃",也就是祈迎晴天的到来。在细雨微风中,这些"祈晴娃"轻轻地晃动着,洋溢出盎然的生机与童趣。此种风俗应当讲源自中国,明代《帝京景物略》中载:"雨久,以白纸做妇人首,剪红绿纸衣之,以苕帚苗缚小帚携之,竿悬檐际,曰扫晴娘。"而后传到了扶桑,"扫晴娘"演变成了"祈晴娃"。伴着那淅淅沥沥的梅雨,"祈晴娃"的笑容也成为一道温馨的阳光。

(《青年报》2010年7月11日)

原爆中心的钟声

前不久,据媒体报道:象征世界核安全局势的"末日之钟"被拨快了2分钟,即从23时53分拨到了23时55分。这个时间距离代表爆发全球性灾难的午夜零点仅剩5分钟了,这是自冷战结束以来最接近"世界末日"的时间,也是科学家们近5年来第一次拨动这只钟。在华盛顿会场,《原子科学家公报》执行董事本尼迪克特女士宣读了该杂志的声明,她说世界正处于"第二次核时代的边缘"。据统计,美国和俄罗斯拥有2.6万件核武器,而其中的2千枚正处于战备状态,可以在几分钟内随时发射,也就是说,我们人类所居住的诺亚方舟,随时有被摧毁的可能。从这被拨快的末日之钟,使我想起了日本长崎原子弹爆炸中心(又称和平公园)里的青铜警世之钟。

树木葱郁、环境幽静的原爆中心坐落在长崎市中心,大广场的正前方有一座巨大的和平祈愿神像雕塑,其造型呈L字形,一条手臂高高擎起,直指蓝天,似无声地告诉人们在1945年8月9日11时02分,一颗名叫"胖子"的原子弹就是在这从天而降。而另一条手臂和肩齐平,直指大地,似悲怆地展示原爆后惨不忍睹的情景。广场的右后边,即是原爆中心遗址(又称原爆点),展现在眼前的景象令人感到压抑窒息,那些钢筋水泥的房子从墙根被利刃削去似的平整,仅裸露出一根根弯曲变形的钢筋。这里原是长崎市一个警察署的拘役所，137人顷刻间化为焦炭，四周的树木化为灰烬。由这个死亡之点发出的核爆量相当2.2万吨的梯恩梯，爆高在503米，当时长崎市共有23万人口，其中有15万人口死伤和失踪，举目所见，到处是尸骸焦土和断壁残垣。此时"当、当、当"，不远处传来一阵响亮而悠扬的钟声，友人告诉我这就是原爆中心雕塑园内著名的青铜警世钟所敲响的，我看了一下手表，时钟正指向11时02分。

从原爆中心的坡地下去，即是由世界各国赠送作品的雕塑园。青铜警世钟由四根圆柱组成，圆柱的上方有四个身长翅膀的可爱小天使，他们正齐心协力地拉着四根绳子，绳子的一头正连着挂于圆柱中央的那口青铜钟。只要拉动其中的任何一根绳子，四个小天使便会一起敲响这警世之钟。置身于此，耳闻钟声，怎不使人感慨万千：70多年前在长崎上空爆炸的这颗"收聚式"钚弹仅是第一代原子弹，其对人与自然的杀伤力就是如此恐怖而巨大，令人不寒而栗。

前些年，我正在邻近长崎的佐世堡市办个展，展地就是日本第二大的休闲乐园豪斯坦堡。在那些春光明媚的日子里，我时常见到那些或是弱智低能、或是身体畸形弯曲的残疾人，他们或是坐在轮椅上、或是躺在小平板车上，由专人护理在游览。据介绍，他们中有的正是原子弹辐射后遗症的受害者，而且几代人都难以摆脱。原子弹不仅可以使生灵涂炭，而且竟将人摧残到如此程度。唯其如此，四个原本在空中飞翔的小天使才永驻这里，定时拉响那震撼人心的警示钟声。

原爆中心的青铜警世钟还在日复一日地敲响着。然而，它对那些热衷于搞核竞赛、核扩大者来讲，并没有产生多少影响力和遏制力。如今末日之钟的再次拨快，就象征着全球灾难正日夜逼近。地球的公民们，忱着点。

（《解放日报》2007年4月23日）

思索之苑锦绣地

这是韩国济州岛上一个景色旖旎、风光万千的盆栽艺术苑,但苑主成范永先生却为之起名为"思索之苑",蕴含着天人合一的哲理与花木情缘的禅机。

用铁锈红火山石垒起的苑门,外方内圆,像中世纪的古堡,显得质朴大气而庄重雄浑,门额上是飘逸秀丽的汉隶"欢雅门"。今天是个喜庆的节日,为庆祝中韩建交十五周年暨上海百佛园和思索之苑结成兄弟园,正式的签约、揭牌仪式在此举行。因而园门两边放满了鲜花环,身穿鲜艳韩服的姑娘们载歌载舞欢迎嘉宾。因离正式举行庆典还有一个多小时,盛情的苑主先安排我们参观庭园。

入苑后,便是芳草萋萋、山石玲珑的半山坡,一棵虬劲苍逸、枝繁叶茂的陆松似蛟龙探首迎接嘉宾,旁边竖着一块石牌,上书"胡锦涛,1998年4月30日"。此棵陆松,树龄在150年以上。古松的旁边是一个比圆台面还大的石磨盘,由此构成了一个富有象征意义的符号,中韩友谊像松树常青,似磐石坚固。循着"哗、哗"的水声前行,迎面就是掩映于山石绿树丛中的瀑布,从数米高的山石上飞流直下,顺着山石形成三叠,跌宕有致而气势激越,那镜面似的水帘在仲夏骄阳的映照下,泛出蔚蓝色的折光,显得有些扑朔迷离。瀑布下的一湾清池中水草丰茂,只要人站在池边朝水

中挥挥手,那些体形丰满、色彩缤纷的锦鲤就会友好地相聚嬉逐,和你显得十分亲昵。

迈过一弯如虹的石桥,整个盆栽园的全景便展现在你面前,在起伏有致、丰草如茵的大小坡地上,一盆盆形态各异、造型独特、瑰丽多姿的盆栽鳞次栉比地排放着,令人目不暇接、美不胜收而叹为观止。

在这被称为"世界上最美丽的地方",集中了数百种盆栽艺术的经典之作。有陆松、海松、朱木等的松柏盆栽,有枫树、榉树、朴树、榆树类的杂木盆栽,有梅花、樱花、杜鹃、海棠等的花卉盆栽,有柿子、木瓜、梨树、石榴等的果树盆栽,有龙胆草、石菖蒲等的草木盆栽。这些盆栽的树龄少则数十年,多达百多年,可谓是集春秋之精华、蕴日月之沧桑、含山川之灵秀,而今在苑主成大师的亲手呵护和精心调理修整下,或郁郁葱葱、风姿万千,或生机盎然、沁芳吐艳,从而给人以生命的感悟、精神的滋润和岁月的守望。为此,成先生深有感触地讲:"真正的园丁应该把庭园和园林艺术作为唤醒灵魂的资源。"

蓝天白云、海风树影下的每一片坡地,都构成了相对独立的盆栽景区,有的和各类奇石相依,有的和嘉木相映,给人以一步一景、景随步移的动态美感,集盆栽园林之美的大观。然而,39年前,这里是一片荆棘丛生和乱石遍地的蛮荒之处。当时还未过而立之年的成范永先生来到了这里,进行了常人难以想象的艰苦奋斗。他一边开垦,一边栽树,以锲而不舍、金石可镂的精神终于开拓出了这片美丽的庭园,因而有韩国的愚公之称。如今当人们漫步在这片如诗如画的锦绣之地,面对每一个绮丽精湛的盆栽时,都会产生心灵的震撼与美好的享受。

此时,在左边一侧的大草坪上,激越欢快的朝鲜鼓响了起来,隆重的庆典仪式开始了。

(《新民晚报》2007年8月21日)

将军岩边的《大长今》

对于韩国的济州岛,人们大都是从那部颇为走红的"韩流"电视剧《大长今》中略知一二的。该剧中那些风光秀美、波涌帆影的海景,大都摄制于该岛。如那气势险峻、形象逼真的龙头岩,孤峰傲立、雪浪翻卷的将军石,碧波荡漾、人头攒动的挟才海水浴场等,都令人流连忘返。

在纪念中韩建交十五周年的日子里,上海的"白佛园"与济州岛上的盆栽园"思索之苑"结成兄弟园,我们应邀前往济州岛参加开园庆典,在仪式结束后,热情的思索之苑园主成范永先生邀请我们游览了岛上具有代表性的景点。在赴将军岩的途中,临时导游王纪曦先生说:将军岩就是电视剧《大长今》中景色最美的海景拍摄地。这位祖籍山东、生在韩国的小伙子现在是成先生的女婿,不仅能讲一口流利的中文,而且还知道时尚用语,称"大长今"在中国有不少"粉丝"。

将军岩是一海湾,树木葱郁,礁石嶙峋,风景险峻。只见在蔚蓝色的海边,一座高耸峻拔、气势郁勃的岩石孤矗挺立,由于长年经受海浪的冲洗荡涤,岩石四周光洁如新,只有岩石峰头上,长有一些树木和植被,远望犹如一雄健剽悍的将军临风而站,将军岩名由此而来。而我则感到有些像我国黄山的梦笔生花峰,富有傲岸超拔的阳刚之美,在将军岩主景的旁边,立着一块很大的彩色广告牌,画面上《大长今》女主角那典型的柔美而含蓄的韩国笑脸,似乎永驻在这风景如画的海湾。旁边写着:此是大长今拍摄景点。

来此观光游览的人很多,那些皮肤白皙、身材高挑、面容清秀的韩国美眉,对《大长今》似乎视而不见,忙着在海边拗造型、拍玉照。相聚在《大长今》广告牌四周的,全是清一色来自中国的观光游客,人气之旺,摄者之多,排成了一个小小的长队伍,其中是中国美眉占绝大部分。当年《大长今》委婉细腻而哀怨感人的情节,特别是美丽善良而忍辱负重的女主角的命运,曾赢得这些中国美眉的一掬同情之泪。而今他们又不远千里来到故事的拍摄演绎之地,体验一下女主角在此时此地的感受,触景生情、情景交融,自然是别有一番滋味和情趣的。而有的中国美眉还特地穿了一身和《大长今》一样的韩国衣服,在此留影存念,也体验一把《大长今》的青春情愫。

望着中国美眉如痴如醉、欢天喜地的神态,站在一边观看的王纪曦也为"粉丝"们的热情所感动。他指点着美眉们说:从左边取景比较好,后有一片森林作背景,挺美的。当年的《大长今》就是从这个角度拍的。然后他笑着对我讲:"早就听说《大长今》在中国很走红,今天在将军岩身临其境,才真切地了解了'粉丝'们是如此喜爱。"

尽管我嘴上解释道"中韩两国人文传统、风俗习惯有许多相似之处,因此,我们看韩剧比较亲切",但我内心却有些发酸发涩,人家的一部电视剧,影响之广之大,不仅推介了韩国人文传统、饮食服饰等,而且直接促进了旅游。我发现在将军岩景点周围的旅游商店及摊档,他们都会讲几句简单的中文,可见来此旅游的中国人之多。而我国是个电视大国,但输出的电视剧实在有限。面对"韩流","汉流"显得有些无奈。我想我国有那么多美丽独特的旅游名胜,什么时候,我们也能拍出一部电视剧和《大长今》一比高下,让韩国的美眉也来咱们中国热闹一回,"粉丝"一把。

在从济州岛回上海的机场免税店内,同行的书画家大铁兄买了不少

《大长今》包装的巧克力,我问他买这么多干什么,他说:送人呀,连我家的小保姆都要这种包装的巧克力。从海边将军岩到上海小保姆,《大长今》可是风光无限。

(《青年报》2007年9月21日)

济州岛上的爱情乐园

　　绿木扶苏、鲜花盛开的济州岛爱情乐园,又称新婚情园,据说当地青年男女在新婚之后,都要来此游览参观,以了解爱的神圣、情的内涵与性的真谛。

　　作为韩国唯一的性主题公园,整个构思创意与设计理念都充分体现了以人性为本的审美化和以科学为主的理性化。实际上,爱情与性是人类永恒的主题,社会就以此为繁衍延续的生命之链。进入公园,各种造型裸体男女的雕塑掩映于树木丛中和林间花圃,从古希腊的爱神、印度的爱神到中国的性爱图腾,都表现得生动传神而独具魅力,颇有悠久的历史意绪和漫长的人文传承,亦有浓郁的不同民族和地区的风情。从古典爱情园出来后,就是一个颇具现代意识的青春爱情园,里面的雕塑体态优美自然,表现含蓄妩媚,他们正尽情地享受着爱情的雨露滋润和倾心的欢快愉悦。看来爱情也是一门艺术和学问,要进入一种境界和层次,是很有必要来此感受熏陶一番的。我留心地观察了一下,来此园的韩国青年男女颇多,他们或相拥、或牵手地细细观赏,时而亲昵地交谈,时而会心地微笑,体验着难得的爱情启示。

　　公园的中央是个碧波荡漾的大水池,倒映着蓝天白云和树影花姿,水池中央是乳房造型的小山,不断地喷出洁白的水珠,象征着母亲的乳汁滋润了大地,她们应当得到尊重和爱护,其鲜明的母爱主题令人肃然起敬。而在水池的四周安放着不少具有幽默感或戏剧性的雕塑,如有一个男子正伸出手臂想拥抱情侣,那位韩国美眉立即坐了上去,正好合二为一,亲密无间。而那位美眉的先生也毫无醋意地抢拍了此张照片。而另有一位女子正娇嗔地想拥入你的怀抱,刚才那位韩国美眉的先生此时也立马坐了上去,正好抱个正着,快乐无比,其太太也赶紧举起了相机,引得不少游客的一阵哄笑。

迈过水池边弯曲的小桥,迎面便是一座大型现代的"白鹿美术馆",该馆由玻璃制成半圆形,带有一定的神秘性,而在门入口处的上端,正坐着三个身材健美丰腴、谈笑风生的女郎,她们似俯瞰着整个爱情乐园,在指点评说,又似在热情地欢迎你的到来,和你共话"情是何物"。如此的大门设计,使人感到如沐春风,温馨而美妙。整个美术馆内,用图片、实物及雕塑,进行着有关性爱的科普教育和相关知识介绍。那些韩国青年的夫妇都看得十分认真而仔细,现场犹如秩序良好的课堂。性爱的质量不仅使男女双方欢悦,而且直接影响人口的素质。置身在此,我感到创建者是很有国民意识和历史眼光的。而我国是世界上的人口大国,但这样的爱情乐园至今还是个空白。在美术馆的出口处,有一张小桌,上面放着问卷调查表和性爱咨询表,不少韩国青年夫妇在专注地填写着,显得颇为配合而自觉。

公园的另一边,陈列着不少或变形、或夸张、或调侃的爱情形态雕塑,典型地反映了当代年轻夫妇日常生活中种种不同的场景,有的发人深思、有的令人发笑、有的则很无奈。尽管男女都是全裸,但并不给人以猥亵的感觉和色情的挑逗,而是给人以哲理的思考和艺术的美感。据导游王先生介绍,公园从早上9时一直开到晚上12时,有些雕塑在晚间灯光的映照下,会显得更有魅力。整个公园的主题雕塑多达140多件,由首尔弘益大学雕塑专业的20多名专家组成,花了约两年多的时间,于2004年11月正式开园。这些雕塑家们不仅用智慧打破了禁区,而且实现了艺术上的超越。

(《新民晚报》2007年8月29日)

海的女儿

有"韩国夏威夷"之称的济洲岛,天风海韵,碧波拥翠,景色绮丽。韩国新婚夫妇大都会来此度过温馨而浪漫的蜜月时光,因此有着"蜜月之岛"、"浪漫之海"的美称。

由于济洲岛是由数百万年前火山喷出的熔岩凝聚而成,岛四周的岩石峻峭险绝,礁石奇异突兀,富有雕塑造型之美。然而就在这海天相交、礁石林立之间,时常有三五成群的女子在潜水捕捞鲍鱼、海参、海葵等。特别是在将军岩、龙头岩、挟才浴场等处尤为集中,她们身手矫健、动作灵敏,时常是以一声嘹亮的口哨伴着一个漂亮的鱼跃钻入海中,两三分钟后即手举海珍出水。如此精彩惊险的海上戏水表演,引得不少游人驻足观看,并为之拍手喝彩,从而形成济州岛上特有的"海女潜海"奇观。

济洲岛上有三多:石头多、风多、海女多。石头、风都是自然景观,只有海女却是以自己的生命拥抱大海,由此构成了天人合一、人海相搏的真实景观,使人看得惊心动魄而敬佩不已。我想应该把她们称为"海的女儿"。尽管安徒生笔下的"海的女儿"怀着对理想的憧憬永远守候在美丽的海边,但这毕竟是童话中的诗意想象。而眼前这些活生生的海女,正用她们勇敢的搏击、豪迈的激情、无畏的英姿上演了一幕壮丽的海上活剧,从而使这荡漾着雄浑强悍的阳刚之气的大海弥散飘逸出特有的瑰美绚丽的情韵。

当我们在观看海女潜海时，导游小王要我们猜猜这些海女的年龄，"二十多岁吧。""不会超过四十岁的。""哈哈，"小王大笑，"错。她们都是六十开外的老太太。"望着我们惊奇疑惑的神情，"这有什么奇怪，济洲岛上一大怪就是：老太太潜海要比海狮快。"说话间，有几位海女上岸休息。近距离的观察，使人感到尽管她们额上明显的皱纹留下了与风浪相搏的印痕，但海女大都皮肤细腻，头发乌黑，身材健美，比实际岁数要年轻得多。是呵，海女们长期与大海为友为伴，而海水的丰泽，波浪的按摩，才使她们如此端秀滋润而风采矍铄。

海女们热情豪爽，颇为健谈。我见她们全凭"扎猛子"的硬功夫潜海，就问为何不用潜水工具，这样可提高效率。近旁的一位海女忙摇着头说："不能用潜水工具的，要用工具的话，这儿的海珍早就采摘完了。"原来，韩国政府为了保护近海的水产资源不遭毁灭性的破坏，规定下海采摘海产一律不准使用潜水工具，只能靠人工潜海。而这些海女自幼就在波峰浪谷中出没，练得一身过硬的水中功夫，她们潜入二三十米的深海，就凭绑在飘袋上的一根绳子。那时济洲岛还未开发，岛上的男人都出海打鱼，而妇女们就在近海潜水捕捞。如今济洲岛成了著名的旅游观光胜地，这种又苦又累又危险的活年轻人是不愿再干了，这批阿奶级的海女也将成为珍贵的绝版。

我和近旁的那位海女合影后，就顺便问道：老太太，你那么大年纪了，为何不在家享享福？因为据导游小王介绍，这些海女都很有钱，她们的子女大都大学毕业，有的还是在首尔当高管或经商。老太听后，露出了韩国女性特有的那种含蓄委婉的微笑，"是呵，家里的老头、孩子都叫我不要当海女潜海了。可不见大海，闻不到海味，心中总有些空落落的。自小就在海水中泡大，看来这辈子是离不开大海了。"这是海的女儿对大海永恒的情结。此时此刻，我才感到在这"蜜月之岛"、"浪漫之海"的妩媚风情中，有那么一种内在的风骨与风采。

（《新民晚报》2007年11月4日）

天下无贼济州岛

碧海金沙、蓝天白帆、奇石怪岩的韩国济州岛，有着浓厚丰富的人文资源和瑰丽多姿的自然景观，因而有"东方夏威夷"之称，2007年被列入了联合国教科文组织的世界自然遗产地区。

在济州岛观光旅游，你会强烈地感受东方文化共同的情韵，只要从景点命名上你就会领略到那种诗情画意：如从城山日出到纱峰落照，从瀛丘春花到橘林秋色，从正房夏瀑到鹿潭晚雪，从古薮牧马到山浦钓鱼，从山房窟寺到瀛室奇岩，这济州十景，从视觉时空到观光语境，使你流连忘返。而济州岛最独特的三多、三无，更使你印象深刻。三多即石头多、风多、女人多。三无即是无大门、无乞丐、无窃贼。自古以来，我们就崇尚向往那种"路不拾遗，夜不闭户"的和谐氛围。如今的济州岛真的做到这三无了吗？还是出于旅游宣传的需要？接下来的行程中，我就开始了这求证性的考察，难道济州岛果然是天下无贼？

济州岛上的民居大多以火山石垒成半人高的院墙，正门入口处仅有穿了三个洞的石柱立于两边，叫做"正柱木"。穿在这三个洞里的三根圆木就叫定柱木。这些是指如果穿着一根圆木说明主人出门，穿着两根圆木说明长时间出门，三根都穿着说明一整天都出门。那么一根都不穿，则说明主人在家。这似乎是个安民告示，象征性、符号化地告诉你主人的行踪。而三根圆木也绝对构不成看家护院或阻挡进入作用，高度仅一米左右，而且空隙很大，无论是跨越还是钻入都轻而易举，可见无大门是事实。反映了这里民风的纯朴仁厚和坦诚相见，对友人旅客都不设防，从而凸显了长期由农牧渔业生活形态所涵养的天人合一的岛民精神。

作为新兴开发的国际观光之地，东北亚游览的核心城市，济州岛上遍布宾馆酒店。我们入住的新罗酒店是韩国仅有的两家超五星级宾馆之一，另一家在首都首尔。该酒家依山傍海，气派豪华，推窗便是鸥翔鱼跃的旖旎海景。岛上另有五星级酒店八家、四星级七家，度假村那就更多了。旅游的常识告诉我，凡是在大宾馆、大酒店门前，时常会有乞丐或流浪汉的身影出没。但在我们入住的新罗及后来去访友的几家宾馆酒店，却不见乞丐的踪影。我心想也许是宾馆酒家的保安管得严。那么在市中心最热闹的商业区，各国旅客相聚于此，不同的肤色、不同的语言，显得人气十足。我留心观察，的确是没有一个乞丐出现。而在龙头岩、西归浦、正房瀑布、挟才海水浴场、思索之苑、将军岩等主要景点，人们在赏心悦目地领略无限风光时，也绝没有乞丐来打扰你的雅兴，叫你留下买路钱或观景费。

在济州岛的几大旅行中，我们从未发现警察的身影，即使在车水马龙的交通繁忙地段，也是如此，使人产生了一种宽松的安全感。每天早上，我们在新罗酒店用早餐，也许是超五星级，其早餐十分丰盛有韩式、中式、日式、欧式，有时去取食品，要走很长的路。起初，我将手提包、手机都带着去取食品，有些狼狈，导游见状，笑了，说这些东西你尽管放在位子上，没人拿你的。你忘了，三无中包括无窃贼。我这才注意身边的不少韩国客人，都将手提包、手机、手提电脑随手放在桌边，长途跋涉去取美食，他们松弛的笑容，似乎佐证了济州岛的确是天下无贼。

(《青年报》2008年4月4日)

第五辑

海宁，有一座情殇的小楼

海宁，有一座情殇的小楼

江南的九月，时而阳光灿烂，时而秋雨霏霏，显得明媚中有些落寞，畅朗中有些无奈。当我来到海宁市硖石镇干河街的徐志摩故居时，刚才还淅淅沥沥下雨的天空却放晴了，耀眼的秋阳把这幢中西合璧的小楼，映衬得典雅气派而寂静幽逸，悄然地弥散出难以掩饰的沧桑感。

红灰砖相间的墙体，半圆形拱门的上方是诗人表弟金庸手书的"诗人徐志摩故居"。坦率地说，金先生并不擅长书法，但这几个字却写得清秀中见刚健，可见是倾注了亲情的。入门便是一个方正的天井小院，正厅上挂启功书写的横匾"安雅堂"。下有一幅青松苍郁的国画，两边是一副对联："烟光随地尽，水色到天无。"颇有安然雅逸之意，和堂号语境相符。该故居建于1926年，分前后二进，主楼二层设东西厢房，屋顶系西式露台，有冷热水管、电灯、浴室等，面积达六百多平方米，共有房间20多间，这在上个世纪三十年代的江南小城，无疑是一座奢华的豪宅。徐氏世代经商，至徐志摩父徐申如时，家业鼎兴，在镇上有丝行、酱园、钱庄等产业，还创办了硖石电灯厂。徐志摩与陆小曼结婚后，徐父是为儿子专门建造的，内部装修和室内布置据说都是按徐志摩亲手所为。如今底楼的两侧是徐志摩家世、生平及文学著作陈列展。

沿着楼梯拾级而上，东厢房是诗人与陆小曼的卧室，沙发及床桌都是奶白色的，洋溢着浓郁的欧式风情。在这间被徐志摩称为"香巢"的婚房中，徐志摩与陆小曼度过了两人一生中最甜蜜缠绵、最温馨浪漫的时光。此情此意，诗人说成是"浓得化不开"。正是在这酣畅的爱意、浓烈的情韵之中，诗人在此写下了著名的蜜月日记《眉轩琐语》，倾吐了一个情种的独白与心语。尽管徐志摩和陆小曼在此居住的时间不长，但却留下了一个爱的经典让未来长长的岁月去品味。

经过一个过道，便是西厢房，这是徐志摩的前妻张幼仪的房间，无论是房间的布置，还是家具的颜色，都泛出一股清冷孤寂之意。幼仪敬夫敬老，贤惠能干，徐志摩的父母很是喜欢，当徐与她解除婚约后，公婆依然认她为"女儿"，而身为情种的志摩对她也深感歉意，为了作为补偿，也在新楼中专门辟出了她的卧房。人们至今也许已无法猜度或评述张幼仪当时是以怎样的一种心态和感情来与新婚燕尔的前夫同住一楼，这对张幼仪来讲将经历怎样一段刻骨铭心的无处话凄凉、怎奈说酸楚的日子。一边是琴瑟相和、举案齐眉，一边是灯影相吊、独守空房。一边是良辰美景、赏心悦事，一边冷月疏星，孤枕难眠。正如《诗经·郑风》中所言："其室则迩（近），其人甚远。"忆当年也是"柔情似水，佳期如梦"。而今是"一怀愁绪，几年离索"。是呵，此处对志摩来讲是"香巢"之楼，对幼仪来讲却是"情殇"之楼。是应当赞叹她的坚忍执拗？还是悲叹其的迁就无奈？而今已是人去屋空，无人能答，也不必去惊醒陈年的往事。

通过后二楼的楼梯，便可以登上楼顶的露台，上有石桌石凳，当年的诗人与小曼时常在此赏月观星、谈艺论文，他们有时也邀请张幼仪一起上来坐坐，幼仪只是礼节性地坐一会儿，不久就下楼，让他们的二人世界多一份快乐和自由。那个时代饮食男女的风度与情致，至今令人缅怀。

志摩遇难后，张幼仪也离开了这座小楼去上海，后来又远赴美国，但这座小楼依然让她魂牵梦萦。晚年，她又重回小楼，坐在她当年曾睡过的床边，伸手去摸一下那条被子，那当年留下的青春的体温，使她感悟到她的前世今生依然定格在这座小楼。而小曼却再也没有回过这座小楼。当年的"莺逢日暖歌声滑，人遇风情笑口开"已成为不堪回首的永远的痛。

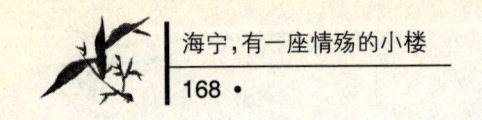

从此,她也一人终生独居在上海四明村的一座小楼内。爱与被爱的、被弃的,在结局中都一无所有、梦断香消。唯有这江南古镇的小楼,却成了纪念两个美丽女人的情殇之地。

(《新民晚报》2009年11月17日)

诗画小莲庄

"江南可采莲,莲叶何田田。"浙江南浔的小莲庄,仿佛是这古老的诗句留存在江南的一个图文语境展示。在小莲庄的明媚绮丽、秀逸静谧中,更内蕴着一种雍容雅致、华贵富庶之气,弥散出郁勃的高迈风度,这是一般的园林所不能望其项背的。

同治十二年(1873),南浔首富刘镛在此购地造园,低调而谦逊地取名为"小莲庄",从1885年开工至1924年落成,历时40个春秋,占地约20多亩,由园林、家庙和义庄所组成,可见用工之精、用心之久,不仅为南浔留下了一座精典性的诗画名园,而且也为历史留下了一位实业家所守望的精神家园。

仲夏时节,我来到了小莲庄,为的就是体验那一湖荷风、满园荷香。小莲庄门既无豪宅的张扬,亦无官府的气派,朴实如邻家院门,越一小桥而入,却是无边锦绣、满眼风光。展现在你面前的是豁然开朗的大荷花池,形如巨瓢,俗称"挂瓢池",水面达10亩,立体地凸显了一幅"接天莲叶无穷碧,映日荷花别样红"的美景。那翠碧的莲叶在夏日明丽的阳光折射下,泛出一层层有质感的绿意,令人顿感空翠沁心,消暑清凉。环湖花木山石镶嵌,四周亭阁廊榭相依,移步换景,境由意造。池畔东侧,有五曲石桥,游人可凭栏观荷看花、赏湖嬉鱼。过桥后即是一个造型方正古朴的钓鱼台，前挑水面，那临波清流过滤了尘世的喧嚣，营造了一方幽微，在此静坐垂钓，可秋钓明月春钓雨，夏钓清风冬钓雪。人生的无奈与欲望，都在钓台的时光中化作一湖云烟。池畔西侧是依家庙山墙而建起的碑廊，从魏晋盛唐到宋元明清，历代名家翰墨笔札在此留痕镌刻，在那龙飞凤舞、铁画银钩中，泅溢着儒雅的文脉艺绪，传递着人文的气韵意境。

碑廊的尽头，在湖石堆垒的池边，有一座名为"净香诗堀"的四面厅，厅中有两个形态各异的藻井，似斗笠状，朴实简约中寓义理禅机。陈从周教授观后，曾评曰："顶格（天花）之妙，为海内孤本。"亭为四面，四季之景可尽收眼底，东临一池碧波，南望金桂红枫，西倚碑廊长亭，北赏玲珑湖石，花香拂郁处诗兴自然崛起，真是好一处藏魂摄魄的文采风流之地。南移数步，即是小莲庄中西合璧的主体建筑"东升阁"。整个建筑外观以传统的塔形造型，平缓尖顶，红砖垒墙，庄重而大气。阁内却是西化装饰、罗马双柱、拱形门卷、落地长窗、精铸花扶，一派欧化风情。经三折曲廊前行，"退修小榭"掩映于浓密的绿树花卉丛中。此榭从侧面看犹如一画舫停泊在池岸，遥望着那江枫渔火，聆听着那夜半钟声。人生有此画舫居棲退修，亦可足矣。小榭内四面开窗，陈设简洁，没有丝毫的浮靡奢华，身为四象之首的园主为自己也为他的后代，留下了一个退隐江湖的心灵隐修之处。透过小榭风雅的神韵，人们可以窥见庄主深沉的忧患意识。

踏着青石板铺成的小径徜徉，前面有一造型精美的欧式门楼静候道中，额名"小莲庄"。由此进入，便是小莲庄的内园，但见假山逶迤、湖石跌宕、峰峦竞秀、潭映清影。山顶之上建有一"放鹤亭"；登高远望，把酒临风，整个小莲庄景色似一幅色彩明丽的山水，令人心旷神怡，意兴飞扬。从山上下来，即有供人小憩的"掩醉轩"，入轩品茗观景，山水相依、情景交融、天人合一，给人以"智者乐水，仁者乐山"的自然之美。内园的西侧为气势恢宏的家庙建筑群，共有四进，面宽三间，四进系"馨德堂"，飞檐翘角、雕梁画栋，四周长廊相连，以钟鼎古篆装饰门窗，凝厚着十分优雅古朴的光泽。家庙前有两座五楼四柱花岗岩大牌坊，雄伟豪迈而气势浑穆，牌坊上的纹饰图案雕工精美、生动传神，额坊系为御笔所题，一为"乐善好施"，一为"歌旌节孝"。经过漫长岁月的摩挲，牌坊上那凛然肃穆的皇家之气已被一层温润平和的包浆所取代，呵护着一代巨贾的诗礼传家。

（《解放日报》2007年8月27日）

杏坛春意早

气宇轩昂、庄重典雅的杏坛方亭,坐落在孔庙大成殿前正中的甬道上,可见其至尊显赫的地位。尽管当下的讲坛文化十分时尚风靡,从百家讲坛到东方讲坛等,坛坛都是好酒。然而,在穿越了两千多年的春阳秋风、冬雪夏雨后,至今巍然屹立的杏坛,还是毫无争议的中华第一讲坛。其知识的内蕴和精神的海拔,嬗递着千古风范。

杏坛是孔子当年设帐收徒、聚众讲学之地。可以想象这位平民教育家当时的穷酸与简陋,无非是老杏树下的一个土墩子。遥想在那个朝阳初升的清晨,"学而不厌,诲人不倦"的夫子已在树荫下盘腿而坐,面对坛前众多的弟子,娓娓道来、循循善诱地说:"学而时习之,不亦乐乎?"中国普及教育的第一课,就在这没有围墙的杏林间开场了,尔后演绎成为《论语》中经典的开篇。晨风在杏林间轻轻穿行,片片扇形的绿叶发出"沙、沙"的声响。知识的朝露滋润着学子的心田,文明的阳光呵护着读书的种子。当众弟子们在朗朗读书时,孔子还在一边唱歌鼓琴伴奏,气氛显得如此生动和谐。《庄子·渔父》中曾载:"孔子游乎缁帷之林,休坐于杏坛之上,弟子读书,孔子弦歌鼓琴。"是呵,杏坛弥散的书香是那么地清芬隽永,杏坛凝聚的沧桑是那么地睿智高迈,杏坛流逝的时光是那么地岁月留香,杏坛传递的学说是那么地行者无疆。

从历代著名的书院到当代气派的讲堂，其文脉学渊与史绪源头，都以这一把泥土垒起的杏坛为奠基。孔子出身贫寒，自幼丧父，备受歧视。为此，母亲带着他从陬邑漂泊到曲阜，生性好学的他在寂寞中"发愤忘食"地自学成才。孔子清醒地看到，在他以前，学在官府，校在贵族。为了打破这种知识的垄断和文化的禁锢，他公然以"有教无类"的口号向当时的官府贵族教育叫板。在他所招收的三千弟子中，仅南宫敬叔、司马牛两人为出身高门豪族，其他都是贫民弟子。颜回居住陋巷，箪食瓢饮。原宪空室蓬户，褐衣疏食。穷人的孩子是应当感恩孔子的，正是他一身褴褛、万里筚路所打造的这座杏坛，使他们能开蒙除愚，桃李争春，鸿鹄得志，金榜题名。科举时代十万进士的精英军团，最初就是从这阙里的杏坛开拔，从而在整体上推进与提升了整个华夏文明。为此，一位诗人在杏坛边深情地写道："独有杏坛春意早，年年花发旧时红。"

孔子的人生贯穿着两件事：一是周游列国，但却弄得他身心疲惫、狼狈不堪。他时而被困，时而挨饿，时而遭逐。二是杏坛讲学，却使他功成名就，万世师表。他阐释儒学，传播经典，弘扬国粹，为此，受到了上至庙堂，下至草根的推崇。北宋天圣二年（1022），在此以石建坛，并增植银杏。金代在坛上加盖方亭并立碑，大学士党怀英以遒劲婉丽的篆书题以"杏坛"。明隆庆三年（1569）重修，使之更古朴精湛，周围朱栏而四面歇山，黄瓦飞檐而双重斗拱。亭内细雕藻井，彩绘金龙，色彩瑰丽，亭中间有乾隆手书御碑《杏坛赞》。坛前还建有一座一米多高的石香炉，以供祭祈。原是民间讲学的土坛，成了庙堂钦定的圣坛，但历史并不在意这种变化。在百姓的心中，孔子是真正意义上的中国首席教师。而眼前的杏坛，就是一座非人工所能建造的纪念碑。

记得汤因比曾说过："人类如果要在二十一世纪继续生存下去，必须回到两千五百年之前，从孔子那里寻找智慧。"这是历史的轮回，还是文明的再造？由此联想到孔子学院的彩旗在世界各地飘扬，这正是杏坛上的智慧之花在地球村的华丽绽放。

（《解放日报》2007年9月24日）

秋访杜甫草堂

正值枫叶含丹、金桂飘香的时节,我来到了天府之国的四川成都游览,首选的景点自然是闻名遐迩的杜甫草堂。

一条清碧亮丽的浣花溪环绕着草堂,那潺潺的流水把草堂四周滋润得花草葱郁而林木茂盛,洋溢出雅逸的氛围和盎然的生机。我们这代人对于杜甫大都怀有特殊的情结,从"两个黄鹂鸣翠柳,一行白鹭上青天"到"八月秋高风怒号,卷我屋上三重茅",曾是我们最初的文学记忆。对于杜甫的出生或终老之地,大多数人也许并不清楚,然而这"万里桥西宅,百花潭北庄"的草堂,却是令人向往的"诗圣"居栖之地。

秋阳映照下的草堂,泛出一层亮丽的金黄色光泽,使丝丝茅草显得富有质感。翠竹芭蕉依偎着土墙竹窗,留下了满壁绿荫,过滤了尘世的喧嚣。寂静的庭院中,随意地安放着粗糙而结实的石桌石凳,平添了温馨的乡居气息。那矮矮的竹篱上爬满了藤萝和杂花,在秋风中作着忆念故人的絮语。记得诗人在《堂成》中曾写道:"桤林碍日吟风川,笼竹和烟滴露梢。"一代大诗人的安身立命之处,竟是如此简陋而淳朴。唯其如此,草堂才能长存民间、情系桑梓、永驻青史。而多少华堂豪宅在当时是多么地风光张扬,而后却在历史的风雨中灰飞烟灭。

步入草堂,我不由得放轻了脚步,唯恐惊扰了老杜的"诗思"。是呵,诗人一生穷困，怀才不遇，落魄江湖。唐肃宗乾元二年（759）岁末，为避安史之乱，饱经离乱之苦的杜甫带着妻儿由陇入蜀，起初在成都西郊的一处古寺借住，靠旧友、时任四川彭州刺史高适接济。760年桃红柳绿的初春，友人在浣花溪边为他觅得了一处景色清幽之地以筑屋建房，但他此时已一贫如洗，其表弟王十五司马悉知后，雪中送炭，慷慨资助。为此，诗人在《王十五司马弟出郭相访遗营草堂赀》一诗中，以十分感激的心情说："客里何迁次，江边正寂寥。肯来寻一老，愁破是今朝。忧我营茅栋，携钱过野桥。他乡唯表弟，还往莫辞劳。"

"半生落魄已成翁"的诗人，总算有了一处可以遮风避雨、属于自己的暖巢。尽管是有些寒酸而低矮的草堂，但诗人却十分满足与自赏，"背郭堂成荫白茅"，"野老墙低还是家"。为此，诗人在草堂内外作了诗化的安排经营，开辟了花圃、菜圃、药圃，筑起藤架，建了草亭，还掘井挖塘，颇具乡村田园的秀丽风光，成为诗人一生中最美的精神家园，"眼边无俗物，多病也身轻"。在此他居住了近四年的时间，并创作了240多首诗，其中有不朽的代表作《茅屋为秋风所破歌》。正是在这首诗中，诗人发出了"安得广厦千万间，大庇天下寒士俱欢颜，风雨不动安如山"的呐喊，成为忧国忧民、博爱大同的千古绝唱。诗人身居草堂而心怀天下，自陷贫困而关爱百姓，从而使这座以茅结庐的草堂凸显了历史境界性和精神象征性，成为中国文学史上的一处"圣地"，具有崇高的思想海拔、丰赡的审美价值和隽永的感召意义。

踏入草堂，诗人的起居室及厨房等都很平易简朴，没有丝毫奢华的痕迹，一如邻家农院的村翁乡居。唯有显示诗人身份的是泥地泥墙的书房中那张宽约一尺、长约三尺的矮小诗桌，上面放着一副笔墨和诗笺。一抹秋阳投射在砚池上，氤氲出缕缕墨香，桌角的一只粗瓷杯里还留着一些残酒，大约诗人刚写完一首得意之作，拿到相邻的村民处去朗读给大家听。老杜在《寄题江外草堂》的诗中曾心情坦然地说："嗜酒爱风竹，卜居必林泉。"就在这张最普通的杂木诗桌上，老杜却创作出了中国文学史上那么辉煌的诗篇。遥想在那霞涌红日、花香拂郁的清晨，或是在那月照草堂、

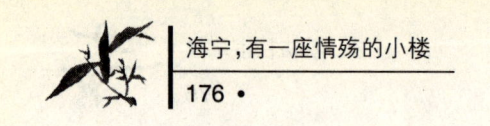

秋虫鸣唱的夜半,诗人与桌为伴,笔歌墨舞,诗笺上留下了多少华章佳作。难怪唐人韩愈在《调张籍》中直言不讳地讲:"李杜文章在,光焰万丈长。"而今这金色的草堂,已穿越了一千四百多年的历史风云,成为古城成都一处璀璨的文化遗址。

(《解放日报》2007年12月13日)

云间二陆小昆山

明丽温煦的初春朝阳,映照着小昆山腰间的"二陆读书台",使这山崖陡壁前的一小块文脉之地显得格外宁静而雅逸。随着修篁婆娑的"沙、沙"声,似隐隐传来二陆当年的晨课清诵。

"二陆",即为西晋文学家、书法家陆机(261~303)、陆云(262~303)。这对才华横溢的兄弟被古人誉为美玉,王安石诗曰:"玉人生此山,山亦传此名。"流传千古的"玉出昆冈"之说由此而来。陆蓉在《菽园杂记》中载:"昆山在松江府华亭界,晋陆机兄弟生其下,皆有文学,时人比之'昆冈片玉'。"尽管二陆出身钟鸣鼎食的簪缨世家,祖父陆逊为东吴的大都督,父陆抗为大司马。但在金戈铁马的征战中,吴被晋所灭,陆氏家族命运多舛。兄陆晏、陆景战死,陆机、陆云先被俘,后得晋帝开恩放归故里。当时他们还是年仅十七八岁的翩然少年,从此就在这崖壁一隅的小小平台上,远离尘世的喧嚣,耐得寂寞,苦读十年。清晨,山间的流岚萦绕着兄弟俩的朗朗书声。午后,岩间的清泉滋润着兄弟俩的汩汩文思。傍晚,林间的夕照辉映着兄弟俩的篇篇华章。就在这冬暮春晓的交替中,风霜雨雪的陶冶里,兄弟俩"收视反听,耽思傍讯,精骛八极,心游万仞"。陆机完成了中国文学史上第一篇文论《文赋》,二陆成为西晋艺苑上璀璨的双子星座,被尊为"太康之英"。

而今时光已流逝了一千七百多年，读书台上的青苔已泛出渺远的古典绿意，石桌石凳也被岁月镀上了一层莹然的色泽。当我轻轻地抚摸着石桌，依稀能闻到二陆当年留下的墨馨书香。魏晋是个战乱不断的年代，然而两颗读书的种子却在这幽僻的山间打造了一块求知的平台，这是一种多么高迈的文化抉择、多么坚韧的精神皈依和多么清真的学子情怀。而今置身在此，能过滤世俗的心浮气躁与急功近利，臻达一种淡泊的心境。难怪在那个枫叶含丹的秋山夕照中，落魄失意的苏东坡拜瞻了读书台后，望着夕阳山外山，百感交集地在石壁上留下了"夕阳在山"四字。而与读书台相邻的九峰寺，清代大画家石涛曾在此出家。这位艺僧在晨钟暮鼓声中，时常至此小憩，感受或吸纳读书台上弥漫的文思才情，涵养着自己的丹青笔墨。

沿着逶迤的山道前行，嘉树青翠洗目，春竹摇曳拂衣。转过一个山弯，在一座古朴典雅、茅草结顶的老屋门楣上，悬挂着当代书画大家程十发手书的横匾："二陆草堂"。轻轻地步入，委恐惊扰正在挥毫作书的二陆兄弟。草堂内山石清供，书画补壁。"仿佛谷水阳，婉娈昆山阴。"陆机吟咏的诗句就真实传导了他们当年在此修炼的心情。草堂后门框上的一副对联留住了半壁春阳："二陆文章雄万代，草堂灵气贯千秋。"

穿过一个"苔痕上阶绿，草色入帘青"的小小庭院，便是二陆纪念堂，壁上展示着二陆及其父辈的画像，还有宋钞本《陆机文集》及宋刊明刻本《陆云文集》的照片。然而最使我震撼的是壁间放大的陆机手书《平复帖》影印本。这件现存最早的书法家墨迹，在中国书法史上获"皇帖"之尊，得"墨皇"之冠。它比王羲之于永和九年（353）所写的《兰亭集序》还要早五十年。为此，华亭书画巨擘董其昌曾说："右军（王羲之）以前，元常（钟繇）以后，唯存此数行为希代宝。"陆机当年在悉知好友生病后，为示安慰、遥祝平复而用一管秃笔一挥而就的这件信札，却在不经意间创造了中国文化史上的国宝，催生了书法史上的经典。记得前两年《平复帖》从深藏的北京故宫回故乡上海展示时，可谓是万人争睹，盛况空前。可见这本"皇帖"在人们心目中的崇高地位和乡缘艺脉。而围绕着这本"墨皇"的流传收藏，就足可以写出一本令人回肠荡气、惊心动魄的长篇小说。而今面对先贤的墨宝名迹，我们应当确认《平复帖》在中国书法史上的地位毫不逊色于《兰亭集序》。由此想到那个开创盛唐气象的李世民，是他一视同仁地以天子之尊亲撰了《陆机传论》与《王羲之传论》。而地灵人杰的云间小昆山，也毋庸置疑地应当成为江南最早的"书法圣地"。

伫立在《平复帖》前，凝视着那千神奇崛的笔致和恣肆疏逸的气韵，真是达到了一种蕴秀简静、畅朗遒劲的化境，晋代书法的"韵胜"与"度高"，从这里可窥见其最早的渊源。坦率地说，二陆纪念堂还显得有些简陋与窄小，但置身于此，依然使我能感受到浓郁的经典氛围和高蹈的大师情怀，"斯是陋室，唯吾德馨"。而从宋米芾的《书史》、明张丑的《真晋斋记》、清乾隆的皇子永瑆的《诒晋斋记》，直至近代大收藏家张伯驹的《陆士衡平复帖》、国学大师启功的《〈平复帖〉说并释文》等，已演绎成一门"《平复帖》学"。

从二陆纪念堂出来后，放眼云间九峰景色绮丽，平畴绿野春光无限，由此牵挂起二陆当年从这里走出后的命运。晋太康十年（289），陆机偕弟赴京城洛阳，受到当时文坛领袖张华的推崇，一时有"二陆入洛，三张减价"之说。有一次陆云和荀鸣鹤在张华的太常府相见，陆自我介绍道："云间陆士龙。"荀答曰："日下荀鸣鹤。""云间"从此成为松江的别称。然而好景不长，太安二年（303），司马颖讨伐长沙王，陆机被任命为前锋都督，兵败受诬，秘密收捕于军中，与弟陆云同时被杀，二陆时年仅四十二三岁。据《世说新语》载：陆机临刑前，对天悲叹："欲闻华亭鹤唳，可复得乎！"可见他对家乡无限的眷恋，其中也折射出他那无奈的追悔。至今小昆山上依然存有鹤鸣亭，呼唤着英魂的归来。而303年，一代书圣王羲之才刚刚降生，这莫非是一种历史的轮回？

云间小昆山与那些雄峙万丈、壁立千仞的高山大岳相比，只不过是一个小丘，然而，"山不在高，有仙则名"，小昆山在中国文化史上却是一座丰碑与坐标。切莫要以为上海仅是一个开埠才一百多年的时尚之都，然而它的历史积淀和文脉延伸却是悠久而丰厚的。从《文赋》到《平复帖》，就是一个城市弥足珍贵的文化遗产和艺术瑰宝。

（《新民晚报》2008年3月21日）

重游兰亭记

"幽兰修竹柳色翠,少长咸集兰亭会。曲水流觞承遗风,墨池春暖笔花飞。"这首小诗是我1981年4月参加首次兰亭书会时即兴所作。时光荏苒,倏忽间已过去了27个春秋,令人平添一种岁月沧桑之感。

绍兴兰亭,是个景色秀美、人文丰泽、诗意弥漫之地。春秋时越王勾践曾种兰于此,东汉时建有驿亭,兰亭之名由此而得。东晋时,书圣王羲之在永和九年(353)的暮春,邀请了友人谢安、孙绰等41人在此修禊雅集,曲水流觞,诗文唱和。王羲之在酒酣神畅之时,以鼠须笔、蚕茧纸写下了被尊为"天下第一行书"的《兰亭集序》。从此,兰亭成为闻名遐迩的书法圣地。那幽幽的兰馨和淳淳的墨香,一直拂郁在历代文人墨客的记忆之中,由此孕育了独特的兰亭文化,传递了雅集的笔会精神。

如今又到了东坡居士笔下"一年好景君须记,最是橙黄橘绿时"的光景,我和友人在绍兴市委宣传部小梁的陪同下,重游兰亭,倍觉亲切。经过这二十多年的发展,整个兰亭景区已是今非昔比,呈现了精致、博雅、空灵的特征,集山水风光与园林景观为一色,融史绪艺脉与书香诗文为一体,形成了"一序"(《兰亭集序》)、三碑(《鹅池碑、兰亭碑、御碑》)、十一景(鹅池、小兰亭、曲水流觞、流觞亭、御碑亭、临池十八缸、王右军祠、书法博物馆、古驿亭、之镇、乐池)的格局,成为国家AAAA旅游区,展示了一派"无边光景一时新"的兴旺景象。而在当年,来自全国的二十多位书画家相聚兰亭时,这里仅修复了鹅池、鹅池碑、流觞碑、曲水流觞、王右军祠等几个景点,透过茂林修竹,清流激湍,还可看见"文革"后留下的残碑断垣。

当我和友人来到曲水流觞处时,见一位穿着汉服的姑娘正在为客人们漂放流觞,双耳觞杯中盛着清香的绍酒,随着曲水轻游,那醇厚的酒香泗润着往事:记得那时也就在这条婉约清亮的曲水边,沙孟海、陆俨少、田桓、钱君匋、费新我、程十发、邓白、冯亦摩、商向前、郭仲选等老书画家列坐其次,大家兴致盎然,畅叙幽怀。沙老以洪亮的大嗓门高兴地说:"兰亭书会,自王羲之后千余年来,是否有第二次,史书上没有记载过,所以我们这次兰亭书会可谓是千载难逢的盛会呀。"是呵,这些中国当代书画界的大师们,曾从"万家墨面没蒿莱"中走出,劫后余生,枯木逢春,今又得到挥毫从艺的权利,重又获得泼墨赋诗的雅兴,怎不"漫卷诗书喜欲狂"?他们那畅朗的笑声和舒展的神情,融入了千年兰亭和畅的惠风和清逸的景色,展示了一个民族的精神史已翻开了亮丽的一页。

在古朴雅致、飞檐翘角的"流觞亭"内,挂着一幅扇形的"曲水流觞图",向游人生动地演绎了王羲之和友人曲水流觞的场景,两边是绍兴名士、大书法家徐生翁撰句,由他的弟子、如今的兰亭书会会长沈定庵书写的对联:"此地似曾游,想当年列坐流觞未尝无我。仙缘难逆料,问异日重来修禊能否逢君。"据小梁介绍,1985年1月绍兴市人大决定将每年的农历三月三定为书法节,兰亭书会至今已举办了24届,并由中国书法家协会设立了中国书法的最高奖"兰亭奖",同时还在日本、美国、韩国等七国设立了兰亭书会海外分会。27年前仲春时节的一次雅集,如今已繁衍成为一年一度的国际性书法盛会,这就是文化的活力和艺术的魅力。前不久,一位友人从网上拉了一篇"从'兰亭书会'到一年一度'书法节'"的文章给我,其中有一段写道:"当年许宋奎陪钱君匋等老先生坐火车来绍兴,车上钱老就提议,这样的书法盛会应该每年举行,并当即请另两位书法家陈茗屋、王琪森执笔写下了一份倡议书。在兰亭书会上,这份倡议书得到了与会书法家的共同响应。也受到了当时绍兴地委领导的高度重视,这应该可以看作是每年一度书法节设立的前奏。"

迈过翠竹掩映、绿水相拥的一座石桥,便是整个兰亭的主体建筑王右军祠。池内清波荡漾,锦鲤戏水,此传为书圣当年洗笔处,故称"墨池"。池中建有一座小巧玲珑的墨华亭,亭旁连桥,与环廊相接。廊壁上镶有历代名家临写的《兰亭序》刻石,廊阶上供着清香四溢的惠兰,如此浓郁的书香雅韵,涵养着悠长的古意。记得当年初次兰亭书会的开笔处就设在这里,沙老首先挥毫,他以酣畅的气势、雄健的笔力写下了"清响似丝竹,真契齐古今"。辛亥老人田桓以高古朴茂的运笔写了"禊事风流"。钱君匋以潇洒的笔调写了"惠日朗虚室,清风怀古人"的狂草对联。左笔书法大家费新我以奇崛的笔势写了"名山重秀,书圣千秋"。而程十发则别出心裁,即兴画了一幅"汉姑流觞图"。此时整个书会进入了高潮,两边长廊上的中青年书法家也纷纷挥笔作书。一时笔歌墨舞、书意飞扬,"仰观宇宙之大,俯察品类之盛",真是信可乐也。历史地看这次兰亭书会,可以讲是中国书法界的春雷第一声。当时中国书法家协会尚未成立,西泠印社亦未恢复,而这次书会却在书法圣地迈出了拨乱反正的第一步,标志着书法复兴的壮丽帷幕拉开了。从此,兰亭历届书法节的开幕式和书艺笔会也就都在右军祠内举行。兰亭,成了中国书法的精神家园。

如今沙老、陆老、钱老、费老、程老等大师都归道山,但他们的精神却如这墨池之水,流芳于世,泽惠于后。

(《新民晚报》2008年12月28日)

走进宁海潘天寿故居

寂静弯曲的旧巷,苍苔蔓延的小径,把我们引向一座晚清时期古朴的老宅。黑柱朱栏的门廊上,挂着一块烫金的横匾"潘天寿故居"。此地就是浙江宁海县城关镇西北的冠庄村,一代国画大师潘天寿的出生之地。

迈过青砖铺地的堂屋,展现在我眼前的是一座典型的浙东民居,方正的天井,二重屋檐的楼房,四周回廊相连,展示着天人合一、和谐相居的古老理念。正厅坐北朝南,红色门楣上精雕着花卉人物,檐柱亦雕有狮子捧绣球,显得古雅而端庄,弥散出浓郁的艺术氛围,潘家先祖为其取名为"又新居"。1897年3月14日,就在正厅的东大房,潘天寿来到了人世。作为潘家的长房长孙,其父潘秉璋自然是欣喜万分。

据族谱记载,潘家从元初即迁来冠庄村,传衍到其父时,家境颇为殷实。潘秉璋是全村唯一的秀才,精于诗文书法。而其母亦知情达理,擅长裁衣绣花。如此良好的家庭环境,使潘天寿自小耳濡目染,得到了很好的艺术熏陶,喜爱上了书画涂鸦。但那时的私塾只可以练字,不可以画画,练字系文章课事,而画画乃不务正业。于是,小天寿只能躲在后厢房的一角,悄悄地偷着画。如今在老屋的木格雕花窗下,还放着少年潘天寿自制的树根雕大笔筒和墨砚。岁月的流光已将大笔筒滋润得十分雅致大气,当年它曾盛满了一个青涩少年的憧憬。而那幽幽的墨香,至今依然没有散去。

如今故居底楼的第一部分,已是按原貌布置成起居室。那是1920年,潘天寿从浙江第一师范毕业回乡任教,遵父之命完婚后的家庭场景。当时潘家已趋衰败,因此房中的家具也很平常。其妻吉花陪嫁时带来的一只脸盆架,至今还完好地立在原处,让人似乎可以窥见当时一位乡镇穷教师的日常简朴生活。底楼的另外几间房间,现辟为潘天寿生平图片展。一张张有些褪色的黑白照片,全面地凸显了潘天寿怎样从故乡冠庄村野菊盛开的古道走出,经过勤奋刻苦地求学问艺,在传统的书画艺苑开辟出属于自己的一方笔墨天地,被海派书画领袖吴昌硕赞为:"天惊地怪见落笔,巷语街谈总入诗。"

沿着有些摇晃的木扶梯上楼,二层的楼房有些低矮,前面数间是潘天寿作品的照片陈列。那天风海雨般的磅礴气势、简约传神的独特构图、奇拙豪放的笔触意境、瑰丽典雅的设色敷染,展示了一位大师的艺术追求。在朝南的一间房中,放着一张长方的画桌,后是一排简易的书架,这就是潘天寿当年的书房兼画屋。在那些酷暑寒冬的深夜,潘天寿时常在这里挥毫作画,研习经典。1962年,当时任浙江美院院长的潘天寿以全国人大代表的身份来宁海视察,他曾重返故居,在这张画桌前他坐了很久、很久,浓浓的乡梓情怀,深深的童年情结,使他用手轻轻地抚摸着桌面,感受着岁月的温馨。他曾深情地说过:"我从14岁起就下决心要做一个中国画家。"而这张画桌,就是他最初的起点。如今站在画桌前,通过木格方窗向外眺望,林木苍翠,山岩嶙峋的雷婆头峰清晰可见。人们在潘天寿的不少画作上,都可见"雷婆头峰寿者"的落款,这一切都是少年时记忆的再现。

从楼上下来,站在鹅卵石拼花的天井中,见正厅已洒满玫瑰色的晚霞。是呵,夕阳落照,最是忆及故人时。为了缅怀先贤,纪念先生,宁海县还新建了潘天寿广场,增塑了潘天寿铜像,从而让大师永远和故乡同在。

(《新民晚报》2009年1月20日)

梅兰芳纪念馆抒怀

　　江苏古城泰州市东城河的凤凰墩,是个绿水拥翠、景色旖旎的诗化之地。"有凤来兮",人杰地灵。闻名遐迩的"梅兰芳纪念馆"便坐落于此,从而使这个毓秀之处增添了浓郁的梨园雅韵和人文情怀。

　　沿着环境清幽、绿木扶苏的小径前行,青砖黛瓦、翘角飞檐、朱牖丹柱的"梅兰芳纪念馆"正沐浴在午后温煦的秋阳中。馆名系李先念题写,点画遒劲酣畅,气度雍容朴茂。馆门对面是青石屏风,镌刻着书坛泰斗赵朴初的手迹《踏莎行》:"州建南唐,文昌北宋。名城名宦交相重,月华如练旧亭台,请词范晏人争颂。"词意清丽典雅,笔墨秀逸华润,涵咏着泰州深厚的历史底蕴和艺术积淀。

　　迈步入门,前是一湾清波荡漾的池塘,四周花草相映、长廊弯曲。池中有一座汉白玉雕刻的梅兰芳饰演杨贵妃的塑像,水中的倒影随波光摇曳,好似弥散出生命的气息。那娇嗔妩媚的面容,那飘拂凌风的水袖,赋予人物以鲜活的性格和灵魂,至今依旧栩栩如生而风姿超然。

　　池边是一排移建的明、清古建筑,现辟为梅兰芳生平史迹展。一张张有些泛黄的老照片和一件件颇有沧桑感的实物,翔实而全面地展示了这位戏曲艺术巨擘的人生屐痕和从艺历程。泰州是梅兰芳的原籍之地,他的先辈也情系梨园,颇有艺名,后从小城北上晋京登台,谋求发展。1894

年,梅兰芳出生于北京,正是在这种深厚的家学渊源和祖传的戏曲艺绪影响下,他6岁就开始学戏吊嗓子练身段,11岁登台演出,从此在红氍毹上伴着悠扬的京胡和铿锵的鼓点,形成了风格独特、表演精湛、唱做俱佳的梅派体系,成为与斯坦尼斯拉夫斯基、布莱希特并称的"世界三大表演体系",将中国的京剧艺术推向了一个承前启后的辉煌期,并向世界展示了国剧的艺术魅力和美学风采,使京剧成为国际艺苑一道亮丽的风景。

一位诗人曾写道:家,可以随处而安。然而,故乡——永远只有一个。随着年岁的增长,梅兰芳对故乡的眷恋之情更加强烈。在展览中我见到他和太太在祖坟前凭吊的照片,那是在上个世纪五十年代中期,大师带着家人来到了原乡,拜祭先辈、看望乡亲,并在家乡的剧场内他演出了《贵妃醉酒》等四出看家戏,使家乡的父老们大饱眼福,成为小城百年来最大的梨园盛事,那殷殷的乡梓之情融入故乡的明月清风。

纪念馆的后院是梅苑,凸显了一片秀美的园林风光。奇花异草间山石相叠、回廊曲径里小桥流水,几株枝干遒劲的梅树簇拥着一座玲珑典雅的小亭,这就是著名园林专家、书画家陈从周指导设计的"梅兰芳纪念亭",简称"梅亭"。传统的亭子一般是六角或八角,而梅亭却是五角,形似一朵盛开的梅花,彰显了梅兰芳的高风亮节。梅亭后是一片郁郁葱葱的雪松林,身穿西装的梅兰芳端坐在藤椅中,右手拿书,左手持扇,正在玉思琼想。这座形神兼备的汉白玉雕像是我国雕塑名家刘开渠教授的封刀之作,将梅兰芳凝眉深思的瞬间永留故乡的家园。远处,枫叶胭红,银杏流金,在这层林尽染的时节,梅大师也许又在构想新的剧目……

(《新民晚报》2006年12月30日)

青藤书屋解读

狭小幽深的小巷，留住了半壁秋阳。青石铺成的小径，静寂得只有绿苔似还沉浸在黛色的秋梦中。巷口的指示牌标着：前观巷大乘弄。青藤书屋。一个颇有禅机佛气的住所，一个超越尘缘俗世的先贤。

在绍兴市中心参观完鲁迅故居后，还有余暇时间，我便离开了熙攘的人群、热闹的市声，左拐右转地寻觅到此。当我的脚步叩响小巷的青石路时，恍若是前世今生所约定的探访。

一方小小的庭院，数丛青枝绿叶的修竹在微风中摇曳，散发出一股郁勃的清气。几棵老桂树还留有花期后的冷香，使人感到秋意已深。一堵粉墙上，有手书"自在岩"。下面有奇石垒起的小山岩，寓意主人以墙当岩，虽身在咫尺小院，面对芥子之地，胸中自有丘壑，眼中若见山岳，凸显了一种大境界与大气魄。

一口圆井连着弯曲的小径直通圆形的洞门，上有"天汉分源"四字。入门后，便见天池一方，书屋二间。所谓的"天池"，不过是地下凿出的一个斗方水池，清波倒影，金鱼戏嬉，上有一副对联云："一池金玉如如化，满眼青黄色色真。"自有一番雅逸与生机。别有奇趣而独具魄力的是当中一根小方石柱上，赫然刻着"中流砥柱"四字，可谓是方寸之池，气度宏阔，彰显了一种傲骨与做派。

他是一位可遇而不可求的里程碑式的大师。唯其如此,他才有如此的自信与底气。徐渭(1521~1593),字文长,号天池、青藤。以书法、绘画、诗文及戏曲名世,并能运筹帷幄,参与抗倭战争。尽管他有旷世的才情,杰出的才艺,但为庙堂权贵和豪门富绅所不容,考场失意,怀才不遇,清名受辱,落魄江湖,以致发疯发狂、误杀妻子而锒铛入狱。后在友人的营救下,才免于一死,于七年后出狱,此时已五十又三。"半生落魄已成翁"的他又回到了这小小的青藤书屋,大隐隐于市。从此,放浪形骸于世间,嬉笑怒骂皆文章。从此,桀骜不驯于艺苑,恣肆汪洋出新腔。就在这贫寒穷困之寓,陋弄冷巷之地,将晚明的书画及戏曲推向了一个辉煌的高峰。

与天池相邻的天井一角,栽着一棵枝干遒劲的青藤,后以隶书"漱藤阿"题记。那青绿的藤叶在秋阳的映照下,在天井中洒下了一地斑斓的绿荫。以青藤作为自己的名号,可见徐渭的情有独钟。青藤那朴实坚韧而奋发向上的登攀精神,给老迈穷愁的徐渭多少心灵上的抚慰。

书屋坐北朝南,三开间,仅分前后室。前室有徐渭自书"一尘不到",红尘的利禄,世俗的欲望,都被这天池与青藤过滤掉了。"斯是陋室,唯吾德馨。"屋正中的题匾系陈老莲所书"青藤书屋"。自青藤在贫病交加、以斧毁面中过世后,陈老莲曾慕名来此,一住就是数年,并书题斋号,以志纪念,可见大师的心是灵犀相通的。在靠窗的墙下,放着一张明式书桌,上供有青藤当年泼墨挥毫的文房四宝,砚池中似还留有宿墨残汁,犹存大师的画风书韵。后室原是青藤的卧房,现辟为陈列厅,展出了《石榴图》、《黄甲图》、《驴背吟诗图》、《七律诗轴》及历代所出的《徐渭集》等。那苍劲豪爽的笔墨、狂放激越的气势、奇崛变形的构图、深邃丰逸的诗意,充分展示了一位大师创造的才华和创新的能量。然而这些被袁宏道惊叹为"光芒夜半惊鬼神"的天才之作,在当时却是"笔底明珠无卖处,闲抛闲掷野藤中"。这两句诗炙痛了多少人的心。是呵,命运可以不公,人生可以悲凉,但艺术却可以永恒,笔墨却可以传世。

"几间东倒西歪屋,一个南腔北调人。"这幅徐渭自书的对联,是如此幽默、调侃,当然其中也带有几分辛酸、无奈。整个青藤故居是那么局促狭小，但徐渭却可以把它经营得如此有声有色、别出心裁而小中见大、气象万千，从"自在岩"、"天汉分源"、"天池"到"中流砥柱"、"漱藤阿"、"一尘不到"，凸显了徐渭的睿智与聪慧，他对日常生活的热爱和对生存质量的追求。正是从这个意义上来解读"青藤书屋"，它正展示了中国文人的精神空间和生存形态。

（《青年报》2009年1月25日）

乡野中的"瓶隐庐"

在江南古城常熟的虞山西麓、尚湖北岸,有一座粉墙黛瓦、古朴典雅的"瓶隐庐"。四周相拥的是纵横的阡陌、青绿的田野和明净的小溪,弥散出一种幽逸清寂、归朴返真的乡土气息。两代帝师翁同龢的晚年就隐居在此。那"溪添半桥绿,山可一窗青"的景色,慰藉着一颗失意而孤傲的心灵。

"瓶隐庐"者,寓意为守口如瓶而隐匿于世矣,内中交织着多少无奈凄凉和忧患惆怅。中日甲午战争后的光绪二十四年,也就是轰轰烈烈的"百日维新"失败后的第六天,心狠手辣的慈禧太后即将翁同龢开缺贬回原籍。其时正是江南的梅雨时节,一位年届67岁的老人,踏着琴川湿润的土地,闻着尚荷雅逸的馨香,在此结庐小筑,远离尘世,清贫自守。朝对虞山的翠峰烟岚,暮听尚湖的渔舟唱晚。尽管在常熟城里翁家还有老宅"彩衣堂",但为了避嫌自律,翁同龢只是偶尔去小住一两天,"瓶隐庐"才是他朝夕相守的退思终老之地。

一条小草青葱、野花盛开的乡间小道,把我们引到"结庐在人境,尔无车马喧"的"瓶隐庐"。推门而入,小院风情宜人。一个圆镜似的池塘倒映着天光云影,小巧的六角亭内,似乎留存着主人当年吟诗的回声。在用鹅卵石铺成的小径上,有一座翁同龢拄杖伫立的雕塑,使他的身影永驻小院的四季。据陪同我们参观的常熟市文史专家钱老介绍，这池塘和小亭都是旧物，因而内蕴着原汁原味的情韵。

"瓶隐庐"共有三进院落，第一进是翁氏祠堂，供奉着翁氏先祖的画像，两边的对联为：无渐三世德，莫负百年身。凸显了翁氏以德修身的世传家风。对面是小小的轿厅，这里原先是"瓶隐庐"的大门入口。站在门外观望，庄稼丰茂，乡野四合，门楣上是翁同龢的手书"翁氏丙舍"。此处原是翁氏家族供后人上坟祭祀的暂住之所，翁同龢却把它改建为隐居之地，可见其心如止水，大悲无言。

二进院落稍大些，但也仅是平房两间。翁同龢不仅是两代帝师，而且担任过刑部尚书、军机大臣、户部尚书、总理各国事务衙门大臣等要职。一个权倾朝野的一品高官，他的养老之所竟是如此简朴，最后几年还不得不靠门生接济，他为历史留下的是一个高风亮节的背影。正中朝南的是书房，上挂横匾是他自书的"紫芝白龟之室"。当年翁同龢喜得紫色灵芝和白龟，十分钟爱，遂以题为斋名。六尺大书桌上白笺铺面，砚存遗墨，后是满架古籍，书香盎然。在后边的圈椅上，翁同龢老人正手拿书卷，端坐遐思，这个蜡像做得十分逼真，惟妙惟肖，以至我们不由得肃立止步，多想有幸聆听帝师的授课……

"此院有二宝，一是叩石，二是渫井。"听了钱老的介绍，我们在青砖铺地的院中央果然找到了一块正方形的白石板。翁同龢每逢同治帝忌日、光绪帝生辰都要跪在此石上面北遥叩，以示不二之心、忠贞之志。无论是当年顶戴花翎，还是如今一介布衣，他都未敢忘忧家国。这块被百年风雨打磨得光亮如新的叩石，树起来就是一座人格的丰碑。在书房右侧有一间矮小的起居室，紧挨着有一扇小门通外，就在门外即是一口水井，老人自题为"渫井"。熟谙宫廷内幕、太后手段的翁同龢知道，维新失败后有不少开缺回乡的老臣，不是被追杀，就是被赐死。为此，老人也作好了应急准备，一旦有什么风吹草动，老人就跳井自裁。"渫井"语出《易经》，意谓不受污染而自清之意。可见老人晚年的生活依然笼罩在死亡与恐怖的阴影中，但他依然一身铮铮铁骨、浩浩清气。

穿过一道圆形的月洞门,便是三进中的主体建筑"瓶隐庐"。这是翁返乡后在老房宅基地上新建的,并挂"瓶隐庐"匾于正中,这似乎是种姿态和独白。并自订五条约悬挂于壁间:不赴宴会,不管闲事,不应笔墨,不作荐书,不见生客僧道。老人自称"五不居士",亦号瓶生。然而,现象和本质有时会颠倒地表现。"瓶隐"者,怎能真的守瓶归隐,老人身在乡间,但依然倾听风声、雨声、读书声,关注家事、国事、天下事。1907年7月,74岁的老人在归道山前,向身边的亲属口占一绝:"六十年中事,伤心到盖棺。不将两行泪,轻与尔曹弹。"并口授遗疏:深望光绪帝励精图治,振兴中国。并委托门生张謇代书陈奏。从此,这个无名的乡野之地终因有了"瓶隐庐"而名垂青史。

如今的"瓶隐庐"尚未对外开放,依然静默低调地隐没于此的原生态,这也许更符合结庐者的本意。青山隐隐,绿水迢迢……

郭沫若故居漫笔

郭沫若故居,现已辟为纪念馆,位于北京前海西街。这是一块诗意浸厚、雅韵飘逸之地。南临古朴典雅的北海公园静心斋,东望碧波荡漾的什刹海前海,后靠花木锦绣的恭王府花园。一代诗翁文豪的晚年寓居于此,更使这里氤氲着一种钟灵毓秀之气。

走近大师,就是感悟一种情怀。瞻仰巨匠,就是体验一段历史,郭老的故居由二进院组成。第一进是个花园,虽然主人已远行,但鲜花依然姹紫嫣红地吐艳绽放,林木依然青葱苍郁地遍洒浓荫,似伴着老人依旧守望春秋。庭院中有一座圆形的小丘,形成一片小小的山林,鸟鸣虫唱,颇有野趣。石铺的小径右边,有一棵枝繁叶茂的银杏树。郭老十分喜爱银杏,称其为"中国人文的有生命的纪念塔"。1954年春,夫人于立群患重病离京治疗,郭老特地从大觉寺林场移回一株银杏树苗,起名"妈妈树",祈愿孩子们的母亲能像银杏那样生命恒久。银杏树后,一架绿意盎然的紫藤泛出一片幽静,郭老神态悠然地双手抱膝端坐在花丛中,似在聆听"妈妈树"在风中的细语,又似在构想一首新的诗章,从而使整座雕塑弥散出一种生命的气息。

走进二院的垂花门,展现在你面前的是典型的京城四合院,红柱朱牖、彩绘雀替的中式回廊连接着各个陈列室,庭院中的四方花坛种着樱花与牡丹，令人遐思无限；诗人流亡日本时，那灿若云霞、美如凝脂的扶桑之花曾给他多少精神上的抚慰。而那国色天香的牡丹，曾是"百花诗"中的华彩乐章。左右两边的居室现辟为"郭沫若的人生历程"、"郭沫若的文学世界"、"郭沫若与中国史学"展室，图文并茂、史物相映地展示了一代大师传奇而辉煌的人生。

中间的居室是郭老的书房与会客厅，至今还保持原貌。一组木把手的沙发，围成了一个温馨的会客圈，正面的墙上，挂着整六尺的巨幅山水，那豪放雄浑的笔墨、酣畅郁勃的气势、丰逸浪漫的诗意凸显了国画大师傅抱石非凡的造诣。就在这间朴实的会客厅里，郭老和来自海内外的人士倾心交谈，雅兴联谊，展示了一位杰出的社会活动家的诗人风采和人文魅力。

郭老的书房可谓是中国现代第一文化大师的空间，可依然是那么地简朴，甚至有些简陋，都是最寻常最普通的木制家具，没有一丝豪华奢侈的痕迹。左边靠墙放着一排高大的书橱，上是毛泽东手书的诗匾。右边靠墙放着一排沙发，壁间挂着一幅于立群书写的隶书体毛泽东诗。茶几上整齐地放着青布函的线装书，在主人的摩挲下，布函已有些发白。临窗放着两张拼在一起的书桌，一张桌上放着毡毯及文房四宝，似供主人随时挥毫濡墨。另一张书桌上则放着办公用品，特别是左上角放着两本装订成册的书，那是郭老心爱的两个儿子的日记遗墨。晚年丧子，白发人送黑发人，那是怎样的一种悲怆哀伤。"无情未必真豪杰，怜子如何不丈夫。"是呵，不用去揣摩老人对儿子的思念之情，仅仅是将爱子日记日夜置于案头的行动本身，就寄托了一种上穷碧落、言不胜悲的默然情怀。就在郭老坐椅后，放着一函书札，那是他在上个世纪初流亡日本研究甲骨文、金文散佚的手稿，后经日本友人的发现而赠还给他，郭老极为珍视，亲题"沧海遗粟"，从此朝夕相伴。一位"被文化所化"的老人前伴着爱子日记，后依着旅日旧物，在这里走完了人生的最后15个春秋。

（《新民晚报》2007年6月15日）

寻访厦大鲁迅纪念馆

行走在林木葱郁、鲜花盛开的厦大校园,仿佛置身于一座景色优美旖旎而精致典雅的园林。只知道这个目前唯一设在高校内的鲁迅纪念馆是在厦大的集美楼,但没有路标,问了几个同学,几乎都一脸茫然。后来专找了一位上了年纪的老师模样的先生,说大概是前面右转。

这是一座颇有闽南风格的二层楼建筑,门楣上悬挂着郭沫若手书的横匾"鲁迅纪念馆"。一楼是教室,有不少学生正在安静地自修。走上二楼,整个楼层都辟为纪念馆。尽管时光流逝,沧桑变迁,但先生当年留下的精神,却恒久弥新,令人缅怀。早在1952年10月,厦大就在原集美楼二楼先生在校任教时的寝室设立了鲁迅纪念馆室,后在全国各地鲁迅纪念馆的大力支持及周海婴先生的倾情协助下,几经调整、充实、增设,遂扩大为整个楼层共五间展室。

走进第一室,只见四壁陈列着简要而系统的鲁迅生平及思想历程的图片,犹如一部图文版的鲁迅传略。第二室是先生在厦大时的历史文物资料,尽管先生在厦大仅三个多月时间,任国文系教授和国学研究院教授,除了教学授课及社会活动外,同时撰写了17万多字的著作,留下了闪光的文学纪录。如今这里陈列着先生写于此的手稿复印件有《从百草园到三味书屋》、《父亲的病》、《琐记》、《藤野先生》、《范爱农》,这些都是鲁迅散文的名篇,日后收进散文集《朝花夕拾》。望着先生清隽娟秀、带有篆隶意绪的文字,使人能感受到先生深沉而真挚的忆旧缅怀之情、追思眷念之意。先生在厦大期间还创办了"鼓浪文学社",编印了《鼓浪》文学杂志,橱窗里的《鼓浪》杂志印刷虽然有些粗糙简陋,但它在中国现代文学史上,却是十分珍贵的。

鲁迅是以"横眉冷对"名世的,但是先生也有铁骨柔情的一面。为此他曾写下了"无情未必真豪杰,怜子如何不丈夫"的名句。而在厦门这段时间,正是先生一生中最温馨的情感佳期。第三室就辟出了极有特色的"鲁迅与许广平专题展"。研究"鲁学"的人都知道,这里曾是那部美丽而深情的《两地书》的诞生地。先生当年和许广平在上海道别,他乘船赴厦门,而许广平乘船去广州。先生在1926年9月4日晚到厦大的当天夜里,就不顾旅途疲劳,在灯下给他的"广平兄"写信,可见其情深思切,他谈了行程及初到厦大的观感:"此地背山面海,风景佳绝。"似乎是为了印证厦大景色的佳绝,一星期后,先生又专门给"广平兄"寄了厦大全景的明信片,并在背面写道:"从后面(南普陀)所照的厦门大学全景。前面是海,对面是鼓浪屿。最右边的是生物学院和国学院,第三层楼上有标记的便是我所住的地方。"此张明信片作为特别纪念品陈列着,先生的墨迹依然清晰如初,那字里行间所倾注的真情,并没有随着时光的流逝而泛黄,凸显了恋爱中的男人的情感世界是何等地丰富婉约而细腻精微,先生甚至把自己所住的地方都标上了记号。鸿雁传书,两地情思,守候了"心有灵犀一点通"的缠绵,演绎了"问世间情是何物"的美丽,锁定了"两情若是长久时"的相约。如今,这一封封两地书都集中在展馆内,大爱无极,大情无声地展示了中国近代最顽强斗士的最柔情的一面。

第四室是纪念专题室,陈列有《鼓浪》杂志"恭送鲁迅先生"专号,虽然先生在厦大的时间不长,但其独特的人格魅力和深厚的学识修养,使厦大学子与先生结下了难舍的师生之情。而最引人注目的是正中橱窗内悬挂的一幅弥足珍贵的挽联原件,这是先生1936年逝世后,厦大全体师生所赠,上书:"国步艰难,野草热风,塞外方悲烽火;斯文又丧,彷徨呐喊,何人更作导师。"丝织的挽联凝聚着曾经的悲伤,但却传导了一个时代的呼唤。

　　鲁迅当年在厦大的寝室,现已辟为第五室,室内的陈设都按先生当年居住的原貌布置。此刻,先生也许刚写完一信,带着无限眷恋走到外间长廊,观望着星空下的鹭江,放飞情思……

(《新民晚报》2010年5月18日)

巷城深处

瓦檐相衔、灰墙斑驳的小巷,显得宁静而幽逸,那么执著而坦然地负载着岁月穿越春秋。小巷深处弥散着的淡淡的薄雾,如把珍藏着的如烟往事在漫不经心间倾吐。行走在这样的小巷,能把人的心情荡涤得如入禅境,难怪扬州的别称又叫"巷城"。此刻,一个初冬的午后,冒着淅淅沥沥的小雨,我和友人踏着古城安乐巷砖铺的小径,寻觅到了位于27号的"朱自清故居"。

这是一套扬州传统的三合院式民居,共有三间两厢两进,另客座两间等。进入门堂,便是一方小小的天井,廊檐下的砖缝墙角,爬满了层层青苔,似凝聚着往昔的记忆。上堂屋正中是一长条供案,下是八仙方桌及一对太师椅。正中的板壁上挂着一轴峰峦叠翠、烟雨迷蒙的山水,旁边是一副对联:开张天岸马,奇逸人中龙。在简朴的氛围中透出清雅的书卷气。朱自清祖籍绍兴,1898年11月22日出生于江苏海州(今东海)。其父朱鸿钧于光绪二十七年(1901)由东海赴扬州府属邵伯镇上任。两年后,朱自清随全家乔迁扬州。他在这"江淮名都"共生活了13年,度过了童年和少年时代,毕业于扬州的江苏省第八中学(今扬州中学),后又在扬州教书,故他自称为"扬州人",充满了一片桑梓之情和故土之爱。就在这间不大的上堂屋中的桌边,父亲教他背唐诗宋词,而今在那"嗡、嗡"的穿堂风中,依稀回荡着一个少年稚气的诗声词调:"谁知竹西路,歌吹是扬州……"身为小吏的父亲为养家糊口而奔波忙碌的背影,成为儿时记忆的"薄薄的影子"。但烟花三月的柳色,二十四桥的明月,瘦西湖边的琼花,毕竟滋润了一个少年诗化的心灵……

1916年,朱自清考入了北京大学,从此走出了这老屋旧巷。1919年,朱自清投入了如火如荼的"五四运动",并由此开始了新诗及散文创作。后来,他又被聘为清华大学教授及赴西欧游学等,但这故乡的老屋一直维系着他的情感与人生。这小堂屋的东厢房,是父亲朱鸿钧和母亲周绮桐的卧室,而朱自清的次女朱逖先也由老人领养在此。房中墙上挂着两位老人的照片,慈眉善目地呵护着后人。而西厢房,则是朱自清的庶母潘氏带着朱自清幼小的次子朱闰生所住。展痕处处,飘泊他乡的朱自清,一直把这隐藏在江南老城深处的安乐巷,当作他可以停泊的港湾。

出上堂屋后即是第二进,现已辟为纪念朱自清的图片展览厅,图文并茂、脉络清晰地介绍了这位"扬州人杰"的一生。在侧边的小屋,陈列着一尊汉白玉的朱自清雕像,一身布衣长衫,安然而坐,昂头凝思,背景是一片景色朦胧的荷塘月色。先生可能在构想妙文佳作,又可能在遐思家乡父老。记得在北京清华大学著名的"水木清华"园的荷塘边,也有一尊这样的雕像,从京城高等学府到古城家中庭院,他"收百世之阙文,采千载之遗韵"。先生的本色是诗人。是呵,"烟花三月是折不断的柳,梦里江南是喝不完的酒,等到那孤帆远影碧空后,思念总比西湖瘦……"

从里屋出来后是大门过道,旁有一洞门,这便是朱宅的客座,系单独的两间,也辟有一小院,显得格外安静怡然,朱自清在寒暑假时常回来小住。特别是1932年与陈竹隐在上海举行简单的婚礼后,即带着新婚燕尔的妻子回扬州度蜜月,在此屋住了10多天。至今在卧室中挂有他们当年情深意笃的结婚照,而外屋的方桌上的茶具,似主人刚小憩品茗后,携手去游离家不远的亭桥烟波、柳拂画舫的瘦西湖。这段时间,也许是朱自清一生中最温馨而安宁的日子,从而涵养了他能写出"天地间第一等至情文学"的诗心文胆,也使这古城扬州,更显得文采风流……

(《新民晚报》2010年3月23日)

岳麓书院行

挟带着橘子洲头清醇的橘香,身披着岳麓山畔浓郁的苍翠,我来到了有着千年史脉文绪的岳麓书院。

始建于北宋开宝九年(976)的岳麓书院,为中国古代名闻遐迩的四大书院之一,可谓是钟灵毓秀、文采风流。然而其大门却是简朴而端庄,灰瓦粉墙,黑门红櫺,石阶低微,预示着这座知识的殿堂为"有教无类"的学子而设。大门上方,悬挂着宋真宗"岳麓书院"的御匾,两旁是"惟楚有材,于斯为盛"的对联,下为宋双面浮雕的汉白玉石抱鼓,使这千年讲院弥散出一种悠久而丰逸的人文底蕴。

进入方砖铺地的庭院,但见秋阳满地,树影斑斓,显得宁静而安谧,似营造着一种进学的氛围。这里原为礼殿,明代始建二门,正面悬挂"名山坛席"匾,下有对联为"纳于大麓,藏之名山"。纳藏之间,诠释了书院的地域风情和历史影响。过二门后,展现在你面前的即是令人肃然起敬的书院讲堂。在古代除地为坛,上设席位,以示对先生的尊重,即称为"坛席"。也许因为是皇家钦定的书院,因而岳麓书院讲堂正中的坛席高约一米,大如一个长方形的舞台,上面摆着两把红木圈式座椅,此乃为山长和副讲的席位,背景是一巨大的屏风,上面嵌刻着山长张栻撰写的《岳麓书院记》。

在中国文化史上,岳麓书院曾举办过多次学术大师的会讲活动,而其中名垂青史的即是朱熹与张栻的"中和之辩",史称朱张会讲,这可是当时国学的一次最高峰会。乾道三年(1167)的八月,朱熹一路风尘,从千里之外的福建崇安来到湘江岸边,与张栻联袂举办会讲,历时近两月,听者云集、盛况空前,"一时舆马之众,饮池水立涸"。两位文化巨擘、学术领袖的精彩会讲,使岳麓书院名震天下。"一时从游之士,请业问难至千余人,弦涌之声洋溢于衡峰湖水。"如今,讲堂内已是人去席散,唯有温馨的秋阳缓缓地摩挲着两位大师的圈椅,还有畅朗的秋风轻轻地荡漾着诸位学生的座位,使人依稀能聆听到当年的论辩之语和弦涌之声,领略到浓郁的学术氛围和深邃的文化追问。

讲堂的檐前悬有"实事求是"匾,南壁嵌有朱熹手书的"忠、孝、廉、节"四字碑,北壁嵌有清道光年间的山长欧阳厚均手书的"整、齐、严、肃"四字碑。中央悬挂两块鎏金木匾,一是"学达性天",系康熙二十六年御赐,一是"道年正脉",为乾隆八年御赐,由此构成了书院千年相传的文化定位和人文形态。

讲堂一侧为学生自修和住宿的斋舍,一名为"教学斋",门联为:"业精于勤,漫贪嬉戏思鸿鹄;学以致用,莫把聪明付蠹虫。"一名为"半学斋",门联为:"惟楚有才,三湘弟子遍天下;于世无偶,百代弦歌贯古今。"行走在斋舍窄窄的廊道上,那种幽静寂然,似令人心去浮躁而渐入思悟。当年,这里可是风云汇聚、精英荟萃、名人辈出之地,先后走出了曾国藩、左宗棠、郭嵩焘、谭嗣同、蔡锷、程潜等。

整个岳麓书院是一个庞大的古典建筑群,限于时间关系,其后的校经堂、明经堂、百泉轩及文庙、四箴亭、六君子堂、屈子祠、船山祠等,我只能走马观花,匆匆一过。最后,我登上了高高的御书楼,藏书乃是书院的"三大事业"之一,而该御书楼曾得到了历名帝王的关注与赐书,因而书香醇厚,相传有绪。凭栏远眺,已见群山绿树间,霜染的红叶已如凝脂,把这千年书院映衬得格外瑰丽。

(《新民晚报》2010年10月5日)

李叔同纪念馆禅意

碧波荡漾、天光云影的湖面上,亭亭玉立地盛开着一朵洁白而硕大的莲花,婀娜的花瓣分别伸向东西南北,在氤氲的水气薄雾中,显得空灵和合而香溢清远,给人以如梦如幻的感觉,这就是位于浙江平湖市东湖畔的李叔同纪念馆。

多才多艺、富有传奇色彩的李叔同(1880~1942),是我国新文化运动的开拓者,一代爱国高僧。原先我一直以为他是天津人,后见了他用的二方印,一为"当湖惜霜",一为"平湖后生"(当湖是平湖的古称,惜霜是李叔同的名号),方知他祖籍是杏花春雨江南的平湖,从中也感受到了那种浓郁而深切的乡梓之情。无论是天涯漂泊、海外羁旅,还是佛门行脚,青灯黄卷,乡恋是他永恒的忆念。如今祖籍的父老乡亲们在风景如画的湖畔,为他供奉了这朵带有标志性的大莲花,在临波照影中,在春风秋月里,让他的乡思有了可以停泊之地。

纪念馆外是由赵朴初题写的"叔同公园"。林木葱郁中掩映着小桥流水,桂花飘香里可见枫叶含丹。踏着醉人的秋色步入纪念馆,迎面的圆柱墙上即是李叔同圆寂前手书的"悲欣交集"四个大字,在那跌宕起伏的笔画中,在那疾涩缓冲的线条里,在那纵横开合的结构间,凝聚着这位大师高僧的一生感悟,给人以强烈的震撼与启迪。圆厅中央是一尊鲜花簇拥的汉白玉李叔同——弘一塑像,身穿一袭袈裟的大师似隐似显地伫立在红尘与空门之间,有如入世出世般超然。随后便进入一个圆形影视厅观看约二十分钟的李叔同传记资料片《月满天心》,全片分为:岁月萍踪、樱花雨、送别、生灵的礼赞、青灯、月满天心等几个章节,生动地展示了李叔同从大富大贵到大彻大悟的人生。诚如郁达夫诗曰:"远公说法无多语,六祖传真只一灯。"

拾级登上二楼,共有七个大型展厅,以照片、图像、文字等形式,全面地介绍了李叔同从豪门少年、留日学子、艺苑先驱、教席良师到佛门高僧的生命轨迹。由于我素来敬仰李叔同,因此感到这个纪念馆的内容及资料还是颇为翔实的。其中有他1907年在日本组织春柳社时男扮女装的《茶花女》剧照,亦有他与弟子刘质平、丰子恺合影照片。当我读到他写给刘质平的信中提到资助其学费,无须归还,至毕业时为止,仅他与刘知晓时,深为他的一片爱心所感动。展览中有不少他出家后云游四方的照片,足踏芒鞋,三衣破纳,一肩梵典,可谓是赤条条来去无牵挂,但眼神气度却是那么地从容安然,以凸显其惜物惜福的高行大德,真正进入了"华枝春满,天心月圆"的境界。

展馆的最后一部分是李叔同的书法真迹,其中以十六条屏《佛说阿弥陀经》为难得一见的镇馆之宝。在柔和的灯光下,陈列在橱窗里的大师手迹,显得那么秀肃持穆、幽逸澹泊,在那丰润华滋的墨色中,在那从容婉约的运笔间,弥散出雅静的气度,高迈的气韵,清纯的气宇,似天人合一而超凡脱俗,入妙通灵而返朴归真,如此集中地展示弘一墨宝,可谓是大饱眼福,弥足珍贵。

从纪念馆出来后,漫步在公园的小溪曲径,正好邂逅李叔同与他的弟子丰子恺、刘质平、潘天寿相聚在一起。已归隐佛门的先生端坐在一块山石上,弟子们则站立在一边,似聆听着先生的教诲与嘱托。整个雕塑群像细腻传神,令人遐思无限。1880年10月23日,李叔同出身在天津宦商之家,今年正好是他诞辰130周年纪念。如今大师已永驻他眷恋的当湖,伴着芳草碧连天,伴着夕阳山外山……

诗吟丹青黄歇浦

庚寅虎年伊始,为喜庆世博盛会,共迎新春佳节,"吴昌硕四代书画篆刻展吴昌硕艺术论坛"在上海浦东陆家嘴的环球金融大厦29楼举行。

在此次展览上,吴氏后裔提供了数件缶翁从未展示过的书画篆刻精品,令大家一饱眼福。同时,还请了韩天衡先生、童衍方先生及我在论坛上作了主题发言。当时我是颇有感慨的:今天在如此气派、如此现代的中国第一高楼举办此次展览,不仅显示了一种艺术情怀和文化姿态,也是对缶翁很有意义的一次人文纪念和从艺缅怀。就在我们脚下的这块土地上,一百二十多年前,吴昌硕先生曾在这里租房从艺,那时这里叫烂泥渡路,地偏人稀、环境很差,缶翁的生活亦相当艰难。而今这里却成了高楼林立、林木葱郁的金融城,华丽转身为上海的一张地标名片。如今在此再次展示吴昌硕先生书画金石,可谓是再续缶翁艺缘与夙愿,老人如地下有知,也会含笑于九泉的。

岁月的流逝,沧桑的变迁,会使记忆酿成一壶醇酒,越陈越使人回味无穷。吴昌硕先生于1844年出生于浙江鄣吴村,自他在1872年29岁时第一次随乡友金杰来到黄浦江畔后,结识了画友高邕,自此与上海结下了终生的情缘。为了从艺或谋生,吴昌硕时常往返于上海、苏州之间,并与早期海派书画代表人物任伯年、胡公寿、张熊、蒲华、钱慧安、虚谷等笔墨相交,结下了友谊。1887年初冬,他携妻儿举家迁到上海,因租房日常开销甚大，暂借在苏州河上的一条小船上。不久，由于吴昌硕时常去浦东作画，了解到浦东江边一带房租特别低廉，从而在烂泥渡路租借了两间农舍，在安顿了全家后，他又接来了正在生眼病的继母杨氏与其同住。一位未来的艺术大师及海派领袖，正式与浦东结缘，开始了他的海上生活和海上鬻艺，从而对他日后的人生情感和艺术创作产生了深远的影响。

"烂泥渡路"原称"赖义渡路"，是陆家嘴地区"赖义渡"前的一条弹格路，每到下雨天就道路泥泞，浆水流淌，因而为老百姓叫做"烂泥渡路"，时间一长也就成了正式路名，一直到上个世纪九十年代初，还保存着这条老路。吴昌硕当年移居租屋在此，已年届四十又四，他原本想凭借自己的书法篆刻及绘画才能在上海从艺养家，从而寻求进一步开拓之路。因为当时的上海自开埠后，随着社会的开放、商贸的繁荣、金融的发展，海派书画已初显兴盛之势，据1883年刊印的《淞南梦影录》云："各省书画家以技鸣沪上者，不下数百人。"如1878年7月17日《申报》登载胡公寿、张子祥、任伯年等的润格，扇面2圆一件。当时1圆大洋很值钱，可换140多个铜板，一个铜板可吃大饼油条一副，三个铜板可吃大肉面一碗。因此在吴昌硕迁居来上海的前一年1886年，任伯年正好47岁，吴昌硕为其刻印"画奴"一印，边款曰："伯年先生画得奇趣，求者踵接，无片刻暇，改号'画奴'，善自比也。"但吴昌硕就没有那么幸运了。一则，他迁居上海不久，名气并不大。二则，他的书画印风还在探索期，尚未被海上市场所接受。三则，还没有一家有影响的笺扇庄或书画斋堂为其推介。吴昌硕此段在浦东烂泥渡路生活的日子相当窘迫，他的作品也乏人问津，使他备受穷困的煎熬。

那是在一个寒风凛冽、冷雨敲窗的孟冬之夜，此时已夜深人静而寒寂枯瘦，在昏暗的灯光下，吴昌硕挥洒笔墨完成了一幅《吟诗图》，他朝手中呵了几口热气，觉得意犹未尽，又提笔写下了长跋："夜漏三下，妻儿俱睡熟，老屋中一灯荧然，光淡欲灭。缺口瓦瓶，养经霜残菊，憔悴如病夫。窗外落叶杂雨声潇潇，倏响倏止。可谓极天下枯寂寒瘦之景，才称酸寒尉拥鼻微吟佳句欲来时也。即景写图，不堪示长安车马容。远寄素心人，共此情况。"在这近乎杜工部般的白描叙述中,昌硕如此细腻而真切地展示了此时此刻他的生活场景和心理情感,这使他是终生难忘的。而后他又题诗云:"灯火照见黄花姿,闭户吟出酸寒诗。贵人读画怒曰嘻,似此穷相真难医。胡不拉杂摧烧之,牡丹遍染红胭脂。"

应当感谢枯寂、感恩寒瘦。正是缶翁有在浦东烂泥渡路的这段艰难坚守,使他终生保持了一种可贵的平民精神、节俭性格和大爱之心。吴长邺先生曾跟我说过:老人在浦东烂泥渡的生活一直铭刻在他心上,他要他的儿孙记住那段穷苦的日脚。而日后吴昌硕先生也一直热衷于慈善事业,扶贫济困。能帮助别人的,他总是施以援手,因为他也曾尝过"酸寒尉"之味和度过"饥看天"之日。

当然,在吴昌硕先生移居浦东烂泥渡路的那段时间,也有一些给他带来快乐的日子。当时浦东的一些花农们擅长培植芍药花,每到谷雨之后,姹紫嫣红的芍药花开得端庄俏美而多姿多彩,更有高手将芍药嫁接于牡丹,使花朵更大更艳,更显富丽堂皇。吴昌硕见后十分喜欢,曾作了一幅相当著名的芍药花图,并欣然题款曰:"上海浦东田家遍地皆是好事者,迻以接牡丹,其色绝艳。"也就在这段日子,他亦在诗中留下了"苦铁之苦终回甘"的憧憬。

而今,吴昌硕纪念馆又移到浦东陆家嘴绿地中心的陈桂春故居,吴昌硕先生当年为浦东所留下的诗吟丹青、翰墨金石,将为这片即将举办世博会的热土增添浓郁的人文底蕴和艺术雅韵。

(《新民晚报》2010年6月11日)

春祭吴昌硕

今年是一代书画篆刻大师、西泠印社首任社长吴昌硕（1844~1927）先生逝世八十周年，在"春到江南花自开"的时节，西泠印社组织社员赴余杭超山拜谒先生之墓，举行了隆重的春祭仪式。

超山景色清逸，林木苍翠，特别是每年嫩寒春晓的时节满山梅花吐蕊，形成"梅乡十里香雪海、清芬弥漫溢青山"的奇观，特别是名刹报慈寺前有一株宋代凸梅，花开八瓣，香压群芳，可称梅王。余杭超山从而和苏州邓尉、杭州孤山并称江南三大梅坞。吴昌硕一生爱梅、画梅、咏梅，自称"梅知己"。随着年岁的增长，他的恋梅情结更加浓烈，以深情的笔触写道："十年不到香雪海，梅花忆我我忆梅。何时卖棹冒雪去，便向花前倾一杯。"老人与梅花已是梅我合一，难舍难分，因而在其暮年，曾先后五六次赴超山探梅观花。1927年，这已是老人生命的最后一年。时值初春，由于上海闸北兵乱，时在余杭塘栖任局长的吴昌硕三子吴东迈将老人接到塘栖暂住。老人听闻超山梅事热闹，不顾自己年迈体弱，欣然偕儿孙赴梅乡观赏游览。在那株枝干遒劲、疏影横斜的宋梅下，老人驻足伫立，思绪翻澜，他指着报慈寺侧、宋梅亭畔的坡地嘱其儿曰："如此佳地，百年后得埋其间，亦为快事。"老人的夙愿是归隐梅林，冷香永伴。

而今我们踏青春祭先生，尽管已过了梅花盛期，但数株晚梅还散发着缕缕余香，先生并不寂寞，那满树红艳的桃花、纤丽的梨花、清雅的杏花、柔美的樱花等依然相伴着先生。在墓地的入口处，有一座古朴方正的石亭，上悬书匾为"宋梅亭"。两边的亭柱上镌刻着吴昌硕先生手书的对联："鸣鹤忽来耕，正香雪留春，玉妃舞夜。潜龙何处去？有梦猿挂月，石虎啸秋。"站在亭内观望，环山景色尽收眼底。此亭由吴昌硕的好友周梦坡于1922年所建，老人来超山探梅，常小憩于亭中，那幽逸的冷香时常飞进老人的笔端诗中乃至梦里，老人曾无限眷恋地以诗诉情："生前知己许寒梅。"他认为自己的前生也许就是超山上的一支梅。

沿着弯曲的小径前行，只见先生在春阳的映照下气宇轩昂地临风依山而立，似在赏梅行吟，似在闻香遐思。尽管这是一尊石雕，但老人的身材并不高大，他一袭布衣长衫，面容平和，然而他所焕发的艺术创造力及人格魅力，却超拔伟岸。并不很长的甬道两边，对称地放着10只青石雕出的仿先秦石鼓，这是前几年墓地重修时所安置的。吴昌硕一生钟情于石鼓，曾在诗中自言"曾抱十石鼓"。老人以石鼓的气势气韵为原创，融入刀笔，终成巨擘。而今将石鼓和老人相守，也可让老人在鸟语梅香之日或月白风清之夜能赏读临写。登上数十级台阶，便是先生的安眠之地。"安吉吴昌硕先生墓"碑由先生的入室弟子诸乐三所题，两边放着鲜花圈。春祭由西泠印社副社长郭仲选先生读祭词，尔后是全体社员向他们首任老社长三鞠躬，气氛肃穆而庄严。仪式结束后，我和几位同仁在先生墓前摄影留念。墓坊两边的石柱有联曰："其人为金石名家，沉酣到三代鼎彝，两京碑碣；此地傍玉潜故宅，环抱有几重山色，十里梅花。"撰联者是吴昌硕的乡亲、前翰林沈卫，可谓是知音知遇之言。

春祭后，在紧邻先生墓地的大明堂上举行了笔会，一时笔花飞舞，翰墨飘香，氤氲中犹见先生当年在大明堂上挥毫作书绘画，此艺风雅韵犹如堂前古梅，清香永传。

昌硕故里鄣吴村

人间四月天的江南,大自然的色彩有些奢华,粉红的桃花映衬着金黄的菜花、大红的茶花衬托着鹅黄的迎春,仿佛如一幅五色缤纷、水墨晕染的国画。值此时节,我与吴昌硕的重孙吴超及王一亭的重孙王孝方赴浙江安吉拜瞻一代海派书画领袖吴昌硕先生的故居。

安吉鄣吴村是个历史悠久、人杰地灵的古村名镇。它安谧幽然地静卧于竹海苍翠、溪水清碧的山林之间,似有超脱红尘、远离俗世的隐逸之感。吴昌硕的故居就在绿树掩映的村落中间,屋后是峰峦奇秀的金华山,与之遥相对应的是山势逶迤的玉华山,而屋前的鲤鱼溪则在春阳的映照下泛出碎金般的光泽。依山傍林、两峰相拥,前有活水,可谓是风水绝佳之处。当地的《竹枝词》曾写道:"行到吴村香雨亭,柳丝斜拂酒旗青。玉华、金华双峰峙,流水落花出晚汀。"迈步进入故居,前是一座古朴斑驳的明代三孔石桥,横跨于半月形的小池上,当地人称为"状元桥",又曰"四进士桥"。据史料所载:吴昌硕先祖乃淮安望族吴谨,南宋初年为避战乱而乘舟泛水,卜居于鄣吴山下。至明嘉靖年间,吴氏家族曾先后有四人成为进士。这就是《明史》上有名的"父子兄弟四进士"。桥下潺潺流水,不仅诉说着那远去的辉煌,也涵润着一个家族的人文脉络。

门楣的题匾"吴昌硕故居"为其孙吴长邺所书,笔画遒劲酣畅,颇有缶翁遗韵。故居分为前后二进，第一进为平屋，粉墙木窗，青砖铺地，传导了淳朴的家风。现已辟为"吴昌硕在家乡的展室"，简要地介绍了吴昌硕的家世和简历。右边墙上挂着《吴氏世系图》，墙的左边陈列着"文革"时期出土的"吴氏父子四进士"的墓碑，而那块"吴麟墓志铭"的残碑，则是明代大学士、大书法家文徵明所书，其中隐藏的也许是大师与大师的艺缘文脉及曾经的相约相望。

穿过二道门，便是一个小天井，虽为枣栗之地，但却是吴昌硕童年时的乐园。其后就是三间楼房，系吴昌硕故居的主体建筑。当中是客厅，堂上布置典雅简洁，雕花长案上是一幅《紫藤》，两边是一副对联：诗书画而外复作印人，绝艺飞行全世界；元明清以来及于民国，风流占断百名家。弥散出一派书香之气和儒雅之风。左边是吴辛甲夫妇的卧室，窗外的一束春阳抚摩着一张古老的雕花架子床，泛出岁月的氤氲之气。清道光二十四年八月初一（1844年9月12日），吴昌硕就出生在这张古床上。那几块木纹清晰的床板，是那么荣幸地承载了一代大师的降临。那一声响亮的婴啼，似也宣告了鄣吴古村将穿越历史，闻名遐迩。

尽管吴家到吴昌硕的父辈时已家道中落，但诗文传家之风依然相袭，吴昌硕的父亲吴辛甲精于诗文，尤爱金石篆刻。因此，在二楼吴昌硕简陋的书斋内，笔墨和刻刀相伴，旁边还有一块一尺见方的古砖。年少时的小昌硕不仅随父亲开蒙识字，还跟着父亲捉刀刻印。由于他外貌瘦弱，生性文静，又喜好长时间伏案在方砖上练字或刻印，所以村民们及小伙伴们笑称他为"乡阿姐"。他在72岁时曾刻了一方闲章："小名乡阿姐。"边款为："老缶小名乡阿姐，幼时族中父老尝呼之以嬉，今不可复闻矣！追忆刻及。"从中流露了他深厚的乡梓之情。后来，吴昌硕常在他的书画得意之作上，钤有他手刻的"古鄣"印。乡恋，成了他相伴终生的情结。

程十发壶上书画

紫砂壶可品茗润喉,可观赏怡情,可收藏雅玩,因而受到历代文人雅士的珍爱,壶上书画也随之兴起。道光年间的海上文人书画金石家瞿子冶就精于此道。他的壶上之画构图严谨,笔触生动,妙趣横生。而"西泠八家"之一陈曼生的壶上书画,更是简约典雅,气韵清逸,诗情弥漫。其后海上书画家任伯年、吴昌硕、王一亭、虚谷、吴湖帆等人亦各呈异彩,使方寸壶间,气象万千。

笔者喜好收集壶上书画,记得上个世纪九十年代末,我到著名画家、上海中国画院院长程十发老在吴兴路的"三釜书屋"拜访,见发老正埋头在拳头大的小宣纸上作壶上书画,便站在一边欣赏,只见发老屏气凝神,用一枝小黄狼毫笔一丝不苟地精心勾勒。待发老画完最后一笔后,才长舒了一口气,感叹道:"壶上作画,蛮吃力的。"尔后,发老和我聊起了明清及民国年间海上的壶上书画:当时的铁画轩、葛得和、陈鼎和、吴德盛等壶庄专门用高薪聘用了名家壶师,如冯桂林、吴云根、裴石民、王寅春、朱可心、顾景舟、蒋蓉等人,而顾景舟、蒋蓉就是城隍庙铁画轩的专职壶师。而当时上海著名的魔术家莫吾奇就专门聘了裴石民为私家壶师。这些壶艺名家继承了明清传统,请当时上海的一批著名书画家壶上施艺,从而提高了紫砂壶的品位和身价。此艺绪流风一直延续至今,发老当时就是应宜兴几位高级工艺师之邀，为他们创作壶上书画。

发老见我对壶上书画感兴趣，就从画稿中挑选了一副（一画一书）赠我，并幽默地讲："这画稿还没有上壶，效果如何还不晓得，只好算半成品，但让侬看看也不碍的。"说实话，这是我第一次收藏到大师级画家的壶上原创画稿，自然十分珍爱而高兴。

发老此幅壶画"江上行舟图"可用"三精"来概括，即构图精湛、用笔精细、立意精妙，体现了独特的功力和深厚的造诣。壶画以特写镜头般的画面，截取了江上惊心动魄的一段场景：风急浪高，波翻涛卷的江面上，一叶孤舟正艰难地前行，那个头戴竹笠的老艄公手撑竹竿，与狂风巨浪奋力拼搏，两只勇敢的海鸥似乎正伴着老艄公鏖战险涛。发老以灵动跌宕的笔触，起伏变幻的线条，劲健恣肆的气势，真正将波诡浪谲的江景表现得酣畅淋漓，充分展示了"程家样线条"的表现力与传神性。在构图上，发老颇为睿智地将惊涛骇浪作为前景，而将孤舟船翁作为后景压缩在一隅，从而更突出了江景的险峻奇谲，营造了一种"骤雨旋风声满堂"的氛围，同时拓展了画面的纵深空间和视觉张力，使壶上绘画具有艺术的整体构想和审美语境。可谓盈寸天地，风光无限。

发老的书法自出机杼，风格鲜明，与此壶画相配的壶书"君看一叶舟，出没烟波里"，不仅画龙点睛地凸显了绘画的主题，而且充分展示了发老翰墨之美的魅力，其运笔篆隶相融，行草相间，显得古朴丰茂而格高韵清。其线条婉约灵秀，珠圆玉润，显得潇洒飘逸而绮丽多姿。其结构稳健雅致，疏密畅朗，显得和谐生动而张弛有度，系难得的壶上书法经典之作，"如云鹄游天，群鸿戏海"。

壶上书法，又称壶铭，其和壶画一样，要以"三切"为上，即切壶、切茗、切意。发老的壶上书画深得其真谛神韵，充分展示了"三切"的审美特征。"江上行舟图"和"君看一叶舟"当铭刻于壶上，持壶者观图赏书，领略着浪奔涛涌中孤舟船翁的拼搏，出没烟波中的历险。而今却小憩雅坐，闻香品茗，颇得禅悟，充分感受了人生在波澜后的安闲、惊涛后的恬静、曲折后的平逸。

（《解放日报》2009年1月9日）

兰亭一夜忆陆翁

"此地有崇山峻岭,茂林修竹,又有清流急湍,映带左右。"

公元353年的暮春,在烟雨江南绍兴兰渚山畔的兰亭,一代书圣王羲之邀集了友人谢安、孙绰等42人在此曲水流觞、饮酒赋诗。为纪念这次修禊雅集,王羲之挥笔写下了日后被尊为"天下第一行书"的《兰亭序》。从此,兰亭成为闻名遐迩的书法圣地。

公元1981年的4月7日,绍兴市邀请了全国50多位书画家举行了首届"兰亭书会",这是一次现代书法史上的盛事。通过这次书法"朝圣",标志着一个书法新时期的到来。参加书会的有蜚声艺苑的沙孟海、陆俨少、田桓、钱君匋、费新我、程十发、邓白及郭仲选、沈定庵、刘江、候镜昶、萧平、朱关田等。我与兆基、茗屋兄亦躬逢其盛。最令人难忘的是在这次雅集上,使我有幸与当代著名山水画家陆俨少先生作了一次春夜长谈。

魏晋时期,诚如鲁迅先生所言是"人的觉醒"与"文的自觉"的年代。当年王羲之与友人的兰亭修禊雅集,乃是一种民俗。"是日也,天朗气清,惠风和畅。"那"一觞一咏,亦足以畅叙幽情"的诗意,那"仰观宇宙之大,俯察品类之盛"的潇洒,那"虽取舍万殊,静躁不同,当其欣于所遇"的豪放,都在"矫若游龙"的笔墨中得到了酣畅淋漓的抒发,由此孕育了独特的兰亭文化,传递了一种深邃的笔会人文精神。

而1981年,也是一个相当特殊的年代。尽管当时已大地回春,改革开放的春潮亦在萌发涌动,但十年浩劫所造成的极大创伤很难一朝平复,当时的艺术家聚会及文化活动是不多的。正是在这样一个背景下,沙孟海、陆俨少领衔的书画家们相会在兰亭鹅池边,重祭书圣,再续笔会,使灾难深重的艺苑拨乱反正、重吐芳华,自然是振兴之举。由此开创了新时期书法界"人的觉醒"和"笔的自觉"的时代,从而将"兰亭书会"延续至今,影响遍及海内外。

那时绍兴刚刚撤县建市,沙孟海、陆俨少等老先生和我们一样,都住在离兰亭不远的原县委招待所,条件很是简陋,没有电视,也没有空调。记得那天吃过晚饭后,我见时间还早,就到陆俨少先生的房中小坐。衣着朴素、为人和善的陆师母热情地为我倒了一杯茶。我问陆先生近来身体如何,陆先生用浓重的上海嘉定口音说:"还可以,只是现在还有些春冷,因此支气管有些发炎。"难怪陆先生在外套外,还裹着一件厚厚的呢大衣。接着他又补充说:"这次兰亭书会我还是要来的,借这个机会,会会多年未见的一些老朋友。"十年动乱中,老艺术家深受其害,而今他们能劫后重逢,自然是难得幸会。因此,我在兰亭书会开幕式上见到陆先生拉着费新我先生的手久久没有松开。

"陆先生近来在忙些什么?"听了我的问话,陆先生答道:"哦,接下来在5月份我在香港要办个画展。"接着他感叹地说:"平时画画还可以,办画展许多画放在一起就要有变化了,所以要动些脑筋,蛮吃力的。"此次画展是陆先生平生第一次到海外办展,在香港引起了极大的轰动,使海外画坛领略了一位当代山水大师的艺术风采,由此奠定了北李(可染)南陆(俨少)的艺界地位。在这人间四月天的春夜,大师对日后的辉煌与盛名,显得十分平静与坦然。

陆家山水的重要特征之一是线条的高古朴茂与遒劲灵动。我请教陆先生如何提高线条的表现力,陆先生想了想,直率地讲:这好像没有什么窍门,就是用好一支笔,一笔笔认真踏实地画,功到自然成。我画山水,小至册页大到整六尺,都是用一支中白云一笔笔地画出来的。如此的功力与造诣，"陆氏线条"才入妙通灵，难以企及。可见陆先生是始终恪守着其老师冯超然的遗训："名利不可重，学画要有殉道精神。"看来大师是远离浮躁与功利，注重于修炼与悟道。

此时，窗外秀丽而苍翠的兰诸山披着一层轻纱似的朦胧月光，空气中飘散着幽雅的兰香，山溪中起伏的蛙鼓和着夜鸟婉约的鸣唱，使这春之夜显得宁馨而清逸，也把我们的心情泅润得格外的畅朗。陆先生和我一边喝着清茶，一边尽兴交谈。由于我当时正在搞中国艺术史的研究，而潘天寿先生撰写的《中国绘画史》是一部重要的专著，于是便问了一些潘先生在浙江美院任院长时的一些情况。陆先生坦诚地说："潘天寿先生在中国画学科的建设上，乃至在书法篆刻专业的设立上，都作出了重大的贡献。"我知道潘先生与陆先生是好友，1962年，身为浙江美院院长的潘先生排除了种种困难，力邀陆先生到美院任教，使当时身处困境的陆先生不仅在生活上、经济上得到了改善，而且更重要的是为陆先生提供了一个短暂的安身立命、可以专心致志地创作教学的环境。一位大师在那种艰难岁月力所能及地保护了另一位大师，从而使"陆家山水"传授学子，衣钵有续，得以弘扬。

当我们的话题转到了潘先生晚年在"文革"中的蒙难时，陆先生的语气变得沉重了："潘先生在'文革'中真是吃尽了苦头，被批斗、抄家、殴打，后来又被隔离审查。由于生了重病，才被放回家中。当他回到屋里时，太太何愔问伊（他）抄家时留下的几方图章还要吗，潘先生已伤心到极点，他想也不想地一口回答：统统磨脱！然后跌跌撞撞地走到院子里的水门汀地上，用尽全力推磨印石。"我记得当时画界传说是潘先生在落雪天被造反派强行批斗，仅让他穿一件旧棉毛衫，从此一病不起。我问陆先生是否是这样时，陆先生说："主要是学校中的造反派将潘先生押回老家浙江宁海批斗，潘先生是极有自尊的人，这次回乡批斗，对他精神上打击是太残酷了。在回杭州的火车上，他就在一张小纸上写了一首诗：'莫嫌笼絷狭，心如天地宽。是非在罗织，自古有沉冤！'此后他就一病不起，直至含冤去世。"

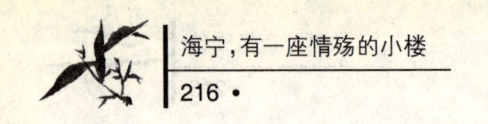

就在这样一个远离尘世的兰亭春夜,聆听着曲水流淌的潺潺清音,劫后余生的大师在谈到另一位大师的命运时,内心的波澜和命运的感叹是难以言表的。特别是陆先生说到潘院长蒙难时的痛苦表情,是那么地真切,惺惺相惜,知音相怜,令人为之动容而刻骨铭心。

　　当时我还是一个二十出头的小青年,和陆先生的谈话完全是无拘无束的漫谈聊天,陆先生的和蔼、平易、直率,使我把他视为一位可敬的长者。现在想来,我却是受到了岁月的垂青,在不经意间,和一位大师进行了一次零距离对话。在纪念陆俨少先生诞辰一百周年时,谨以此文,聊表纪念。

(《文汇报》2008年9月29日)

君匋先生赠书漫忆

闲暇时，我常会翻阅一些自己收藏的名人赠书，借以"故书不厌百回读，熟读深思子自知"。同时也聊以缅怀前辈尊师及友人同道，让回忆温馨曾经的时光。最近，偶寻到著名书画篆刻家钱君匋先生28年前所送我的两本书，一为《嗨庵书话》，一为《回忆鲁迅先生的美术活动》。

尽管钱君匋先生（1907~1998）晚年的大名是锁定在展示生命积淀、凸显功力修炼的书法、绘画、篆刻三艺上，然而在三十年代的文坛艺苑上，钱先生还是一位相当活跃的诗人、散文家、音乐家和封面装帧家，曾和鲁迅、郭沫若、茅盾、巴金、叶圣陶、丁玲、丰子恺、刘半农、戴望舒、汪静之、吴湖帆、潘天寿等人交往，特别在封面装帧界，可谓是一代翘楚，佳作荟萃，作出了相当的贡献。记得在1980年12月至1981年初，由北京中央美院和中国出版工作者协会先后在北京、上海举办了"钱君匋作品展"，分为封面装帧、国画、书法、篆刻四大部分。这个展览在八十年代第一春产生了较大的社会反响，犹如报春的烂漫山花，向人们展示了"无边光景一时新"的愿景。特别是钱君匋先生当时尽管已七十有三，但他却以饱满的精神、喜悦的心情投入展事。可以这样说，这次展览后，钱先生真正焕发了艺术上的第二次生命，进入了晚年丹青翰墨的高峰期。

为了介绍"钱君匋作品展"，我在1980年的11月底，即钱先生赴北京之前访问了他，并在 1980 年 12 月 6 日的《文汇报》上发表了《抱华精舍观画》一文。1981 年元月，钱先生从北京回上海，接着就准备在上海的展览，我再次拜访了他。记得当时钱先生还尚未落实住房政策，居住在重庆南路的一幢老式楼房的二楼，空间很局促狭小，但钱先生在谈到此次北京之行的展览时，很是高兴，说是参观的人很多，还见到了不少走出寒冬的老朋友。那天钱先生显得精神矍铄，谈兴甚浓，特别回忆了他当时在封面装帧界的不少趣闻轶事。谈着谈着，他站起身从背后桌上的一堆书中取出两本，"噢，最近我的老朋友唐弢出了一本《晦庵书话》，是请我作的封面装帧，还有一本是《回忆鲁迅的美术活动》，两本书送给你。秀才人情书两本。"他幽默地说完后，即提笔在《晦庵书话》的扉页上题写："琪森同志惠存。君匋。一九八一年元月。"

在与钱先生的交往中，我知道他平时送人字画较多，书则送得很少。因此这两本书对我来讲显得很珍贵。《晦庵书话》1980 年 9 月由北京生活·读书·新知三联书店出版，后来在全国书籍装帧评比中，荣获唯一的一等奖，再次显示了"钱封面"的造诣。本书的封面装帧典雅古朴而大气秀逸，既保持了钱先生擅长以图案设计的传统风格，又展示了颇有现代意识的变形抽象意绪。上是起伏的水波，下是一支稻禾，左右对称的是两只回首观望的黑天鹅。色彩也十分简约，仅用了灰、黑、咖啡三种，具有一种悠然的沧桑感和浓郁的怀旧味，令人味之无极。据钱先生当时介绍说这幅图案实际上早在三十年代就画好了，一直觉得没有什么合适的书相配，从而在珍藏了五十年后，终于对上号了。而《回忆鲁迅的美术活动》一书，由北京人民美术出版社 1979 年 6 月出版，责任编辑是沈鹏、杨纯如。书中收录了许广平、许寿裳、江丰、内山完造、刘岘、陈烟桥、敕少其、司徒乔、郑振铎及钱先生的《忆念鲁迅先生》。文中回忆了他于 1927 年 10 月在开明书店与鲁迅的第一次见面，尔后是同学陶元庆陪他到鲁迅在横滨桥景云里的家看汉画像拓本，文中最后还谈到鲁迅所译的《思想、山水、人物》一书中有一处误译，钱去信提出后，鲁迅第二天就回信（《鲁迅书信集》192 页），此种实事求是的谦虚态度，令年轻的钱君匋很受教育。此文原刊于

1961年9月24日的《文汇报》。钱先生曾不止一次地和我谈过他与鲁迅先生的交往,在往事的追忆中,充满了对鲁迅先生当年对他帮助、扶持的感激之情。他抚摸着书的封面说:这篇文章是我第一次比较全面地回顾了与大先生(当时他和陶元庆等青年艺术家都尊称鲁迅为大先生)的交往,给你作参考资料吧。当时我正准备撰写钱先生的书籍装帧文章,他的这篇文章为我提供了宝贵的第一手资料。后来我写的《钱君匋的书籍装帧艺术》一文,刊于1981年3月28日的《解放日报》副刊头条。

岁月倥偬,钱先生归道山已有十一年了。我总感到像钱先生这辈深受"五四"新文化运动思想浸染的文艺家,他们身上所体现的人文理念和从艺精神是永远值得缅怀的。

(《新民晚报》2009年3月8日)

雅兴清玩大石斋

岁月似静水流深,会将不少记忆和往事过滤或陶洗,褪尽铅华,去其虚幻。夏日的午后,选用了一把朱泥的石瓢,壶壁上有秀丽婆娑的翠竹两三枝,壶铭为:竹里清风竹外尘。落款:杭人唐云书画并题大石斋。这是四海兄赠壶,然后请唐老赐笔。往事也像清碧的茶汤一样,滋润着茗香盈袖、墨韵清溢的日子。

海派书画家中,唐先生的潇洒超拔、率真旷达是相当出名的。记得二十多年前到唐先生的大石斋拜访,他端坐在画桌后的太师椅上,面前放着一套古朴精致的紫砂壶具。"吃茶,吃茶。"他用一口浓郁的杭州话热情地招呼道。唐先生平生嗜酒嗜茶,晚年因健康原因,酒是受到严格控制了,但茶却依然是不可一日无此君。而且唐先生的茶叶是家乡上品的龙井,水是友人从虎跑泉送来的,可谓是"虎跑泉好,龙井茶香"。到大石斋喝茶,成了一种诱惑与享受。趁着唐先生为我斟茶的间隙,我一看他手中的那把壶竟是大名鼎鼎、价值千金的曼生壶,便本能地讲:"唐先生,你用曼生壶泡茶?"潜台词就是:万一摔了可怎么办,这可是珍藏级的古玩名壶。"嗨,古玩、古玩,就是要玩的嘛。"他挺坦然地说着,边用手摩挲着包浆温莹玉润的曼生壶。此种做派,大气而又有境界。此刻,我望着他背后墙上的那副弘一法师所书对联:欲为诸法本,心如工画师。唐先生作为一名真正意义上的大收藏家，他的这种对古玩的认知和践行，是进入了一种观自在的层面，是经过多年修炼后所达到的"法本"展示。

"古玩就是玩的。"在收藏界具有经典的意义，凸显的是"人的自觉"和"物的觉醒"。玩的过程，实际上就是体验、鉴赏、发现、研究的过程。唐先生对中国古代书画，特别是明清诸大家的精深鉴别，对明清紫砂名家的系统了解等，一般人是难以望其项背的。而这一切，都是他在这乐此不疲的"玩"的经历中曲径通幽、登堂入奥。为此，唐先生十分喜欢自制壶铭，是他把"玩"的心得都倾诉于其中。当年，我曾看到他在一把壶上题曰："欲乞东陵种，何人忆故候。凭君范一个，拓我小窗幽。"表达了他对所"玩"之物真实情感和心灵沟通。所以，他常把自己身边的古玩，如明清绘画、书法、紫砂壶及古砚、案头清供等慷慨地赠送给他的朋友和学生，让大家一起分享古玩的欢乐，共同拥有把玩的雅趣。而朋友和学生们也常将自己收藏的古玩拿来请他鉴赏，和他一起同乐。当年在大石斋内弥散的那种雅兴清玩、藏品互赏的氛围，至今令人怀缅。唐先生是十分看重友情的，系侠骨柔情之人。他曾说过："人生之欢，莫过于结交；人生之苦，莫过于失友。"全国解放不久，他的好朋友若瓢和尚在香港贫病交加，他带着120多幅画到香港办展，销售所得15根金条，12根给了若瓢，自己留了三根作为盘缠回到上海。唐先生坦言自己一生离不开朋友，否则的话，不只是创造不出好作品，连生命都要枯萎的。为此，他和郁达夫、傅雷、林风眠、唐大郎、陈蝶衣、苏渊雷、白蕉、钱瘦铁、来楚生、邓散木等人的友情衍生出了不少动人的传说。

唐先生是个性情中人。说实话，在过去那个年代，那种环境，能像他这样本色地活着，本真地行着，真是不容易。唯其如此，他不去盘算这些古玩明天可以增值多少，可以拍卖多少，他看重的就是古玩是"玩"的。所以，他能做到心无挂碍、心迹双清地"玩"。坦坦荡荡、潇潇洒洒、自自在在地"玩"。他曾说过做人是苦的，人生下来第一声是哭而不是笑。为了改变这种宿命的轮回和红尘的无奈，他才寄情于古玩之"玩"，为人生增添一些色彩和内容。唐先生有一方汉代"长乐未央"瓦当砚，题铭

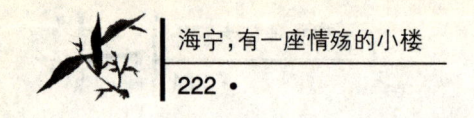

为:"得寸田,斯力食,长守缺,乐无极。"他曾抚砚感叹道:此汉砚已有两千多年,人的一生与它相比是太短促了。一切都是过眼烟云,要的就是开心快乐。他那种外禅而内儒,名士本色自清真的性格,成为一道独特的人文景观。

(《解放日报》2010年9月24日)

第六辑
魂牵梦绕香巴拉

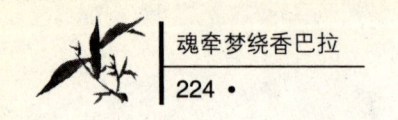

魂牵梦绕香巴拉

如果说云南迪庆的香格里拉，是"心中的日月"，那么，四川阿坝的香巴拉，则是"人间的仙境"。去年金秋十月，当我们乘坐的旅游巴士进入阿坝藏族羌族自治州时，在崎岖险峻的盘山公路，在云雾缭绕的藏羌村寨，在青碧晶莹的大小海子，在林木苍莽的深山峡谷，时常可以看见一块块彩画的旅游宣传牌，上面醒目地写着：走进阿坝，走进了香巴拉。

我们的导游卓玛姑娘虽然皮肤黝黑，但却明眸皓齿，性格开朗阳光，为人热情友善。她给我们解释说香巴拉就是藏人心中向往并追求的"理想净土"和"快乐坛城"。后来，我们在参观阿坝地区一些藏传佛教寺院时，果然见到了不少绘有香巴拉图景的古典壁画、重彩的唐卡和立体坛城形象，洋溢出浓郁的祈祥赐福氛围，使大家领略了这香巴拉仙境之地的纯净和美丽，感受了独特的藏族人文风情，从而大大提升了旅游的文化含量和诗意情趣。

阿坝的藏寨，大都依偎在山谷中，或是安卧在缓坡上，四周是群山相拥、林木相掩，古朴静谧而清穆安逸，仿佛如远离尘世的桃花源，难怪有香巴拉之称。那些擅长摄影的"驴友"们来到此，好像进入了现场摄影大赛场，手指像装了弹簧那样在快门上跳动，并不时发出"太漂亮了"、"太美了"的赞叹。的确藏寨造型雄健大气、结构严谨庄重、线条简洁流畅、色彩亮丽浓郁。其木梁构架和屋檐都为鲜红色，墙体均刷成白色。而房角则高突外翘，显得气势昂扬。从下往上观看，整个建筑色彩对比明快热烈，而造型则犹如虔诚的佛教徒在正襟盘腿、打坐诵经，正憧憬着那美丽的香巴拉，令人魂牵梦绕。

　　居住在这里的藏民都很好客，当我们在导游卓玛的带领下到一户藏民家作客时，穿着藏袍的男主人为每个客人斟上了清香甜美的酥油茶。我见他的妻子和几个女儿都穿着五彩缤纷的藏裙，戴着五光十色的珊瑚、玛瑙珠，满脸喜气，就问卓玛：他们家要办喜事呀？卓玛听后，笑着摇摇头说：他们刚刚秋收完，今天晚上要到山坡上去燃篝火、跳锅庄、庆丰收呀。要不是今晚要急着赶路，我们真想留下来，参加这一年一度的香巴拉锅庄晚会。据有关史料记载，阿坝在很早以前就有藏民栖息，由于这里气候温和，风景优美，大片土地适合农耕和放牧，不少藏民在这里定居了下来。《安多政教史》载，唐贞元年间，即公元8世纪末起，吐蕃赞普赤松德赞从部队中选拔了将领带着部属屯驻在吐蕃与霍尔交界处的阿坝，形成了阿坝人口的第一次增长高峰，在上、中、下阿坝地区出现了多个大型藏寨集群，从此这里水草肥美丰茂，青稞如浪翻金，牧歌悠扬嘹亮，成了人间仙境的香巴拉。于是，古老的藏谣唱道："这里花长开，水长清。庄稼总是在等着收割，甜蜜的果子总是挂在枝头……"

　　如今，在这场8.0级的汶川地震中，整个阿坝地区遭受了重创，一些藏寨被震塌，山体滑坡，林木被毁，原本美丽的香巴拉遭受了一场劫难。但生活在这里的藏、羌、汉、回等各民族的兄弟姐妹同舟共济，守望相助。在全国乃至世界各国人民的支援帮助下，灾难一定会过去，家园一定会重建，香巴拉也一定会雨过天晴，更加光彩照人。前些天，我终于联系到了卓玛，她的嗓音虽然有些疲惫，但语调依然乐观，她告诉我说：在这场地震中，她的家人仅受了些伤，而她当时正带着一个旅游团队在赴九寨沟的路上，后在子弟兵的营救下终于回到了都江堰市，现在她正在家乡茂县参加灾后重建，一切都会好起来的。我除了向她遥致慰问外，还向她提议让我们在电话中一起唱一首她曾教给我的《香巴拉并不遥远》，以向灾区同胞

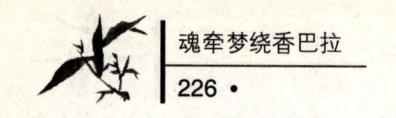

祝福。电话那头首先响起了那深情悠扬的歌声：

"有一个美丽的地方，人们都把它向往。那里四季长青，那里鸟语花香，那里没有痛苦，那里没有忧伤。她的名字叫香巴拉，传说是神仙居住的地方。香巴拉并不遥远，它就是我们的家乡……"

（《新民晚报》2008年6月13日）

寻访在茶马古道

在那崇山峻岭、雪谷冰峰间,在那大河排空、林深路险里,滇藏高原上的茶马古道,挺起坚韧不屈的脊梁,逶迤默然地穿行在远去的历史和悠长的记忆中,那古老苍凉得像天籁之音的茶马歌谣:"黑茶一何美,羌马一何殊……"至今依然萦绕在山寨碉楼月明星稀的夜晚。

正是柳眼梅腮、莺飞草长的初春时节,我再次来到了云南丽江的纳西古城,在领略了小桥流水的秀美景色、聆听了纳西古乐的雅曲清音,感受了小洋酒吧的温馨典雅后,便随友人李强文赴丽江八公里外的拉市海寻访茶马古道的屐痕旧迹。早在公元六世纪后期的大唐时期,为了茶马互市,马帮客就以他们勇敢坚实的脚印伴着雄浑激越的马蹄声阵,叩醒了这沉寂幽谧的滇西北地区,开拓出了这条千古流传的唐蕃古道,孕育了一条十分壮丽多元的文明风景线。而闻名遐迩的拉市海茶马古道,是保存得最完整的遗址,被尊称为茶马古道文化的"活化石"。这里的一草一木,都珍藏着神奇瑰丽的传说。这里的一山一水,都摄录着奇谲变幻的风云。

尽管已经过了千年日月的摩挲和漫长风雨的洗涤,留存在拉市海山野乡间的茶马古道已是苔痕凝碧,但依然还是那么执著而深情地守望着曾经"汉蕃辐凑、商贾云集"的辉煌。这是一条世界上自然风光最壮观也最严酷、地域文化最丰富也最神秘的行旅之路。在一处狭小弯曲的山谷,我看到在崎岖的石径上有一个连着一个的沉陷的圆形小坑。同行的小李是马帮的后代,他以敬重的语气说:这就是他的父辈当年留下的马蹄窝。就在这一瞬间,我的心也被强烈地震撼了,在那么坚硬的山石上能形成这样的窝坑,需要多少年、多少代长途跋涉的马蹄打磨。在羌笛悠扬的唐宋之夜,在霜冷风寒的明清之晨,马帮客们就这样让马蹄敲击着山石小径。从一段春花秋月的季节进入另一段夏雨冬雪的时光,从一个烽火连天的年代进入另一个锅庄狂欢的岁月,完成茶马人的长征。踏着这些蓄满叮咛和信念的马蹄窝也让后来者有目标,也有勇气走向远方天涯,走向边城异域。这镌刻在天路上的马蹄烙印,是茶马古道上生命的坐标与吉祥的图腾。

此刻,小李和我们一起俯下身用手抚摸着春阳映照下的马蹄窝,那温暖而光亮的石壁,似能感受到当年马帮留下的体温。过去在拉市海,人们一直把一个男孩走闯茶马古道,作为一种成人仪式来推崇的。只有在这条漫长曲折而又超乎寻常艰苦的茶马古道上栉风沐雨,才能练就一个真正的男子汉的体魄与意志,也才能赢得姑娘们的爱情。因此,茶马古道是雄性的、阳刚的,也是铸魂造魄的。记得史学家任乃强先生在《康藏史地大纲》中曾写道:"尤以四川盆地及云贵高原西郊,峻坂之外,复以邃流绝峡窜乱期间,随处皆成断崖促壁,鸟道湍流。"正如民谣所唱:正二三,雪封山。四五六,淋得哭。七八九,稍好走。十冬腊,学狗爬。说话间,我们来到了"推马崖"的山间小径,沿着山岩开凿出的这条路仅能容一人或一马通过,一边是绝壁,一边是深渊,看得人胆战心惊。据小李讲:当年如两队马帮迎面相逢,大家都进退无路,那么只能相互协商作价,将老病瘦弱的马推下山崖。那些马帮客的眼泪陪着老马的嘶鸣在山峡中回荡,显得悲壮而惨烈。

茶马古道上的几处彩旗飞扬的玛尼堆和向阳崖面的岩画,是必须去观赏的。在这荒原野外、断岩绝壁间,能看到如此质朴、高古的艺术原创作品,确实是使人为之感叹而敬畏的。为了慰藉旅途中的孤寂,也为了增添行走中的风景,不少马帮客中的草根画家、雕塑家在摩崖上留下了不少至今难以解读的充满传奇性的岩画，并在山地高坡上制作了不少精美古典的玛尼堆，虔诚地雕刻了不少佛陀、菩萨等，使茶马古道成了一条荟萃各民族艺术的画廊。使怀旧者的目光得以愉悦，寻根者的情思得以舒展。从某种意义上讲，也许只有一个有着五千年文明史的国度，才能开拓并拥有这条风光万千的茶马古道。

如今，那清脆的马铃声已飘荡在山之巅、云深处，而那清醇的茶香却依然弥漫在长亭外、古道边。

(《新民晚报》2009年6月9日)

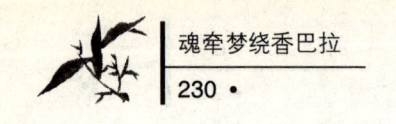

九寨沟的小扎西

九寨沟的景色是绮丽多姿而瑰美奇谲的，再加上独特的藏族、羌族的民族风情，更是集自然景观和人文元素为一体，从而被誉为"童话世界"和"人间仙境"。

虽还是层林尽染、红叶含丹的时节，但由于高海拔的原因，清晨从所住的宾馆上旅游大巴，冷风扑面，还是颇有寒意的。行车途中，山峦竞秀，清流激湍，特别是那些被称为海子的湖泊，在朝阳的映照下，泛出的翠绿、嫩绿、草绿、湖绿、蓝绿等令人陶醉，我以贪婪的目光欣赏着。然而在这些美妙的景色中，我时常看到有三三两两正背着书包、系着红领巾的藏羌小朋友，会不时地举起小手，向过往的旅游大巴敬礼。起初我还并不在意，只是觉得这些小朋友在上学途中也许是出于好奇或好动，和我们这些来自全国各地的游客闹着玩。然而，一连两天，我都发现这些藏羌小朋友的敬礼挺认真而虔诚，他们对迎面往返的旅游大巴先是行注目礼，当大巴驰近他们时，迅即举起红扑扑的小手，立正敬礼。当大巴驰过他们的面前后，才放下小手，蹦蹦跳跳地继续上路。于是，我感叹地对我们的藏族导游丹珠姑娘说：你们这里的小朋友真有礼貌，对来这里旅游的客人都以敬礼表示欢迎。丹珠听后，先是笑着点头称是，然后提高语调又说：不仅仅是表示欢迎，更多的是表示感谢！或者叫感恩！我有些不解地问：为什么表示感谢？感恩？丹珠望着窗外飞速而过的藏羌寨子，眼神中荡漾起一层追忆的光晕，动情地讲：以前这里很穷，孩子们大多读不起书，上不了学，连温饱都难解决。后来，随着党中央扶贫政策的落实及九寨沟、黄龙沟等旅游景点的开发，各地游客在这里的消费，拉动了经济发展，还有不少好心的游客捐钱兴建希望小学。于是，老师对孩子们讲，你们今天能读得起书，过上好日子，除了中央的扶贫政策外，还有来这里旅游的客人所作的贡献，你们要感谢、感恩他们。于是，孩子们凡是看到旅游大巴都自发地敬礼，表示感谢和感恩！

又一个朝阳初升的清晨，在奔赴景点的途中，我十分关注并珍视沿途向旅游大巴敬礼的孩子们。尽管九寨沟景色斑斓如画山绣水，但孩子们的敬礼，却是这个远离尘世、自然纯净的雪域线上最美的风景线。由于旅游大巴中途要加油，我们在靠近红军烈士陵园的一处加油站停下，大家纷纷下车活动一下。此时，正好有一队小朋友走来，朝阳辉映着他们脖上佩戴的红领巾，似乎在每个人的胸前泛起了一片吉祥鲜艳的红云，弥漫出一股盎然的生机。他们见到我们这些来自各地的客人，丝毫没有一些陌生感，挺亲切而自然地向我们行少先队礼，他们眼中所涌出的是童真才能展示的真诚。

我拉住一位长得虎头虎脑的小男孩的手问：小朋友，叫什么名字？叔叔，我叫扎西。小男孩用特有的藏音普通话大方地答道。我赶紧直奔主题：小扎西，你们为什么要向我们游客敬礼？听了我的话后，小扎西扑闪着明亮的小眼睛，很认真地答道：我们老师说的，你们这些来自祖国各地的叔叔阿姨，为咱们这个地方作出了贡献。所以，我们向你们敬礼感谢！

导游丹珠招呼大家快上车，就在大巴刚启动时，隔着车窗，我们蓦地发现这些藏羌小朋友已齐刷刷地站成一排，向我们致以标准的少先队礼！此时，车厢内一下子肃静了下来，随即大家都庄重地举起右手，敬礼！我们共和国未来的小公民！

（《青年报》2008年3月4日）

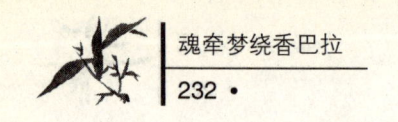

阿坝的碉楼之忆

当我们的越野车在四川省阿坝地区的青山绿水间奔驰时，经常看到一座座突兀的碉楼拔地而起，气势轩昂地傲立苍穹，那奇崛雄浑的结构、刚健冷峻的造型、粗犷强悍的外观、高古朴茂的风骨，仿佛洇润着漫漫春秋，好似蕴含着悠悠沧桑……

碉楼，在这片川西北土地上屹立守望了千年，有东方神秘古堡之称。作为一种独特的文化现象，近年来引起了艺术界、学术界的关注，被尊为历史的活化石和活标本。而阿坝地区的桃坪羌寨，位于理县杂谷脑河畔，是目前世界上保存最完整的羌族建筑文化艺术集中之处。此地具有典型的川西北风情，林木苍翠茂盛，峡谷幽深奇谲，山势逶迤峻险，河水清碧宁静，山寨云烟缭绕，展现了一派浓郁而鲜活的原始生态。据史料记载，桃坪寨始建于公元前111年，西汉时即在此设广柔县，桃坪作为县辖的隘口和防御的重地便开始兴盛起来。因此，当我伫立在山寨入口处时，望着那古木掩映着的重重叠叠的羌寨，那伟岸挺拔的一座座碉楼，不由得令人肃然起敬：两千多年的历史涵养，这里的一石一木、一窗一门都泛出岁月的包浆，定格成时光的永恒。

羌寨内的古巷道，狭窄而弯曲，两边长满了青苔杂草，古典得让人顿生怀旧的情感。藏族导游卓玛一进入寨口，就反复叮咛大家，一定要跟着她走，这里的古巷道错综复杂，犹入迷宫。在卓玛的带领下，我们的脚步声叩响了这千年古巷，时而是曲径通幽、别有洞天，时而是山穷水尽、峰回路转。原来桃坪羌寨打破了历代传统的古城设东南西北四门的形式，而是筑成以碉楼为中心的放射状8个出入口，又以13条交错的甬道相连，显得深幽而神秘。

走在羌寨里，最夺人眼球的自然是各种形式不一的碉楼，它们豪放伟岸地屹立于鳞次栉比的村寨中，如立地金刚般雄视风云变幻。碉楼一般都有20多米高，最高的可达50多米，造型有四角、六角、八角、十二角乃至十三角，并分有家碉和寨碉两种。家碉即是一户或几户亲属邻居为了自身的安全而在紧靠的住房边建造。卓玛先带我们来到了一座长方的家碉前，用石块垒成的碉壁厚重坚固，上面开有一个小小的方窗，颇有镇守一方的气派。进入碉楼内，沿着独木梯登攀，里面共有四层，空间不大，但可以储存一些食用品，登上最高一层，已有些气喘，临窗远眺，四方景色尽收眼底，八面来风汇于耳边。在当地有一种风俗，家里一旦生下男孩后，就得备石造碉。如男孩长大成人家碉还未造好，就很难娶到媳妇。

寨碉坐落在一片较开阔的坡地上，由于其是用于整个寨子的防御，因此它的结构、外形比家碉要雄伟得多。而且这是一座双体寨碉，足有五十多米高，形如金字塔，直冲云霄。整个碉体的石块方正匀称而质地坚硬，历经千年风雨的洗刷，依然石纹清晰、棱角犀利，显得十分高古而大气。那红褐色的山石墙体在秋阳的辉映下，色彩古艳而气韵畅朗，仿佛凝固成了一种时空的象征符号和历史的形象载体，凸显了羌族先民的睿智尊严和人文情怀，从而成为我们整个民族建筑宝库中的一枝奇葩。

如今在汶川大地震中，阿坝地区的一些碉楼也受到了破坏。我曾在一张报纸的图片新闻中，看到一座变成瓦砾的碉楼，内心不禁牵拄起理县桃坪的碉楼。我在近日打电话给卓玛，卓玛告诉我由于她正在汶川、茂县间奔走救灾，但她答应一定帮我打听桃坪羌寨的情况。在此，我只能祈福桃坪羌寨，望天佑碉楼，苍生无恙。

（《青年报》2008年5月31日）

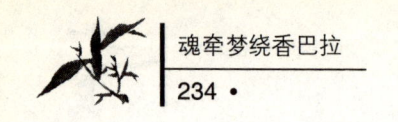

生命的敬礼

山河在颤抖,大地在战栗。

此刻,在四川汶川县的一堆废墟中,传出一阵欢呼,经过几个小时艰苦细致的挖掘,一名被瓦砾吞噬掩埋的小男孩终于被我们的战士救出,并被十几双手臂一起托举着放上担架。就在这个名叫郎铮的小男孩要离开抢救现场时,一个无声而震撼人心的镜头出现了:已筋疲力尽、饥渴交加、脸手受伤的他,拼着全身力气,庄严地举起右手,敬了一个标准的少先队礼。

敬礼!敬礼!这是生命对生命的敬礼!敬礼!这是崇高对崇高的敬礼!尽管此刻的小男孩灰头土脸、衣衫破碎,但这依然是世上最美丽、最圣洁、最真挚的敬礼!这一仅数秒的瞬间,将永远定格在共和国的史册上。我真敬佩、赞叹郎铮的智慧、从容、天真、可爱,你刚从狰狞的死神手中挣脱,刚从恐怖的废墟堆里救出,你没有失态、没有麻木、没有惊恐、没有瘫软,还保留着往日的微笑,只是口干舌燥、伤痛缠身、难以发声,但为了表示对这些最可爱的士兵叔叔们的衷心感谢,于是:敬礼!这个敬礼所含的语境,内蕴着最美的诗意、最深的哲理。

人性的光彩,将会在瞬间的迸发中闪烁。崇高的情怀,将会在突发的灾难中彰显。当四川汶川县突遭强地震的无情摧毁时,这里的每一寸土地都聚焦着全中国乃至全世界的眼光。这里的每一个灾民都体验着全中国乃至全世界公民的爱心。于是，郎铮的敬礼就代表着汶川县全体灾区的少先队员向祖国，也是向世界传递的生命之礼！阳光之礼！

　　爱孩子就是爱明天。于是，我们的子弟兵徒步奔向山高路险的乡村，用血肉之躯，手刨指挖，抢救我们的孩子。于是，白衣战士连续五十多个小时奋战在手术台上，与死神展开生命的争夺之战。于是，刚刚准备踏进婚姻殿堂的新郎，扔下新娘，驾机冲向川蜀蓝天。于是，来自俄罗斯、日本、新加坡、韩国等的救援队日夜兼程，纷纷飞赴灾难现场……此刻呵，此刻，献上一个灾区少先队员的敬礼，就是献上灾区孩子的全部感恩情怀！

　　郎铮的敬礼，已化成抗震救灾中一幅撼动人心的画面，令千万人解读，令千万人垂泪。是呵，这个敬礼中，也深深蕴涵着对老师、对同学的感恩。是我们的老师，在房裂屋倒之时，硬是用他们的身骨脊梁，撑起了生命的护架，至死依然没有垮塌，有多少孩子就是在他们的怀中，获得了第二次生命。老师，这个阳光下最崇高的从业者，就是以生命承诺神圣的使命。而平时朝夕相处的同学，在废墟下，依然相濡以沫、互相支撑守望，用血肉模糊的手指扒开断壁残垣，用稚嫩的肩膀背起同学逃出死亡之地。最令人难以置信的是什邡县莹华中学被埋在废墟下的16位同学，竟拿出书本，认真看书学习起来，这节课也许是世界上最严峻、最美丽、最难忘的一课。能在这样的课堂上读书的孩子，他们一定会上好以后人生的每堂课，也一定会创造灿烂的未来。拥有这样的老师与同学，郎铮才有如此的底气、勇气和帅气，那么潇洒地向祖国、向世界举手敬礼！

（《青年报》2008年5月23日）

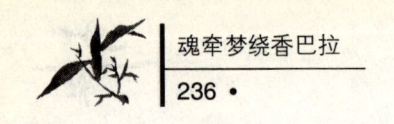

乌镇情思

"千里莺啼绿映红"的仲春时节,我与太太到浙江桐乡的乌镇踏青。从景点大门入内,展现在眼前的就是一派迤逦气韵、明媚情致的水乡景色,使人如入画中行。

浑穆古逸的逢源双桥静卧在镇头,站在桥面上俯瞰,前面便是水平如镜的财神湾,一条清碧的河水在春阳的呵护下伸向远方,从而把整个古镇枕河人家那临水自照的倩姿秀色倒影于河面,恍若一幅灵动的水墨长卷,空灵雍容中嬗递的是古镇千年曾经的沧桑与依然婉约的传说。桥堍下是传统的香山堂药店,至今弥散出清新的草香药韵,悬壶济世,治病行善。在这古镇的起始之初,就使游人领略了深厚的人文底蕴。

用青石板铺成的老街已在逝水流年中把尘世过滤得静笃如初,也将两边粉墙黛瓦、木窗排门的民居浸润得古朴而又温馨。行走在这样的老街上,使人的心境如沉浸在亘古不变的轮回中,体验着那一份往事的闲暇和守望的宁静。从江南百床馆、江南民俗馆出来后,入高公生酒坊,那古老的木柜台已滋生出发亮的年轮留痕,特别是店堂内的那块金字招牌,彰显着昔日的尊贵与兴盛。江南的富庶如江南佳酿,是一种渗透到生活深处的品味。在酒坊后的工场内,正在蒸烧的大酒锅,使空气中氤氲着一股股馥郁醇醇的酒香,给人以岁月悠悠的陶醉。我虽然不常喝酒,但依然买了两瓶"乌镇三白",为的是能让这古镇大象无形的脉脉情韵弥散在旅途之中。

踏着窄窄的青石板路前行,不时可以看到一线天似的夹弄小巷,幽深而寂寥,唯有爬满青苔的墙角和蒿草摇曳的屋檐默然地与春秋相伴,欲说还休地隐藏着前尘云烟,在斜风细雨的等待中,期盼着游子的归来。拐进宏源泰染坊,那陈列的染坊工艺披露着一份精致与一种美丽,一份诗意与一种优雅。特别是在那晒场上,一副副高高的晒架上晾晒着各种花色的蓝印布,犹如一面面高扬的旗幡,在春阳的映照下,泛出亮丽的光泽。不少中外游人在蓝印布中留影,它的美就像青花瓷般朴实亲切而地久天长。

古镇依水临河而建,自然是景色明丽而润泽悠然,晴日里可凭栏垂钓,雨天里可泛舟抚琴。来客时可浅斟低酌,"桃李春风一杯酒",无事时可依窗品茗,"闲敲棋子落灯花"。古镇的存在,似乎就是为了践行"诗意地居栖"。唯其如此,才有那么多的中外游人暂别繁华的都市与时尚的生活,来到这里体验那种古典的生活场景,或是寻觅那种失落的纯真年华。带着染坊的一帘青色幽梦,走上造型典雅、形似弯月的仁义桥,站在这个古镇的制高点上,前瞻后观,整个乌镇东栅横亘在水天之间,犹如一个远离世俗的安谧绿洲,供养着岁月和春秋。为此,一位诗人将有着1 300多年历史的乌镇称为"东方古老文明的活化石"。

从仁义桥上下来,参观了余榴樑钱币馆,然后是古镇的压卷之处——茅盾故居。在这浙北的小镇,在这如此僻静的古街深处,却走出一位闻名遐迩的一代大文豪,乃是天时、地利、人脉、文华所涵养。作为全国重点文物保护单位,茅盾故居修葺得颇为完好,布置得也相当充实,有图片展览、实物陈列等。门厅内安放着一尊由张充仁雕塑的茅公半身铜像,作家正握笔凝思,神采焕发。而后花园中,茅公当年亲手种植的一棵棕榈与一丛天竹,如今已是枝繁叶茂,郁郁葱葱。茅盾有着深厚的乡梓情结,而他以故乡为背景写作的《春蚕》、《秋收》、《林家铺子》等,也使古镇走进了文学史。不少游人来此,也是为了印证茅公当年笔下的场景和遗事,从而使这古镇变得藏魂隐魄而语境盎然。

忆江南

又是江南"草木知春不久归,百般红紫斗芳菲"的时节,江南之春美得绚丽而飘逸,由此而酿造储存了一个个忆江南的情结。于是,忆江南变得悠长而古典。从《诗经》中的"春日迟迟,卉木萋萋(茂盛)"到《乐府》中的"阳春布德泽,万物生光辉",从唐诗中的"千里莺啼绿映红,水村山廓酒旗风"到宋词中的"柳眼梅腮,已觉春心动",从元曲《天净沙》中的"啼莺舞燕,小桥流水飞红"到明剧《牡丹亭》中的"袅情丝吹来闲庭院,摇漾春如线"等,忆江南、江南忆,似乎已被从古到今的诗人词翁、文人学士写尽了。

而今随着城市现代化的拓展膨胀,原先的阡陌桑田、池塘小河都被一座座鳞次栉比的高楼大厦所覆盖。稻花飘香的田野、桃李掩映的村庄似乎远离我们的视野。由于生活中技术含量的增强,如今人们的生活质量是提高了,但生活情韵却退化了,对四季的变迁也变得麻木而无所谓,反正有空调伺候着,冷了打暖气,热了吹冷风,既失去了春兴,也消隐了秋意。因此,如今面对"春风桃李花开日",能涌起一丝一缕忆江南的感觉,也大多锁定在青梅竹马的儿时。

记得上个世纪六十年代初,上海的城区还没有扩张,像七宝、梅陇、漕河泾、大场、龙潭等还是田野青碧、河网纵横,是名符其实的乡村。每到春

忆江南

暖花开的阳春三月，穿着老棉袄猫了一冬的我们，就像冬眠醒过来一样开始闹春了。当时我们正在读小学一、二年级，每天下午放学回家的路上，就摘几根较粗的爆了绿芽的柳枝，连皮带芽地从枝头退到枝梢，做成一个球形吊篮，还挑做得好的送给同桌女同学，显显能耐。有几个大一点的同学还把杨柳条编成一个圆环戴在头上，上面还插着两三朵粉红的桃花，模仿着电影中的"小游击队员"，就这样蹦跃着把春光带回家中。

星期天，母亲带我去市郊踏青，我不明白何谓踏青，母亲告诉我说就是在清明前后到郊区农村去走走，这个时候由于春光明媚，地气暖了，自然中阳气兴盛，人到地里田头走走，就可以吸收地气，补充阳气。我听后似懂非懂，就是在乡下地里狠狠地蹦跳几下，仿佛这样就可以接收地气。而母亲每次去踏青，总要带着一只篮子和一把旧剪刀，在河边、地头挑马兰头和野荠菜。她一边很麻利地挑摘着，还一边教我识别，马兰头的叶子是长条形圆头，野荠菜的叶子是锯齿形的。随着一棵棵马兰头、野荠菜的挑起，一缕缕土地和野菜的清香沁入我的心脾。真的，从那个时候起我就很喜欢闻泥土和野菜的那种特有的温醇气息，这也成为我忆江南的一个经典内容。

临近中午的时候，篮子里的马兰头和野荠菜已满了，于是母亲会带我到镇上去吃一碗面，然后买几只青团带回家。我记得那时我不要吃青团，觉得有些苦，有些涩，但母亲却说吃了青团可以清火排毒。我们那时很听家长的话，于是硬着头皮把青团给吃了，那像现在的孩子能独立自主。当天晚上，一盘碧绿爽青和着白豆腐干的拌马兰头便端上了桌，还有野荠菜包馄饨，马兰头的清香、野荠菜的鲜美，成为我忆江南中永远的快乐。后来我读到了辛弃疾的词"春到溪头野荠花"，一下子感到是那么地亲切，仿佛早在几百年前他就是专为我所写似的。

杨柳吊篮、马兰头、野荠菜、青团等这些忆江南的符号，现在已不能构成孩子们忆江南的内容了。

（《青年报》2007年3月31日）

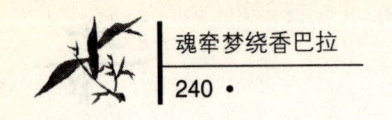

诗画清明

清明,是二十四节气中的第五个节气。前是春分,中是清明,后是谷雨。我真感叹我们的先民是如何有文化,"你真有才!"即使是农业社会中最通常的农事节气名,也起得如此富有诗情画意和哲理文采。清明,是一种自然景致,也是一种社会形态。唯其如此,清明前后大都是细雨霏霏,将天地万物梳洗得纤尘不染,乾坤洁净,一片清明。

清明之时,春寒已悄然退去,天地间惠风和畅、水木清华,呈现了一片绚丽明媚、姹紫嫣红的景色,诚如宋代才气横溢而又情感细腻的晏殊在《破阵子》中所言:"燕子来时新社,梨花落后清明。"春社是立春后祭祀土神的活动,是初春的开始。而清明却是仲春时节祭祀先祖的日子,选在春色最为浓郁酣畅的时候来祭祈,的确是别有意蕴的。既表现了对先祖的无限崇敬,又借适时的小雨淅沥来缅怀前人。为此,唐代多情的诗人杜牧以朴实清新的语言、生动明丽的画面,写出了一首千古"清明"诗的压卷之作:"清明时节雨纷纷,路上行人欲断魂。借问酒家何处有,牧童遥指杏花村。"(《清明》)由纷纷的雨丝而牵出的情丝,将借助酒的发酵而意蕴无限、味之无极。

从节气或民俗的角度看,清明和端午、中秋一样是个大节气、大民俗,如追溯清明节的源头,早在周朝的时候即有"万物得此皆洁齐而清明",

"清明"即得名于此。后来在历史的演绎之中形成了很强的仪式感，如扫墓、踏青、蹴鞠、荡秋千、出火、放风筝等，从城市到乡村，从庙堂到民间都随着"等闲识得东风面，万紫千红总是春"而热闹一把。记得大名鼎鼎的历史学家汤因比对中国的宋代特别赞誉。原因也许是多方面的，但想必他一定看过而且是十分仔细地欣赏过宋代张择端所画的《清明上河图》。这幅不朽的传世之作，将清明时节北宋京城汴梁（开封）热闹繁华的市井景象作了全景式的扫描，既有宏观的俯览：从各类店铺商号、车水马龙的街道集市到河港中的舟楫往来等。也有微观式的展示：达官贵人在家仆的簇拥下骑着高头大马招摇过市，贵夫人则坐在小轿内悠然而行，小贩们挑着担子急着赶路上市，买桃花的妇人则面容安然地等着顾客，从而具有史诗般的恢宏和细腻，为我们这个民族留下了有关清明的集体记忆。

  我们那时对于清明的感觉，无非是自春节、元宵后，又是一次可以有玩有吃的节气。清明前的惊蛰、春分纯粹是农民伯伯种地的事，而到了清明，我们小八腊子可以跟着父母出去扫墓游玩，可野野脚头。在家祭祖上供后我们即打牙祭，可吃鱼肉蛋鸡。最好玩而难忘的就是插柳戴花。在扫墓归来时，父母会随手采几朵桃花插在姐姐的发簪上，折几枝杨柳叫我们男孩拿着回家，然后插在自家的门框或屋檐下。父亲有些"掉书袋"，他说这种插柳戴花最初是为了纪念"教民稼穑"的神农氏，后来才演变为纪念祈寿和预报天气的方式。民歌唱道："戴个麦，活一百。戴个花，活百八。插根柳，活百九。"童谣亦有："柳条清，雨濛濛。柳条干，晴了天。"如今这些都似乎被人淡忘了，唯有杜牧的《清明》和张择端的《清明上河图》构成了永恒的诗画清明。

（《青年报》2007年4月5日）

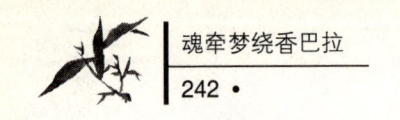

五月映山红

春天的花事,犹如一出天地间上演的自然交响音画,三月的梨花、樱花,四月的桃花、海棠直至五月的芍药、牡丹等,层层演绎、步步璀璨。而五月的杜鹃花则以其千朵簇拥、万红映白的瑰丽景象,把春之声推向华彩乐章。记得明代大师汤显祖在《牡丹亭·惊梦》中曾动情地写道:"遍青山啼红了杜鹃。"那是何等的壮观。

杜鹃花又名映山红、红踯躅,是中国的十大名花之一,早在南北朝时就有种植记载。为此,清初张联元诗曰:"翠岫从容出,名花次第逢。最怜红踯躅,高映碧芙蓉。"每到杜鹃花成型之日,正是杜鹃鸟啼之时,从而引发了不少文人墨客的诗情画意。而我对杜鹃花却怀有一种特殊的情感,觉得其风骨是质朴的,而开放却是明快的,展示出一种强烈而郁勃的生命形态。最初引发我与杜鹃花结缘的是在浙江天台山的主峰华顶。

群峰相峙、山峦叠翠的华顶,形如百叶莲花,海拔在千米以上。终年云雾缭绕,气候温润,至今保持着良好的自然生态,从而繁衍出珍贵的华顶云锦杜鹃,其独特之处就是"苍干如松柏,花姿若牡丹"。常见的杜鹃花大都是贴地而生的灌木型,而华顶杜鹃竟是高达四五米的树干型,树龄大都在200年以上,气派伟岸而轩昂,枝干则奇崛遒劲。每到杜鹃花期时,树冠浑圆作伞状花序,花苞如荷箭似的密密匝匝、层层叠叠。一时千树竞放,万朵缤纷。其花大若碗口,色彩绚丽,灿若云霞,美如织锦,堪称奇观,故称"云锦千花杜鹃"。最美妙的是丛丛簇簇、姿态秀丽的花间弥漫着乳白色的云雾,似芙蓉出水,似牡丹敷粉,给人以天人合一、超凡脱尘之感。而花团相拥的顶峰最高处,即是当年智者大师求拜《楞严经》的拜经台,花韵云岚,禅林春满,令人遐思无限。

井冈山的杜鹃,则以气势恢宏壮丽而在五月花朝中独具魅力。为此,江西老表们颇亲切地将杜鹃花称为映山红。如笔架峰的"十里杜鹃长廊",形成了浩瀚起伏、一望无际的花海,伴着春阳行走在其中,群英拂衣、满目芳菲、清香醉人,真是此生如作仙人游。据当地的导游小珍介绍,在这铺天盖地的杜鹃花阵中,有一种井冈山特有的珍品树种芳香杜鹃,其花呈淡紫红色,其香清醇淡雅,沁人心脾。由于笔架峰日照充足,因而在五月初即先拉开了八百里井冈杜鹃花朝的序幕。接着,在峰峦奇险的黄洋界、在古木参天的龙潭等处,井冈杜鹃次第竞开,从而把巍巍井冈点缀得飞红流翠,姿态万千而俊美俏丽。我在攀登黄洋界时,一路杜鹃相拥、花香袭人,便问小珍这里为何芳香杜鹃那么多?小珍用手抚摸了一下花瓣,轻轻地告诉我说:"这里的老人们称芳香杜鹃为血色杜鹃,当年守卫在黄洋界的红军战士,全都是年轻人,他们的鲜血曾洒在这里,因而使花色变成了紫红色,并溢出了芳香。"在五月井冈杜鹃红的景色中,黄洋界的传说最美丽。

"十里青山半入城"的常熟,是一座历史悠久、人文鼎盛、物产丰饶的古城。常建当年在破山寺写出"曲径通幽处,禅房花木深"时,杜鹃花的倩影丽姿已在常熟是"万瓣朱英叠虞山",为景色明媚的尚湖留下了映山红的记忆。因而我觉得常熟的杜鹃花是带有古典语境的。如今的常熟每年都要举办一届杜鹃花展。我去时正逢春丽潇潇,只见虞山公园内的万余株杜鹃花沿着古城墙及斜山坡开得如火如荼。特别是在细雨的滋润下,那大红、粉红、猩红、硃砂红的花瓣,更显娇嫩明艳、清丽灵秀,摇曳出万种风情。背衬着虞山上的古松翠竹、奇石亭台,更见闲庭春色、花窗绿影的

雅致。于是，你的情思会在这五月的容颜里流光溢彩，且行且赏且吟。在这一期一会的物化相遇中，竟有一种一生一世难忘的会心感觉。

岁月会流逝，春秋会交替，然而杜鹃花会依然年年绽放，有此映山红作底色，我相信今后的人生不会苍白。

(《新民晚报》2010年5月14日)

端午的记忆

青绿的大粽子、苍翠的艾菖蒲、菊黄的香荷包、醇苦的雄黄酒,这似乎构成了端午节古老的民俗形态和悠久的人文符号。况且本人生于农历五月初四,我曾自刻二方闲章:"端午前一日报到""我来世时菖蒲香",可见我与端午是有生命之缘的。

儿时的端午像退色的老照片,朦朦胧胧,但却演绎得颇有戏剧性。端午前夜,母亲会用凭票供应的一些糯米包粽子,品种有肉、赤豆、红枣和白米。当煮粽子的清香慢慢弥散开来时,我们已咂吧着小嘴闻香入梦乡了。就这样利用炉子熄灭前的余火煨出的粽子醇香而软糯,母亲还会在煮粽子的锅中放进几个鸡蛋,说吃了这种蛋可以解暑毒。

端午之晨,当我们醒来时,母亲已早早地从菜场买回了一把艾菖蒲插在门框上,艾香可驱虫,菖蒲似剑可辟邪。第一个仪式是父亲蘸着雄黄酒在我们兄弟姐妹的前额上写个"王"字,接着是吃两口有些苦涩的雄黄酒,感觉是像吃中药。尔后母亲给我们每人戴上一个她手绣的香荷包,包下还有一个网线袋,正好装着一个煮蛋,像吊着一个小宫灯。等这些仪式完成后,才算进入端午的正餐,剥吃粽子。在那个食物匮乏的年代,吃粽子可算是饕餮大餐了。不仅有平时难得吃得到的香喷喷的糯米,还可吃到大肉、赤豆、红枣。父亲还不失时机地讲解着端午的传说:那是为了纪念我国古代伟大的诗人屈原，因他不愿看到国家被外人入侵，这位楚国的大夫就抱石投江。为了不使江中的鱼吃屈原，老百姓们才包了粽子扔入江中，同时还赛龙舟来纪念屈原。

这一天上学大家都很有精神，因为早饭吃得难得豪华。于是，一路上蹦跳着唱着童谣："五月五，是端午。吃肉粽，挂菖蒲……"那欢快的音符，回荡在梅雨时节的江南，跳跃在青梅竹马的童年。端午节就像一面色彩鲜艳而又古典亮丽的民俗旗帜，把我们稚嫩的记忆映染得五颜六色。

后来随着年龄的增长，才知道端午吃粽子的习俗也并不单一为了纪念屈原。著名学者闻一多就认为端午节是古代吴越一个崇拜龙腾图的民族举行祭祀的节日。每逢五月初五日，他们将米裹在树叶里将各类食物装在竹筒中扔进水中献给龙图腾。然后还在惊天动地的鼓声中划着刻成龙形的独木舟作竞赛，以博取龙图腾神的欢心，从而祈盼风调雨顺、人寿年丰。我个人觉得也许是闻的解释更接近端午节的本义。但民间百姓对这种学术性的考据不太理解，他们还是对屈原大夫感情深厚。但不管怎样，闻一多之说毕竟丰富了端午节的历史底蕴和民俗内涵。记得有一副写端午的对联曰："青粽黄雄称益智，菖蒲龙舟记岁华。"

而今随着物质的富庶和食品的丰富，粽子已成了中国式的快餐，四季供应、品种繁多。只是到了端午这一天，才象征性地吃几个粽子，而且大都是我们这些对端午怀旧之辈。而我们的孩子们对粽子已不感兴趣，更不要说让他们去上演我们儿时的端午仪式。由此我感到端午的历史意蕴已悄悄风干，民俗色彩已渐渐苍白，人文精神已默默退化，"肯德基"、"麦当劳"、"必胜客"似乎正在取代有关屈原、菖蒲、龙舟、图腾的记忆。真有些"寂寞沙洲我该思念谁"的惆怅。说得近一些，我们亦愧对我们的父母辈，至少他们还守望着民族精神的家园，让我们的童年时代享受了端午的快乐和记忆。

（《青年报》2007年6月19日）

灵岩寺揽胜

群山逶迤,林木葱郁,塔影蓝天的千年古刹灵岩寺,位于泉城济南市郊,南依五岳之尊的泰山。明代大文豪王世贞游后曾感言:"灵岩是泰山背最幽胜处,登泰山不至灵岩,不成游也"。

史载东晋时的高僧朗公,与在此隐居的张忠交厚。他常应张忠之邀为百姓传经说法,讲到精彩绝妙之时,群山撼动而岩石点头,猛兽伏听而鸟雀无声。众人十分惊奇,朗公却曰:"此乃我所解化,山有灵犀,不足为怪。"灵岩为此得名,朗公亦在此仙气拂郁之地建寺。至唐代贞观年间,灵岩寺已与浙江天台山的国清寺、南京的栖霞寺、湖北江陵的玉泉寺并称神州四大名刹。此后历代皇帝到泰山封禅时,大都要到灵岩寺"驻跸"事佛小憩。至北宋,已是高僧云集、规模空前。尔后在历史的交替中,灵岩寺虽时兴时衰、饱经沧桑,特别是明清时期变化甚大。但在历经了1 700多年的春秋演变后,灵岩寺的残址旧筑,遗珍老物,依然展示着这座昔日名寺的尊贵风采。

当我们乘坐的巴士临近"环谷千峰秀,寻溪万滤清"的灵岩景区时,第一道山门便是建于清乾隆二十六年(1761)的青石大牌坊,"灵岩胜境"乃由乾隆御笔所题。灵岩寺的山门建造得并不张扬,简略而朴实,只是旁边悬崖上镌刻的八块乾隆御碑记载了这位旅游帝王九次来此写下的部分

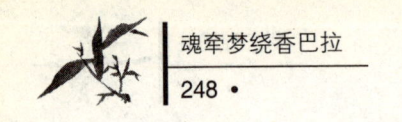

诗篇,凸显了古寺曾经的尊贵与显赫。

进入寺院,一种高古朴茂而厚重婉约的历史感扑面而来,老柏古松遒劲苍翠而蟠曲奇逸,那从古到今的诵经礼佛之声,犹如天籁清音已融入了树中的年轮。面阔三间的金刚殿,有"哼"、"哈"两位护法金刚,在佛地终年护卫。进入天王殿后,正面是笑口常开、大肚袒露的弥勒,后面则是韦陀。东西两侧"风、调、雨、顺"四大天王,造型生动而威武刚正。钟鼓楼坐落于天王殿院的南北面,在那悠扬的晨钟暮鼓声中,传递着人寿年丰、风调雨顺的祈愿。"善哉善哉,大雄世尊"所在的大雄宝殿,虽是清代建筑,但却沿用了宋代覆莲柱础和线刻八角柱,显得十分大气持重而古穆浑朴。殿前是千年的老杏古柏相守,更是把这佛像庄严之地洇润得超凡绝尘。大雄宝殿北是五花殿遗址,这是真正的宋代旧筑,据《灵岩志》载:"阁架两层,龟首四出,备极精工。"可见营建的精工华美,后被毁于火灾。而今的断壁残垣上丰茂的蒿草在风雨中絮语,似低诉着那曾经的辉煌,给人以往事如烟的启悟。

气势恢宏、彩绘瑰丽、飞檐雄峙的千佛殿不仅是灵岩寺的主体建筑,亦是整个千年古刹藏宝纳珍之地。殿正中供奉着法身、应身、报身三尊佛,结跏趺坐,雍容端庄。佛前的那盏须弥灯在千年前就已点亮,悠长、悠长的岁月流逝使多少欲望折戟沉沙,多少梦幻烟消云散,唯有这一灯如豆却亮丽至今,从而演绎着何谓执著。千佛殿四周的40尊彩色泥塑罗汉像,是中国佛教雕塑的传世经典。其中32尊塑于宋治平三年(1066),8尊补塑于明万历年间(1573)。每尊罗汉都形态各异而形神兼备,性格鲜明而栩栩如生。1912年著名学者梁启超来此拜瞻后,极为震撼,亲笔题写:"海内第一名塑"。当代艺术大师刘海粟参观后,也挥毫赞曰:"灵岩名塑,天下第一。有血有肉,活灵活现。"而我则感到正是那些无名的雕塑家,他们创造了永恒。

(《新民晚报》2007年7月17日)

无上清凉

"无上清凉",是一代高僧弘一法师最喜爱写的书法条幅。他原是一位才华横溢、睿智博学、敏锐聪慧的大艺术家,而且情感丰富细腻,生性浪漫潇洒。但自从剃度出家、皈依佛门后,持戒甚严,事佛甚勤,尊法甚恭,只要看他的书法就被佛法涵养得质朴简静而安谧雅致,笔墨被禅意滋润得典雅幽逸而超凡清纯,仿佛已远离红尘俗世,不食人间烟火。为此,在这又闷又热、又潮又湿的梅雨时节,看看大师所书的这幅这字,一股清凉之气沁人心脾,备感爽快冷逸,这也许是心理暗示所至吧。

尽管"梅子黄时日日雨",被文人雅士渲染着仿佛诗意盎然。其实对平民百姓来讲,黄梅的温度湿度对人的考验还是严峻的。为此,怀有大爱之心、大善之行、大德之品的弘一上人,总是喜欢书写"无上清凉"赠给六根未净之人。其实,要获得清凉的方法和手段,技术和措施还是颇多的,而且在不同时期有不同的程式和行为。如在一穷二白时期,赤日炎炎时,大汗淋漓后,只得靠蒲扇打风解热除暑。到我稍大一些上初中时,父亲给了我一把纸折扇,上面还画了一片红绿相间的塘荷,每当挥动时,好像风从荷间起,凉从水上生。后来改革潮起,家家买回了电扇,终于从手工时代进入了机械时代,对热的恐惧似乎也减少了许多,反正一按电钮,风扇舞动。那时,一边开着上海华生电扇厂生产的"华生牌"电扇,一边看着"飞

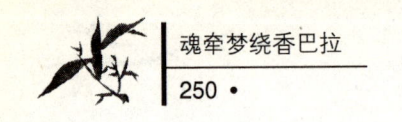

跃牌"九寸电视,成了我们共同走向"四化"的第一个美好景观。

　　当几乎每家都请回了冰箱、安装了空调后,一个不受季节限制,不受时空限定的清凉时代便悄然来临了。喝着冰镇的啤酒,享受着空调的凉风,那个从里到外、从头到脚的"爽",真得感恩高科技赐予的福荫。什么梅雨的闷热、大暑的高温、秋老虎的淫威,统统可以抵御击溃。然而,科技进步是把双刃剑,人们在享受快感的同时,也得付出相应的代价。随着空调所创造的"清凉世界"的到来,空调病也接踵而来,如易伤风感冒、易头晕鼻塞、易关节疼痛、易食欲不振等,要想回到摇芭蕉扇的时代吗? 现在连芭蕉扇也无处可寻觅了。人类,正处于一种尴尬的两难境地。说得理论一些,这也是后现代时期,人类所面临的共同难题。

　　由此想到弘一法师所写的"无上清凉",方才感到在那么纯朴、那么率真的点画线条中,隐蔽着那么深邃丰富的禅机佛法、哲理意境,寄托着他诗意居栖的宏愿。从古到今,要想获取"清凉"并不难,但要达到或进入那种"无上"的层次或境界,那就颇为不易了。如我们能享用空调所制造的"清凉",但不是"无上"的,而且有限与有后遗症。由此想起了已故著名画家申石伽先生和著名作家施蛰存先生,他们两位老人拒绝空调乃至电扇,一柄蒲扇是他们消夏的唯一伴侣,这是一种造化、一种修炼、一种禅境、一种定力。他们所拥有的"清凉"才从真正意义上达到了"无上"的级别与峰巅。还有那个弘一,据夏丏尊回忆,在七月流火的时节,弘一从泉州风尘仆仆地来到上海,身穿着一身厚厚的袈裟,居然滴汗未出。所以,"观自在"的他才最有资格书写消暑的语录:"无上清凉"。

　　随着臭氧层的日渐破坏,温室效应的急速加剧,我们居住的这个诺亚方舟也许会蒸蒸"热"上,从而远离弘一法师的"无上清凉",地球村的村民们真该悠着点。

(《青年报》2007年7月6日)

周庄之夜

宁馨、温柔而又涸润、幽逸，能享受周庄如此的夜色，真是一种缘分与造化。

尽管多次来过这江南第一水乡，但由于闻名遐迩，常显得过于热闹。那些摩肩接踵的人流几乎要挤破这幽深的小巷，特别是在典雅旖旎的张厅及豪华气派的沈厅内，川流不息的旅游团队似乎聚集在这里生产队里开大会。

近日由于开一个专业会议，我们来到了紧邻周庄的云海度假村。晚上会议结束后，我提议夜游周庄，迅即得到了几位友人的响应。出度假村后转个弯就踏入了这水巷桥乡。朦胧而又醇然的夜色已过滤了白天的喧哗，古宅小巷和石桥河流已沉浸在一片安谧之中，不远处的那座老屋内亮起的灯光，一如旧诗中的"何人不起故园情"，使今夜的周庄又返璞归真于从前田园诗般的清纯。

毕竟是秋色阑珊的时光了，透过把夜空挤成一线的屋檐，可见一钩弯月高悬天际，小巷中的青石板在月光的映照下，好似凝聚着漫漫岁月中所形成的养眼包浆，蕴含着这江南富庶之地丰厚的人文底气。清脆的足音在静寂的小巷中回荡，友人即兴唱起了王派名段"刘志远敲更"中的"夜阑人静，大小百家完全睏了梦里乡……"一缕禅意的情怀弥漫在我们心间，尘世的烦恼，都市的浮躁，莫名的欲望，都抖落在这小巷深处。

信步登上高高的石阶，便是周庄经典性的景点——双桥，又称钥匙桥，由世德桥和永安桥组成，银灰色月光下的双桥，泛出一层滋润而悠逸的光泽，更凸显了一种古典而雅致的情韵，好似把杏花春雨、雪泥鸿踪，或是把桨声灯影、渔舟晚唱都不动声色地承载延续。特别是那对称优美而联袂相映的造型，在碧波流翠的河水中展示着倩姿纤影，从而定格成一张美丽的名片飞向五湖四海。桥墩下传来秋虫的低吟浅唱，似诉说着烟雨江南、水乡泽国的前尘往事，使人备感沧桑的温情和天人的合一。

　　站在双桥上沿河眺望，一串串造型各异的红灯笼似一块块红宝石镶嵌在鳞次栉比、高低错落的楼房间，那红色的光晕、明丽的光彩，把夜色中的小桥流水、乌瓦白墙映衬得如梦如幻，形成了一道涌泻数里路长的大红灯笼高高挂的壮丽景观，展现着一片吉祥、安逸、喜庆的氛围。此时，有一只欸乃声声的小船经过，摇橹的船娘正轻柔地唱着甜糯缠绵的吴歌，船舱里莫非坐着当年来此采风、品茗听曲的刘禹锡、陆龟蒙，在此邂逅，乃传承着周庄悠长的文脉艺绪。

　　水乡的空气湿润而清新，吸吮一口沁人心脾，使你感到纤尘不染。不经意间来到了沈厅水墙门前的河埠，这可是富甲江南的沈万三的私人码头。此时的河埠，已消隐去了白天的人声与橹声，唯有一轮明月在碧水中晃动，使人分不清是今时明月还是旧时明月。遥想也是这样一个月白风清之夜，在外经商的沈万三带着满船的财物衣锦还乡，踏上这坚实的河埠时，望一眼他那七进厅堂的华宅，内心是多么地自豪。然而财富如水，水能载舟，亦能覆舟。顷刻间，沈万三大祸临头。唯有这河埠头夜夜聆听拍岸的水声，随之化作一声长叹，把一个永恒的警示留给后人。

　　前方不远处，就是"桥从门前进，船从家中过"的张厅，此时的张厅已悄然地紧闭着大门，不必去推敲月下之门了，作为水乡精湛的代表建筑，张厅的楼轩斋堂、回廊小榭已安然进入了秋夜梦乡，而梦中演绎的故事离我们已渐行渐远。在富安桥堍下，有一对依偎的恋人正在聆听当地曲娘的小唱"周庄好"，那温馨委婉的曲调使整个水乡荡漾出一种亘古弥新的韵律……

（《新民晚报》2007年9月25日）

泛舟尚湖行

正值江南梅雨时节，我应友人之邀，赴常熟尚湖探景访水叩名山。被称为"秀水甲江南"的尚湖，因姜太公为寻访仲雍在此隐居后垂钓而得名。友人颇有雅兴，让我们泛舟作环湖水上游，一睹"细雨溟蒙一望间，水村如画傍湖山"的旖旎景色。

尚湖水清碧明净，轻波荡漾，坐在舟中，极目四望，细雨霏霏下的湖光山色，犹如黄公望笔下那水墨淋漓、色彩明丽的山水画，在人们的眼前立体地展开，真是舟在湖中驰，人在画里行。起伏逶迤、山色青黛的虞山，云楼隐显、峰峦奇秀，似一道四季变幻的背景映衬着浩渺的湖甸烟云。环湖的一个个著名景点，蕴含着丰厚的人文内涵和美丽的历史传说，使这桨声波光里弥散出浓郁的诗情画意。舟中赏景，无论如何是应当从"太公问钓"开始的，在绿木掩映、倒影变幻的湖边，有一位老翁端坐在那里，他手执长长的钓竿，目光凝视着远方。他就是大名鼎鼎的姜尚汉白玉雕像。这位《封神榜》中的姜太公，他的钓鱼从不放饵，在钓鱼的同时，也在钓山钓月钓春秋。于是催生了两句千古名言："姜太公钓鱼，愿者上钩。""姜太公在此，百无禁忌。"由此也奠定了尚湖骨子里的潇洒、大气和福祉、安逸，才孕育出了千百年来，无数诗人才子、书画名家的翰墨丹青写尚湖，"浴日晴波漾六时，丹洲若木影参差。"

雨还在淅淅沥沥地下着,烟雨江南的水灵氤氲、多情缱绻,在这梅雨的空濛婉约中该演绎出多少才子的缠绵、佳人的情叹。哦,近了,"拂水长堤",还有那个串月长桥。明末清初的东南文宗钱谦益和秦淮首艳柳如是在此携手游春,吟诗作画。建于尚湖边的拂水山庄使白发红颜缘定今生,为此柳如是撰联为:浅深绿水琴中听,远近青山画里看。而今长堤上鲜花环绕、回廊临风,串月桥下波光潋滟、映影相随,似乎依然在向那些雨中漫步的情侣们诉说着那个已成为古典的爱情故事。轻舟驰过这如今被人称作情侣长堤的水面后,隐隐地传来馥郁的花香和清新的湖风,哦,"风荷流香"到了。只见开阔的湖面上,荷叶田田,荷花盛开。那圆浑肥硕的荷叶形成一片令人心醉的翠色,而丰硕娇艳的荷花被小雨梳洗得更是风情万种,不仅使人想起杨万里的名句:接天莲叶无穷碧,映日荷花别样红。六月又叫"荷月",如此零距离地赏荷,可谓是艳福不浅。尚湖荷花已有千年历史,有"尚荷"之称,以叶大花香闻名于世,因而此处又被诗人题为"荷香洲"。

　　长长的水榭环湖而建,上面覆盖着枝繁叶茂的紫藤,一弯虹桥静卧碧波,湖畔有一块小小的黄山石,从舟中观望,依稀可见"唐寅系舟"四个镌刻之字。也就在那个难忘的梅雨时节,唐寅(伯虎)乘着一叶小舟来到了尚湖,为这里的山水美景所陶醉,他系舟湖边,对景作画,一口气画了七十多幅都不满意,于是感叹道,尚湖之美,岂是丹青所能绘就。尚湖从此成了他心中永驻的梦幻般的风景。我也真想让我们的船娘把小舟停在"唐寅系舟",让我们感受一下吴中才子心中的尚湖山水。无奈时间苦短,我们还有双亭遗踪、云崖飞瀑、湿地闻莺及弦歌渔乐还尚未游到。于是,我们的小舟又前行在一湖烟雨、满目葱茏中……

(《新民晚报》2008年7月1日)

汉高祖原庙走笔

江南本是灵动婉约、秀丽明媚之地，然而当我在江苏沛县行走时，一股皇天后土、豪放雄健的气息扑面而来。车出徐州入沛县境内时，迎面就是两座高古朴茂、气势恢宏挺拔的汉子母双阙，那高耸的楼观，方劲的台基，凸显了泱泱汉风。

有"千古龙飞地，一代帝王乡"之称的沛县，是汉高祖刘邦的故里。秦代末年，刘邦剑横空，率沛县三千弟子驰骋疆场，戎马倥偬。火暴秦而蹶霸楚，创汉家基业。史家称为"皇皇圣汉，兆自沛丰"。而今来此探古寻幽，位于县城中的汉高祖原庙自然是首选之地。

迈过由赵朴初先生题写的"汉高祖原庙"牌楼，宽阔的甬道两边树立着汉画像石及汉俑，汉石雕马、羊等动物，弥散出悠然的沧桑感。一尊巨大的青铜香炉内，那漫漫萦绕的香烟，似萦绕着凭吊者肃穆的情怀。扶着汉白玉栏杆登上高高的石阶，便是巍峨庄严、大气雄浑的正殿"乐沛殿"。该殿系古代建筑中最高等级的庑殿顶，屋面作四坡式，略呈凹曲面，至四翼角及檐口处复向上翘起，屋顶有一正脊及四垂脊，殿左右各立两个小方亭，因而气度畅朗豪放，造型伟岸简约，线条劲挺洗练，典型地展示了大汉建筑的风范。殿正中是高大的汉高祖刘邦镏金座像，沛公那从容的气度，豪迈的神情，深邃的目光，似"酒酣起舞和儿歌，眼中尽是汉山河"。

公元前196年，已年过花甲的汉高祖刘邦在平定了淮南王英布的谋反后，在挥师归长安途中，思乡心切，决定回故里沛县一次。那正是一个枫叶含丹、金桂飘香的仲秋时节，故土的父老乡亲们按周秦和汉礼的礼仪规矩，在沛县城中为他修建了一座行宫，称沛宫，并在宫前筑一高台，刘邦就在台上宴请父老乡亲，畅饮话旧忆昔。浓浓的桑梓之思，深深的恋乡之情，使这位雄才大略的一代帝王激动不已，"高祖谓沛父兄曰：'游子悲故乡，吾虽都关中，万岁后吾魂魄犹乐思沛。'"(《史记·高祖本记》)当酒宴进入高潮后，刘邦用手击筑，即兴演唱了流传千古的《大风歌》。这位农民出身的帝王为了感恩故土乡亲，特别封沛县为他的"汤沐邑"，确认沛县为孕育大汉王朝之初始的摇篮。使该县的乡亲在相当长的一段时间内不用交赋税，以示厚爱之意。"沛之先汉初为汤沐邑，实人文攸萃之始也。"

汉高祖回长安后，于第二年四月便病逝于长乐宫。惠帝刘盈继位后，敕令长安建高祖庙，并命各地建高祖庙，专令沛县将沛宫改为高祖原庙，可见此庙之尊。汉代的光武帝、汉章帝等都曾亲临沛县祭祀。后在漫长的历史风烟中，各地的高祖庙大都被毁，而此原庙却屡毁屡修，直至1851年黄河决口，随之被冲毁。现在的汉高祖原庙是1996年重建，系按汉画像石及相关建筑史料设计，从而生动地再现了汉风神韵。

整个原庙绿木扶苏，花草相拥，湖泛碧波，显得十分清幽而古逸，使人真切地感受到了汉文化之根那种雄浑强健的历史魅力和人文滋养。与"乐沛宫"相邻的是"汉魂宫"，大殿被布置成了一个皇宫朝会，陈列着一组蜡像，汉高祖端坐龙椅，大臣将军分左右而立，每人均神态各异、性格鲜明，有萧何、韩信、张良、曹参、周勃、樊哙等名臣良将。他们似在决策对楚的最后一战，又似在商议开国后的安邦立民之道。由此使我想到在公元前2世纪，正是东方的汉王朝帝国和西方的古罗马帝国在历史上最强大、最显赫的时期，而汉王朝精英们在此辉煌的朝会，却被定格成了一种永恒的缅怀，"汉魂宫"弘扬的正是这激荡千古的汉家雄风。

(《文汇报》2008年10月25日)

千古歌风台

正值菊黄蟹肥、柿红桂香的金秋时节,赴汉皇故里江苏徐州沛县采风,在拜瞻了古朴浑穆的汉高祖原庙后,即来到了闻名遐迩的歌风台。

高迈气派、质朴雄伟的歌风台因两千多年前的汉高祖刘邦在此吟唱《大风歌》而名垂青史,成为江南名胜古迹。整个歌风台高9.9米,分为上下两层,中间的横匾"歌风台"为江苏著名书法家武中奇所题,苍劲有力的笔画线条中,凝聚着历史风云。下层是大型展厅,正精心布置了"汉高祖刘邦胜迹展",从一介泗水亭长到斩蛇起义,从筑台拜将到还定三秦,从楚河汉界到兵围垓下,全面地展示了刘邦征战四方、开国创业的一生。歌风台原址在县城东南,泗水西岸,因水患战乱,多次毁建。1982年,江苏省人民政府将此台和大风歌碑公布为省级重点保护文物,并重建于城中。

沿着青石台阶拾级而上,迎面便是一尊高大的刘邦汉白玉雕像,他正举爵按剑,临风起舞,酒酣而歌,一派豪迈英武的气度。刘邦是一个有着深深乡土情结的帝王,自起兵举旗,定都长安后,他未曾回归故里,但对故乡的思念却一直萦绕在他心头。公元前196年他在平定淮南王英布的归京途中,决定回乡省亲。于是,故里的父老乡亲为他专筑了这一高台,以最高礼仪恭候游子的归来。遥想两千多年前十月的这座高台上,金风拂荡,佳肴供奉,酒香弥漫,宾朋满座。汉高祖欢宴父老,纵酒叙旧,思昔抚今，不觉感慨万千，一时酒兴歌起，自击筑而唱曰："大风起兮云飞扬，威加海内兮归故乡，安得猛士兮守四方。""歌毕泣数行下。"是呵，从荥阳对峙的危困，鸿门惊宴的凶险到十面埋伏的决战，这一路走来是多么地惊心动魄而艰苦卓绝，怎不使英雄泪下。据传《大风歌》应为四句，因刘邦实在太激动了，将最后一句忘了。此时百二十名少儿和而歌之，满台群情为之激昂，唐代诗仙李白称之为："按剑清八极，归酣歌《大风》。"从此，《大风歌》成为千古绝唱而代代相传。

崇尚阳刚，追求高迈，讲究大气，正是人们所推崇的汉文化的人文底蕴和价值取向。刘邦的这首《大风歌》，正是对此作了最初的精神奠定和人格涵养。为此，来歌风台瞻仰的年轻人很多，他们大都是为了吸取精神上的养料。

歌风台南建有一座6米高的望楼，大斜坡顶，屋檐微翘，斗拱雀替，线条劲挺而造型简朴，再现了汉式风韵，楼匾题为"华夏第一楼"。望楼内存有珍贵的大风歌汉碑，但下半部分被毁。历经两千多年的风雨剥蚀，其碑面虽然有些斑斓，但文字依稀可辨，笔画刚健劲挺而秀丽婉约，结构严谨和谐而疏密自如，其整体风格和《天发神谶碑》相接近。左边是一块元摹刻碑，比原碑略小，但笔画线条颇传神。碑后有文字记载曰："汉皇帝……征黥布而还乡，筑台会诸乡耆，遂作歌……后人因台作室，前立碑石，大篆镌是歌。奈岁久，风吹而雨剥，字画残缺……买石材，摹勒旧字，易而新之，旧碑亦存焉。"右边是沛县政府1984年请书法家按原碑又重新摹刻的一块。从古到今的大风歌碑刻，更是增加了歌风台的历史积淀，成为一个民族珍贵的精神记忆。明末清初诗人阎尔梅在《歌风台》诗中写道："上得歌台风满天，如闻击筑十三弦。还乡高会山河动，开国元音创守全。"

（《新民晚报》2008年10月28日）

前童古村行

在我所游历的南北古镇中,位于宁波市宁海县境内的前童古镇,也许是属于保存得最为原生态型的一个标本。岁月的流逝,春秋的交替,仿佛在这里忘却了轮回,一如既往地延续着不知今夕是何年的梦境。

一座飞檐翘角、二重屋脊的木牌坊门,静静地守望前童村的入口处。用鹅卵石铺成的小路,被时光打磨得珠圆玉润,泛出温馨而婉约的光蕴。一条明净的小溪挨户环流,那潺潺的水声,似荡漾着古老的歌谣。今时流溪旧时水,年华的沉淀,就如那位在溪边石板上轻轻拍打衣服的老阿奶,使人倏忽间产生一种梦回童年的原乡感。再看那粉墙黛瓦的老屋祖居,墙面已变得斑斓剥损,但却展示出悠悠的沧桑,原汁原味地凸显出先民的生活形态。漫步在这样的古镇,使人如入禅境,世俗的浮躁、红尘的欲望,被古镇小巷的清风流水过滤得心静如镜。

"诗意地居栖",是人们所崇尚的一种生活理念。前童的空间分布和居住设计,充分显示了先民的睿智。古镇始建于南宋绍定六年(1233),位于双山相拥(塔山、鹿山)之间,二溪合流(白溪、梁皇溪)之地,由此构成"水八卦"布局,形成了家家通小桥流水,户户连卵石曲径的绮丽风貌。那些在秋阳映照下的老屋房檐上,爬满了青碧的藤萝,似怀恋着已渐行渐远的记忆。当年徐霞客的脚步叩响卵石小径时,曾被古镇那天人合一的奇特景观所震撼。为此，他专门在古镇的老屋住了一晚，仰望星空，宋时明月元时云，使游圣激动不已。第二天清晨，当他迎着霞光一步一回头地离开前童时，《徐霞客游记》的开卷便有了"癸丑之三月晦，自宁海出西门，云散日朗，人意山光，俱有喜态"的不朽记载和诗化语境。

漫步在古镇的小巷，那镶嵌在粉墙上的一扇扇雕刻精美、图案质朴的石花窗，渗透出了浓厚的民俗民趣。而那些代表性的古宅，更是集明清建筑、雕刻、装潢、书画之大成。在导游童小姐的带领下，我们先参观的是建于清道光六年（1826）的"职思其居"。这是一座典型的浙东民居，天井方正大气，二层屋檐古朴庄重，在正中大厅的板壁上，至今留有多张明清时中举的呈报，那厅前的大红灯笼依稀留有当年报喜的剪影。该宅曾出过三位教谕、十多位贡生举人及一批清末民初的留学生，可以讲是古镇丰厚的文化积淀涵养了古今的英才。

伴着清澈的溪水前往，前面就是建于清道光年间、被称为浙东古屋雕刻第一宅的"明径堂"，该建筑高大开阔，雕梁画栋，花窗朱檐，特别是檐廊处的雕刻极为精致考究，五只蝙蝠共捧一只寿桃。镂空的寿桃中间是两条鱼构成的阴阳太极图，下面是一道打开的圣旨，意为金榜题名，两旁则装饰有鲤鱼跳龙门的图案，于古色古香中展示了古村落浓郁的人文遗绪。在迷宫般的曲巷中穿行，匆匆经过陈逸飞当年拍《理发师》时的古宅小楼，转角豁然开朗处，只见马头墙凌空而起，屋檐飞翘高耸处，便是大名鼎鼎、恢宏巍峨的前童村经典建筑"群峰簪笏"。这里厅堂相拥，窗格均刻有系列民间故事图案，并配有朱子家训的文字，图文并茂而立意高远，弥散出浓厚的儒家文化气息。

在长长的前童古街的尽头，有一座建于明洪武十八年（1385）的童氏宗祠，由明一代大儒方孝孺设计，西厢角楼的四柱呈八字形，上小下大，有下垂的挡风板，体现了明皇城的建筑气派，可见当年童氏的宗族地位及社会影响。宗祠的院落呈长方形，中间是一个古戏台，四周长廊相连。此时，夕阳为古戏台抹上了一层玫瑰色，前童人的前世今生又将继续上演……

（《劳动报》2008年12月18日）

诗情江心屿

苍翠蓊郁的江心屿，宛如一只巨大的青螺，幽静地横卧在温州市鹿城区北的瓯江之中，云影流霞、水色波光，将其梵宇浮屠、桥榭楼台辉映衬得空灵明丽而典雅古逸，因而被誉为"瓯江蓬莱"。

正是人间四月天的仲春时节，我从江边码头登船，瓯江碧波荡漾，似能过滤你旅途的倦意，净化你的心境。遥想南朝永嘉太守谢灵运泛舟江上，面对如此佳景，怎不诗情澎湃。为此，这位中国山水诗大师写下了千古咏传的名句："乱流趋正绝，孤屿媚中川。云日相辉映，空水共澄鲜。"从此，使这江心屿跻身于中国四大名屿之一。不一会儿，船便靠岸，但见满目新绿，群芳争艳，整个岛屿展示出一派盎然的春色。

上岛前行，不远处便是飞檐翘角、龙脊金顶的江心寺，门前所书"禅宗六刹"凸显了古寺名刹的庄严气派。两边立柱上镌刻的是天下名联："云朝朝朝朝朝朝朝散；潮长长长长长长长消。"以十分简洁朴实的语言，道出了深奥玄妙的佛机禅理，使人领略了江心寺高古的年轮和丰厚的底蕴。江心屿原分东西二屿，该寺初建于唐代咸通七年（866），建在西屿。宋开宝二年（969）年，又建寺于东屿，南宋赵构于建炎四年（1130）为避金兵，曾驻寺内，成为皇家寺院，使之至今保留龙脊。七年后，僧请了奉诏来此设坛传经，将东西两屿用土石填接，并迁寺于此，名中川寺，通称江心寺。不久，高宗赐名龙翔兴庆禅寺，奉为"宗室道场"。现存的江心寺为清乾隆五十四年（1789）年重建，分前、中、后三殿，造得相当精湛壮观，传承了皇家寺院的尊贵，前殿为金刚殿，两边矗立着钟鼓楼，宋代古钟至今依然发出悠扬的古韵梵音。中殿即是园通殿，横匾"江天福地"出于沙孟海手笔，殿内供奉着释迦牟尼塑像，正柱联系宋一代名相、诗人王安石所书，令人平添思古之幽情。整个寺内庑廊相通，古木参天，芳草萋萋，别有一番超凡脱尘之感。

迎着和畅的江风出寺东行，即是江心屿上另一著名景点文天祥祠，粉墙黛瓦，松柏森森，显得十分朴素而端庄。南宋德祐二年（1276）一月，文天祥受命赴临安（杭州）郊外元军大营谈判，被元伯颜所扣。被押途中伺机在镇江逃脱，后从海上来到温州居留一月，曾流连于江心屿的美景。后去福建参加抗元被俘，至元十九年（1282）就义。明成化十八年（1482），后人在此立祠纪念这位"人生自古谁无死，留取丹心照汗青"的先贤。今祠为清代重修，并立有文天祥的塑像及他写的《北归宿江心寺》的诗碑。一群春游的学生正围着碑文在轻声地朗读。

站在岛屿的中央极目东西两座小山，绿树掩映着傲然于蓝天白云间的宝塔，浑穆古朴的东塔初建于唐咸通十年（869），清逸峻美的西塔初建于北宋开宝二年（969）。双塔既是佛塔，又是瓯江航标，可谓是普度众生。一千多年来，潮涨潮落，云聚云散，但东西两塔依然以不变的姿态相互守望，共度春秋，演绎着岁月的温情和永恒的承诺。沿岛西行，只见一座玲珑雅致的小楼屹立于江边，楼匾系谢稚柳先生所书"澄鲜阁"，此是当年谢安在江心屿的小筑。他每次来此，总是登楼凭栏观景，或是吟咏古寺春色、瓯江烟雨、远浦归帆，或是赞美双塔红枫、梵宇夕照、秋江渔火，使我如今置身在此，依然能感到那悠然拂郁的诗心文脉。难怪当年的李白、杜甫、孟浩然、韩愈等历代文人都曾来此游览，并留下了动人的诗篇，使江心屿被誉为"中国的诗之岛"。

（《新民晚报》2009年4月14日）

浣纱江畔西施殿

　　山明水秀的浙江诸暨，是绝代佳人西施的故里。西施当年浣纱江畔留下的倩影，漫步苎萝山下荷花池边飘逸的清香，千百年来为这座古城增添了悠长的芳韵与动人的婉约。

　　绿木扶苏、鲜花掩映的西施殿位于浣江岸边，建造得古朴灵秀而典雅精致。从唐代大诗人李商隐留下的"西施寻遗殿，昭君觅故村"的诗句中，透露了西施殿建造历史最早于唐开成年间的信息。以后屡建屡毁，"茂草荒台，苎萝枕冷闲愁"。而今的西施殿是上个世纪八十年代重修，其规模格局基本恢复了旧貌。

　　明媚的春阳把黄墙红门的入口辉映得格外瑰丽，三重屋脊的装饰，也显示了西施位于中国四大美女之首的尊贵。进入大门后右转，便是小桥相衔、依山而建的正殿，一派高古之气。殿上方悬挂着刘海粟所书的"西施殿"，正中是美丽妩媚、风姿绰约的西施塑像，她体态婀娜，双眸含情地注视着乡梓的日月春秋。这位原是苎萝村的浣纱女，为了越国的复兴重建，灭吴雪耻而忍辱负重，堪称深明大义。为此，故乡的父老乡亲才为其建殿立像，千古缅怀。正殿及东西侧两厢都是飞檐翘角、斗拱歇山、朱楣雕栏，均系诸暨地区明清时期的古建筑拆迁移建于此。特别是其镂花木雕、圆浮石雕等，都展示了独特的民间工艺水平，也从中折射出了深厚的历史文化底蕴。正殿前的两边,各植有一棵枝繁叶茂的合欢树,是1990年9月日本专访西施故里代表团栽种于此。

从西施正殿半月形的洞门而出,拾级登上半山的楼台,一股肃穆端庄之气扑面而来,草篆"古越台"三字系韩天衡手笔。台中正中坐有越王勾践,左右侍立着谋臣范蠡、文仲,上有横匾曰"卧薪尝胆",令人遐思无限。当年吴王夫差击败越王勾践后,勾践为报仇雪耻,遂十年生聚,十年奋发,日日卧薪、时时尝胆,从而冶炼出了一种经典的精神范式。然而毕竟也有人对越王勾践以献美女而助复国之举提出了异议,唐代诗人皮日休就在诗中尖锐地写道:"越王大有堪羞处,只把西施赚得吴。"为此,古越台前特辟有一湾清碧的红粉池,其用意就是斥贬勾践以红粉佳人西施为诱饵。红粉池水平如镜,映照着勾践的"堪羞处"。小小的一座古越台,竟汇聚着历史的云烟,千秋的评说。

出古越台,过西施碑廊,沿山攀登,便是苎萝山的最高点。上面建有三重飞檐、八角翘伸的苎萝亭,在最高处的第三层可仰观浣江苍茫,真像一条乳白色的清纱。俯察苎萝逶迤,恰似一座青葱旖旎的翠谷,点缀着牌坊连接的夷光阁,柴门草庐的古苎萝村等。

在离开苎萝亭后,见有一泓荷池,虽还未到"映日荷花别样红"的时节,但已是荷叶田田,不由得想起了李白的诗句:"西施越溪女,出自苎萝山。秀色掩今古,荷花羞玉颜。"

(《新民晚报》2009年5月14日)

冰原雪国亚布力

从冰城哈尔滨到著名的滑雪胜地亚布力的途中，展现在人们眼前的景色是十分秀美而壮丽的，浩瀚的山林原野被厚厚白雪所覆盖，极目所见，一片银装素裹、玉树琼花。偶尔从车窗外闪过的几处民舍农居，门框房檐下挂着几串鲜艳的灯笼和几簇火红的辣椒，在这冰清玉洁的空间中显得格外耀眼和温馨，弥散出粗犷而浓烈的关东情韵，使这茫茫的林海雪原上平添了几分迎新春的喜气。

亚布力是中国滑雪旅游业的发轫之地，位于长白山脉，占地面积达240公顷，系国家级4A旅游度假区。亚布力是俄语"亚布洛尼"的音译，即"果木园"的意思。大清时期，曾是皇家的狩猎场，长期严禁民间百姓入内垦荒打猎，因而至今保持了良好的生态环境和丰富的森林资源。我们的旅游大巴到了目的地后，先是排队领雪橇、雪靴等工具，随后即坐上万米缆车到山上滑雪场。

高空缆车在缓缓地前行着，从上俯瞰整个亚布力雪场，群山逶迤舞银蛇，林海苍莽拥白雪，湖泊晶莹似明镜，好似进入了超尘脱俗的童话世界和远离喧哗的世外桃源，空气格外的纯净而清新，偶尔飘入你唇间的几片雪花在融化的顷刻间，给你的感觉竟是甜丝丝的。置身在这冰原雪国的亚布力，仿佛使人进入了一种六根清净、四大皆空的佛界禅境，尘世的烦恼、俗间的利禄等，统统被这铺天盖地的白雪所荡涤和消融。我平生喜好

旅游，觉得旅游最大的乐趣是在过程中的生命感悟，最高的境界是在体验中的天人合一。

亚布力拥有先进的高山竞技滑雪运动场，海拔达1 372米，最大的落差900米，是目前我国最大的国标级滑雪场，从1998年冬天起，一年一度的中国国际滑雪节都在这里举行。另外一个就是我们到达的休闲滑雪场，海拔1 000米，最大落差600米，共有初、中、高级雪道三十多条。从山顶往下看，雪道犹如一条条巨大的银毯，一直铺展到山下的坡地，那些身穿赤橙黄绿滑雪衫的高手们，在雪道上纵情飞驰，摆出不同的造型身姿，时而像流星追风，时而像飞燕掠水，时而像海底捞月，时而像白鹤亮翅，直看得我目不暇接、眼花缭乱。而轮到我自己滑时，连站都站不稳，稍一动作，就仰天一跤。无奈只得请滑雪教练速成培训，从最初的站立、刹车、起滑到加速、减速、转弯等，在付了十几跤的学费后，总算能勉强开滑了。经过两个多小时的热身后，我已能在雪道上自在地滑翔，特别是从千米高峰俯冲下百米落差时，使我平生第一次领略了身轻如燕、欲飞欲仙的快感。我和友人们一起发出了胜利的欢呼，巨大的声响在寂静的山谷间回荡，震落了林间的积雪，扬起了阵阵美丽的雪雾。

仗着一点技术上的进步，我和友人向雪场深处驰去。尽管这里的雪道明显地变得狭窄，但积雪却更加丰厚，两边的景色也更加幽深而独特，到处可见雾凇雪柳树挂，一派大自然的鬼斧神工。而远处的小溪早被封冻，像为雪场镶上一道银色的花边。难怪世界旅游组织官员、法国滑雪场规划专家让·皮埃尔先生为眼前的美景所倾倒，盛赞"亚布力"是"宣传中国东北旅游的一张王牌"。

（《新民晚报》2007年3月6日）

《潜伏》在横店

盛夏时节，到有"中国好莱坞"之称的浙江横店影视城旅游，导游李小姐热情地向大家推荐说："随着电视剧《潜伏》的热播走红，作为该剧拍摄实景地的影视城近期全真复原了《潜伏》场景，大家如有兴趣，可以体验一下余则成和王翠平惊心动魄的潜伏历程，也来重温一下地下工作者的艰险境遇。"游客中有不少是《潜伏》剧迷和余王恋的粉丝，自然积极响应。

《潜伏》自2008年5月在横店影视城拍摄完成后，随即在各地荧屏一路飘红，好评如潮，并问鼎了多个奖项，形成了近年来影视界少有的《潜伏》热现象。这其中除了编导们的艺术功力及主演们的精湛演技外，剧中场景独特的营造和环境氛围的真实再现，起到了很好的烘云托月的效果，给无数观众留下了深刻的印象。而横店影视城则敏感地抓住了这一影视"商机"信息，让观众到此一游，感受这部热播电视剧的艺术魄力，领略当年余王恋的爱情香巢。《潜伏》是一部典型的城市地下斗争剧，李小姐先带领我们参观的是该剧的主场景：广州街和香港街。那气派豪华的上海大酒家、雅致热闹的望海楼、车水马龙的皇后大道等，当年无不充满着谍战的惊险悬疑和血雨腥风。虽然余则成机敏的身影似乎刚刚和你擦身而过，而他那犀利的眼神依然飘荡在街口路边，凸显了一位红色谍战高手的睿智。

　　从香港街转入一条寂静的小巷，两边尽是高墙深院，数丛出墙的夹竹桃花开得如火如荼，仿佛能一下点燃岁月深处的记忆火花。在一面灰色的院墙上有一块铭牌：《潜伏》王翠平藏金条的鸡窝。作为《潜伏》场景的两大亮点之一，鸡窝的确是具有浓郁的生活气息和幽默色彩的。轻轻地推开院门，唯恐惊动窗后王翠平那警惕的目光。小院不大，靠墙根的鸡窝里面依然铺满了金色的稻草。王翠平从一个乡野村姑、女游击队长一下子变成了大城市中的余太太，为了排遣心中的寂寞，她在小院中垒起了鸡窝。而正是这个简陋的鸡窝，成了最大的藏宝处：藏有26根金条。最高的情爱地，藏有结婚证。在见证了生离死别后，鸡窝已具有经典的意义。于是，导游李小姐建议大家不妨伸手去摸一下鸡窝，也许还有当年留下的金条为你带来好运。

　　《潜伏》场景的第二大亮点就是余则成、王翠平的卧室。可这卧室并不和鸡窝同院，而是需要走到另一条街的转角。在一座欧化的楼房前，也钉有一块铭牌：《潜伏》中余则成、王翠平的家。也许是地下斗争及谍战的需要，这可是一个多功能卧室，也被《潜伏》的粉丝们称为"有史以来中国电视剧中功能最'牛'的家"。由于先是分床而眠，地板已由余则成睡的被褥摩挲得光洁铮亮，泛出一层时光的旧痕。导游李小姐揭秘道：抽屉里有手枪、收音机即是发报机、衣橱里有手雷，大家可要火烛小心。尽管这里随时可以成为枪林弹雨的战场，但骨子里还是温馨缠绵的暖窝，余则成和王翠平这对地下红色鸳鸯，在这里相濡以沫、共克时艰，度过了多少个不眠的夜晚，才铸成了这刻骨铭心的爱情。木架子床而今依然放在老地方，床上的花被也迭得十分整齐，似默然地等待着天涯同命鸟的归来。

　　全真复原了的《潜伏》场景，在某种意义上是复原了一种历史精神和人生理念。

（《新民晚报》2009年7月21日）

浦江之首巡礼

如果说黄浦江最亮丽时尚的景观荟萃在外滩两岸,那么黄浦江最恢宏壮阔的景观却呈现在上海之根——松江的园泄泾、斜塘江、横潦泾的三江汇合处,长达113.4公里的黄浦江就是以此为开端,因而获得"浦江之首"之称,成为上海具有历史、人文、地标意义的景观。

我们乘坐的汽艇行驶在开阔的江面上,盛夏的阳光映照着浩瀚的江水,泛出带有金属质感般的光泽,如播撒碎金万点。不一会儿,汽艇便靠上了三江汇合处的三角洲,古称"三角渡"。整个三角洲林木茂盛、郁郁葱葱,仿佛像一块绿色的翡翠镶嵌在江之洲。一座颇有历史感的灯塔临江而立,把无尽岁月的时光记忆化作一种永恒的守望。不远处,有座飞檐翘角的方亭悄悄地掩映于绿树浓荫之中,传递着江南华亭诗化的风情。

我们一行人站在三角洲头仰观俯察,极目之处只见园泄泾、斜塘江、横潦泾从三个不同的方向顺流而下,至三角洲的顶端处顷刻间亲密地融合成一体,由此汇成上海的母亲河——黄浦江,浩浩荡荡、气势激越地奔腾向前,那飞溅的浪花,使人遐思无限。黄浦江曾名黄浦塘、黄浦港等,南宋时即有记载。清代时始称黄浦江,老上海人又习惯地称为黄歇浦、春申江等。传说因春秋战国时,春申君黄歇开凿而得名。1843年上海开埠后,黄浦江上舳舻相接,帆樯林立,迅速成为"江海之通津,东南之都会"的黄金水道。那百里之长的江水如一面明镜,见证了世纪的辉煌和百年的沧桑。"海纳百川,有容乃大"的海派文化及都市风情,因有了黄浦江水的涵润涵养,而显得气象万千、流光溢彩。也许是一方水土养一方人吧,上海的父老乡亲对黄浦江也充满了桑梓之情,把自己称为"浦江儿女"。而今我们置身在这浦江之首,也算是浦江儿女对母亲河的一次朝拜吧。

临江观景,水天一色。不知是由于光照的反射还是水汽的氤氲,不远处的江面上飘拂着乳白色的烟雾云霞,如山水画家笔下的水墨晕化,时浓时淡、时聚时散,把浦江两岸的景色渲染得朦胧而又绮丽,让我们领略了浦江之首的特有景色:"浦江烟渚。"为此,这里变幻莫测的四时景色,受到摄影家们的青睐,他们时常跟着时序的节拍,相聚在此打开镜头:春江水暖,桃红柳绿。仲夏观日,江花如火。秋水明丽,枫染江帆。冬雪独钓,玉树琼花。

由于是零距离的亲水接触,我们发现江水嫩黄而清澈,带有透明度,和市区段的江水相比,其明净度要高得多。再浏览整个江面,也被梳理得颇为整洁,很少有飘浮物。原来,这里是上海市民饮用水的主要取水口,我们每天如喝十杯水,那么有六至七杯就取自这里。为了还江于净,沿浦江之首的两岸关停了所有带污染的企业及家禽养殖场,使这母亲河的容颜变得明丽而清亮。站在江之首,饮水思源,我们的心中也涌起了一种特别亲切的情感。

在三角洲的顶尖处,树有一块小小的石碑,上面镌刻着一个"0",这就是黄浦江零公里处。也就是说作为东方大都市的地标之河,黄浦江就是从这里开始了人文的传承,从这里开始了文明的讴歌。为此,浦江之首的开发规划已分二期拟定,准备刻赋建碑,并在三角洲保留了1 700多亩绿化景观地,以作综合性的游览、休闲、度假设计。当2010年上海世博会的彩旗飞扬时,从浦江零公里处溯江而上,直达世博会的展览处,那将是怎样的诗情激荡、壮美如画的巡礼。

(《文学报》2009年8月13日)

接天莲叶无穷碧

盛夏的花事,自然是由被诗仙李白称为"秀色掩古今"的荷花来当家。应友人之邀,日前赴嘉定参观南翔古猗园荷花展。由于此次展览是由云翔寺和古猗园联袂举办,因此,我们先来到了气势恢宏、古朴壮丽的名刹云翔寺。

丽日晴空,云翔寺凸显着一派泱泱古风,展示了唐式伽蓝的神韵。坦荡的甬道两边,是高峻持穆的钟鼓之楼。在巍峨庄严、斗拱重檐的大雄宝殿前,排放着数十盆盛开的缸荷,显得绿云弥漫、色彩缤纷。据友人介绍,整个云翔寺的荷展以缸荷为主,有百盆之多,并荟萃了多个品种。只见荷叶青翠碧润,花色艳美多姿,临风玉立,袅袅婷婷。适宜于缸栽的荷花品种有"白孩莲"、"小桃红"、"寿星桃"、"金合欢"、"碧降雪"、"大紫莲"、"佛座莲"等。特别是"白孩莲"的花瓣薄如蝉翼,晶莹剔透。而"小桃红"的花蕾则饱满中显得妩媚,含苞待发中露出羞涩。而"金合欢"则开得潇洒热烈,展示了丰丽的娇容。使人想起唐王昌龄的诗句"荷叶罗裙一色裁,芙蓉向脸两边开。"

荷花,又名莲花、芙蓉、玉环、红蕖等,属睡莲科,多年生水生草本花卉、古老的《尔雅》中就有记载:"荷、芙藻,其茎茄,其叶莲,其本密,其华菡,其实莲,其根藕。"而荷花与寺庙,可谓是颇有佛缘禅机,史脉意绪。从佛祖释迦牟尼的莲花座到阿弥陀佛掌中的金莲灯，从寒山拾得的持荷行吟到佛堂大殿的荷花础石，荷花可谓是般若如导，佛性盎然，高洁出尘。背衬着"庄严慈护"的佛殿，眼观着"心无挂碍"的禅房，荷香拂郁清逸，使人可以"同登清凉彼岸，共证究竟菩提"。

出云翔寺后，便是酒旗茶幡飞扬的明清长街，过一拱形的小桥，不远处就是古树苍翠、绿竹猗然的"古猗园"。这座由明代嘉定一代竹刻大师朱三松设计的江南名园，集楼台亭阁、湖池水榭、嘉木名卉为一体。园中至今保存着唐代经幢、宋代普同塔，引人发思古之幽情。而因"8·13"抗战而重修的"缺角亭"，更在这旖旎的景色中，呈现了一种傲然清刚的风骨。古猗园的荷展是湖荷、缸荷相参，而园中遍植的枝叶婆娑的修竹，为荷展配上了一道绿色翠幛，诚如孟浩然所写："荷花送香气，竹露滴清香。"似乎消退了逼人的暑气，给人以凉爽清朗之感。

沿着碎石曲径前行，呈现在眼前的是鸳鸯湖荷景，但见满湖荷叶田田，秀色无边，颇为壮观。唯有身临其境，才能真切体验到杨万里写荷花的第一名句之精妙、之气魄："接天莲叶无穷碧，映日荷花别样红。"那翠碧如盾的荷叶，一层层、一簇簇地铺展开，而那高擎的荷花重瓣相聚，婀娜舒展，风情万千。这里的湖荷以"大洒锦"和"白睡莲"为主，荷鞭劲挺，荷叶肥厚，荷花丰腴，花瓣大都呈粉白色和胭脂色，显得大气而富丽。一阵轻风拂过，那涌起的绿浪红波，似能晕染天地，令人诗情激荡，难怪当年的屈原在湖畔观荷后，浪漫而多情地唱道："芰荷以为衣兮，集芙蓉以为裳，不吾知其亦已兮，苟余情之信芳。"他憧憬着现实能诚信清芳，不惜以荷花为衣裳。

古猗园中缸荷较为集中的是在青清园，几十盆缸荷相聚在一起，由于都是品种名荷，因而蔚为壮观，令人目不暇接。有的小荷才露尖，有的初荷刚含苞，有的欲放正待时，有的尽情展绚丽。各种荷花的花色争奇斗艳，真是姹紫嫣红，赤橙黄绿。我忙举起相机，一一为其留下倩影丽姿。如"玫红重台"的花色是紫红色，"白雪公主"是绿白色，"金色年华"是黄绿色，珍贵而稀有的"蓝莲花"则是蓝绿色，"玉钵"则是绿黄色，更有趣的是缸边赏荷,可见水面清澈、荷举花展,而荷下的淤泥则沉于缸底,可见清者自清,浊者自浊,可以昭廓心境,滤涤浊念,这也许涉及了荷文化中的人格境界。那个北宋理学大师周敦颐在其著名的《爱莲说》中曾有传世名句:"予独爱莲之出淤泥而不染,濯清涟而不妖,中通外直,不蔓不枝,香益清远,亭亭静植,可远观而不可亵玩焉。"看来这位周老夫子在咏荷后是多虑了,如今我们近观,内心依然充满了敬重之情。

南翔荷展,为我们送来了一份无上清凉和荷韵清雅,感受了一番如佛家所云"垢降消除,才觉真乐"的心悟。

(《解放日报》2009年8月5日)

南宁德天大瀑布

我们乘坐的旅游大巴在广西边陲南宁的大新县奔驰,尽管时序已是深秋,但南国依然是景色明丽、满目苍翠,给人的视觉效果是那么饱满丰腴而生机盎然。景随车移,沿途群峰峭拔奇崛,湖溪清碧如镜,蕉林蔗丛展示了一派天然旖旎的山水风光。

位于大新县硕龙镇的德天瀑布,与越南境内的板约瀑布相连,是仅次于著名的美、加边境的尼亚加拉大瀑布的世界第二大跨国瀑布。从景区入口处的坡道向下约几分钟,便是一个开阔的观瀑台,只见远处的德天瀑布在青山的夹峙间、在层林的呵护中飞流直下,气势磅礴而空濛浩瀚。那水石撞击的轰鸣声,如穿云裂石的春雷在天地间回荡。沿着有些陡峭的山路拾级而下,一湾如玉带的河水相拥着两岸的绿树青山,这就是中越边境的界河——归春河。登临宽宽的竹筏,筏工撑杆而上,向远处的瀑布缓缓驰去。归春河水平静而浅净,河底青葱的水草和灵动的小鱼清晰可见,不时有越南边民撑着小竹筏靠上来兜售越南产的工艺品及香水等,气氛亲和而融洽。归春河两岸的景色如一幅舒展的画卷,令人心旷神怡。秀峦奇峰间乳纱缭绕,凤尾竹尽显婀娜妩媚,阡陌纵横中梯田相叠,特别是沿河倒影更是姿态万千而变幻无穷,因而这里素有"小桂林"之称。

竹筏过一个小湾,便直面壮观的德天瀑布,一阵阵清凉的水雾沁人心脾,也把空间荡涤得十分明净,瀑布从高达60米的山顶分三级奔腾而下,跌宕跳跃而激越欢快,似千万颗晶莹剔透的珍珠翻卷喷涌,真如银河倒悬、玉珠如练。德天瀑布在中国境内宽120米,加上在越南境内的板约瀑布全宽达208米,呈扇面展开,犹如两道超大的宽银幕垂挂在天际间,蔚为壮观而包孕河山。我伫立在竹筏的前端,仔细地欣赏着眼前这一幅立体的山水画,觉得德天瀑布之美是在水势与山色的交融与映衬,由于瀑布四周植被浓郁、林木青葱,因而把瀑布点缀得清亮而丰泽,把水势衬托得华丽而气派,在如镜的水帘中泛出翡翠色的绿意,在南国秋阳的映照下,折射出带有金属质感般的光亮。筏工告诉我们:如果在雨后,这里马上就会出现五色的彩虹,那真是漂亮极了,如人间仙境。

竹筏离瀑布越来越近,河水也变得有些湍急了,飞溅的水花打湿了我们的衣衫,为了零距离地赏瀑,大家兴奋得全然不顾,敞开怀抱,沐瀑浴水。真想在此多伫立一会,让这清澈而纯洁的水流来净化心灵,使我们的心境也变得清朗豁达,"本来无一物,何处惹尘埃"。但限于游程时间,我们只得缓缓驰离。此时,随风传来一阵阵馥郁的桂花清香,使人神清气爽。德天四景是变化交替,各显风情:仲春,红棉如火,山茶烂漫;盛夏,瀑布丰腴,泻银叶下;金秋,丹桂绽放,瓜果飘香;冬至,霜染青岑,流水织绣。

从德天瀑布回到码头,舍筏登岸,沿着景观大道前行,就是53号界碑了。一块水泥石碑上分别用中、越文镌刻着红色的"53"标志,中文一边是中国,越文一边是越南。如今这里成了出名的旅游小商品市场,不少越南边民在这里设摊,他们都能讲中文,只是商品大同小异,如水果干、香水、香烟、活络油及橡胶拖鞋等。在新界碑不远处,悄然地立着一块简陋而斑驳的老界碑,尽管小得不易为人发现,但在夕阳的映照下,却弥散出浓郁的沧桑感。

(《新民晚报》2009年12月22日)

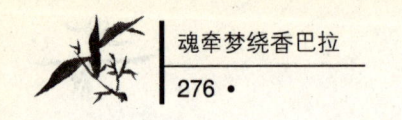

澳门博物馆印象

从宏伟壮丽、气势轩扬的大三巴牌坊一侧乘自动扶梯而上，但见树木丰茂、芳草鲜碧，用大块青石垒起的山墙，显得壁垒森严而古朴雄浑。澳门博物馆就坐落在这著名的大炮台遗址之上，弥漫出肃穆悠然的沧桑感。而在炮台上建博物馆的这种构想本身，就凸显了一种温馨的历史情怀和浪漫的人文意绪。

据清乾隆年间出版的《澳门纪略》中载："濠镜之名，著于《明史》。"澳门以前是个小渔村，当时泊口称为"澳"。因周边遍布牡蛎（蠔），蠔壳内壁光如镜，澳门由此被称为"蠔镜"，后又改称为更加雅致的"濠镜"。澳门名称的由来，还渊源于渔民崇拜的妈祖女神。十六世纪中叶，第一批葡萄牙人初抵澳门登岸后，指着前方问此为何地，当地居民以为是指前方的妈祖庙，就答道"妈阁"。于是，葡萄牙人以其音译为"MACAU"，这也就成了澳门葡文的名称。由此可见，中西合璧的澳门名称是体现了诗化"濠境"的旖旎风光和神话"妈阁"的美好愿景。而于1995年开工、1998年落成的澳门博物馆，正可谓是集濠境千年之文脉，汇妈阁百年之史绪，让人观澜索源，振叶寻根。

澳门博物馆共分三层，总面积达2 800平方米，体现了现代的理念，多元的包容，丰富的展品及史释的意识，显得结构严谨而脉络清晰，中西交融而立意精当。走进馆内一楼，两边的橱窗就展示了东西方文明各自的源起与发展，使人犹如进入一条穿越时光的隧道。从新石器时代中期至秦代初期（约前221），我们的先民就已在这里生活劳作。至青铜时代，这里的先民除了种植水稻、制造青铜器外，还开始了沿海贸易。从1972年至1995年期间，在澳门路环的黑沙史前遗址进行了考古发掘，出土了彩陶、玉器、石斧、石锛及铜制的货币等，最珍贵的还出土了4 000多年前的水晶手环和耳环装饰物，如今这些东西都陈列在橱窗内，那柔和而晶莹的包浆，正凝聚着先民的辛劳，昭示着前人的智慧。

在西式展橱内，供奉着圣像和《圣经》，从而和中式展橱内供奉的孔子像及《论语》互相辉映，象征着和而不同的东西方文明共同泗润着这片神奇的海天包孕之地。明嘉靖三十六年（1557），葡萄牙人从明广东地方政府取得了澳门居住权，成为首批踏上濠镜之地的欧洲人，从此欧风葡韵便逐渐在此兴起。从十六世纪中叶开始，取道澳门贸易的货物主要是用船来运送。展橱中陈列的"青花花鸟纹折腰盘"，就是澳门外销瓷"加橹瓷"的代表作。这种外销瓷至清代乾隆年间（1736~1795）更是发展到了鼎盛期，做工也更为精湛，纹饰绘画也更为精细，还采用了描金工艺，如展橱中的"广彩描金开光人物故事纹执壶"、"墨彩描金耶稣受难纹盘"等，都是美轮美奂的外销瓷中的精品，有的还直接进入了葡萄牙的皇宫，彰显了华夏艺术的风采。

随着葡萄牙人在澳门的定居，他们也带来了西方的技术，如在西湾烧灰炉炮台附近所开设的"曼如·戴维利斯·波加劳"的铸造厂，主要产品为大钟、圣像、大炮等，如馆中陈列的大铜钟，就是1736年为圣保禄教堂的钟楼而铸，造型典雅浑穆，饰纹简洁精美。虽然此时它寂然无声，但大音稀声，正如钟上铭文所说的那样："你的声音在我耳边回响。"展厅中还放着澳门第一部木制的印刷机，早在1588年至1590年间，这部当时世界上颇为先进的印刷机曾应传教士范礼安的请求，留在澳门使用，为濠镜传播了文明的元素和文本的阅读。

在一楼通往二楼的展区内，再现了昔日澳门鲜活多元的生活场景，给人以小城故事多的感怀。先是一组葡式建筑的小洋楼,拱形的阳台,立柱式的门廊,生动演绎了西方新古典派的基调,而强烈的颜色对比,洋溢出浓郁的欧罗巴情调。随后是两间属于晚清岭南建筑风格的茶楼,青砖黛瓦,花窗雕栏。门面是精致的花鸟纹饰金漆木雕,显得金碧辉煌而富丽堂皇,令人发思古之幽情。

二楼是以澳门民间艺术与传统为主题。一上楼,便是一字排开的澳门传统行业复原展示:有爆竹铺、香烛店、典当行、茶叶店、中药铺、神像店等,营造了一片浓郁的怀旧氛围,似乎在市井百业中,依稀可见父辈忙碌的背影,给人以形象化的人文认知。展厅中还有一个塑造得栩栩如生的卖凉茶小贩蜡像,这可是旧时澳门的一道街景:在那小小的手推车上,放满了各种草药凉茶的铅皮容器,他仿佛正在叫卖:"百草凉茶,真料菊花银花凉茶……"

澳门土生葡人的客厅,是二楼展厅的一个亮点,它原汁原味地反映了一种中西交融后的生活景观和独特的社群样本。在昔日这些中产阶级的土生葡人家居里,除了宗教物品装饰外,他们还特喜欢中国精美的瓷器、工艺木雕及刺绣花布等,从而在温馨的家居中增添了典雅的情致。而土生葡人的厨艺,如陈列的"猪皮杂烩"、"鲜鱼馅饼"的模型,就是将西方的葡式烹调法和东方古老的烹调法相变汇通融,制成了濠境特有的美食。

岭南人文民俗是华夏文明的一枝奇葩,而澳门深受岭南风的影响,亦有西风东渐的融入,更显姿态丰饶。如澳门的木偶就汇集了岭南的三大流派,这些在展厅中均有完整的实物。如广东杖头木偶、潮州铁枝木偶、福建提线木偶,这些民间艺术已渐行渐远,而今在此相逢,倍觉亲切。

三楼为当代澳门特色馆。从十六世纪中叶开始,澳门就成了东西方文化交汇的前沿,华夏文脉及葡国欧风曾涵养了不少文人学士,展橱中所打开的《盛世危言》线装书,尽管纸面已斑驳泛黄,但依然泛出先知觉悟的光芒。这是清末著名的思想家、作家郑观应隐居于澳门龙头左巷郑家大屋时所写。还有澳门学者、收藏家高美士所著的《澳门档案》及《澳门记略》,为濠境留下了宝贵的人文纪录和历史述略。岭南画派的创始人高剑父年轻时曾到澳门岭南学堂就学,抗战期间,又携眷寄居于澳门的普济禅院,1949年后移居澳门,并于1951年终老于此。展橱中所挂的高剑父花卉,笔墨奇逸,色彩瑰丽,气韵生动。

展橱中还有一张极为宝贵的孙中山先生于1912年在庐园春草堂前门廊与镜湖医院值理的合影,为澳门珍藏了一段传奇的历史。孙中山12岁时就是从澳门登船前往檀香山求学的,后又在香港学医,时常取道澳门回广州,在香港西医书院肄业后,他又首先在澳门的镜湖医院就医。成为职业革命家后,澳门又是他从事推翻清王朝的一个重要的基地。

澳门的博彩业是闻名遐迩,展场中陈列有历史悠久的"番摊",流行的金属"角子机"(即老虎机)及相当普及简便的骰宝,从而为这个东方的"拉斯维加斯"增添了一种呼风唤雨、潇洒一掷的神秘与博弈。

澳门是座东方小城,但众多的各种类型的博物馆,就充分体现了澳门人正在营建属于自己的永恒精神家园。特别是在迎接澳门回归十周年的喜庆日子里,如海事博物馆、住宅博物馆、典当博物馆、葡萄酒博物馆、大赛车博物馆、消防博物馆、天主教博物馆等,更是喜迎八方来客,汇展濠境风情。

(《新民晚报》2010年1月5日)

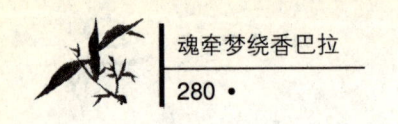

精彩缤纷的"威尼斯人"

澳门威尼斯人度假村酒店,以其豪华富丽的气派、恢宏浩大的气势、典雅多元的气度,被称为"亚洲最精彩缤纷的度假胜地"。

"威尼斯人"位于澳门氹仔岛,系填海造地而成,于2005年动工,2007年8月开幕,总面积相当于56个标准足球场,可以想象这是怎样一个巨大的空间。拥有世界一流的会展、博彩、购物、体育、综艺及休闲设施等,展示了其综合性旗舰项目的风范。"威尼斯人"的建筑由主体大厦和裙楼所组成,彰显了文艺复兴时期典型的意大利建筑风格,圆柱拱门,装饰考究、色彩瑰丽。正门处钟楼高耸,廊桥相连,花坛似锦。入门后,即是一条金碧辉煌、五彩缤纷的拱形长廊,天顶上绘有十几幅经典的意大利名画,令人目不暇接,恍若进入一座艺术的宫殿。陪同我们参观的是礼宾部的帅小伙李先生,他来自青岛,为人热情豪爽,讲解细致周到,他望着如织的人流说:"这里平时是六万人,而到节假日要超过十万人,我们还是自上而下地参观吧。"

乘自动扶梯直达三楼的大运河购物中心,一股浓郁的意大利风情拂面而来,仿佛进入了威尼斯水城。清碧的河面上,身穿条纹衫,围着红三角巾的水手正悠闲地撑着两头翘起的贡多拉船轻驰而过,四周回廊起伏、小桥叠加。仰望浩渺的天空,白云朵朵,阳光明媚,大家几乎同时发问:"怎

么,这是屋外的商场?"小李笑了,"这是人造天空,可以根据需要调节不同的效果。"看得人真是叹为观止。环视四周,商店鳞次栉比、琳琅满目,这里共有330间国际名店,可为你提供顶级时装、珠宝、饰物、礼品、服务、餐饮及运动物品,可谓是亚洲独一无二的购物豪城和大观园。走进河畔的商店,装修风格典雅而独特,营造了很好的购物环境。如果是美食之客,那么这里也汇集了不少世界级的餐馆、酒吧和咖啡厅等。有正统的淮扬佳肴、广帮菜式、意大利美食、日式料理,也有葡国名菜、法式大菜等,既有豪华的酒家,也有普通的排档,特别是大众美食坊,可以容纳千人同时进餐。此时,宽阔的威尼斯广场上响起了悠扬的歌声,原来是歌舞表演开始了,而正在贡多拉船上的水手也在河上唱起了应对的歌声,使整个大运河购物中心浸润在一片欢快的音乐歌舞中。

"威尼斯人"还是亚洲崭新的运动与游乐之都,世界各地的著名艺人及体坛明星,时常来到这里将精彩奉献给观众。小李带我们来到二楼的一家大剧场,这即是蜚声世界的加拿大太阳马戏团的常驻演出地。沿着宽阔华丽的楼道再向前行,就是亚洲最大的表演场馆,可以容纳15 000人,我们站在场地的一隅向内观望,只见不少工作人员正忙着布置中央舞台。据小李告知,过两天张惠妹就要来这里举办演唱会。而在这之前,席琳·迪翁的演唱会、美国的NBA篮球赛等都先后在这里举行。二楼的西部是75万平方米的会展中心,金色的大厅在水晶灯的映照下,显得气派非凡而堂皇华丽,环顾四壁,都挂着世界名画,弥散出高雅的文化气息。这里共有108间可灵活调配的会议室,可应需要组成65 000平方米的无柱式宴会厅,此种设计完全适应了国际性会展的需要。

返回一楼,展现在我们面前的是亚洲最大、世界第二的博彩场,那800多张博彩台分为不同的类型,4 000多台老虎机则有规律地排列成行,那不时闪烁的红红绿绿的灯光,看得人眼花缭乱,尽管每只博彩台前人头攒动,但却秩序井然,不少像我们这样的观光客也站在台前,看着庄家与对手的博弈,骰子在激烈地翻腾着,将那些激情与欲望交给未知。扑克在神秘地潜伏着,将那些财运和晦气抵押给瞬间,那些老客玩的似

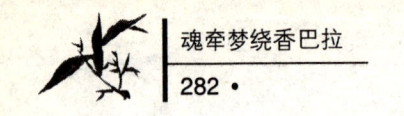

乎就是心跳……

　　由于我们下榻处就是"威尼斯人",因而是真切地体验了威尼斯的豪华。整个"威尼斯人"有3 000间客房,全系套房,面积最小的是70平方米,有意大利云石打造的华丽浴室、意式风格的宽畅客厅及地中海情调的寝床,可以悠然享受生活的馈赠和梦幻般的情感体验。

(《新民晚报》2010年4月27日)

相约在冬季

当最后一片金黄的落叶吻别大地时,冬季就相约而来了。

江南的冬天,没有阳光的日子有些令人情绪低沉。如果再遇上淅淅沥沥的雨天,那更是令人感觉惆怅。因而,冬天的色调是忧郁的。它注定没有春天的明媚乃至艳美,属于冬天的似乎就是清峻、冷寂。然而在这样的季节,人也许就不太会心浮气躁,不太会欲望浮动,保持着一份清醒、一种格调。

冬天的视野有些萧瑟,落叶后裸露的树枝,像八大山人苍迈高古的枯笔,外观简朴而内涵意蕴。即使是疏影横斜的腊梅、凌波仙子水仙,因为是相约在冬季,也很知趣地把花开得小如枣栗,它似乎积聚着那原本就不大的能量,借以释放出沁人心脾的芳香,多愁善感的文人墨客为此吟唱道:"冷香飞上诗句","只有香如故"。好呵,相约在冬季,人与自然都颇为收敛、自律、韬晦。

于是,冷雨敲窗的冬夜,期盼着同道友人的到来,可以"寒夜客来茶当酒,竹炉汤沸火初红"。倾心的长谈,郁闷的排遣,伴着香茗增添温馨。于是冷雨初霁的午后,相约着红颜知己的小叙,可以"天晴晚欲雪,能饮一杯无"。人生的感叹,情感的波澜,随着醇酒化为云烟。是呵,唐宋的遗韵,明清的旧绪,令人照样可以领略、可以享用、可以把玩。只是少了一些骨子里的情致,过程中的雅逸,体验中的品味。不过就别太挑剔苛求了吧,如今能这样地相约在冬季,已是生活质量提升的凸显,人文指数丰满的展现。

  冬至前后,连续几天滴滴答答的雨下个不停,心也变得湿漉漉的,能拧出水来。这是一个怀念故人、追思前贤的时节,老天似乎有意在营造这样一种氛围,使你沉湎中有些伤感。已八十八岁的老母却很平静而坦然,我想是生命年轮的积累会产生一种超越的智慧。她老人家则有些欣然地说:"邋遢冬至干净年。"意谓今年的过年可以尽情享受阳光与晴空。于是望着窗外那亮晶晶的雨丝,把整座城市荡涤得一派清净,心不烦,观自在。老天也在清洗着旧时的尘埃,天人感应,共同相约在冬季。

  从唐代柳宗元的"寒江独钓"到宋代陆放翁的"踏雪咏梅",从明代汤显祖的"雪舟访友"到清代吴昌硕的"香雪海行",相约在冬季的行旅对于古人来说大约是别有一番滋味在心头。前些年,我亦附庸风雅,喜欢作冬之旅。先是受孟庭苇的那首歌"冬季到台北来看雨"的诱惑,让看雨作为唯一的行李而在小雪后飞赴台北,在古朴典雅的龙山寺守候了几天都没下雨,不免有些失落。后来在游览景色旖旎的日月潭及阿里山时,友人打来电话,告知台北下雨了。原本我是要飞狮城的,就是为了要看这台北的雨,二访台北。这次看雨的地点是在著名的阳明山快雪亭,这台北的冬雨下得节奏畅达而清亮明丽,雨势和顺,雨姿空灵,那苍松修竹和翠谷秀峰在雨中仿佛被镀上了一层蜡样的晶莹光泽,视觉效果十分柔美。特别是雨后,山岚间荡漾起一层淡淡的云气,氤润着冬季的天空,好似一幅仇十洲水墨晕染的丹青。

  又一次相约在冬季,我与几位画家、摄影家远赴冰城雪国哈尔滨。在参观了规模盛大、造型优美的大型冰雕展后,我们又乘车直奔东南亚最大的雪场亚布力。乘高空缆车到达山之巅的雪场后,展示在我们面前的是一片琼树玉枝、千峰拥雪的北国风光。那厚厚的棉毯似的积雪,把天地间映照得洁白晶莹,令人心颤。置身在这样纯净无瑕的时空中,使人有一种自我救赎的虔诚感悟,似乎能把你五脏六腑中的污浊之气消融化解得干干净净。相约在冬季,才能达到这种净化灵魂的境界。

(《青年报》2008年1月8日)

城市足迹馆巡礼

　　一块块玲珑剔透的水晶玻璃，别出心裁地堆砌成高低起伏、错落有致的城市天际轮廓线，营造了浩翰宏阔而深邃奇谲的时空感。特别是那纯净无瑕的水晶玻璃，在各种灯光的辉映下，泛出五彩斑斓的华润光泽，给人以如梦如幻、遐思无限的感觉，好似进入了一条旖丽而神秘的历史隧道，我的世博城市足迹馆之旅就这样开始了……

　　记得著名的美国城市学家麦克·黑尔曾把城市的过去、现在和未来的相互关系阐发得相当生动："过去之未来是在未来之中，现在之未来是在过去之中，未来之未来是在现实之中。"城市，作为人类文明的奇葩，其悠久的历史、灿烂的文明，充满了先民的光荣与寻觅、浪漫与梦幻。为此，城市足迹馆的一楼为"序厅"，主题即为：理想与幻城。

　　从美丽奇幻的飞天到豪放雄浑的唐乐，正经典地叙说着东方理想幻城的传奇。从天际轮廓线出来后，首先进入的就是榆林25窟的复原壁画。一进入洞窟，只见霓虹缤纷、满眼生辉，四周绘满了彩色壁画，形象地再现了皇都长安城中的楼宇宫阙和市井街衢，人物造型丰满端庄，环境氛围明朗欢畅，展示了一派歌舞升平的盛唐气派和开放的中兴气象。洞窟当中是佛龛，莲花座上是佛祖释迦牟尼，他正慈眉善目地关注着大唐的一派繁华景色，使人梦回长安，重返盛世。

榆林25窟的隔壁，即是敦煌文物间，在特制的玻璃橱内，陈列着远道而来的敦煌研究院原件——六尊佛像，均是唐塑（618~907），有供养菩萨、彩塑供养菩萨、天王立像、菩萨像、木雕六臂观音。而其中的菩萨像尤为精彩，姿态婀娜秀美，身材娇好曼妙，既有西域风韵，又有大唐情致。尽管头及手都已残缺，但依然光彩照人，透出华贵气息，毫不逊色于西方的美神维纳斯。此时，影像短片开映了，塞外云烟、大漠彩霞、驼铃悠扬间推出了字幕《敦煌带我梦回长安》，从院落楼宇、亭台轩榭到城市繁华、商贾云集，从中西交融、民族和谐到社会生活、宫廷舞乐，使人重睹了大唐的华丽风光和勃发生机。

古朴而悠扬的钟声响起来了，莫非真是时光的穿越，使我们与先民相逢于世博？原来是旁边的古编钟馆定时举办着现场音乐会，几位身穿汉服的青年男女演奏员正在大小不一、排列有序的青铜编钟间倾情地演奏，那时而铿锵昂扬、时而婉约流畅的古曲正是千年前的城市之声。

踏着东方的古乐，人们进入了西方理想幻城。首先映入眼帘的是西方城市遗迹的镜像折射，陈列橱窗内，展示着两件来自大英博物馆的西方古城文物，弥足珍贵：一件是墨涅拉俄斯与赫克托争夺福耳波斯尸体场景陶盘（前600），一件是雅典娜诞生黑像式陶杯，希腊古风时期（前550~前252），这两件古代陶制珍品图案精美、制作精湛、工艺精良，使人可以想像当时城市上层贵族奢华的生活场景。而影像短片则集中放映了西方古城的著名景物，如埃及的狮身人面像、金字塔下拉美西斯二世法老的雕像及尼罗河的帆影，希腊的地中海及神庙立柱，意大利的罗马斗兽场、神庙及古城堡，玛雅那消失的城市遗址，威尼斯的圣马可广场及水城景观，荷兰的阿姆斯特丹广场等，这些西方古城独特的构建风格已成为这些城市的名片，也把一部人类文明史点缀得如此富丽堂皇而美不胜收。

序厅最后是规模很大的场景影院，系世界城市发展足迹之全视角影映。这也许是整个城市足迹馆中最大的亮点，大厅四周均是高耸的银幕墙相连接，中间还有一大一小两个正方形的银幕柱，置身在大厅内，从任何一个角度观看，都尽收眼底。先展映的是古罗马宏伟壮观的宫殿建筑，渥大维站在高台上正作着慷慨激昂的演讲,元老院前人群振奋,似欢庆着帝国又一次征战的胜利。镜头转向了大唐西域,在名闻遐迩的古丝绸之路上,辉煌典雅的莫高窟内,工匠正在作书绘画,那奇妙灵动的线条传导了一个古老民族飞天的梦想。接下来是公元1851年伦敦第一届万国工业博览会,在晶莹亮丽的玻璃大展馆前,人们欢呼雀跃、共襄盛举。一台蒸汽式火车机头隆隆驰来,宣告着工业革命时代的来临。最后是2000千禧年的美国纽约景观,鳞次栉比的大楼华灯闪烁、霓虹辉映,礼花腾空而起,把天地间装点得飞红流翠……

登上二楼的城市起源厅,展现在你面前的是一座美得令人震撼的伊什塔尔神门,让人零距离地体验了远古城邦的灿烂文明和精湛艺术。在美索不达米亚平原上崛起的新巴比伦王国(前626~前538),在其首都巴比伦建有三道高大坚挺的城墙,用彩釉砖瓦装饰的此座伊什塔尔神门就相当地华贵绚丽,那些彩釉色泽饱满丰润,穿越千年而依然光鲜如新。半圆形的门洞用彩釉砖装饰成环形图案,下部的平行线上则装饰有造型逼真传神、栩栩如生的"龙浮雕釉面砖"和"狮子浮雕釉面砖"。漫步其间,感觉不像在起城门,而是像在参观宫殿。

古希腊语称为"两河之间的土地"的西亚美索不达米亚平原,亦是人类最初城市文明的滥觞之地之一,为了集中展示这"两河晓星"的城市群落,特制了升降式模型,展示了历史名城乌尔城的塔庙、集市、皇宫和城墙等。乌尔-苏美尔人大都信奉月亮神,并以此作为城市的守护神,由此而形成了古代的众神之城。如埃及人信奉阿波罗太阳神,演绎出了无数瑰美的神话传说,阿波罗飞船至今载着人类的梦想飞向遥远的月球。

与西方"两河晓星"文明相对应的是我国的"长江黄河"文明,这实际上也是东方的"两河晓星"。在这华夏古代城脉的展馆内,那一件件国宝尽显文明古国的亮丽风采:如新石器时代的玉璧、玉琮,商代晚期的青铜凤鸟纹铜"戈"卣、广汉三星堆的戴金面罩青铜人头像、青铜戴冠纵面具,东汉的渔猎采莲画像砖、说唱俑等,都是借世博的东风相聚于此,让人一饱眼福。随着奔腾豪放的乐声扬起,影视短片再现了滔滔黄河水,直落

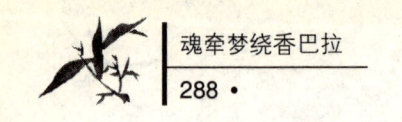

白云霄；滚滚长江浪，千里去不尽……

一个巨大的木马矗立在城中，四周灯光暗淡、月色憔悴、冷风凛冽。那诡异而恐怖的气氛，使人意识到进入了历史上著名的特洛伊之城。而木马自然也就是藏兵无数的特洛伊木马。城中到处是断壁残垣、瓦砾废墟，景色凄凉而萧瑟，一片死寂中已无生命的呼吸。这一切都无言地诉说着战争对城市毁灭性的摧残。

三楼是城市发展厅，迎面便是一尊英武威猛的青铜骑士塑像，宽畅的大厅中央则陈列着米开朗基罗的代表作《大卫》，强健而阳刚的大卫左脚向前，左手握着肩上的投石机弦，侧目注视着前方，身上的每一块肌肉都充满了生命的张力，凸显了欧洲文艺复兴时期的人文主义精神，使人聆听到了欧洲城市从崇尚神权转向关注人本的进步足音。

正是踏着璀璨的城市之光，人们进入了欧洲文艺复兴的发源地、有鲜花之都美称的佛罗伦萨。展厅再现了意大利锡耶纳市政厅内著名的城市题材壁画《好和坏的政府》，从而标志着人类城市发展成熟期的到来，从阿姆斯特丹到伊斯坦布尔，从拜占庭到威尼斯等。在此，人们还邂逅了文艺复兴时的巨匠达·芬奇，拜读到了他的手稿复制品，参观了他的建筑模型，相当真实地领略到了这位巨匠心中理想城市的蓝图。影视短片则集中展现了达·芬奇的绘画代表作：《最后的晚餐》、《抱貂女郎》、《岩间圣母》及解剖学、数学、几何学的手稿，西方文明世界第一款人形机器人、十五世纪旋翼机的构造等，令人对一位天才的创意及创造、多才与多艺赞叹不已。

告别了西方的鲜花之都，迎接你的是东方的雪域之城。巍峨庄严、瑰奇峻美的布达拉宫，不仅是高原上一颗耀眼的城市明珠，而其收藏的精美的文物，正无言地诉说着一种永恒的传奇。那镀金坛城、三长寿佛之尊胜母唐卡、大威德金刚、汉白玉卧佛等，都是稀世珍品。公元七世纪，松赞干布创建了布达拉宫，公元691年，大唐文成公证来到了拉萨，从此使这座雪域圣城更是祥云环绕，彩霞飞舞。

城市发展厅最后的压卷之展是"宫城情怀"，由"中国紫禁城养心殿"

和"德国德累斯顿绿穹顶珍宝馆"组成，可以讲这是整个城市足迹馆含金量最大、艺术品级最高的展厅。养心殿陈列的是精美绝伦的故宫多宝阁文物，如战国的蟠虺纹壶，清的青玉双联尊、青玉三羊蕉叶双孔花插、铜镀珐琅六角钟、白玉寿字出戟方觚等。而绿穹顶的文物也是美轮美奂，如坐在酒桶上的酒神、休憩的公羊、圣塞斯巴蒂安、克尔海姆石花瓶、贝形玛瑙碗等，都是难得一见的国宝级珍品，使人流连忘返。

久违了的卓别林正身穿工服，站在巨大的机器旁，手弹吉他笑迎嘉宾。一进入四楼的"城市智慧厅"，卓别林的琴声流露出了一丝忧虑和忧患，"工业革命的双刃剑"在推进城市发展的同时，也带来了环境的污染，如何解决这个世纪难题，正考验或挑战着城市的智慧。

那时而悠扬抒情，时而高亢洪亮的戏曲音乐响起来了，让我们不妨松弛一下，让心灵驰骋在中国传统的戏曲之中。在京杭大运河的浪奔滔涌中，古戏台上，京剧、梆子、吕剧、昆曲、越剧、黄梅戏正轮番登场，影视短片的放映提醒着人们，在保护居住环境的同时，也要保护文化遗产。

申城的风光，随着世博会的举办而变得日新月异，新美如画，而那昔日的海上风情，依然使人缅怀追忆。"申城遗风"馆正满足人们怀旧的心愿，苏州河两岸的民风民俗，石库门的往事传奇，枫泾古镇的枕河小桥等，温暖着岁月的情怀，传递着杏花春雨江南的古韵。

申城，曾经的风花雪月，都市霓虹，现在的改革开放，风情万千，正迈入城市改造、更新发展的新时期。让我们把眼光转向世界，"创意世界"正在兴起，巴黎的"环状交通"、纽约的"格子计划"、伦敦的"旧区改造"，如废弃的电厂改造为现代美术馆等，创意都市之花，使我们的城市生命之树长青。

（《中国作家看世博》，文汇出版社2010年9月）

第七辑 吃茶去之茶禅一味

吃茶去之茶禅一味

吃茶去与孵茶馆都是生活用语,只是其内在语境有些不同。吃茶去在时空范围及参与人群上要宽泛些,而孵茶馆则属于江南一带上了年纪的老男人之好。因此,吃茶去是国语,孵茶馆则是方言。

讲文化品位,重人文关爱,求生活情趣,品艺术雅韵,似乎是现在时尚人群的公共意识,只要看那典雅的茶室内,品茗人的那份休闲悠逸,会从心底里涌起一种人生诗意。这和那种无聊的泛娱乐化、低级的愚乐化、虚假的伪戏说化形成一种鲜明的人文反差。生活的田园,还是有可以让心灵放牧,让灵魂安顿的憩息之地。

茶饮之思,虽然没有纯鲈之思那样风雅、那样浪漫,但这毕竟是人生常态,是人间烟火之景。即使是远离世俗、超越红尘的出家人,也离不开茶饭。一位哲人曾讲过:往往最平常之事,却内含最深刻哲理。吃茶去,亦是如此。道原在《景德传灯录》中有这样一段富有生活情趣的记载:"问:'如何是和尚家风?'师曰:'饭后三碗茶。'"无论是凡人还是僧人,总得先吃饭以求生存之需,然后吃茶去以求思悟之需,品茗入定,"茶禅一味"。

吃茶去之茶禅一味,是使用率极高的坊间术语,看似玄机弥漫,高深莫测,实则就是该干什么干什么,该想什么想什么。不做非分之事,不作非分之想。心态平和,人生踏实。最早有文字记载的茶禅一味之事,见东晋怀信和尚的《释门自镜录》,"跣足清淡,袒胸偕谑,居不愁寒暑,食不择甘旨,使唤童仆,要水要茶。"作为一种象征符号和人生境遇,"要水要茶"就是生活,这样才能拥有"跣足清淡,袒胸谐谑"的潇洒人生。可见"要水要茶",正从本质上反映了禅宗的宗旨:"教外别传,不立文字,直指本心,见性成佛。"茶禅一味,明白晓畅如此,但真正践行却不易。现代社会,物质富庶,生活优裕,诱惑甚多,于是,有不少年轻的朋友,尤其在白领中,有的人沦为"房奴"、"车奴"、"网奴"、"股奴"、"婚奴"等,为生活所扰,为欲望所困,好一个"累"字了得,怎一个"烦"字所缠,就一个"利"字相逼,远离茶禅一味之"要水要茶"。

记得二十多年前,初识壶艺家、茶文化家许四海兄,曾请教何谓"茶道真谛"。四海兄品茶三口,放下茶杯,一言以蔽之:"茶禅一味。"并告知茶水入口,一般人是解渴,而茶人却是洗心,这说得是十分简单,但长期历练后,方能得此"茶禅"之"一味"。后读龚炜《巢林笔谈续编》,曰:"炉香烟袅,引人神思欲远,趣从静领,自异粗浮。品茶亦然。"我等都是吃五谷、食烟火的平常人,可以讲都会有粗俗之态和浮躁之想,何况人生在世,不如意事常八九,而茶禅一味,就是领静趣,去粗浮。当代学人季羡林说得好:当今构建和谐社会,首先个人自我要和谐,才能有社会的和谐。而茶禅一味,就是重在个人内心的调节,自我完善,以个人之心顺气畅求社会之安定祥和。

儿时学书法,天天写"大小多少,上下来去",颇不感兴趣。父亲却挺认真地讲:"这练书法不仅仅是为了把字写得好看,而是为了修炼心灵,等你长大了,你就懂何为'书为心画'。"而今我早已过"知天命"之年,深感"书为心画"和"茶禅一味"乃文理相通,都是我们华夏民族特注重的内心自省之途径。

(《青年报》2007年10月25日)

吃茶去之行脚天下

笔者有位好友是画家,亦是位茶痴,在"搜尽奇峰打草稿"的同时,亦发愿要遍访大江南北之名寺名茶,为了吃茶去,他成了"驴友"。自称:品茶赏景,健康之旅。听他说起名寺名茶,可谓是如数家珍:如四川甘露寺出蒙山茶,福建武夷寺出武夷岩茶,江苏洞庭水月院出碧螺春,杭州法镜寺出香林茶,普陀寺出普陀佛茶,余杭经山寺出经山茶等。特别是经山寺曾在宋宁宗开禧年间举行过多次茶宴,各地僧侣达千人,成为江南禅林的品茶盛会,皇帝亲赐匾额"香林禅寺"。吃茶去不仅丰富了生活,而且提升了创造境界。

记得当代大儒、书法家启功先生为人友善、生活俭朴,唯对吃茶去情有独钟,他在一首诗中对吃茶去给予了极高的评价:"今古形殊义不差,古称荼苦近称茶。赵州法语吃茶去,三字千金百世夸。"

启老在诗中所说的"赵州法语吃茶去,"亦涉及了"吃茶去"的又一出处:唐代高僧从谂禅师常住赵州观音寺,人称"赵州古佛"。他以茶为友,日久形成了口头禅:"吃茶去。"《广群芳谱·茶谱》引《指目录》讲了这样一个故事:"有僧到赵州从谂禅师处,僧曰:'新近曾到此间去?'曰:'曾到'。师曰:'吃茶去'。又问僧,僧曰:'不曾到'。师曰:'吃茶去'。后院主问曰:'为甚么曾到也云吃茶去,不曾到也云吃茶去?'师如院主,主应诺。师曰：'吃茶去'。"从口头禅"吃茶去"到佛家偈"吃茶去"，可见佛与茶是须臾不离的，即禅助茶兴，茶助禅意。无论此"僧"是"曾到"或"不曾到"，都是吃茶去。因为天下禅寺，皆可"吃茶去"。唯其如此，吃茶去可行脚天下，云游四方。

凡名山古寺，大都有名茶名水。吃茶去就会吸引你探寻古寺，遍尝名茶，乐此不疲。陆放翁那首著名的《临安春雨初霁》，就写了从杭州到绍兴行旅途中以茶相伴的感受："世味年来薄似纱，谁令骑马客京华。小楼一夜听春雨，深巷明朝卖杏花。矮低斜行闲作草，晴窗细乳戏分茶。素衣莫起风尘叹，犹及清明可到家。"元代文人高启，客居绍兴，平生用功于诗茶，一次家乡吴县好友来访，专门邀他去游惠山泉汲水煮茶，激动得他即兴吟诗："汲来晓冷和山雨，饮处春香带间花。送行一斛还堪赠，往试云门日铸茶。"

吃茶去之寻访名寺名山名茶名水，乃是茶之旅，有不少茶友为此走向自然，放怀山水，其乐无穷。有了好茶，还须好水，才能"茶经水品两足佳"，因此"自古烹茶重鉴水，从来美泉配佳茗"。为了能获此口福，不少茶友就按天下分级水品而濯足名泉佳水。茶圣陆羽曾把天下宜茶之水分为二十品，庐山康王谷水帘水，第一。无锡惠山寺古泉水，第二。蕲州溪石上水，第三。峡州扇子山下，有石突然，池水独清冷，状如龟形，俗云虾蟆口水，第四。苏州虎丘寺石泉水，第五。庐山招贤寺下方桥潭水，第六……而与陆羽同时代的刘伯刍通过"亲挹而比之"，亦将水品列有七等。诚然，这些水品分级评自唐代，其中有不少名水已在历史的变迁中消退，但如无锡惠山寺泉、苏州虎丘寺泉、扬州大明寺泉及后来的杭州虎跑泉等处，还是茶友吃茶去的理想选择之地。尤其是每年清明时节，烟雨江南，莺飞草长，桃红柳绿，茶友为吃新茶而踏上品茗之旅。

（《青年报》2007年10月19日）

吃茶去之心灵澡雪

"吃茶去。"已成为一种都市时尚。那些遍布大街小巷的茶馆装潢考究，环境雅致，大都是室内有小桥流水、花窗明轩，舒缓的江南丝竹悠悠回旋。

置身于明式红木桌椅之间，泡上一壶冻顶乌龙，或是雨前龙井、陈年普洱、阳羡雪芽、洞庭碧螺春等品一口，齿颊留香，清醇隽永，心情也被清茶过滤得泅润安谧，宁静致远。此类当下的茶馆，已属宾馆型的星级，远非昔日那些在穷街陋巷，依偎着老虎灶而设立的小茶馆，五分一毛就能消磨从晨光曦微到日出东方的时光，而那里坐着的大都是邻居街坊，从家长里短说到马路新闻，一把宜兴出的如意紫砂壶，已被岁月浸养得包浆清纯明丽，弥散出往事如烟的沧桑感，时光就在早上皮包水中流逝，人生也就在一杯清茶中渐行渐远。

而今"吃茶去"已颇有返璞归真、向往崇高之意。去喝星巴克咖啡或是真锅现磨，糖分奶脂，似乎不利养生，而去酒吧宾馆，杜康解忧，有伤肝脾，于是"吃茶去"成了绿色人生环保标志，回归日常生活。但这一去一来，随着档次的提升、环境的诗化、茶品的讲究，外加点心小吃，这价格自然也就今非昔比、水涨船高，几十元是底线，上百元乃至上千元也不稀奇。这其中老茶馆那原汁原味的草根气息、土里土气的民间情怀可就随风飘散，老舍笔下的《茶馆》景致,只有到舞台或银幕上去过把瘾了。

现在的白领、金领,或是主管、经理等,或交往会友,或洽谈商务,或策划营销,或拓展决策,或休闲发呆,常常选择"吃茶去",乃至俊男倩女们的谈情说爱,也加入了此行列。难怪现在的茶馆生意红火,时常爆满,特别是那几个有点名气的都要提前预订。"吃茶去"已成为当下一种时髦的人生形态,亦是生活质量精致化的形象展现,其人文指标已非过去的那种老年化、夕阳型,而是青春化、朝阳型。因此,可以把"吃茶去"看作一个文化符号,从中折射出的是吃着肯德基、麦当劳长大的一代,对本民族的习俗礼仪、传统民风的重新确认和精神皈依。只是现在不少茶馆老板的经营理念有些过于追求高档化、精品化的倾向,这也就在相当程度上影响了更多的人"吃茶去"。尽管我国是一个茶叶生产的大国,但却不是茶叶消费的大国。英国几乎人人都喝下午茶的那种悠闲、那份情调,本身就是平民化的社会现象。

"吃茶去"已成为现在被推崇的生活图像,只是我觉得其文化的含量还得提升,人文的内蕴还得丰富。曾在本市数家规模颇大的茶馆吃茶时,顺便问问邻桌的年轻茶客:什么叫"吃茶去"?几乎全都是不甚了了。笔者不是掉书袋,既然"吃茶去"如此热门,那么总得略知一二。实际上"吃茶去"是一句禅语佛谒,通过这种程式,得以消除杂念、忘怀得失、平息欲望、净化心灵。"吃茶去"的最高境界就是八字诀:涤除去鉴、澄怀味象。因此,古人把"吃茶去"看作是精神的歇息与虚静,心灵的澡雪与悠逸。据元代蔡司霑在《寄园丛话》中说:"余于白下获得一紫砂罐,镌有'且吃茶,清隐'草书五字,知为孙高士(号清隐)遗物,每以泡茶,古雅绝伦。""且吃茶"到"吃茶去",乃是一种心灵修炼。如今"吃茶去"的年轻茶友,在了解了这个掌故后,也许会更觉茶之味。

(《青年报》2007年8月9日)

吃茶去之感悟人生

"吃茶去。"原本是一种常态的生活内容和维系生命的需要,而一旦演绎为一种社会仪式和人文图像,就开始注重外在形式和内在意味。现在的茶馆在环境布置的硬件上十分讲究,使人赏心悦目而心迹双清。

如今的"吃茶去",大都是有物化的中介和情感的承载,如单纯为了吃茶,在家一大碗茶水"牛饮"酣畅,在外一大瓶矿泉水解渴,何必花那么多钱去茶馆摆造型?"吃茶去",这个最为寻常、普通的日常人生形态,经过了那么多长久的时光涵养和那么多茶客的倾心品悟,已有了太多的内在语境。只是现在的茶馆在这方面体现得有些单薄、有些苍白,尽管硬件是今非昔比,但在软件上是差强人意。如墙壁上大都是空白,有的仅是一些简单的梅兰竹菊聊以补壁,历史上文人墨客留下的那么多茶诗茶词、茶画茶经,几乎难得一见。

笔者曾在当代著名画家、收藏家唐云先生的大石斋吃茶,云老乃现代茶仙,泡茶、注茶、品茶手法潇洒大气,功力自见。我一看他使用的茶壶竟是大名鼎鼎的曼生石瓢提梁壶,不觉脱口:"此壶乃曼生精品,就这样用如何舍得?"云老听后"哈、哈"一笑,答曰:"古玩,就是要'玩'的,不泡不玩,壶怎能养得好!"古玩贵"玩"是为名言,云老说罢,又举起壶,意味深长地说:"你看壶铭写得多好:煮白石,泛绿云,一瓢细酌邀桐君。意思就是喝茶能起到药效,吃茶品茗,都是茶人之大乐。"云老那口浓重的杭州官话在茶香中弥散,使人领略了一种古典诗意和茶味禅理。因此,友人说云老的名士派头,那种从骨头里透出的豁达、豪爽,是茶水中浸染熏陶出来的。

"吃茶去。"在醇郁芳馨、清雅妙逸中感悟人生,是情理相融、水到渠成之事。因此,古有"茶禅一味,品茗潜蕴"之说。记得云老有两句文字通俗而意境深邃的壶铭:四大皆空生片刻,无分你我。两头是路吃一碗,各奔东西。人海茫茫、红尘滚滚,即使相逢何必相识,但只要品茗小坐,也可相交相融。利欲重重、诱惑种种,相争相斗何时了,吃茶时看一下两头是路,从此天涯分手。此种吃茶吃出的道理,促成通达而和谐。又如陈曼生铭杨彭年制壶曰:试阳羡茶,煮合江水,坡山之彼,皆大欢喜。意谓精彩、成功,是各种优势的互补,彼此要容纳,才能皆大欢喜。

有时一边吃茶,三口为品,心里也会随之涌起对我们的先辈前贤的敬佩之情。就是这吃茶吧,能吃出那么大的学问,那么深的底蕴,那么全的程式。吃茶在我们这里称为茶文化,在日本称为茶道,韩国称为茶礼。茶而道之,乃是"道,可道,非常道"。人生百味,也就通过茶味来品世事,悟人生了。如符生邓奎监制的"井栏壶"铭中讲:"南山之石,作为井栏,用以汲古,助我文澜。"井栏壶即是像井圈那样的圆形壶,通过吃茶汲古,吸纳古人之文思才情来推动自我的文澜。而曼生铭的"井栏壶"则曰:吸井匪深,吉瓶匪小,式饮庶几,永以为好。"匪"通非,意谓井不在多深,喝茶的壶不在多大,只要适应自我,就是最好的。虽为朴实,但却禅机弥漫,要力戒贪、嗔、痴,知足者常乐,无欲者则刚。唯其如此,当你得意或失意时,你"吃茶去",都会得到人生的感悟与陶冶。苏东坡当年落魄宜兴时,"吃茶去",吃出了"松风竹炉,提壶相呼"的千古茶话。董其昌当年官场高升时,"吃茶去",吃出了茶禅之道、南北宗之理。

(《青年报》2007年8月14日)

吃茶去之延年益寿

前不久，应上海浦东张江一家高科技公司的邀请，去为该公司的年轻白领讲养生保健之道。这批大都有着海外留学资历的精英型人才，由于竞争博弈、事业心强及压力甚大等原因，很多人都处于亚健康状态。因此问及怎样才能增强体质，除了必要的体锻、营养外，还有一条重要途径，就是"吃茶去"。

吃茶去，可谓是地不分南北，人不分东西。均可"以茶雅志，以茶行健"。因此，茶被称为"国饮"，为国字第一号绿色食品。唐代大诗人韦应物曾在一首诗中写道："性洁不可污，为饮涤尘烦。"吃茶去，可以使人心旷神怡而益思轻身，生津止渴而养生滋润，可以使人释放压力、去除烦恼、荡涤忧郁。延年益寿。唯其如此，茶被古人叫做"忘忧草"。这吃茶去，也就吃出了中国茶道的学问来，即"智者乐水、仁者乐山"，为人学基础。"天人合一、物我玄会"为哲学基础，"道法自然、保全太和"为美学基础。

无论是皇帝老儿，还是平民百姓，都离不开茶与米。茶米人生，不分贵贱。因此，就自然形成了常说的茶寿与米寿。茶寿为108岁，茶字上"十、十"为20，中为"人"加"十"为80，再加左右二点"八"为8。米寿则为88岁，米上为二点"八"加"十"为80，下为二点"八"乃88。这是民间性的说文解字，但也是最朴实的延年之道。记得《神农本草经》载："神农尝百草，日遇七十二毒,得荼而解之。"荼即为茶的古称。而今社会,随着工业的发展和新技术的运用,各种污染和辐射甚多。而茶则可有效去除各种污染和抗辐射,解毒抑菌,形成一道绿色屏障。这就是茶道所讲:有茶则安,无茶则病。民谚云,日吃七碗茶,郎中也无话。

吃茶去,不拘形式,如闲云野鹤,空谷幽兰。一人自酌,数人对饮,众人共品。贵在得茶之意之趣之味之觉,即为古人所云:"一人独品得神,二人对啜得趣,众人群饮得慧。"这就达到了吃茶去的高级境界,保健益智而得慧觉悟。因此,在环境幽静、远离尘嚣的寺庙,僧侣们常年素食,为了诵经打坐、提神醒脑,自然离不开吃茶。因此,不少寺庙都有自己独特的庙茶,亦是保健茶。如在景色旖旎的浙江天台石梁飞瀑边的古方广寺,曾是五百罗汉的道场,曾向西天取经的唐僧玄奘称此为五百罗汉出家之地。古方广寺的僧人为了供养罗汉,就专门培育了一种华顶云雾茶,并创立了著名的中国茶道流派:石梁罗汉茶,以强健筋骨、开悟得慧而名传青史,被称为极品之茶。

近年来,普洱茶颇受追捧,拍卖出了天价,而最近又行情跌落,这都是属于商业炒作,有违茶道之精神。然而,平心而论,普洱茶的确有较强的保健功能。茶中主要有益成分是茶多酚,可以加速分解脂肪、降低胆固醇及血脂,促进人体新陈代谢,保持细胞组织的弹性。茶叶内含十多种维他命和多种氨基酸,具有抗衰老、增强免疫功能的作用。而普洱茶经过自然发酵后,这种有益成分得到了强化。前不久,由26匹滇马组成的普洱茶马帮在途径南宁、广州、厦门、杭州等市后到达上海,然后又经江苏、安徽、河北等到北京,从而完成普洱茶在运输途中的发酵,达到延年益寿之功效。

(《青年报》2007年8月24日)

吃茶去之赏心乐事

记得数年前,我赴椰风蕉雨、碧海金沙的南洋举办个人艺展,应狮城贵都女老板林美均之邀,到其office小聚品茗。

林女士系典型的儒商,除了经营酒店业外,喜好艺术,自己能绘画,精茶道,擅长制作紫砂壶。她的office布置得典雅古朴,墙壁上悬挂的是名家字画,桌上放着紫砂茗壶,弥散出浓郁的书香气。不一会儿,林女士便端出一茶盘,内置一壶四杯。其壶形似二壶连体,如大珠小珠上下相叠,此乃林女士的得意之作——壶上壶。系用大红袍紫砂老泥所制,因而壶身红润浑穆,器形丰满大气,气韵古秀雅致,十分养眼。品茗先观壶乃高端之艺术享受,可谓是吃茶去的赏心乐事。

吃茶去之器皿首选是紫砂壶。宋代大诗人梅尧臣有诗云:"小石冷泉留翠味,紫泥新品泛春华。"欧阳修有名句:"喜共紫瓯饮且酌。"这里的紫泥、紫瓯即是紫砂壶的雅称,它们是历代文人墨客品茗小酌时不可替代的主角。如今,到一些较高档次的茶室吃茶去,大都用的也是紫砂壶。其造型款式,泥色品相颇有审美含量,给客人以艺术情趣及茶道雅韵,与古人"从来佳茗似佳人,历代名壶是名品"之说遥相呼应。如吃茶去而忽略了品泥赏壶,那可是内容的缺失与资源的浪费。

正是吃茶去的悠然心境,涵养了醇厚的艺术内蕴。紫砂壶的开山大师供春就是这样一个艺术原创者。供春原系明正德年间吴颐山家的小书僮，伴随主人在宜兴金沙寺中读书。颇有艺术天赋的他闲时就随寺里的老和尚拉坯制壶。他见寺里有几棵古银杏树，虬枝奇崛苍劲，树干节瘿斑驳，从而迁想妙得制成一把树瘿壶，给人以一种淡定的沧桑感和沉潜的禅意味，开艺术造型之先河。老和尚见后，深感此小书僮深得壶艺神韵真谛，遂将绝技衣钵相传。《阳羡名陶录》中说观供春壶是"指螺纹隐起"，壶色"如古金铁，元称神明"，有"供春之壶，胜于金玉"赏析之语。

  吃茶去的程序。第一步即是品赏茗壶。明万历年间的壶艺大师时大彬"为人端雅古穆，壶如之，波澜安闲，令人起敬"。他的祑印壶、僧帽壶、兰花瓣壶、瓜棱壶等，造型生动，创意独具，使人百看不厌。时大彬之壶实际上就是一件雕塑艺术品。而清代嘉道年间的"西泠八家之一"的陈曼生，更是创制壶式的集大成者，他的曼生十八式格高韵清而典雅隽永，令人如入山阴道上，目不暇接而美不胜收。当代艺术大师唐云的画斋名曰"八壶精舍"，就是以其收藏八把曼生壶命名的。云老在清气横溢的书斋中品茗观壶，爱不释手，遂以壶名斋。

  紫砂壶不仅可品可赏，可读可养，而且亦是吃茶去之雅器。笔者的好友许四海系当代壶艺大师，有"江南壶怪"之称。予观其冲泡香茗，极有艺术风采，节奏明快而张弛有度，手法洗练而潇洒灵动。先是看茶叶——珠圆玉翠；洗壶——供春沐霖；烫杯——狮子滚球；放叶——翡翠入宫；注水——青山飞瀑；分杯——行云流水；添茶——关公巡城；闻香——空谷幽兰；品茗——琼浆玉液。如此吃茶去，真乃是观赏一场精彩的演出，使人赏心悦目而回味无穷。难怪生活情调颇为精致的范仲淹在吃茶去观壶之后，写下了千古名句："黄金碾畔绿尘飞，碧玉瓯心雪涛起。"

（《青年报》2007年8月31日）

吃茶去之以茗会友

那是怎样一个生动而诗化的场景：北风呼啸，雪夜清冷，连星星都似乎被冻得在颤抖。就在此时，友人来访叩开了屋门，带进了一股逼人的寒气。主人忙热情地在竹炉内添柴烧茶，不一会儿，一杯驱寒的香茶便端到了友人的手中。这就是宋朝诗人杜耒所写的名句："寒夜客来茶当酒，竹炉汤沸火初红。"吃茶去中蕴含了多么温馨的友情和诚挚的真情。

无论从古到今，吃茶去都带有小聚互酌、雅兴联谊、以茗会友的功能，三五知己相会，乃是茶叙。而群体共品，乃是茶会。自称一个南腔北调人的郑板桥，平生也十分嗜茶，他曾在《寄弟家书》中以细腻的笔墨描写了与友人品茶的情韵氛围："坐小阁上，烹龙凤茶，烧夹煎香，令友人吹笛，作《落梅花》一弄，真是人间仙境也。"你看他在小阁之上，烹茶闻香，友人吹笛他作词，清幽雅逸，格韵高绝，心临仙境，真是不知今夕是何年。可见茶是友情的中介和人情的寄托，从而形成了我国茶文化中重要的人文礼仪程序："客来敬茶。"独特的社会交往范式："以茶交友。"子曰：有朋友自远方来不亦乐乎。友来上茶，不仅以示欢迎，而且为友洗尘净身，安心涤烦，润喉润泽。为此唐人赵莒在茶宴诗中写道："竹下忘言对紫茶，全胜羽客醉流霞。"所以，茶道的四字诀："和、敬、清、寂"，就内蕴了重友情、讲礼仪的重要组成部分。

吃茶去的渊源十分古老，本源就是会友论禅。而其语义又与时俱进，带有现代公关的作用。现在各种类型、不同风格的茶室形成了一个个吃茶去的多元空间，从某种意义上讲，也正是现代社会公关发展的需要。特别是在经济相对发达的地区，茶室如雨后春笋崛起，人们以茗会友，品茶交心，说事叙情，可谓是"尘心洗尽兴难尽"，从而凸显了礼仪之邦一种良好的人际氛围和友善心态。

吃茶去，实际上作为一种有意味的形式，既包含着物化有形的品茶，又潜蕴着沟通心灵的感应，以茶来相知相识，乃是君子之交，现实生活中人们常以茶代酒，就是具有象征意义。古代茶史中曾有件颇为流行的轶事，也就是平常所说的名段子：有一天，大学士苏东坡到一寺院游览，老和尚不识其为何人。于是便按平常之礼招待他说："坐。"对小和尚说："茶。"小谈片刻，老和尚觉得此人学识不凡，风度儒雅，便改口说："请坐。"对小和尚说："上茶。"而当老和尚知道了来人就是大名鼎鼎的苏学士时，便热情地说："请上坐。"对小和尚讲："上好茶。"从"坐"、"上坐"到"请上坐"，从"茶"、"上茶"到"上好茶"，后来曾在人际交往中广泛应用，成为一句口头禅，生动地体现了人情友情的升华。因而在日本的茶道中，就十分注重"饮一杯茶以致大和"的交友理念。

以茗会友，以茶联谊，崇尚诚、清、朴、真。因此茶友相交，天长地久，而酒友却难达到此种状态。作家林清玄为了寻找人生的境界，曾追随上百位法师、禅师，但使他顿悟的是：有一天，他攀天新峰，进永乐禅寺，见老和尚在廊下分茶，遂问："师父为何分茶？"老和尚说："分出青叶与黄叶，黄叶自己饮用，青叶供养众生。"这就是一位古刹平凡僧人的慧根：对众生之友好虔诚之情。愿每个人在生命的历程中都能用青叶来以茗会友。

（《青年报》2007年9月6日）

吃茶去之味之无极

阳春三月,莺飞草长,桃红柳绿,也正是新茶飘香之时。在我国古代有"踏青归来吃茶去"之说,可见吃茶去也是一种民间人文生活形态。著名佛学家赵朴初曾在"茶与中国文化展示周"上写过一首绝妙的品茶诗:"七碗爱至味,一壶得真趣。空持百中偈,不如吃茶去。"

吃茶去重在品味,那个当皇帝极不称职,搞艺术却颇内行的宋徽宗赵佶在他的《大观茶论》中说:"夫茶以味为上,香甘重滑,为茶之全。""味"字从"口"从"未",可见味之无极。《孟子》理解为:"口之于未也,有嗜焉。"

如今到茶室吃茶去,大都不是为了解渴牛饮,而是品味涵咏。品茶之味,在我国古代是十分看重的人生形态,并和人类最高情感——爱情,相提并论。早在《诗经·谷风》中就有动人的记载:"谁谓荼(茶)苦,其甘如荠。宴尔新昏(婚),如兄如弟。"新婚之际的体验,就如品茶,甘饴自如,何等美妙。茶圣乎?情圣乎?吃茶吃出如此情绪,我想也只有咱们茶文化的母国才有的人文景观。难怪现在茶室中那么多情侣幽聚,此乃千年古风之遗传。

吃茶去实际上也是很有技术含量和艺术要素的,一代文豪鲁迅先生对此说得很到位:"有好茶喝,会喝好茶,是一种清福。不过要享这清福,首先必须要有功夫,其次是练习出来的特别感觉。"而今河晏海清,国泰民安,社会和谐、生活小康,是有此种清福可享和功夫可用。因此,练一练吃茶去的"特别感觉",也是提升生活质量、陶冶闲暇情趣的"软实力"之需。吃茶之品为三"口",实际上就是三个步骤,要循序渐进,才能渐入佳境,有啜英咀华之感。

品之第一"口"为先观茶汤闻茶香,然后轻轻喝一口,上下齿相合,以舌尖和上颚相抵抿,因舌尖味蕾很丰富,茶之清醇甘泽、幽香气蕴可尽情体验。第二"口"是上下齿颊轻轻相咂发出"啧、啧"之声,舌本领受茶之质感气韵、品性特征。第三"口"是轻轻抿入喉中,让茶汤似一线玉露甘霖润喉沁心,从而达到"英华不散,灵气长存"之境。宋代苏东坡乃品茶之高手,他在诗中欣然写道:"雪花雨脚何足道,啜过始知真味永。"那是何等快哉。这位才华横溢、性格阳光的大才子一生倒霉落魄,老是被小人算计,但他在品茶之中却飘然成仙,欲奈我何。

品茶亦先略知茶叶的种类,才能知性感悟。陆游有一次到一友人家小聚,吃过饭后,主人上茶,问是何种茶叶,陆马上笑答:"饭囊酒瓮纷纷是,谁尝蒙山紫笋香?"蒙山茶即有紫笋香味。如今吃茶去,茶室内的茶单上罗列了数十种茶,令人眼花缭乱。其实,常用的茶主要有四种,即是绿茶、红茶、花茶、乌龙茶,其色、香、味、形各有不同。绿茶以龙井为领军,"龙井茶,真者甘香不冽,啜之淡然,似乎无味,饮过后却有一种太和之气,弥沦乎齿颊之间,此无味之味,乃知味也。"此段品龙井茶之心得,乃清茶艺家陆次云所录,精当入微,深得龙井三味。碧螺春则清香淡雅,爽逸淳净。六安瓜片则幽香沉潜,味滋甘和。

云南滇红和祁门红茶均是红茶中名品,滇红茶汤红润富丽,香气馥郁酣畅。祁红色泽浑穆凝重,味醇香浓而口感甜津。花茶以茉莉、木樨、玫瑰、栀子、梅花等焙茶,以花添香,以茶引味,茶花之相熏,乃相得益彰。乌龙茶芳香浓烈而滋味醇劲,其中以铁观音为青睐者众多。而近年来,宝岛台湾高山冻顶乌龙在制作上另辟蹊径,香气厚郁醇正,味甘润泽爽口。茶味之丰富,不仅使口福无边,亦使人生更为精彩。

(《解放日报》2008年4月7日)

春茶茗韵

每到"桃红复含宿雨,柳绿更带朝烟"的时节,除了可以踏青赏花观光,享受良辰美景外,还有一件赏心乐事,就是可以尝新茶、品香茗。让那清香甘醇的茶汤沁人心脾,感悟"天人合一,物我玄会"的意蕴,领略"涤除玄鉴、澄怀味象"的境界,信可乐也。

记得明代才子唐伯虎在《画中茶诗》中写道:"买得青山只种茶,峰前峰后摘春芽,烹煎已得前人法,蟹眼松风娱自嘉。"画家笔下的茶园生活是何等的明快悠然而又恬适宁静。每年春天的茶事,是和时令节气一起循序渐进的,"道法自然,保合太和",可见茶是春的使者和春的音符。

最先迎春爆芽的也许要算宜兴的阳羡雪芽茶,在惊蛰过后,春分前夕,嫩寒春晓、乍暖还冷,有时还会下起纷纷扬扬的雪花,但阳羡山间坡地上的茶树已悄悄地探出青涩的绿芽叶眼。去年三月上旬时赴丁蜀友人的茶场,正是雪后初晴,峰峦林木银装素裹,山坡上成排的茶树却在枝梢头爆出了一粒粒嫩嫩的绿芽,映衬着春阳下的皑皑白雪,那种清新、那种明丽,真是汇聚了天地之灵气,凸显了一股盎然的生机,使人怦然心动。友人告诉我说:再过几天,待春分过后,便可采摘,几乎是一枝一叶。因此,"阳羡雪芽"是江南茶园的东风第一枝。记得有"茶仙"之称的卢仝当年曾以调侃的诗曰:"闻道新年入山里,蛰虫惊动春风起。天子未尝阳羡茶,百草不敢先开花。"

宜兴的茶事起源甚早,远在汉代就有"阳羡买茶"的记载,亦有汉王到此茗岭"课堂艺茶"的传说。唐代的茶圣陆羽曾踏访阳羡的茶林,日间观察采摘,晚上煮水品尝,在其经典之作《茶经》中评阳羡茶为"芬芳冠世产,可供上方"。正是由于茶圣的权威推荐,阳羡茶闻名遐迩,成为皇家庙堂贡品。自唐肃宗年间起,便特派茶吏、专使及太监在此设贡茶院、茶舍机构,每到"阳羡雪芽"嫩茶初摘后,经过精心焙炒,分五批经沿途驿站的传递,日夜兼程,急送皇城,以赶上皇帝举办的"清明宴"。为此,诗人李郢曾写道:"十日皇城路四千,到时须及清明宴。"由此遥想当年在通往长安的漫长驿道上,快马驮着阳羡雪芽奔驰,沿途一路洒下早春清芬的茗香,使这江南的茶韵弥散在大唐的宫殿,"先荐宗庙,后赐群臣",从而为这中国历史上最强盛的王朝增添了一抹留在历史深处的明媚春光。

"阳羡雪芽"经高手焙制后,茶型娟秀,叶片呈条形紧直,色翠毫碧。沏泡后茶汤清澈明净,呈嫩黄色。品尝后滋味清醇和顺,齿间留香。难怪当年卜居阳羡的大文豪苏东坡喝后感到心旷神怡,"蒸之馥之香胜梅",从而在"松风竹炉、提壶相呼"的日子里,写下了"雪芽我求阳羡美,乳水君应饷惠山"的名句,从而使这位官场命运坎坷的诗翁在阳羡享受到了茶香的抚慰与熏染,抹去了失意的凄凉,并产生了"买田阳羡,种桔养老"的退隐江湖的打算。

"阳羡雪芽"在盛唐时代就远销"一苇可航、一衣带水"的扶桑,那时正是日本的奈良时代,也正是日本茶道滥觞之时,唐代诗僧皎然在诗中记载为:"孰知茶道全尔真,唯有丹丘得如此。"来自宜兴的"阳羡雪芽"以其独特而佳妙的茶味茗香,为这"和、敬、清、寂"的东瀛茶苑,注入了大唐风采,从此在茶道氤氲的幽香中,永远地飘荡着一脉清醇典雅的华夏茶韵。明代张源在《茶录·茶道》中曾说:"造时精,藏时燥,泡时洁。精、燥、洁,茶道尽矣。"而我在日本古都奈良唐招提寺品茶时,觉得其演绎过程正

体现了这种过程。

  领先春日茶事的分前茶"阳羡雪芽"登场后,接着便是苏州东山的明前茶"洞庭碧螺春"、杭州梅家坞的雨前茶"雨前龙井"等。喝茶,已成了我们这个民族的一种生活方式和人文形态。

(《青年报》2010年5月9日)

狮城茶渊说紫砂

新加坡电台的记者是很敏感的,当知悉我是他们的同行,在上海人民广播电台工作时,迅速打来了电话,并在当地收听率最高的"958列车"(958是千赫)节目中直播采访了我。

我说自己正在搞"人与紫砂"的学术专题,并概要地介绍了提纲和内容。想不到"人与紫砂"这个题目一下子在狮城引起了颇大的反响,由于当地人大都爱喝茶,即使在宴会上也是以茶代酒,因而也就十分流行,甚至崇尚紫砂壶。我的好友、"江南壶怪"许四海大师曾在狮城举办过专题紫砂展,盛况空前,紫砂壶销售一空。可见这椰风海韵之国对紫砂的喜好迷恋。

电台采访我时,新加坡茶艺联谊会主席李秉萱先生当时正在参观我的书画篆刻壶艺展,听到直播时听众提问热烈,见此情景后,当即宣布明天晚上邀请我到茶渊讲学,题目就是"人与紫砂"。李先生还在第二天《联合早报》上刊登了讲座消息。

狮城尽管是个经济发达、现代化程度很高的时尚之都,但展示华夏民俗的茶馆不仅数量颇多,而且大都很有品位,名称也雅致而有诗意,如"茶轩"、"茶园"、"留香阁"等,邀请我去讲学的"茶渊"就是一家大型茶馆,装饰精致考究而富有我国江南情韵。

进入茶渊,须先脱去鞋子,给人平添了一种温馨宁静感。李秉萱先生说这也体现了用茶的一种平等精神,即不管什么人,一律赤足品茗。这就像日本表千家茶道一样,茶室的门很小,不管是王公贵族还是平头百姓,一律得爬进去。李先生先带领我简略地参观了各间大小不一的茶室,有双人、三人、四人及多人的,每间茶室四周的窗棂均是镂花雕刻,布置着中国书画,弥散出浓郁的书卷气。茶室内是一个红木矮长方茶桌,四周放着坐垫,看上去似乎很像日本茶道的饮茶法,实际上这是正宗的中国宋式茶室格局。

当我来到二楼的大厅时,大厅内早已座无虚席,甚至连楼梯上、过道上也站满了人。听演讲的大都是新加坡茶艺联谊会的会员,其中也有不少是新加坡各大公司的老板,他们大都收藏有不少紫砂壶精品。新加坡人的工作节奏此番我是亲身领略了,正是在这种紧张的生活环境中,他们纷纷走向紫砂,通过品茗赏壶来寻找一块精神上放牧的悠闲乐土。

"世间茶具称为首"的紫砂陶艺,是从越国大夫范蠡携绝代佳人西施在宜兴发现紫砂陶土而建窑烧制开始,然后是苏东坡所设计的"东坡提梁壶"。接着便在明代出现了紫砂壶艺的开山巨匠供春树瘿壶。自此,大师辈出,名壶荟萃。从才华横溢的时大彬到紫砂才子陈鸣远,从西泠大家陈曼生到雄健豪放的邵大亨等,使紫砂壶艺誉满天下。当新加坡电视台那位长得颇像林青霞的女主持问我:紫砂壶除了能发茶、保健等功能外,那么它与人究竟是如何相通的?我说:在人失意的时候,紫砂壶给你温馨;在人痛苦的时候,紫砂壶给你温情;在人狂妄的时候,紫砂壶给你温和。这就是壶人合一、壶佛相通。

当我演讲结束后,不少茶艺会员将随身带来的紫砂壶请我鉴定。真是不看不知道,一看吓一跳。在南洋这个小小的岛国,其紫砂壶收藏的数量及藏品的档次是相当惊人的。

(《青年报》2008年4月20日)

紫壶一把泛春华

1926年,美国费城博览会。由于该次博览会是为纪念美国独立150周年而举办,因而规模盛大,万人云集。中国馆是一排古朴典雅的亭阁建筑,在进门的展厅四周,有一排红木的博古架,上面陈列着上海城隍庙利永陶器公司送展的紫砂壶、瓶、盆、鼎等,那些造型优美、光华潜蕴的器皿展示了中国独特的紫砂文化,吸引了各国参观者,因而在该届世博会上获奖。

1930年,法国巴黎世界博览会。在这有"世界艺术之都"之称的花都举办展览,自然是各国参展踊跃,上海利永陶器公司送展的紫砂器皿又再次问鼎大奖,从而使中国紫砂陶艺声名远扬。

由此可见,上海作为东方的大都市,几十年前就积极参与各国世博会。而2010年上海世博会的召开,将展示世界文明的辉煌,亦将吸引全球的目光,为此,我们不妨探寻一下往昔的辉煌,从而为上海世博会提供丰厚的历史底蕴和宝贵的人文记忆。

1. 茶馆林立、茗壶雅玩

二三十年代的上海,已成为东南亚最大的都市,经济的繁荣、商贸的兴盛、市井的实用、收藏的形成等因素,促成了上海对紫砂壶的大批量需求。当时上海的楼堂馆所、街头路口茶馆遍布,大都使用宜兴紫砂壶,这还属于实用性的。而上海金融界、商贸界乃至书画界、戏剧界高端人士对名家壶的需求也日益增多。就以海派书画界来讲,不少名家几乎都与紫砂名家联谊合作,壶画相交。如海派人物画大师任伯年曾捏泥制壶,造型别具一格。海派书画领袖吴昌硕案头常置一把紫砂壶,壶壁上刻有两只龟,出于任伯年手笔。另有黄玉麟作弧棱壶,两面刻吴昌硕行、楷铭文,下钤"吴昌硕"方印,壶底钤"黄玉麟作"方章。其他如黄宾虹、王一亭、张大千、吴湖帆、江寒汀、张大壮、唐云等与当时的紫砂名家结谊。同时,上海亦有不少紫砂壶收藏家,如龚心钊、郎玉书、虞仁恩等,他们亦是古董商,尤钟情于明清大家的作品,这些都为高档紫砂壶的创作开拓了空间,由此亦产生了紫砂壶古董商圈。正是这些社会综合因素,使二三十年代的上海汇集了一流的壶艺名家,如陈光明、蒋彦亭、裴石民、王寅春、吴云根、范大生、朱可心等人,开创了紫砂壶艺史上的第三次高峰,从而形成了紫砂壶销售及仿制的商号名店系列,开创了紫砂壶不同的档次供应和市场规范运作程序,这是一种现代意义上的营销新机制。

2. 从"葛德和"到"福泰"号

上海最早经营紫砂陶器的商号是"葛德和",系宜兴丁山大窑户葛翼云于咸丰十年(1860)在上海老北门民国路开设,在浦东设有很大的货仓,可见当年的规模。"葛德和"注重品牌,紫砂器上都钤或刻有商号印款,讲究质量,价格不二,在上海经营紫砂陶器颇有信誉。据《丁蜀镇志·大事记》载:"咸丰十年,丁山白宕窑户葛翼云,在上海开设'葛德和'陶器店。"至民国初年(1912),该号凭借上海的影响力,已将其产品远销海内外,从而为紫砂壶艺在二三十年代上海的崛起作了历史的铺垫和市场的培育。该号还与日本商人合资,在日本名古屋市开设商行,经销紫砂陶器。由于日本茶道的盛行,紫砂茗壶颇受欢迎,特别是紫砂名家壶开始受到青睐。"葛德和"为了开拓国内市场,有些紫砂壶茶具销往山东威海卫,经包锡、包银或包铜后再出售,更增加了紫砂壶的装饰性和坚固性。"福泰"商号是清光绪六年(1880)宜兴鼎蜀镇大窑商陈子怀在上海开设的紫砂陶器店,专营紫砂壶具及陶器,也属上海紫砂陶老字号。《丁蜀镇志·陶瓷工业》对"福泰"号有专门记录。

3. 名家云集的"铁画轩"

开设在上海城隍庙的"铁画轩",是上海最具影响力、也最有档次的一家紫砂陶器商号,其创始人是戴国宝(1870~1927),号玉屏,别号玉道人。南京人,幼失双亲,10岁时拜南京著名民间画师华约三为师学艺。光绪二十年(1894)到上海创业,初开店画人像,后改用镶嵌金刚钻刀头的铁笔刻瓷器。因有绘画的功底,因而构图生动,在上海小有名气。1910年,戴将小店移至城隍庙九狮亭边(铁画轩现址)经营。民国初年,宜兴紫砂名艺人蒋祥元(蒋蓉父亲)游城隍庙,见其瓷刻用刀刚健畅达、遒劲浑朴,颇有金石气,建议其刻紫砂。于是,戴国宝便随蒋祥元到宜兴试刻,效果颇佳,不久即一举成名。故取名"铁画轩",并专营紫砂。至二十年代初,已成为上海专营紫砂的名号,汇集了一批紫砂壶艺大家,先后有程寿珍、陈光明、蒋彦亭、任淦庭、王寅春、汪宝根、范大生、卢元璋、胡耀庭、吴云根、朱可心、李宝珍等,形成了一个紫砂精英群体,在整体上使当时上海的紫砂壶艺达到了鼎盛期,并确立了在海内外的影响。历史地看,当时铁画轩的经营模式和销售理念,已具有西方艺廊的先进方式,在"铁画轩"所出的紫砂器上,有"铁画轩主人制"刻款,"铁画轩制"篆书印,制作人、刻工等均落款,以示名店名工名器风范。

戴国宝还时常和紫砂名家合作,《宜兴陶艺》著录英国伦敦亨利·金斯伯格藏有"玉屏刻铭蒋燕亭制白泥花瓶",瓶壁刻有"吉羊宜用"四字,刀法沉雄刚健中见古朴浑穆,颇有金石气,落款为"戊午(1918)玉屏氏刻",底钤"志臣"印,"玉屏"系戴国宝号,"志臣"系蒋彦亭号。"铁画轩"紫砂除了供应国内客商及收藏家、古董商等高端客户外,还出口日本、东南亚地区及欧美等国家,产生了国际性的影响。"铁画轩"还和海外商家联手,如当时的独钮壶运往泰国,经抛光加工后,再部分回销国内。同时亦和国内商号合作,如将紫砂壶销售至各地。唯其如此,"铁画轩"不仅在当时为一批紫砂大家提供了从艺施技和成名成家的舞台,亦为紫砂器海内外的市场营销及艺术收藏起到了开拓、促进作用。

4. "利用公司"和"吴德盛"的海内外拓展

二三十年代上海的紫砂商号规模最大的是利永陶器店,该店原为"利用公司",总公司于民国初年设在宜兴蜀山。1920年由前清秀才邵詠棠任经理,其子邵惠如任副经理,并在上海老城隍庙豫园内设立店面,专营紫砂器。当时为"利永"制作紫砂器的有程寿珍、任淦庭、范大生、冯桂林、范成甫、朱可心、叶德喜等名家,其产品除了销售国内各地外,还远销日本、泰国、菲律宾、马来西亚、新加坡、印尼及西欧、南美等地。1915年在美国旧金山举行的"太平洋万国巴拿马博览会"上获奖。在1926年美国费城国际博览会及1930年法国巴黎国际博览会上,"利永"的紫砂器多次获奖。

"吴德盛"也是当时的上海紫砂商号中较著名的,该号原是宜兴鼎蜀镇人吴汉文在民国初年开于宜兴县城。由于紫砂热,民国十四年(1929),又在上海开设了"吴德盛"分号,主要经销紫砂器,有茗壶、茶具、花瓶等。注册商标为"金鼎"。镌有一图章,中置一鼎,鼎身刻有"德盛"二篆书。四周亦刻有"金鼎商标"楷书四字。从传世作品看,该号当时出的不少紫砂器上,都刻有"跂陶款"。据考证:跂陶为吴汉文的别名,他是一位刻画大家。由于该号拥有俞国良、胡耀庭、岩如、冯桂林、王熙成、储银兰等名家,因而亦受海外壶艺爱好者及收藏家推崇。特别是在东南亚等地,"吴德盛"号紫砂很有名气,受到藏家追捧。近年来,有些老壶返流国内。

上海当时的紫砂陶商号还有"益大新"、"鲍理泰"、"鲍鼎泰"等,《丁蜀镇志·陶瓷工业》均有记载。

5. 东进西渐的国际化走向

紫砂出口的历史可追溯到17世纪,沃尔卡《瓷器及荷兰东印度公司》(莱顿·1971)载:据荷兰东印度公司的记录:于1680年约1 635件茶壶(宜兴产品），运抵阿姆斯特丹。沃尔卡《荷兰东印度公司》：登记簿中载录了1679年由漳州运抵巴达维亚（今印尼雅加达）的七箱朱泥茶壶。而上海自1843年开埠后及至民国后的二三十年代，已一跃成为东南亚最大的开放性城市，紫砂的海外营销不仅在规模、数量上要远远超过以往，而且形成了国际区域类型化的特征，其主要分为东洋生意、南洋生意和西洋生意。

东洋生意是指紫砂营销日本。早在江户时代（1600~1867）末期，紫砂茶具已开始输入日本。清末，宜兴紫砂名家金士恒、吴阿根即应日本常滑地区陶工鲤江高须之邀赴常滑传授紫砂"打身筒"制法及刻陶装饰技法达半年之久。民国初年（1912），上海葛德和老板葛翼云和日本陶商合资，在名古屋开设紫砂商店，开始有规模、有计划、有专项地营销中国紫砂，旧称"东洋装"。并制作了专供出口的日式紫砂茶，亦称朱泥烧。造型特点是在壶嘴九十度年装有弯柄（也有不装柄），壶盖以嵌盖为多，用"流"代嘴，流根部较大，出水畅快，此茶具颇受日本人喜爱。

南洋生意是指紫砂营销南洋、东南亚一带，主要有马来西亚、新加坡、菲律宾、印尼、泰国、越南、缅甸、老挝、柬埔寨等，因这些国家华人很多，饮茶习俗盛行，因而对紫砂壶具需求量甚大，当时上海的铁画轩、利用公司、吴德盛等的南洋生意相当兴盛。上个世纪九十年代中期，笔者赴新加坡举办个人艺展，曾在牛车水一位老中医处拜访，该老中医出示了五、六把他珍藏的当时铁画轩销往新加坡的紫砂壶，款式雅致、朱泥如玉，包浆华润。

西洋生意是指紫砂营销欧、美国家，主要有法国、英国、德国、意大利、美国等。早在明代末年，葡萄牙商人即将紫砂器运往欧洲，颇为畅销。欧洲人称紫砂为"红色瓷器"。至二三十年代的上海，凭借着对外贸易的活跃，葛德和、铁画轩、利永公司、吴德盛等的西洋生意更加红火，并出现了欧、美紫砂收藏家，其中最著名的是英国台维斯收藏的时大彬的"梨皮瓜棱壶"、"梨皮长方茗壶"、陈鸣远的"竹笋式水注"、"孟臣壶"等，并参加1935年"中国艺术伦敦国际展览会"展出。

（《新民晚报》2009年6月19日）

第八辑 一张琴处伴红裙

一张琴处伴红裙

一、从三十年代的一条花边新闻说起

　　是照相机的镜头,把这个相当古朴安谧而又弥散出婉约韵致的场景定格成永恒:那是一间素雅简洁的日式寓所,墙壁上挂着一幅笔墨细腻、烟云迷濛的山水,一盆修剪得姿态奇崛的盆栽古松,泛出苍翠欲滴的绿意。一位身穿织锦和服,面容秀美妩媚的年轻艺伎,正跪坐在榻榻米上神情专注地弹着古琴,那纤纤玉指一抚一拨,音律曼妙似高山流水、清风入林。她的身后有两位身穿竹白长衫、风度儒雅的男子正在欣赏聆听,那位头面微昂的老翁似在遐想,而那位颔首端坐的先生像在凝思。

　　1926年的春暮夏初,清逸的栀子花香使这个季节变得明丽而温馨。在一个惠风和畅、天朗气清的日子,海派书画大师吴昌硕和他的好友王一亭结伴来到位于上海虹口公园北侧江湾路上的海上名园——六三园雅聚宴饮。席后余兴未尽,遂又请出艺伎弹奏古琴,那悠扬跌宕的弦乐之声,使缶翁与一亭听得如闻天籁之声,出神而入化。敏感的摄影师抓住了这一瞬间,按下了快门。此后,年迈体弱的吴昌硕已很少来此,第二年便与世长辞。

　　想不到此张照片在九年后,却惹出了一场风波。1935年,上海的《新闻报》 在社会新闻版以醒目地位刊出了此张照片,并题为"大师情事",

披露一代海派书画巨擘晚年的花边新闻：与此位弹筝的艺伎有红颜白发之情。从而在当时的海上艺苑文坛也引起一些猜测与议论。这实际上是无中生有的炒作与望"照"生义的误导，以此来刺激读者的眼球。这也是三十年代海上某些报刊常用的用红粉煽情说事的手段。

二、景色宜人六三园

六三园，是日本名士白石六三郎经营的上海最大的日本私人花园，系一处高级会所，其日本料理是名闻海上。白石六三郎是长崎人氏，原名武藤，1898年在上海文蓝师路（今塘沽路）开出了一家"六三庵"的日式商店，生意兴隆。1900年，他又开设了"六三亭"，以环境素雅、风味清鲜出名，成为上海挂头牌的日本料理店。1908年，他在江湾路购得土地6 000坪，建造了此座大型园林及会所"六三园"，既有汉风唐韵，又有大和特征。园内环境清雅，景色旖旎，有大草坪、葡萄园、运动场等，遍植松竹梅及樱花，其中的绿樱尤为珍贵。每到阳春樱花盛开，绚丽多姿、灿烂似锦。后来的鲁迅先生还曾和郁达夫等人一起来此赏樱，不仅想起了东京上野的樱花。园中还养有鹿、鹤、猴、鸳鸯等动物，春花夏荷，秋枫冬梅，四时风光宜人。其主体建筑是二层楼的会所，飞檐翘角，一派古典气派，是日本政要、商界、艺苑接待贵宾的宴庆、娱乐及休闲之地。1912年4月，被迫辞去大总统的孙中山先生来上海时，日本友人宫崎滔天曾在此宴请。1922年，孙中山广州脱险后回到上海，日本驻沪总领事船津辰一郎也在六三园为孙中山接风。

白石六三郎颇有名士做派，喜好中国书画诗文，因此常有一些中国书画家、文人在此相聚，翰墨飘香、笔花飞舞、诗文唱和，并观赏来自京都艺伎的表演。由于书画家、大实业家王一亭和六三郎关系甚好，因此白吴昌硕于1912年定居上海后，特别是1913年乔迁闸北北山西路吉庆里后（离六三园并不远），王一亭就时常邀请吴昌硕到六三园休闲小酌或品茗听曲。此时的缶翁虽已入耄耋之年，但他一直保持着鲜活的生活情趣，特别是对六三园雅洁明丽的环境很是喜好，从而也成了此地的常客。樱花盛开时，他和艺友树下喝酒挥毫。梅花绽放时，他携知己闻香踏雪寻诗。1920年早春二月，吴昌硕和日本诗人、作家大谷是空在六三园的诗文酬唱，更是留下了名篇佳作，如大谷诗曰：六三园里神仙客，偶落人间笑语和。好是隔帘春色动，梅花满树鸟声多。缶翁即兴和道：仙三人合题吾辈，不是泉明六志和。十二栏干今倚遍，梅花深处古春多。六三郎还特邀缶翁撰写了《六三园记》，勒石刻碑树于园中，为六三园增添了一道亮丽的人文景观。六三郎见缶翁十分喜欢梅花，"梅花忆我我忆梅"，亦从古寺龙华移老梅一株植于园中，并邀老人于梅树下饮酒清吟。

应当讲，在海派书画家群体中，王一亭是一位既有艺术才情又有社会能量和经济头脑的准领袖人物，他为在海上推介缶翁艺术作出了重大的贡献。正是他清醒地看到缶翁那种既古朴浑穆又雄健豪放的书画金石之风为当时的艺苑开一大流派，定为崇尚汉风的日本艺界所接受。而六三园正是日本政商金融实业界高端人士的聚集之地，是推介缶翁艺术很好的平台，于是王一亭专门向六三郎介绍了缶翁的书画铁笔之造诣和功力，并在园中展示缶翁丹青翰墨金石之作，果然反应良好，颇得赞誉。而颇有艺术鉴赏力的六三郎亦成了缶翁艺术的崇拜者，主动向来园宴饮的日本各界名流推荐。

三、缶翁艺名传扶桑

1914年金桂飘香、枫叶初红的时节，六三郎在他六三园中的剪淞楼上举办了"吴昌硕书画篆刻展"，这是年届71岁的缶翁个人第一次展览，一时嘉宾云集、盛况喜人，吴昌硕自己亦有"六三园宴集，是日剪淞楼尽张予书画，游客甚盛"的记载。特别是不少日本名流纷纷贴红认购，使缶翁艺名经此远播东瀛，誉满扶桑。唯其如此，历史地看六三园中缶翁生平个展的成功举办，不仅有利于奠定缶翁作为一代海派书画领袖的地位，而且对缶翁艺术在海外、特别是在日本的传播，起到了首推作用。也正是这次画展的影响，当年的冬季，上海商务印书馆编印出版了《吴昌硕花卉画册》，西泠印社刊行了《缶庐印存》三集。吴昌硕的润格也从此年开始大幅地飙升,成为海派书画家中的标杆。

六三园作为中日两国书画家交流的平台,时常有雅聚笔会,而六三郎对缶翁的笔墨刀艺更是相当推崇敬佩,经常在宴饮高潮之际,向来客介绍缶翁艺术,可见六三园成了吴昌硕书画常年展示的窗口。而吴昌硕的日本弟子如水野疏梅、河井仙郎、长尾甲也和先生在六三园笔墨对应,雅兴联袂作画奏刀,诚如缶翁诗赠水野疏梅所云:"君知吾如吾知君。"河井仙郎虽远在日本,但每年必到上海拜望先生,请教艺事,并小聚于六三园。由于海派书画的领军人物吴昌硕时常作客于六三园,从1912年至1926年的十多年间,六三园实际上成了上海中日书画家艺术交流、展示的中心。海上书画家康有为、曾熙、吴待秋也时常在此雅集。1919年3月,中日收藏界在六三园联合举行了"沪上私家精品金石书画文物收藏展"。也正是六三园的揄扬及推介,加上王一亭、河井仙郎等人的努力,才促成了1922年在日本大阪高岛屋举办的"吴昌硕书画篆刻展"。而吴昌硕也在六三园中先后结识了日本大画家富冈铁斋(1837~1925),亲为其治印"东坡同日生",日本著名汉学家、历史学家内藤湖南(1866~1934),日本书画名家、大收藏家中村不折(1863~1936)等,从而奠定了吴昌硕在日本艺界的高端地位。

四、静听叶娘鼓瑟事

1926年那个风和日丽的日子,因年高体弱的缶翁已有些时候未出家门了,为了使老人散散心,王一亭专门雇了黄包车,把缶翁拉到了六三园。六三郎见缶翁到来很是高兴,只是有些时日未见,老人的面容显得清癯,寒暄一番后,便亲自作了细致热情的款待。宴饮后又专门安排了一位年轻清纯的艺伎为缶翁与一亭演奏,于是就出现了本文开头的那一幕。从照片上看,缶翁面容颇为消瘦,但神态相当悠闲放松,似沉浸在艺伎的歌声琴音之中。一曲演毕,缶翁如闻韶乐,意兴盎然,诗思勃发,侍者忙递上笔墨,缶翁即兴题诗:一张琴处伴红裙,小阁凌虚游名瞰,恩怨满腔谁解得,老怀斟酌对文君(《听东妓鼓琴》)。此诗写得柔婉而真切,展示了缶翁听琴的情思,但与前来演奏的这位艺伎是没有任何个人情事的。一位已年届八十有三,且体弱多病的老翁,怎会产生什么桃色绯闻。

第二年,缶翁仙逝了,六三郎很是伤感,并和一批日本友人参加了缶翁的大殓,并在六三园中展出吴昌硕遗作,缶翁最后的绝笔墨兰也一直陈列。是年冬天,在水仙花的清芬中,王一亭重新观看此张照片,引起了无限伤感,他题诗曰:"去年曾聚'六三园',席满嘉宾酒满樽。静听叶娘鼓瑟事,灵光惟摄影岿存。丁卯冬仲,缶翁已归道山,有人琴之感。白龙山人题。"从王一亭的题诗中,亦可证明这次六三园听艺伎弹曲,也仅是一次宴饮后的余兴节目,并无节外生枝之事。不过那位艺伎的芳名却是留下了,叫叶娘。

1929年11月10日,六三园中举行了由千人参加的"吴昌硕追荐会",王个簃先生在当时的《申报》上著文曰:"园主白石六三郎,雅重先生为人,会场布置,皆君及友永君预为设计,在园中草地空旷处植木以架,以色布幕端高楣红地金色吊文,广丈余,袤数丈,中设几筵沪香瓶卉,位置楚楚,其他杂陈果食时物清醇苦茗之属。其上巍然供奉先生执卷小立影像,道气迎人,依然生前笑貌。"缶翁之艺泅润着六三园,六三园亦见证了缶翁之艺。

六三园作为上海曾经兴盛一时的人文名园,在1945年日军投降后,亦随之被荒废,令人欷歔不已。六三园,也成为日本侵华战争的牺牲品。

前不久,笔者与吴昌硕先生的第四代孙吴越先生晤面,他告知曾在日本遇到过白石六三郎先生的后人,他们对先祖在上海所建的六三园也颇为留恋。特别是缶翁与白石翁的友谊,他们也相当缅怀与珍视。六三园,位于今西江湾路240号处,如有可能,可否重树吴昌硕先生当年手书勒石的《六三园记》。

画家谢之光之谜

在海派画家群体中,谢之光是一位颇有传奇色彩的丹青高手,在上个世纪二三十年代,他曾是一位英俊潇洒的艺术才子,以擅长画月份牌而风靡上海乃至全国,有"月份谢"之称。正因他在这些月份牌画的创作中,倾注了自己的人生追求和艺术情感,他个人的命运也与月份牌紧密相连。

美丽牌烟标之谜

1899年2月25日,谢之光出生于浙江余姚,自幼家境贫寒,但他从小就喜好涂鸦。14岁来上海从吴友如的学生周暮桥学习人物画,勤奋刻苦,用功精勤。后考入上海美术专科学校,师从张聿光、刘海粟,博采中西画之长,于人物、花鸟颇具造诣,特别是仕女画独具功力。从上海美专毕业后,主要从事实用绘画,以舞台美术、商业广告画为主。当时上海福州路上的天蟾大舞台曾邀他专画布景,后随着月份牌画的兴起和风靡,他凭借着在仕女画上的精湛技艺,开始专攻月份牌。1922年,在他23岁时就公开出版了第一张构图精致华美、色彩典雅瑰丽的《西湖游船》,从而一炮走红,跻身于上海著名月份牌画家行列。急需月份牌广告画宣传的南洋兄弟烟草公司慧眼识珠，特请年轻的谢之光加盟公司广告部。谢之光以自己丰富的想象、华美的构图、精彩的场景及时尚的女郎形象，为南洋兄弟烟草公司创作了一批月份牌画，在社会上引起了很大的反响，受到了各界人士的喜爱，促进了南洋兄弟烟草公司的香烟销售。

当时上海还有一家很小的烟草公司——华成烟草公司，其总经理陈楚湘见谢之光的月份牌画风头正健，为了吸纳英才，他亲自与谢之光面谈，表示了仰慕之情，不仅以高薪聘之，还委以重任，让谢出任广告部主任，从而使谢之光如鱼得水，大显身手，创作出了月份牌的经典传世之作"美丽牌"烟标，由此亦产生了长达半个多世纪的"美丽牌"烟标佳丽究竟是谁的谜案。

1925年初，上海华成烟草公司在国内外激烈的烟草工业竞争中，正在积极筹划推出一项新的香烟品牌，主旨是具有东方特色、有亲和柔美特点，最后确定为"美丽牌"，而设计烟标的任务交由广告部主任谢之光承担。才思敏捷、画艺全面的谢之光经过数日反复构思、推敲，在画了多幅设计稿后，终于亮出了精心绘就的"美丽牌"烟标：那位画中的女子面若桃花、明眸皓齿、俏美妩媚，颇有海上佳丽独有的迷人风韵，并配"有美皆备，无丽不臻"的广告语。

烟标是香烟的名片。当年的人间四月天，"美丽牌"香烟正式推出，人们为烟标的魅力所倾倒，"美丽牌"香烟名声大震，迅速畅销大江南北乃至东南亚一带。而"美丽牌"女郎更是成了当时最时尚、最亮丽的美女肖像，亦成了中国广告画的巅峰之作及我国民族烟草工业鼎盛期的佐证。那么画中的女子究竟是以谁为模特？波澜由此而起。

在寻觅"美丽女郎"的活剧中，首当其冲的是无事亦生非、有事更疯狂的小报记者，先是匿名信，后是直接打电话找华成烟草公司的经理，指出"美丽女郎"就是红遍上海滩的京剧名伶吕美玉，并以吕美玉在影片《失足恨》中的剧照为旁证，指出"美丽牌"烟标就是根据此剧照画的。华成总经理亲自出面，既不承认，也不否认，只说是商业机密。而此时当事人吕小姐却坐不住了，她召见报社记者，发表个人维权声明，责成华成烟草公司做出相应回答。由于吕美玉本身是演艺明星,"美丽牌"又红极一时,因而在社会上闹得沸沸扬扬,成为市民的话题谈资,从而对簿公堂,双方打起了官司。极有商业头脑的华成公司总经理很清楚,吕美玉是不是"美丽女郎"实际上已不重要,公司要的就是这种与明星争议诉讼过程,由此构成了真正意义上的商业炒作与品牌宣传。

正当华成公司与吕美玉闹得不可开交时,寻找"美丽女郎"的行动又烽烟四起,有人说是当时的上海"市花"季丽艳,从脸形、身段、服饰上都像。有人说是湖州名旦项美丽,就是项美丽在舞台优美的演出,使华成公司总经理顿生灵感,眼前的美女就可入烟标,用"美丽"为牌号更是颇有女性魅力,可以大量吸引男性烟民,在吞云吐雾时看着"美丽女郎"而浮想联翩。也有说这位"美丽女郎"只是华成烟草公司的一名普通女工,被画家谢之光看到后,觉得她的外貌形体、面容颇讨人欢喜,用画家"行话"讲是"面善而聚人缘",从而就以其为模特。亦有人说此位"美丽女郎"就是谢之光的第二任太太芳慧珍为模特而创作的,是画家在青楼为此位佳丽写生时萌发了构思。也有人说是当时百乐门舞厅一位红极一时的舞女为原型。

在众说纷纭、莫衷一是之际,真正得益的是吕美玉,在数次对簿公堂无果之后,华成公司与吕美玉达成了庭外调解。即华成公司每售出一箱"美丽牌"香烟(五万支装),吕美玉可提取数元权益费。"美丽牌"当时年销量是近万箱,吕美玉由此而暴发成了富婆,红氍毹上的活计也用不着干了。从此,封戏息影,享受荣华富贵。而有人则为谢之光鸣不平,作为画家创作了这幅月份牌名作,使"美丽牌"香烟大红大紫,而画家本人却没有提成,这也许要怪谢之光当时没有版权意识。但在上个世纪50年代初,著名电影表演艺术家赵丹曾在一次影人会议上指出:"吕美玉根本没有参加过影片《失足恨》的拍摄,而且此片是1932年出产的,'美丽牌'香烟则早在1925年就生产了。"

而围绕着"美丽牌"烟标的作者是谁,又起了纷争。有人说该烟标是谢之光的师弟杭樨英所画,并说得有凭有据。后来杭先生出来自己推翻了此说:"真正的绘制者,是我的师兄谢之光。"

在经历了半个多世纪后的一个秋高气爽的午后,我曾向谢先生提及

"美丽牌"烟标的往事,已头发稀疏、垂垂老矣的谢先生显得十分平静而淡漠,他坦然一笑,"当时所有的传说全是瞎七搭八的瞎讲,仅仅是为了广告宣传摆噱头(玩花样)罢了。"随后,他又露出了当年特有的那种聪慧机敏而带有些幽默诙谐的眼神说:"实际上我当时接受了任务后,翻看到一本杂志中有一张女子的照片很时髦,其服装打扮也很海派,就剪了下来作了样子。倒是后来的吕美玉学着这个样子打扮,拍了不少照片。"是呵,往事如烟如雾,一旦说破又是如此简简单单。只是说穿了真相时的谢之光,已荣华退尽,直面凄凉。一代月份牌画之王的晚年,竟是如此落魄。

"月份谢"的婚变之谜

一个是西装革履、才华横溢的海上画坛才子,一个是娇美柔婉、红极一时的海上青楼名妓,当相互倾慕、两情相恋后,终于喜结良缘。这对现代版的才子佳人,就是谢之光和他的第二任太太芳慧珍。当时曾与玉堂春齐名的芳慧珍自下嫁画家后,专心伺奉、严守妇道。为了表示与风尘的决绝,也为了表示对丈夫的忠诚,从此再不下楼半步。哪怕后来穷困潦倒、历经坎坷,始终相守相依、相濡以沫,直至上穷碧落。谢、芳之恋,虽不轰轰烈烈、惊天动地,但也刻骨铭心、终生不渝。而今回眸谢先生当时从婚变到再婚的往事,颇多感叹。

谢之光第一任太太是潘锦云,他们当年的离异扑朔迷离,坊间有几个不同的传说。版本一是:外貌漂亮、性格活跃的潘小姐家境甚好,父亲是开银楼的,因而算得上是金枝玉叶。自与青年画家谢之光结为连理后,依然颇有小姐脾气,喜好社交,擅长跳舞,亦迷于打麻将。有时稍不称心,就将谢之光画的月份牌画撕碎,使谢之光十分尴尬为难。因为月份牌画系工笔重彩,画一张常常要好几天,甚至半月多。当时画月份牌画的有三位名家,谢之光、郑曼陀、杭稚英,号称月份三剑客。郑、杭都知道谢之光有惧内症,谢亦小心侍候,生怕有所得罪。由于谢太太时常出入舞厅,在轻歌曼舞中与一男舞伴配合默契,日久生情,终于离谢之光而去。

版本二是：谢之光为了创作月份牌画，时常寻找一些年轻貌美的女子作模特写生。当时的一些生意洽谈或是朋友聚会，常借青楼举行。在一次这样的聚会中，谢之光见一女子颇有古典美女的优雅和小家碧玉的风情，且衣着时髦不媚俗，这不正是他苦苦寻觅的模特形象吗？于是就时常邀请此位芳慧珍做自己的写生模特。谢之光的幽默豁达和艺术才华使芳小姐颇有好感，而芳小姐的柔美温存和善解人意，使谢之光情有所钟。当他们的这段感情被原配夫人潘锦云得知后，潘即提出与谢之光离婚。当时谢与潘已生有一子一女。1930年的年三十之夜，谢之光请求妻子："还有两个孩子怎么办？别离婚。"但去意已定的妻子却离家出走澳门。

版本三是：潘锦云生性开放，时常在外跳舞打牌，家中之事也不料理，并与舞搭子关系亲密。谢之光开始还说说太太，希望她别整天在外玩乐，但太太只当耳边风，于是谢之光也放浪形骸，出入青楼，觅得相好。此时，谢、潘的夫妻关系仅是维持而已。后来潘认识了一位澳门糖厂的老板去了澳门，而谢则倾情于一位青楼女子，将其娶回。

以上三种版本的传说谁真谁假？但又似乎各有其理。由于婚变涉及个人情感，又不便开口相问，这要等待时机。1975年春节前夕，我带了一瓶当时还算可以的"玉液香"酒和一些熟菜去看谢先生，然后在一起小酌中，谢先生感叹道："别看我现在一副瘪三腔，当年我西装笔挺，卖相（外表）交关好。"由此我乘机引出了他当年的婚变之事。想不到谢先生十分坦然，他"咪"了一口酒，先"嘿、嘿"自己轻轻地笑了几声，"这桩事体倒是发噱的，当时我自己觉得蛮正常，离掉一个就再讨一个，哪能闹出这样多的传说。实际上是我当时也没有相好，潘锦云当时外面也没有搭子，只是我们觉得两人合不拢。潘人蛮好，就是欢喜白相（玩）。我整天忙于画月份牌，对伊也照顾不周。于是两人好合好散，然后各寻户头（对象）。"当年风流倜傥的月份牌才子，而今已人生迟暮，只是怀缅旧时情迁婚变，空留下几分欷歔惆怅。

值得一提的是，谢与潘离异后，潘嫁给了澳门糖厂的老板，但也时常回上海看望留下的一对儿女,并住在谢之光妹妹的家中,对谢之光的身体也很关心。只是谢之光的长子在23岁大学毕业时因患病去世后,潘锦云就因伤心而很少回上海了。而芳慧珍自和谢之光结合后,对潘留下的儿女视同亲生,对他们很亲切体贴。据谢之光之女谢碧月讲她与后母的关系很亲近。

酗酒酗烟之谜

谢之光先生的晚年,正是"文革"后期,"四害"横行,民不聊生。谢先生也贫病交加,处境艰难。他原先的画室名叫"栩栩斋",此时已改为"白龙堂"。有一次,当我问及谢先生为何将画室起名为"白龙堂"时,老先生的情绪显得有些激动了,他猛吸了几口烟,又呷了一口装在现在已很少见到的那种小口药水瓶中的酒,愤愤不平地讲:"我的画在海外是以尺论价,我也想为国挣些外汇,这样我的日子也好过些。但我弄不懂,就是不准我画!"

一阵猛烈的咳嗽,使他哮喘不已,"我是一个画家,不叫我画,我活在世上有啥意思?他们不叫我画,我自己画,为大家画,白画总可以吧!所以我就将画室起名为'白龙堂',谐音为'白弄'"。谢先生的语音显得沙哑而又苍老,语气中间夹杂着无奈而又自嘲之意。也正是这种"白弄",使谢先生彻底摆脱了世俗功利的诱惑,超越了传统模式的框架,变成了一条真正的"白龙",在绘画艺术的天地中腾云驾雾,呼风唤雨,赤条条来去无牵挂。

谢先生绘画的颜料大都是朋友、学生接济的,除了国画颜料外,油画、水彩、广告及至荧光颜料他都用,这样反而使他在多色杂糅、变汇通融中,理性地把握了色彩效果,使海上画派的用色敷彩有了新的突破,瑰丽明艳、灵动典雅而又丰裕飘逸。

谢先生绘画的手法也越来越洒脱,他时常把整碟的墨汁和颜料朝宣纸上倾倒,甚至用刷子、竹筷、纸团、调羹当画具,在任意渲染中精心勾勒。画到得意时,他会背过身去,用手在背后默画,他仿佛把自己整个生命都投进了丹青线条。他以简约的构图、老辣的笔触、跃动的气势、丰满的意境宣泄其主观体验,具有徐渭的狂放、八大的恣肆、昌硕的凝重及属于他自己的潇洒质朴。在更高的层次上,他画的各种花卉,都显得富有情感象征性,似荡漾着一种生命意识。在那一无所有的日子里,谢先生的丹青也日臻人画俱老的佳境。而此时,谢先生的家中也时常出现排队等画的奇观。谢先生是来者不拒,有求必应。求画者过意不去,有的送一瓶白酒,有的送几包烟,有的送一小篓水果等,谢先生也从不计较礼品多少,哪怕是空手而来,依然是让你带画而归。可以这样讲,谢先生是画界的"张思德",真正做到了全心全意为人民服务,从而为谢先生赢得了至今为人称道的"口碑"。

令人担忧的是谢先生的健康状况也越来越差,连步履也开始显得有些蹒跚了。在一个阴晦的深秋黄昏,我踏着铺满街头的落叶,又来到了"白龙堂"。谢先生的烟瘾酒瘾似乎越来越大了,和我边谈着边不断地抽烟喝酒。谢先生平时几乎不喝水,而是以酒代茶。而他的香烟,也好像是一直燃烧着的,即使他在作画,烟也搁在桌上,不时地吸几口。由于经济拮据,他喝的是一毛钱一两的臭土烧酒,抽的是 毛三分钱一包的劣质烟。因此,有传说谢先生是自己酗酒酗烟而死的。也就是在这一次的拜访中,我见剧烈的咳嗽不时骚扰着谢老,像是要把五脏六腑都要咳出来似的。望着他痛苦抽搐的老弱之躯,我情不自禁地劝道:"谢老,你是否可以少抽些烟,少喝点酒。"

谢先生抬起伏在桌边的头,用青筋突突的手抚摸着起伏的胸口,用混浊嗓音说:"不瞒你讲,不靠这些烟、酒的刺激,我已无力作画!"他的话说得尽管是低沉而又迟涩,我的心却被强烈地震撼了!谢先生为什么离不开烟酒,他是靠烟酒的刺激来支撑画笔,这是维系他画魂的一种激素,他是以销蚀自己的生命为代价来挥洒丹青的呀!从中折射出一位艺术家悲壮的献身精神……

又一片黄叶降临在谢先生的窗台上,一盆黄菊已在西风中枯萎。暮色映照着谢先生憔悴的面容,我不想多打扰他,起身告别。谢先生却拉着我的手,挺认真地说:"我今天要为你画幅画"。说罢,他就铺开宣纸:

田园一隅，几丛挺拔郁勃的秋菊，黄花盛开点缀着秋色，一块奇崛的山石突兀而立，在绚丽的画面中显示出冷峻。落款是：琪森属，之光七十又七。

谢先生原先有些卷曲的身子、有些萎靡的神情，在绘画时却倏然焕发出活力。望着他那如醉如痴的挥毫泼彩，那酗酒酗烟的放浪形骸，那似疯似癫的作画姿态，我蓦地想到了"青藤书屋"中的那个徐渭，贫困的生活和落魄的境遇使他精神常常失常，以至数次自杀未遂而误杀妻子坐牢。然而就在他一无所有的晚年，却完成了中国绘画史上伟大的变法。接着，我又想到全世界都在纪念的那位荷兰画家凡·高。这位生前仅卖出过一张画的大师，历尽人间辛酸与冷眼，发疯发狂被社会遗弃，以至36岁就自杀于郊外荒野。难道艺术大师就是命中注定要在残酷的炼狱中煎熬出来的吗？是呵，谢先生已是一位走向大师级的画家，而他却用过量的烟酒来延续自己的绘画，从而加速了自己生命的落幕。

第二天下午，朋友打来电话，说谢先生昨晚急症住院，今晨检查，是晚期肺癌。朋友的声音带着哭腔，我拿电话的手感到麻木。1976年9月12日，一代海上画坛才子、"月份谢"便在秋风秋雨中走了。就在谢之光去世的前三天，毛泽东主席也逝世了。因此，谢之光的遗体要一星期后才能火化。谢先生在他生命的最后日子里，依然乐观豁达，与医生护士"打棒"（开玩笑）调侃，把苦难中的笑声留在了病房。谢先生走后，人们并没有把这个不幸的消息告诉谢夫人，但谢夫人还是知道了，她自己做了一朵小白花戴在胸前，坐在床上，手捧着谢先生的遗像，不吃不喝，一个星期后，谢夫人也去和谢先生相会了。

《菊石图》已成为永恒的秋色长驻在我的书斋中。有时看着谢先生的这幅遗作，我的思绪是复杂的：试想谢先生如能活到今天，他的生活、创作环境无疑会好得多。但看到原先一些颇有造诣才气的画家加入"扒分"的行列而无暇顾及艺术探索与创新时，又为谢先生感到坦然，正是那种艰难落拓的"白弄"使他的画艺升华了，最终完成了暮年变法。

（《上海滩》2007年7月号）

图书在版编目（CIP）数据

孤独时，让我们来跳舞：王琪森散文、随笔精选／
王琪森著． — 上海：文汇出版社，2010.12
 ISBN 978－7－5496－0073－1

Ⅰ.①孤…　Ⅱ.①王…　Ⅲ.①散文-作品集-中国-
当代　②随笔-作品集-中国-当代　Ⅳ.①I267

中国版本图书馆CIP数据核字（2010）第225564号

孤独时，让我们来跳舞
——王琪森散文、随笔精选

作　　者／王琪森

责任编辑／乂　荟
封面装帧／周夏萍

出版发行／文汇出版社
　　　　　上海市威海路755号
　　　　　（邮政编码200041）
经　　销／全国新华书店
照　　排／南京展望文化发展有限公司
印刷装订／江苏常熟大宏印刷有限公司
版　　次／2010年12月第1版
印　　次／2010年12月第1次印刷
开　　本／787×1092　1/16
字　　数／280千
印　　张／21.5

ISBN 978－7－5496－0073－1
定　　价／30.00元